鲁迅全集

第十八卷

鲁迅 著

王德领 钱振文 葛涛 等 审订

十月

毁灭

山民牧唱

坏孩子和别的奇闻

中国科学技术出版社

·北 京·

图书在版编目（CIP）数据

鲁迅全集. 第十八卷 / 鲁迅著. -- 北京 : 中国科
学技术出版社, 2024.3

ISBN 978-7-5236-0206-5

Ⅰ. ①鲁… Ⅱ. ①鲁… Ⅲ. ①鲁迅著作—全集 Ⅳ.
①I210.1

中国国家版本馆CIP数据核字（2023）第073736号

目 录

十月

毁灭

代序

山民牧唱

坏孩子和别的奇闻

十月

[苏]A. 雅各武莱夫

作者自传

我于一八八六年十一月二十三日，生在赛拉妥夫（Saratov）县[1]的伏力斯克[2]（Volsk）。父亲是油漆匠。父家的我的一切亲属，是种地的，伯爵奥尔洛夫·达维多夫（Orlov-Davidov）的先前的农奴，母家的那些，则是伏尔迦[3]（Volga）河畔的船伙。我的长辈的亲戚，没有一个识得文字的。所有亲戚之中，只有我的母亲和外祖父，能读教会用的斯拉夫语的书，然而他们也不会写字。将进小学校去的时候，我已经自己在教父亲看书、写字了。

当我幼小时候，所看见的，是教士、灯、严紧的断食、香、皮面子很厚很厚的书——这书，我的母亲常在几乎要哭了出来的看着。十岁时候，自己练习看书，几年之中，看的全是些故事、圣贤的传记，以及写着强盗、魔女和林妖的本子——这些是我的爱读的书。

想做神圣的隐士。在十二年[4]我便遁进沛尔密[5]（Permi）的林中去，也走了几千威尔斯忒[6]（一直到喀山县），然而苦于饥饿和跋涉，回来了。但这时，我也空想着去做强盗。

又是书——古典底的[7]，旅行，还有修学时代（在市立学校里）。

从十五年起，是独立生活。一年之间，在略山[8]—乌拉尔（Riazani-Ural）铁路的电报局，后来是在伏力斯克的邮政局里做局

1　现译"萨拉托夫"，当时为省。——编者注
2　现译"沃利斯克"，当时为县。——编者注
3　现译"伏尔加"。——编者注
4　一九一二年，下仿此例。
5　现译"沛尔米"。——编者注
6　俄里名。一 verst 约中国三百五十丈。
7　现代汉语常用"的"。——编者注
8　现译"梁赞"。——编者注

员。这时候，读了屠格涅夫（Turgeniev）的《父与子》和《牛蒡只是生长》……于是，生活都遭顿挫了。因为遇到了信仰完全失掉那样的大破绽。来了异常苦恼的时代："哪里才有意义呢？"然而，一九〇五年[9]闹了起来。"这里有意义和使命。"入了 S. R. [10]急进[11]派。六年间——是发疯的[12]锁索[13]。

然而，奇怪：这几年学得很多。去做实务学校的听讲生，于是进了彼得堡大学的历史博言科，倾心听着泽林斯基（Zelinski）、洛斯基（Losski）、文格洛夫（Vengerov）、彼得罗夫（Petrov）、萨摩丁（Zamotin）、安德里亚诺夫（Andrianov）等人的崇高而人道主义底的讲义。后来，就袋子里藏着手枪，我们聚集起来，空想着革命之后的乐土，向涅夫斯基（Nevski）的关口，那工人们所在之处去了。而这也并非只是空想。

时候到了：西伯利亚去。在托皤里斯克县[14]（Tobolsk）一年，密林，寂静，孤独，思索。不将革命来当我的宗教了。

又到彼得堡，进大学。但往事都如影子，痕迹也不剩了。

我怕被捕，向高加索去了，然而在那边的格罗士努易（Groznui），已经等着追蹑者。僻县的牢狱、死罪犯、夜夜听到的契契尼亚人的哀歌。人们从许多情节上，在摘发我的罪。我怕了，他们知道着这些事么[15]？那么此后就只有绞架了。幸呢，还是不幸呢？他们并不知道。

过了半年，被用囚人列车送到波士妥夫·那·顿（Postov-na-Don）去，在巡警的监视之下者五年。

9　这年有日俄战争后的革命。
10　社会革命党。
11　现代汉语常用"激进"。——编者注
12　现代汉语常用"地"。——编者注
13　大约是指下狱或监视。
14　现译"托博尔斯克"，应为市。——编者注
15　现代汉语常用"吗"。——编者注

主显节——是晴朗、烈寒、明晃晃——这天，将我放出街上了，但我的衣袋里，只有一个波勒丁涅克[16]。虽然得了释放，在狱里却已经受了损伤的。我不知道高兴好呢，还是哭好。然而，几乎素不相识的人帮了我了。

于是，用功，外县的报纸《乌得罗·有迦》(Utro Ioga)的同人。

一九一四年八月，自往战线——为卫生队员，徒步而随军队之后者一年。一九一五年三月（在什拉尔陀伏附近）的早晨，看见莺儿在树上高声歌唱——大约就在那时，俄罗斯兵约二万，几乎被（初次使用的）德国的毒瓦斯所毒死了。

于是，战争便如一种主题一样，带着悲痛，坐在我的灵魂中。

此后，是墨斯科[17]。《乌得罗·露西》(Utro Rossi)[18]写了很多，也给日报和小杂志做短篇小说。但在这些作品上，都不加以任何的意义。

一九一七年的三月[19]，于是十月[20]。从一九一八至一九一九年间的冬天，日夜不离毛皮靴、皮外套、阔边帽地过活。因为肚饿，手脚都肿了起来。两个和我最亲近的人死掉了。到来了可怕的孤独。

绝望的数年。那里[21]去呢？做什么呢？不是发狂，就是死掉，或者将自己拿在手里，听凭一切都来绝缘。文学救了我，创作起来了。现在是很认真。一到夏（每夏），就跋涉于俄罗斯，加以凝视。在看被抛弃了的俄罗斯，在看被抬起来的俄罗斯。

而且，似乎——俄罗斯、人、人性，是成着我的新宗教。

亚历山大·雅各武莱夫

16　钱币名，约值五角。

17　现译"莫斯科"。——编者注

18　日报名，这里是犹言在这报馆里做事。

19　俄国第一回大革命之月。

20　第二回大革命之月，即本书所描写的。

21　现代汉语常用"哪里"。——编者注

墨斯科闹了起来

当母亲叫起华西理来的时候，周围还是昏暗的。她弯了腰俯在睡着的儿子的上面，摇他的肩，一面亢奋得气促，用尖锐的声音叫道：

"快起来罢[1]！在开枪哩！"

华西理吃了惊，起来了，坐在床上。

"说什么？"

"我说，在开枪呀；布尔塞维克在开枪呵……"

母亲身穿温暖的短袄，用灰色的头巾包着头发，站在床前。在那手里，有一只到市场去时，一定带去的空篮子。

"你就像羊儿见了新门似的发呆，没有懂么？凡涅昨晚上没有回家来，不知道可能没事。唉，你，上帝呵！"

母亲的脸上忽然打皱，痉挛着，似乎即刻就要哭了，但是熬着，又尖利地唠叨起来：

"讨厌的人们呀，还叫作革命家哩！赶出了皇帝，这回是自己同志们动手打架，大家敲脑袋了。这样的家伙，统统用鞭子来抽一通才好。今天是面包也没有给。看罢，我什么也没有带回来。"

她说着，便提起空篮来塞在儿子的面前。

华西理骤然清楚了。

"在开枪？那么，开手[2]了罢？"他慌忙问。

"开手了没有呢，那是你更知道些呀。是你的一伙在闹的……"她回答着，粗暴地除下头巾来，摔在屋角的绿色的衣箱上。

"原——来！"华西理拖长了语音，便即穿起衣服来，将外套披

1　现代汉语常用"吧"。——编者注
2　现代汉语常用"动手"。——编者注

在肩膀上。

"你那里去呀，胡涂[3]虫？"母亲愁起来了，"一个是连夜不回来，你又想爬出去了？真是好儿子……你那里去？"

但华西理并不回答，就是那样——也不洗脸，也不掠掠头发，头里模模胡胡[4]，——飘然走到外面去了。

天上锁着烟一般的云，是阴晦的日子，门旁站着靴匠罗皮黎。他是"耶司排司"这诨名的主子，和华西理家并排住着的。邻近人家的旁边聚着人山，街上是群众挤得黑压压地[5]。

"哪，华西理·那札力支，布尔塞维克起事了呀，——耶司排司在板脸上浮着微笑，来招呼华西理说，——听哪，不在砰砰礚礚么？"

华西理耸着耳朵听。他听得仿佛就在近边射击似的，也在远处隐约地响。

"那是什么呀，放的是枪罢？"他问。

耶司排司点头给他看。

"枪呀，半夜里砰砰礚礚放起来的，所以流血成河、积尸如山呵，了不得了，华西理·那札力支。"

长身曲背，唇须的两端快到肩头，穿着过膝的上衣的耶司排司的模样，简直像一个加了两条腿的不等样的吓鸦草人。和他一说话，无论谁——熟人也好，生人也好——一定要发笑：耶司排司是滑稽的人。自己也笑，也使别人笑，但现在却不是发笑的乱子了。

"喂，华西理·那札力支？这究竟是怎么一回事呢？不是兄弟交锋么？唉，蝇子咬的……"

华西理正在倾听着枪声，没有回答。

射击并无间断，掩在朝雾中的市街，充满了骇人的声音。

3　现代汉语常用"糊涂"。——编者注
4　现代汉语常用"模模糊糊"。——编者注
5　现代汉语常用"的"。——编者注

劈拍[6]……拍[7]……呼呼……——在望得见的远处的人家后面发响。

"墨斯科阿妈闹起来了！本是蜂儿嗡嗡，野兽嗥叫一般的，现在却动了雷了，简直好像伊里亚[8]在德威尔斯克大街[9]动弹起来似的了。"耶司排司从横街的远处的屋顶上望着墨斯科的天空，发出低声，用了深沉的调子说，"我们在这里，不要紧；要不然，现在就是夹在交叉火线中间哩。"

在街上，——在桥那里，而不是步道上，——华西理的熟人——隆支·里沙夫跑过了。这人原先是贫农，是铁匠，是坏脾气的粗暴的蠢才[10]。

"你们为什么呆站着的？那边发枪呀。我打下士们去。"他且跑且喊，鸟的翅子似的挥着两手，转过横街角，消失在默默地站着的群众那面了。

"这小子！"耶司排司愤然，絮叨地说："'打下士去'……狗嘴……你明白什么缘故么？这时候，连聪明人也胡涂，这小子的前途，可是漆黑哩。"

华西理立刻悟到，连里沙夫那样酗酒的呆子，也去领枪械，可见前几天闹嚷嚷的街头演说，布尔塞维克的宣传一定将反响给了民众了。

"那么，我们也动手罢。"他心里想，不觉挺直了身子，笑着转向铁匠那面，说道：

"哪，库慈玛·华西理支，同去罢！"

"那里去？"耶司排司吃了一惊。

"那边去，和布尔塞维克打仗去。"华西理说，指着市街那边。

靴匠愕然地看着华西理的脸。

6　现代汉语常用"噼啪"。——编者注
7　现代汉语常用"啪"。——编者注
8　伊里亚·罗谟美兹，古代史诗中的大勇士。
9　墨斯科的冲要处所。
10　现代汉语常用"蠢材"。——编者注

"说什么？……同我？……后来再去……连你……还是不去罢。"

"为什么呢？"华西理问道。

"事情重大了呀。打去也是，被打也是，但紧要的是……"耶司排司没有说完，便住了口，顺下眼睛去，用不安的指尖摸着胡须。

"紧要的是什么？"

"紧要的，是真的真理呀……没有人知道。你们的演说我也听过了……谁都说是有真理，其实呢，谁也没有的。真理究竟在那里？我还没有懂得真的真理，那能去打活的人呢？这些处所你可想过了没有？"

靴匠凝视着华西理的眼。

"去打即使是好的……但一不小心，也许会成了反抗真理的哩，对不对？"

"唉，你还在讲古老话。流氓爬出洞来了，何尝是真理呀！抛下你这样的真理罢！"华西理不耐地挥一挥手，赶快离开门边，回到家里去了。

华西理决计要和波雪维克战斗，原是一直先前的事了。波雪维主义是搅乱世间的东西，应该和它战斗。况且另外还有真理。那怎么行呢……

过了五分钟，带[11]着皮手套、衣服整然的他就从大门跑出，跟着也跑出了他的母亲。

"要回来的呀，一定！回来呀！"她大声叫道。

然而，华西理并不回答，也不回头，粗暴地拉开耳门，又关上了。

"去么？"还站在门旁的耶司排司问。

"自然去。"华西理冷冷地回答着，向动物园那边，从横街跑向听到枪声的市街去了。

---

11 现代汉语常用"戴"。——编者注

布尔乔亚已经亚门了！

普列思那这街道上，已经塞满了人们。直到街角、步道、车路上，都是群集；电车不通了，马车和摩托车也消声匿迹[1]，街上是好像大典日子一般的肃静。而从市街的中央，从库特林广场的那边，则没有间断地听到隐隐约约的枪声。

紧张着的群众发小声互相私语，用了仿佛还未从恶梦[2]全醒似的恍惚的没有理解力的眼色，眺望着远处。

穿着黑色防寒靴和灰色防寒外套的一个老女人，向着半隐在晓雾里面的教堂的钟楼那边，划着十字，大声说给人们听到：

"主呵，不要转过脸去，赐给慈悲罢……主呵，请息你的愤怒罢……"

华西理简直像被赶一般，奔向市的中央去。

他飞跑，要从速参加战斗——将疯狂的计划杀人的那些东西，打成齑粉。他因为飞跑，身子发抖了，但步法还很稳，大摆着两手，橐橐地响着靴后跟，挺起胸脯，进向前面。异样地担心，恐怕来不及，这担心，就赶得他着忙。

在动物园的后面，这才看见了负伤者。还很年青[3]的蔷薇色面庞的看护妇，将头上缚着绷带的一个工人，载在马车上，运往医学校那边去。那绷带上渗着血，绷带上面是乱发蓬松的头的样子，恰如戴着红白带子做成的首饰的派普亚斯土人的头。工人的脸是灰色的，嘴唇因为难堪的苦痛歪斜着。

1　现代汉语常用"销声匿迹"。——编者注
2　现代汉语常用"噩梦"。——编者注
3　现代汉语常用"年轻"。——编者注

到库特林广场来一看，往市中央去的全是青年工人或青年，从那边来的是服装颇像样的男女，有抱孩子的，有背包裹的。他们的脸都苍白色，仿佛被逐一般慌慌张张地走，躲在街角上休息一下，便又跑向市街的尽头那一面去了。一个头戴羊皮帽、身穿缀着大黑扣子的外套的中年的胖女人，跨开细步在车路上跑，不断地划着十字。

"阿唷[4]，爸爸，主子耶稣……阿唷，亲生爹妈！……"她用可怜的颓唐的声音，呻吟着村妇似的口调。

这女人的面颊在发抖，从帽边下，挤出着半白的发根的短毛。剪短了胡子的一个高大的男人，背着大的白包裹，和他并排是脸色铁青的年青女子，两手抱着哭喊的孩子，跑来了。在街角上，群集中的一个发问道：

"怎样？那边怎样？"

"在抢呀，驱逐出屋呀，我们就被赶出来的。什么都要弄得精光的。"他并不停脚，快口地回答说。

群集中间，孩子们在哭。那可怜的无靠的哭声，令人愈加觉得在预告那袭来的雷雨之可怕。华西理的喉咙忽然发咸，眼睛也作痒。他捏着拳头，大踏步进向市的中央去。快去呵，快去呵！

起了枪声，那接近和尖锐使他惊骇。是在尼启德大广场和亚尔巴德附近，射击起来了。已经很近，大概就在那些人家的后面罢。

华西理想一径走往骑马练习所[5]那面去，但在尼启德门那里，有一队上了刺刀的兵士塞着路，不准通行。

"不要走近去。不要过去，那边去罢……"一个生着稀疏的黄胡子的短小的兵，用了命令式的口调大声说。这兵是显着顽固的不够聪明的脸相的。

4　现代汉语常用"哎哟"。——编者注
5　在克莱谟林（现译"克里姆林"）附近。

兵的旁边聚着群众，也像普列思那街的人们一样，是惶惶然倾听枪声、一声不响、无法可想、呆头呆脑的人们。

华西理站住了。向那里走呢？还是绕过去呢？……他一面想着，忽然去倾听兵们的话了。

"布尔乔亚已经亚门了。[6]统统收拾掉。"一个兵将步枪从这肩换到那肩，自负地说，"智识[7]阶级一向随意霸占，什么也不肯给我们。现在，我们来将那些小子……"

兵士怒骂着。

"那么，你们要怎样呢？"帽檐低到垂眉，手里拿杖的白须老人问。

"我们？我们要都给工人……我们现在有力量。"

"你们也许有力量，然而暴力是灭掉智慧的呵，愚人从来是向贤人举手的，这一定。"老人含着怒气说。

群众里起了笑声。老人用黄的手杖敲着车路，还在说下去：

"你们还是用脚后跟想事情的青年人，即使你是布尔塞维克罢……上帝造了仿照自己的模样的人，但布尔塞维克的你们，却是照了犹大[8]的模样来造的，是的……"

兵士愤然转过脸去，老人向群众叫了起来：

"都是卖国贼，没有议论的余地。是用了德国的钱在做事呀。德国人用了金的子弹在射击，金的子弹是决不会[9]打不中的。'黄金比热铁，更易化人心'这老话头，是不错的。现在呢，是德国的钱走进了墨斯科阿妈这里，在灭亡俄国的精神了。一看现状，不就明白？……"

红胡子的兵又走近老人去，似乎想说什么话，但中途在邻近的

6　Bourgeois，在现在的意义为"有产者"。Amen（现译"阿门"）本是希伯来语的赞叹词，意云"的确"或"真的"，基督教徒用于祈祷收场时，放在这里作"完结"解。

7　现代汉语常用"知识"。——编者注

8　耶稣的门徒，而卖耶稣者。

9　现代汉语常用"绝不会"。——编者注

横街里起了枪声，这就像信号似的，立刻向四面的街道行了一齐射击。这瞬间，市街仿佛是发狂了。令人觉得当下便会有怪物从什么角落里跳了出来，也许在眼前杀掉人类。

不知道是谁，粗野地短促地喊了一声：

"唉！"

心惊胆战的群众，便沿着房子的墙壁走散，躲在曲角里、凹角后、大门边，遍身在发抖。兵们将身体紧贴着墙，神经底地横捏了步枪，在防卫自己，并且准备射击敌人。被群众的恐怖心所驱遣的华西理，也钻进一家小店的地窖去，那里面已经填满了人们……

然而，枪声突然开始，又突然停止了。从各处的角落里，又爬出吓得还在慌慌张张的人们来。于是，那短小的兵便到街中央去，放开喉咙大叫道："喂，走，都退开！快走！要开枪了！"

他将枪靠在肩上向空中射击了，接着又放了两三响。

群众又沿着墙壁散走，四顾着，掩藏着，跑走了。

华西理心里郁勃起来。他看见那放枪的兵连脚趾尖都在发抖，单靠着叫喊和开枪，来卖弄他的胆子。他想，给这样的小子吃一枪，倒也许是很好玩的。

但他知道了从这里不能走到市中央去，华西理便顺着列树路，绕将过去了。

在街头相遇

过了早晨已经不少时光了，周围还昏暗，天空遮满着沉重的灰色的云，冷了起来。在列树路的叶子凋落了的晚秋的菩提树下，和思德拉司忒广场上，满是人。群众是或在这边聚成一堆，或在那边坐在长椅上，倾听着市街中央所起的枪声，推测它是出于那里的，并且发议论。思德拉司忒广场中密集着兵士，将德威尔斯克街的通路阻塞。这街可通到总督衙门去，现在是布尔塞维克支队的本营。

满载着武装兵士的几辆摩托车，从哈陀因加那方面驶过来了。但远远望去，那摩托车就好像插着奇花异草的大花瓶，火焰似的旗子在车上飞扬，旗的周围林立着上了刺刀的枪枝[1]。灰色衣的兵士、黑色衣的工人，都从两肩交叉地挂着机关枪的弹药带。

摩托车后面跟着一队兵士和红军，队伍各式各样：或是密集着，或是散列着走。红军的多数，是穿着不干净的劳动服的青年，系了新的军用皮带，带上挂一只装着子弹的麻袋。这些人们都背不惯枪，亢奋着，而时时从这肩换到那肩；每一换，就回头向后面看。

华西理杂入那站在两旁步道上的群众里，皱着眉，旁观他们。

他们排成了黑色和灰色的长串前行，然而好像屈从着谁的意志似的，既不沉着，也没有自信。一到特密德里·萨陀文斯基教堂附近的角上，便站住，大约有五十人模样，聚作一团。那将大黑帽一直拉到耳边，步枪在头上摇摆，灰色的麻袋挂在前面的他们的样子，实在颇滑稽，而且战斗的意志也未必坚决，所以举动就很迟疑了。

他们望着布尔塞维克聚集之处，并且听到枪声的总督衙门那

1　现代汉语常用"枪支"。——编者注

边，似乎在等候着什么事。

"为什么站住了？快去！"一个兵向他们吆喝着，走了过去，"怕了么？在这里干吗呀？"

工人们吃了一惊，又怯怯地跟着兵们走动起来，但紧靠着旁边，顺着人家的墙壁，很客气地分开了填塞步道的群众，向前进行。

华西理是用了轻蔑的眼睛在看他们的，但骤然浑身发抖。这是因为在红军里，看见了邻居的机织女工的儿子亚庚——仅仅十六岁的跟跟跄跄的小孩子在里面。

亚庚身穿口袋快破了的发红的外套，脚登²破烂的长靴，戴着圆锥形的灰色帽子，显着呆头呆脑的态度，向那边去。肩上是枪，带上是挂着弹药袋。华西理疑心自己的眼睛了，错愕了一下。

"亚庚，你那里去？"他厉声问。

亚庚立刻回头，在群众中寻觅叫他的声音的主子，因为看见了华西理，便高兴地摇摇头。

"那边去！——他一手遥指着德威尔斯克街的大路。——我们都去。早上去了一百来个，现在是剩下的去了。你为什么不拿枪呀？"

他说着，不等回答，便跑上前，赶他的同伴去了。华西理沉默着，目送着亚庚。亚庚小心地分开了群众，从步道上进行，不多久，那跟跄的粗鲁的影子，便消失在黑压压的人堆里面了。

华西理这一惊非同小可。

"这真奇怪不？亚庚？……成了布尔塞维克了？……拿着枪？"他一面想到自己，疑惑起来，"那么，我也得向这小子开枪么？"

华西理像是从头到脚浇了冷水一般发起抖来，用了想要看懂什么似的眼光，看着群众。是亚庚的好朋友，又是保护人的自己，现在却应该用枪口相向，这总是一个矛盾，说不过去的。于是，华西

2　现代汉语常用"蹬"。——编者注

理很兴奋,将支持不住的身子,靠在墙壁上。

亚庚,是易受运动的活泼的孩子。半月以前,他还是一个社会革命党员,每有集会,还是为党舌战了的,然而现在却挂着弹药袋,肩着枪,帮着布尔塞维克,要驱逐社会革命党员了。华西理苦思焦虑,想追上亚庚,拉他回来。但是,怎么拉回来呢?到底是拉不回来的。

华西理全身感到恶寒,将身子紧靠了墙壁。

他原是用了新的眼睛,在看那些赴战的兵士和工人们的,但现在精细地来鉴别那一群人的底子,却多是向来一同做事的人们。

"都是胡涂虫!都是混帐[3]东西!"华西理于是切齿骂了起来。

他仍如早上所感一样,以为这些人们很可恶,然而和这同时,也觉得自己的决心有些动摇了。

"和那些人们对刀?相杀?这究竟算是为什么呢?"

远远地听到歌声,于是从修道院(在思德拉司忒广场的)后面,有武装的工人大约一百名的一团出现。他们整然成列,高唱着"一齐开步,同志们"的歌,前面扬着红旗前进。那旗手,是高大的,漆黑的胡子蓬松的工人,身穿磨损了的革制立领服。跟着他是每列八人前进,都背步枪,枪柄在头上参差摆动。

站在广场四角上的兵士和红军,看见这一队工人,便喊起"呜拉"来欢迎:

"呜拉——,同志们!呜啦——!……"

他们摇帽子,高擎了枪枝,勇敢地将这挥动……战斗底鼓噪弥漫了广场。站在步道上的群众,怕得向旁边闪避。工人和兵士便并列着从街道前进,以向战场。于是,又起了歌声:

一齐开步,同志们……

3　现代汉语常用"混账"。——编者注

华西理脸色青白，靠在擦靴人的小屋旁的壁上。这歌和那呐喊、堂堂的队伍、枪声，他的心情颠倒了，觉得好像有一种东西，虽然不明白是什么，但是罩在头上了。

"那就是布尔塞维克么？真是的？"

不然不然，并不是什么布尔塞维克。那些都是随便、懒惰、顶爱赌博和酒的工人们。急于捣乱，所以跑去的……那一流，是摘读《珂贝克》[4]的俄罗斯的无产者。

然而，这没有智识的无产者，却前去决定俄罗斯的命运……呸，这真真气死人了！……

但怎样才能拉住这无产者呢？开枪么？总得杀么？……

连那小孩子亚庚，竟也一同前进……

华西理几乎要大叫起来。

工人们有时胆怯，有时胆壮，有时唱歌，继续着前进。华西理觉得仿佛在雾里彷徨着，在看他们。

骇愕而无法遣闷的他，站在群集里许多时，于是走过列树路，颓然坐在修道院壁下的板椅上。他的头发热，两手颤得心烦，觉得很疲乏，颧颧一阵一阵地作痛。

突然在他顶上，修道院塔的大时钟敲打起来了。那音响，恰如徘徊在浓雾的秋夜的天空里，交鸣着的候鸟的声音，又凄凉，又哀惨。华西理一听这，便从新感到了近于绝望的深愁。

"那么，以后怎么办呢？"他自己问自己。

这时从对面的屋后面，劈劈拍拍发出枪声来……

华西理化了石似的凝视着地面，交叉两腕，无法可想，坐在椅子上。他所明白的，只有一件事，就是向着曾经庇护同志而现在却

4　"Kopeika"，工人所看的便宜的低级报纸。

要破坏故乡都会的不懂事的亚庚开枪，是不能够的。

战斗更加猛烈了……为什么而战的？总是说，为真理而战的罢。但谁知道那真理呢？

将近正午，从郊外的什么地方开始了炮击，那声音在墨斯科全市上，好像雷鸣一般。受惊的鸦群发着锐叫，从修道院的屋顶霍然飞起，空中是鸽子团团地飞翔。市街动摇了，载着兵士和武装工人的摩托车，疾驰得更起劲，红军几乎是开着快步前行。但群集却沉静下去，人数逐渐减少了。

华西理再到了思德拉司忒广场，然而很疲乏，成了现在是无论市中的骚乱到怎样，也不再管的心情了。

他站了一会，看着来来往往的群众，于是并无定向，就在列树路上走。他连自己也觉得悔恨……多年准备着政争，也曾等候，也曾焦急，也曾热中[5]，然而一到决定胜负的时机来到眼前的时候，却将这失掉了。

昨天和哥哥伊凡谈论之际，他说，凡有帮助布尔塞维克的扰乱的人们，只是狂热者和小偷和呆子这三种类，所以即使打杀，也不要紧的。

"我连眼也不眨，打杀他们。"伊凡坦然说。

"我也不饶放的。"华西理也赞成了他哥哥的话，于是说道。

但现在想起这话来，羞得胸脯发冷，心脏一下子收缩了。

群众还聚在列树路上发议论。华西理走到德卢勃那广场，从这里转弯，经过横街，到了正在交战的亚诃德尼·略特[6]。他现在不过被莫明其妙[7]的好奇心所驱使罢了。

从列树路渐渐接近市的中央去，街道也愈显得幽静，怕人。身

---

5 现代汉语常用"热衷"。——编者注
6 墨斯科有名的市场，克莱谟林官附近的四通八达之处。
7 现代汉语常用"莫名其妙"。——编者注

穿破衣服的孩子的群，跑过十字路，贴在角角落落里。一看，门边和屋角多站着拿枪的兵士，注视着街道这边。这一天，是阴晦的灰色的天气，低垂的云，在空中徐行。

在亚诃德尼·略特，枪声接连不断。战斗的叫喊，侵袭街道的恐慌情景，从凸角到凸角，从横街到横街，翩然跳过去的人们的姿态，都将活气灌进了华西理的心中。

他不知不觉的昂奋起来，又像早上一样，想闯进枪声在响的地方去了。

周围的物象——无论人家、街道，且至于连天空——上，都映着异样的影子。这是平日熟识的街，但却不像那街了。并排的人家、车路和步道、店铺，本是华西理幼年时代以来的旧相识，然而仿佛已经完全两样。街道是寂静的，却是吓人的静。在那厚的墙壁的后面，挂着帷幔的窗户的深处，丧魂失魄的人们在发抖，想免于突然的死亡。在森严的街道上，也笼着魔人的恶梦一般的，难以言语形容的一种情景。好像一切店铺，一切人家，都迫于死亡和杀戮，便变了模样似的。

华西理从墙壁的这凸角跳到那凸角，弯着身子，循着壁沿，走到了亚诃德尼·略特的一隅，在此趁着好机会，横过大路，躲在木造的小杂货店后面了。

战斗就在这附近。

万国旅馆附近的战斗

小杂货店后面，躲着卖晚报的破衣服孩子、浮浪人，从学校的归途中，挟着书本逃进这里来的中学生等。每一射击，他们便伏在地面上，或躲进箱后面，或将身子嵌在两店之间的狭缝中，然而枪声一歇，就如小鼠一样，又惴惴地伸出头来，因为想看骇人的情形，眼光灼灼地去望市街的大路了。

从德威尔斯克和亚诃德尼·略特的转角的高大的红墙房子里，有人开了枪。这房子的楼上是病院，下面是干货店。从玻璃窗间，可以望见闪闪的金属制的柜台和轧碎咖啡的器械，但陈列窗的大玻璃已被枪弹打通，电光形地开着裂。楼上的病院的各窗中，则闪烁着兵士和工人，时而从窗沿弯出身子来，担心地俯瞰着大路。

"阿呀[1]，对面有士官候补生们来了！"在华西理旁边的孩子，指着墨斯科大学那面，叫了起来。

"在那里？是那些？顺着墙壁来的那些？"

"哪，那边，你看不见；从对面来了呀！"

"但你不要指点。如果他们疑心是信号，就要开枪的。"一个酒喝得满脸青肿了的浮浪人，制止孩子说。

孩子们从小店后面伸出头去，华西理也向士官候补生所从来的那方面凝视。从大学近旁起，沿着摩诃伐耶街，穿灰色外套，横捏步枪的一团，相连续如长蛇。他们将身子靠着壁，蹲得很低，环顾周围，慢慢地前进。数目大概不到二十人，然而后面跟着一团捏枪轻步的大学生。

---

1 现代汉语常用"哎呀"。——编者注

阿²，就要开手了！华西理想，士官候补生很少，大学生多着哩，阿呀阿呀……

在红房子里，兵士和工人忽然喧扰起来了，这是因为看见了进逼的敌人的缘故。一个戴着蓝帽子的青年的工人，从这屋子的大门直上的窗间，伸出脸来，向士官候补生们走来的那面眺望，将枪从新摆好，使它易于射击。别的人们是隐在厚的墙壁后面，都聚向接近街角的窗边。华西理的心脏跳得很响，两手发冷，自己想道：

"就要开头了！"

拍！——这时不知那里开了一枪。

从窗间，从街上，就一齐应战。

石灰从红房子上打了下来，落在步道上。尘埃在墙壁周围腾起，好像轻烟，窗玻璃发了哀音在叫喊。孩子们惊扰着躲到小店之间和箱后面去，华西理是紧贴在暗的拐角的壁上。有谁跑过市场的大街去了，靴声橐橐地很响亮。

华西理再望外面的时候，红房子的窗间已没有人影子，只有蓝帽的青年工人还在窗口，环顾周围，向一个方向瞄准。

灰色外套的士官候补生们和蓝色的大学生们，猫一般放轻脚步，走近街角来。一队刚走近时，华西理一看，是缀着金色肩章的将校站在前面的，还很年青，身穿精制的长外套，头戴漂亮的军帽。他的左手戴着手套，但捏着枪身的雪白的露出的右手，却在微微发抖。终于这将校弯了头颈，眺望过红屋子，突然现身前进了。蓝帽子的工人便扭着身子，将枪口对定这将校。

"就要打死了！"华西理自己想。

他心脏停了跳动，紧缩起来……简直像化了石一般，眼也不瞬地注视着将校的模样。

---

2 现代汉语常用"啊"。——编者注

拍！——从窗间开了一枪。

将校的头便往后一仰，抛下枪，刚向旁边仿佛走了一步，脚又被长外套的下襟缠住，倒在地上了。

"不错！"有谁在华西理的近旁大声说。

"给打死了，将官统打死了！"躲在箱后面的孩子们也嚷着，还不禁跳上车路去，"打着脑袋了！一定的，是脑袋呀！"

士官候补生骚扰着，更加紧贴着墙壁，不再前行。就在左近的两个人，却跑到将校那边来，抱起他沿着壁运走了。

在红房子的窗口，又有人影出现；射击了将校的那工人，忽然从窗沿站起，向屋里的谁说了几句话，将手一挥，又伏在窗沿上，定起瞄准来。

呼！——在空中什么地方一声响。

华西理愕然回顾，因为这好像就从自己的后面打来一样，孩子们嚷了起来。

"从屋顶上打来的呀！瞧罢，瞧罢，一个人给打死了！……"

华西理去看窗口，只见那蓝帽子工人想要站起，在窗沿上挣扎，枪敲着墙。他的两手已经尽量伸长了，但没有将枪放掉。

工人虽想挣扎起来，但终于无效，像捕捉空气一样，张着大口，到底将捏着枪的那手掌松开。于是，枪掉在步道上，他也跌倒，软软的躺在窗沿上了。蓝帽子团着飞到车路上去，头发凌乱，长而鬈缩地下垂着。

枪声从各处起来，红房子的正面全体，又被白尘埃的云所掩蔽，听到子弹打在壁上的剥剥声。孩子们像受惊的小鼠一般，窜来窜去，渐渐走远了危险之处。一个倒大脸的白白的中学生跑到步道上，外套的下襟绊了脚，扑通的倒在肮脏的街石上了，连忙爬起，一只手掩着跌破的鼻子，跳进了一条狭小的横街。

华西理向周围四顾。这两个死，使他的心情颠倒了。

"究竟这是怎么一回事呢？"他出了声，自问自答着。

一看那旁边的店的店面，有写着"新鲜鸟兽肉"的招牌，在那隔壁，则有写着"萝卜、胡瓜、葱"的招牌……这原是大店小铺成排的熟识的亚诃德尼·略特呵，但现在却在这地方战争，人类大家在互相杀戮……

雨似的枪弹，剧烈地打着杂货店的墙壁，窗玻璃破碎有声，屋上的亚铅板也被撕破了。

蓦地听到摩托车声，将枪声压倒，射击也渐渐缓慢起来。大约因为射击手对于这大胆胡行的摩托车中人，也无可奈何了。华西理从藏身处望出去，见有大箱子似的灰色的怪物，从戏院广场那面走来。同时听到杂货店后面，有孩子的声音在说：

"是铁甲摩托呀，快躲罢！"

摩托车静静地，镇定地驶近红房子来。

这瞬间，便从车中"沙！"的发了一声响。

红房子的一角就蔽在烟尘中，石片、油灰、窗框子、露台的阑干³、合缝的碎块之类，都散落在道路上。射击非常之烈，华西理的两耳里，嗡嗡地响了起来。

接着炮声，是机关枪的声音，冷静地整肃地作响。

拍，拍，拍拍拍拍……

士官候补生和大学生的一队，从摩诃伐耶街跑向转角那边，躺在靠墙的脏地上，对着德威尔斯克街，施行急射击。瞬息之间，亚诃德尼·略特已被他们占领，布尔塞维克逃走了。射击渐渐沉静下去，分明地听得在转角处，喊着兽吼一般的声音：

"占领门外的空地去罢！"

3　现代汉语常用"栏杆"。——编者注

孩子们从杂货店和箱子后面爬出，又在角落里，造成了杂色的一团。

"喂，那边的你们！走开！不走，就要打死了！"左手捏枪，留着颊须的一个大学生高声说。

孩子们躲避了，然而没有走。被要看骇人的事物的好奇心所驱使，还是停在危险处所，想知道后来是怎样……

铁甲摩托车一走，形势又不稳了。德威尔斯克街方面起了枪声，聚在万国旅馆附近的士官候补生和大学生，便去应战，人家的墙壁又是石灰迸落，尘埃纷飞，玻璃窗瑟瑟地作响。刚觉得红房子的楼上有了人影，就已经在开枪。这屋子的凡有玻璃，无不破碎飞散，全座房屋恰如从漆黑的嘴里，喷出火来的瞎眼的怪物一般。

一个士官候补生想从狙击逃脱，绊倒在车路上，好像中弹的雀子，团团回旋，又用手脚爬走，然而跌倒了。从德威尔斯克街和红房子里，仿佛竞技似的都给他一个猛射，那候补生便抛了枪，默默地爬向街的一角去，但终于伸直身子，仆下地，成为灰色的一堆，躺在车路上。射击成为乱射，友仇的所在，分不清楚了。

这时候，从大学那边向着大戏院方面，驰来了一辆满载着武装大学生和将校的运货摩托车，刚近亚诃德尼·略特，大学生们便给那红房子和德威尔斯克街下了弹雨。兵士和工人因此只好退到德威尔斯克街的上边去，躲在门边和房子的凸角的背后。

过了不多久，摩托车开回来了，恰如胜利者一般，静静地在街中央经过。刚到街的转角，忽然从德威尔斯克街起了猛射，摩托车后身的木壳上，便迸出汽油来，白绳似的流在地上，车就正在十字街头停止了。大学生和士官候补生怕射击，狼狈起来，伏在摩托车的底面，将身子紧贴着横板，或者跳下地来，靠轮子做掩护，但敌手的枪弹，无所不到，横板受着弹，那木片飞进得很远。有人叫喊起来：

"唉唉……救命呀！"

刚看见一个孩子般的年青的将校跳到车路上，就跄踉[4]几步，破布包似的团着倒在轮边了。从摩托车里已经没有人在射击，破碎的车身空站在十字路上，车轮附近是横七竖八躺着枪杀的人……只有微微地呻吟之声，还可以听到：

"阿唷……阿……阿唷……！"

从德威尔斯克街还继续放着枪，负伤者就这样地被委弃得很久。少顷之后，戴白帽、穿革制立领服、袖缀红十字章的一个年青的女人，从十字街庙的后面走出来了。她也不看德威尔斯克那面，也不要求停枪，简直像是没有听到枪声似的。然而，两面的射击却自然突然停止，士官候补生、大学生、兵士、工人都从箱子后面惴惴地伸出头来。华西理也以异常紧张的心情，看着这女子的举动。她走近摩托车，弯下身子去，略摇一摇躺在车轮附近的人，便握手回头望着，不作声了。这瞬间，是周围寂然，归于死一般的幽静。只有从亚尔巴德和卢比安加传来的枪声，使这阒然无声的空街的空气振动。那年青的女人两足动着裙裾，走到摩托车车边，略一弯腰，便直了起来，叫道：

"看护兵，有负伤者在这里！"

于是，两个看护兵开快步走近摩托车去，拉起负伤的人来。好像要给谁看的一般，拉得很高。那是身穿骑兵的长外套的将校，涂磁油的长统靴[5]上，装着刺马的拍车。军帽不知道滚到那里去了，皱缩的黑发成束的垂在额上，枪弹大约是打掉牙齿钻进肚里去了，还在呻吟。

4　现代汉语常用"踉跄"。——编者注
5　现代汉语常用"长筒靴"。——编者注

看护兵将那将校移放在车旁的担架上,但当从摩托车拉起负伤者来的时候,长外套的下缘被血浆粘得湿漉漉地,受着日光,异样的闪烁,贴在长统靴子上的情景,却映入了华西理的眼中。

运去了这将校之后,是一个一个地来搬战死者。不知从那里又走出别的看护兵来,仿佛搬运夫的搬沉重货物一般,将死尸背着运走。他们互相搀扶,也不怎样忙迫,就像做平常事情模样。尤其是一个矮小而弯脚的看护兵,他不背死尸,单是帮人将这背在背上,帮了之后,便略略退后,悠悠然用围身布擦着血污的两手。

其次是运一个外套上缀着闪闪的肩章的大学生的尸骸,背在背上的死人的身躯,伸得很长,挂下的两脚,吓人地在摆动。

看客的一团,都屏息凝视着看护兵的举动,只有孩子们在喧嚷,高声数着战死者的数目,仿佛因为见了珍奇的光景,很为高兴似的。

"呵,这是第十个了! 这回的,是将官呀! 瞧罢,满鼻子都是血,打着了鼻子的罢!"

华西理吓得胆寒;好像化了石,痴立在杂货店旁。他这样接近地看了可怕的死的情形,还是第一次。

年青的他们,坐着摩托车前来,临死之前,还在欢笑,敏观,决计置死生于度外而战斗,但此刻,却像装着燕麦袋子之类似的,被看护兵背去了,不自然地拖下的两脚,吓人地摆着,头在别人的脊梁上,囊囊地叩着。

摩托车已被破坏,横板打得稀烂,步枪和被谁的脚踏过的军帽到处散乱着,汽油流出之处成了好像带黑的水溜。

最后的死尸搬去了。

革制立领服的女人四顾附近,仿佛在搜寻是否还有死人似的,于是也就跟着看护兵走掉了。

在万国旅馆附近的士官候补生和大学生们，便又喧嚣起来，好像在捉迷藏一般，很注意地窥看德威尔斯克街的拐角，其中的两个人伏在步道上，响着步枪的机头。华西理看见他们在瞄准。

吧！——几乎同时，两个人都开了枪。

接着这枪声，立刻听到德威尔斯克街那面，有较之人类的叫喊，倒近于野兽的尖吼的音响，同时也开起枪来。

看客的一团慌乱得好像在被射击，都躲到隐蔽地方去，华西理也不自觉地逃走了。

但华西理并没有知道射击了运货摩托车的布尔塞维克的一队之中，就有这早晨使他觉得讨厌的好友亚庚在里面……

在普列思那

这天一整天，亚庚好像做着不安的梦，他不能辨别事件的性质、战斗的理由，以及应该参加与否。单是伏在青年的胸中的想做一做出奇的冒险的一种模胡的渴望，将他推进战斗里去了。况且普列思那的青年们，都已前往。像亚庚那样的活泼的人物，是不会落后的。同志们都去了。那就……

他也去了。

被夜间的枪声所惊骇的工人们，一早就倦眼惺忪地聚在工厂的门边，开了临时的会议。副工头隆支·彼得罗微支，是一个认真的严峻的汉子，一句一句地说道：

"重大的时机到了，同志们。如果布尔乔亚得了胜，我们的自由，已经得到的权利，就要统统失掉的。这样的机会，恐怕是不会再有的了。大家拿起武器来。去战斗去，同志们！"

年老的工人们默默地皱了眉，大约是不明白事件的真相。但年青的却坚决地回答道：

"战斗去！扫掉布尔乔亚！杀掉布尔乔亚！"

亚庚是隆支·彼得罗微支的崇拜者，他相信彼得罗微支是真挚的意志坚强的汉子，说话的时候，是说真话的人。但要紧的动机，是因为要打一回仗……于是，他就和大家一同唱着《伐尔赛凡加》[1]，从工厂门口向俱乐部去——向红军去报名。

他在工人俱乐部里报了名，但俱乐部已经不是俱乐部，改成红军策动的本部了，大门口就揭示着这意思。

报名的办法是简单的。一个将破旧的大黑帽子戴在脑后的不

1　Varshavianka，盛行于三十余年前的有名的曲子。

相识的年青工人，嘴里衔着烟卷，将报名人的姓名记在蓝色的学生用杂记簿子上。

"姓呢？"当亚庚仿佛手脚都被捆绑一般，怯怯地，心跳着来到那工人的桌子前面时，他问。

"亚庚·罗卓夫。"亚庚沙声地答。

"从什么工厂来的？"工人问道，眼睛没有离开那簿子。

亚庚给了说明。

"枪的号数呢？"工人于是用了一样的口调问。

"什么？"亚庚不懂他所问的意思，回问道。

但对于这质问，却有一个站在堆在桌子左近的枪枝旁边的兵士，替他答复了。

那兵士说出一串长长的数目字来，将枪交给正在发呆的亚庚的手里。

"到那边的桌子那里去，"他说，用一只手指着屋子的深处。那地方聚集着许多带枪的工人们。亚庚双手紧捏着枪，不好意思地笑着，走向那边去了。他觉得好像变了绵花[2]偶人儿[3]一般，失了手脚的感觉，浮在云雾里似的。他接取了一种纸张、弹药囊、弹药和皮带。一个活泼的兵士便来说明闭锁机，教给拿枪的方法，将枪拿在手里，毕剥毕剥地响着机头，问道：

"懂了么，同志？"

"懂了，"亚庚虽然这样地回答了，但因为张皇失措和新鲜的事情，其实是连一句也没有懂。

工人们在屋角的窗边注视着刚才领到的枪，装好子弹，关上闭锁机，紧束了新的兵士用的皮带，正在约定那选来同去的人们。大的屋子有些寒凉，又烟又湿，充满着便宜烟草的气味。

"阿呀，亚庚也和我们一气。"一个没有胡子的矮小的工人，高

2　现代汉语常用"棉花"。——编者注
3　现代汉语常用"人偶"。——编者注

兴地说，于是向亚庚问道，"报了名了？"

"报了名了。"亚庚满含着微笑，回答说。

"且慢，且慢，同志，"别一个 ⁴ 长方脸的工人，用了轻蔑的调子，向他说道，"你原是社会革命党的一伙呀。现在为什么到这里来的？"

亚庚很惶窘，好像以窃盗的现行犯被人捉住了一样，脸上立刻通红起来。

"真的呀，那你为什么来报名的呢？"先前的工人问。

聚在窗边的人们，都含笑看着亚庚。他于是更加惶窘了。

"不的……我已经和他们……分了手……"他舌根硬得说不清话，但突然奋起了勇气，一下子说道："恶鬼吃掉他们就是。那些拍布尔乔亚马屁的东西。"

工人们笑了起来。

"不错，同志！布尔塞维克是最对的！"矮小的工人拍着亚庚的肩膀，意气洋洋地摇着头，一面说。

大家都纷纷谈论起来，再没有注意亚庚的人了。

亚庚向周围一看，只见隆支·彼得罗微支坐在窗边，一面检查着弹药包，一面在并不一定向谁，这样说：

"如果在大街上遇见了障碍物，要立刻决定，应该站在障碍物的那一边。站在正对面和这一边，是不行的。我们并不是打布尔乔亚呵。只要抗着 ⁵ 枪，打杀了士官候补生和大学生，就是了。"

"还有社会革命党哩。"有谁用了轻蔑的口调说。

"当然，"隆支·彼得罗微支赞成说，"饶放了应该打杀的东西，是不对的。"

"真的。瞧罢，谁胜。"

"用不着瞧的：我们胜的。"有谁诧异道。

亚庚不再受人们的注目，高兴了。他将枪靠在墙上，系好皮

4　现代汉语常用"另一个"。——编者注
5　现代汉语常用"扛着"。——编者注

带，带上挂了弹药囊，但因为太兴奋了，两只手在发抖。

转瞬之间，屋子里塞满了人们。或者大声说话，自己在壮自己的胆；或者并没有什么有趣，也厉声大笑起来；或者跨着好像背后有人推着一般的脚步。大家都已兴奋，是明明白白的，有三个自说是军事教员的兵士，来编成红军小队，以十二人为一排，选任了排长。亚庚被编在隆支·彼得罗微支所带的小队里了；彼得罗微支即刻在这屋子里，整列了自己这队的人们，忍着得意的微笑，说道：

"那么，同志们，要守命令呀！什么事都得上紧。否则……要留心，同志们……走罢！"

大家就闹嚷嚷的走到街上去了。

从俱乐部的大门顺着步道，排着到红军来报名的人们的长串。这是各工厂的工人们，但夹在里面的新的蓝色外套的电车司机的一班，却在放着异彩。大门附近的步道和车路上，聚集着妇女和年老的工人，是来看前赴战场的人们的，他们大家相笑相谑，嗑西瓜子，快活的态度好像孩子模样。只有一个瘦削的尖脸的，包着黑的打皱的布直到眼上面，穿着衣襟都已擦破的防寒外套的年青的女人，却站在工人的队伍旁边，高声地在叫喊：

"渥孚陀尼加，回去罢。叫你回去呵！兵什么，当不得的呀。你真是古怪人。听见没有，渥孚陀尼加？回家去……"

那叫作渥孚陀尼加的工人，是年纪已颇不小，生着带红色的胡子的强壮而魁伟的汉子。他只是用了发恨[6]的脸相睨视着女人，并不离开队伍，低声骂道：

"啐，死尸。杀掉你！"

因为别的工人的老婆没有一个来吆喝丈夫的，这工人分明觉得惭愧了。

"回家去，趁脑袋还没有吃打。"他威吓说。

---

6 现代汉语常用"发狠"。——编者注

"不和你一起，我可是不回去的呵。我就是抛掉了孩子，也不离开你——却还要想去当什么兵哩，狗脸！如果你出了什么事，叫我怎么办呢，抱了小小的孩子到那里去呀？你想过这些没有？"

"那边去，教你这昏蛋[7]！"渥孚陀尼加骂道。

群众听着这争吵，以为有趣，但倒是给女人同情，带着冷笑地在发议论。

"有着两个孩子，那是不必去做红军的。"

"只让年青的去报名，是当然的事。"

"对了，就要年青的。没有系累的人们，去就是了……"

看见一个高大的板着脸的刚愎的老婆子，抓住了十七八岁的少年的手腕，带到俱乐部那边去。少年的手里拿着枪，带上挂着弹药囊。

"走罢，要立刻将这些都送还，"她愤怒地说，"我给你去寻红军去。……"

羞得满脸通红的少年垂着头，用尖利的声音轻轻地在说：

"我总是不会在家里的。后来会逃掉的。"

但那老婆子拉着少年的手腕，嚷道：

"我关你起来，给你看不到太阳光。成了多么胡闹的孩子了呀。"

于是，返顾群众，仿佛替自己分辩似的，说了几句话：

"家里有着蠢才，真费手脚呵……"

亚庚吃了一惊。相同的事，他这里恐怕也会发生的。他惴惴地遍看了群众，幸而母亲并不在里面。只有两个熟识的姑娘看着他，不知道为什么在发笑。亚庚装作没有看见模样，伸直了身子，说道：

"哪，同志们，赶快去呀。"

各小队纷纭混乱，大约五十人集成一团，开始走动了。隆支·彼得罗微支想将队伍整顿一下，但终于做不到，挥着手低声自语道：

"也就成罢……"

7　现代汉语常用"混蛋"。——编者注

亚庚

他们形成了喧嚣的、高兴的一团，在大街中央走。两旁的步道上满是人，大家都显着沉静的脸相，向他们凝望。亚庚是还恐怕被母亲看见，硬拉他回去的，但待到经过库特林广场，走至萨陀伐耶街的时候，这才放了心，好像有谁加以鼓励一样，意气洋洋地前进了。到处是人山人海。在国内战争的第一日的这天，就有人出来看，是墨斯科所未曾前有的。运货摩托车载着兵士和工人，发出喧嚣的声响，夹在不一律的断断续续的歌声和枪声里，听到"呜拉"的喊声……

普列思那的一团在萨陀伐耶街和别的团体分开，成了独立部队，进向市的中心去。

亚庚将帽子戴在脑后，显出决然的样子，勇敢地走，每逢装着兵士的摩托车经过，便发一声喊，除下打皱的帽子来，拼命地挥动。紧系了皮带，挺着身子，而精神亢奋了的他，仿佛在群众里游泳过去的一般。

群众，街道，"呜拉"的喊声，而且连他自己，都好像无不新鲜，一切正在顺当地变换，亚庚因此便放声唱歌，尽情欢笑，想拿枪向空中来开放了。在思德拉司忒广场遇见了华西理的事，心里是毫没有留下一点印象的，但走远了广场的时候，却想了起来：

"他会去告诉妈妈，说看见了我的。"

他有些担忧了，但即刻又放了胆，将手一摆，想道：

"由它去罢。"

武装了的兵士和工人们，都集合在斯可培莱夫广场的总督衙门里。这地方是革命军的本部。拿枪的兵士和工人的一团,在狭窄的进口的门间互相拥挤,流入那施着华丽的装饰的各个屋子里;在那大厅里和有金光灿烂的栏干[1]的宽阔的阶沿上,闹嚷嚷地满是黑色和灰色的人们,气味强烈的烟草的烟,蒙蒙然笼罩了一切屋子里的群众的头上。亚庚跑进了先前是公爵、伯爵、威严的将军之类所住的这大府邸,还是第一回。他便睁了单纯的吃惊的眼睛,凝望着高高的洋灰的天花板、嵌在壁上的镜子、大厅的洁白的圆柱,心里暗暗地觉着一种的光荣:

"我们占领了的。"

而且很高兴,得到讲给母亲去听的材料了。

一个身穿羊皮领子的外套,不戴帽子,拖着蓬蓬松松的长头发的高大的汉子站在椅子上,发出尖利的声音来:

"静一下,静一下,同志们!"

群众喧嚣了一下,便即肃静了的时候,那人便说道:

"凯美尔该斯基横街非掩护不可。同志们,到那地方去。"

工人们动弹起来了。

"到凯美尔该斯基横街去,同志们。士官候补生在从亚诃德尼·略特前进。竭力抵御!……"

工人们各自随意编成小组走出屋子去,一面走,一面毕毕剥剥地响着枪的闭锁机。亚庚在人堆里,不见隆支·彼得罗微支这一伙了,便加入素不相识的工人的一组里,一同走向凯美尔该斯基横街的转角那方面去。

德威尔斯克街的尽头的射击,正值很凶猛。

在总督衙门附近的兵士,警告工人道:

"散开,散开,同志们!要小心地走在旁边。一大意,就会送

---

1 现代汉语常用"栏杆"。——编者注

命的。"

于是，工人和兵士们便都弯着腰走，一面藏身在墙壁的突角里，一个一个地前进。车路上寂然无声，因为是经过了筑着人山的街道，来到这里的，所以觉得这寂寞，就更加奇怪了。

亚庚的心脏跳得很厉害，胸膛缩了起来。他两手紧捏着装好子弹的枪，连别人的走法也无意识底地模仿着，牵丝傀儡似的跟在人们的后面。

枪声已在附近发响了。时时有什么东西碰在车路的石块上，拍拍地有声。

"阿呵，好东西飞来了。"站在前面的兵士笑着说。

亚庚害怕起来了。

"那是什么呀？"他问。

"什么！不知道么？——是糖丸子呵，那东西，"兵士一瞥那吃惊的亚庚的样子，揶揄着说，"撅出嘴去接来试试罢。"

亚庚想要掩饰，笑了起来。但兵士看出了他的仓皇的态度，亲密地说道：

"没有什么的，不要害怕。是在打仗了，要镇静。"

于是，大家都集合在凯美尔该斯基横街的转角的地方，但那里已有工人和兵士的一小团，躲在卖酒的小店后面了。这里的空气，都因了飞弹的嗖哨[2]而振动。

工人全是素不相识的人，亚庚很想问问各种的事情，但终于不敢去开口。他很想来开枪，但谁也没有放，独自一个也就不好开枪了。大家都沉默着，仿佛御寒一般，在同一的地面上，交互地踩着脚，是不知道做什么才好的情形。而且，大家的脸是苍白的，嘴唇是灰色的。只有夹在里面的亚庚，却显着鲜润的红活的面庞，流动

2　现代汉语常用"呼哨"。——编者注

着满是好奇和含羞的情绪的双眼，于是就自然而然地成了大家的注意的标的了。

在附近的陀勒戈鲁珂夫斯基横街的转角处，聚集着一团的兵士。工人们的黑色的形相[3]，在那里面格外显得分明。他们都正在一齐向着亚诃德尼·略特方面射击。

"从这里可以开枪么？"亚庚终于熬不住了，问一个兵士道。

"你是要打谁呀？这里可没有开枪的标的呵。得到对面的角落里去。"

"但那边不危险么？"

"你试试瞧。"那兵士歪着嘴，显出嘲笑来，但暂时沉默之后，便赶忙说道："一同去罢，同志。我先走，你跟着来。一同走，就胆壮。但是，要小心呀，敌人一开枪，就伏在地面上。"

亚庚的心发跳，脊梁上发冷了，但他勇敢地答道：

"那么，去罢。"

"到那边去，是不中用的呵。"有谁从后面用了颓唐的声音说。

"唔，又是。还说，"兵士用发怒的口吻说，"去罢。"

他将帽子拉到眉边，捏好步枪，伸一伸腰，便沿着步道，将身子贴着墙壁，跑过去了。亚庚也跟在后面跑。什么地方起了枪声，兵士的头上的窗玻璃，发出哀惨的音响。兵士跳身跑到药店的门边，蹲下了。亚庚好像被弹簧所弹似的跟着兵士，也一同并排蹲下了。兵士的呼吸，是很迫促的。

"那是从那里来的？"亚庚慌张地问。

"什么叫作从那里来的？"

"不是开了枪么？"

"谁知道呢。大约是从什么地方的屋顶上面打来的罢。"

---

3 现代汉语常用"形象"。——编者注

"一不小心，就会送命哪。"亚庚栗然说。

兵士向少年瞥了一眼，但这时亚庚看见他仿佛觉得烈寒似的浑身抖动，脸色发青，两眼圆睁得怕人，异样地发闪了。好容易，兵士才会动嘴，说道：

"会送命的。因为要做枪弹的粮食的，所以小心些罢。"

两个人紧贴在铺子的门口有五分钟。兵士发着抖，通过了咬紧的牙缝，在刻毒地骂谁。在亚庚，不知道为什么，这骂声却比枪声更可怕……

这之间，射击停止了。在亚诃德尼·略特方面，也已经听不到枪声。兵士站起身来，仔细地遍看了各家的屋顶，于是跳跃着横断街道，跑向工人们所在的转角去。亚庚也拼命地跟在那后面。忽然不知道在什么地方从上面起了乱射击，四边的空气都呼呼地叫了起来……在前面飞跑的兵士，好像在什么东西上绊了一下，便发声骂着，倒在车路上，步枪磕着铺石，发出凄惨的声音。

"唉……唉……赶快！赶快！"有人在转角那里大声叫喊。

亚庚横断了街道，躲在转角的一团里面之后，回头看时，兵士也还是躺在跌倒的处所，小枪弹像雪子一般落在那周围的铺石上，时时扬起着烟尘。……

"终于，给打死了！"一个站在转角上的兵士，断续地说，"爬了来，那就好……"

亚庚被大家所注视，仿佛是阵亡了的兵士的下手人一样，便发了青，发了昏，站在屋壁下。因为怕极了，很想抛掉枪枝，号哭起来。然而，熬住了，喘息一般地呼吸着，仍然站在那地方。

从德威尔斯克街的上段那里，驶来了载着学生的看护兵的黑色摩托车。因为要叫射击中止，将缀着红十字的白旗摇了许多工夫，看护兵们这才拉起被杀的兵士来，赶忙放在担架上，刚要将摩托车回转，角落上有人叫起来了：

"将帽子拿去呀！"

原来看护兵是将被杀了的兵士的帽子忘掉了。这时候，大家所不意地感到的，是人一被杀，帽子便被遗弃的这一种忧虑。

"拿帽子去！"连亚庚也歇斯迭里[4]地叫喊说，"拿帽子！"

学生的看护兵再从摩托车跳下，拾起帽子，并排放在兵士的头边。于是，一切都照例地完毕，摩托车开走了，大家都呼的吐了一口气。阵亡的兵士曾经躺过之处的铺石，变成淡黑，两石之间的洼缝中，积起红色的水溜来。大家看这处所，是很难受的，但却很想走近去仔细地看一看……

"吓，了不得的血哪，"身穿磨得很破了的革制立领服，颈子上围着围巾的一个工人，阴郁地说，"现在是魂灵上了天堂……"

大家一声不响。各自在想象别人所不知道的自己目前的神秘的运命[5]。

"天堂……上了真的天堂了。"

那工人还低声絮叨着，嘻嘻的笑了起来。

"上了天堂，没上天堂，兄弟，那倒是随他的便……我想抽烟呢。他们枪也打得真好。"

"但从那里打出来的呢？"

"恐怕是旅馆的屋顶上罢。有许多人在那里。"

"不是从伏司克烈闪斯基门那边打来的么？"

"不。从屋顶上打来的。"亚庚明白地说，"我跑到这里来的时候，亲眼看见从屋顶上打来的。"

大家都注意地向亚庚看，因为他是一个竟没有和兵士一同被人

4　现代汉语常用"歇斯底里"。——编者注
5　现代汉语常用"命运"。——编者注

打死的青年。

"哪,同志,你的魂灵儿现在没有跑到脚跟里去么?"那讲过天堂的工人插嘴说,"不想要一枝[6]针么?"

"怎样的针?做什么?"亚庚诧异道。

"真的针呀。从脚跟里挑出魂灵来呀。"

一团里面,有谁在吓吓的勉强装作嬉笑。亚庚满脸通红,很有些惭愧了,一个中年的兵士便用了冷淡的语调,说道:

"喂,小伙计,你到这里来,是冤枉的,真冤枉。"

"为什么是冤枉的?我不是和你是一样的公民么?说得真可笑!"亚庚气忿[7]起来,孩气地大声说。

那兵士不作声,向旁边吐了一口唾沫:

"呸……"

亚庚在步道上前后往来,走到街的转角,望了一望亚诃德尼·略特。望中全是空虚,既没有人影,也没有马车。这空虚的寂静更加显得阴惨。倘在平时,是即使半夜以后也还有许多人们来往的,而现在却连一个人影也不见了。从伏司克烈闪斯基门附近向这边开了枪,枪弹发着尖利的声音,在亚庚身边飞过,打在车路和还未造好的大房子的围棚上。在亚诃德尼·略特的转角处看见了一个人影子,亚庚便将枪身抵在肩膀上,但那人影又立刻不见了。然而,亚庚被开枪的欲望所驱使,并且知道即使开了枪,也不会受罚的,于是就任枪身抵在肩膀上,扳一扳机头。步枪沉重地在肩膀上一撞,两耳都嗡的叫了起来……

兵士们聚到横街的转角来。

"你打谁呀?"一个问。

---

6 现代汉语常用"支"。——编者注
7 现代汉语常用"气愤"。——编者注

"一个大学生模样的。在那里……"

"要看清楚,不要乱打人。这里是常有闲走的人们的。"

灰色外套的人影子又在转角处出现,并且"拍!"的向这边开了一枪,又躲掉了。

这一枪的弹子,打落了一些油灰屑。

细的壁土落到兵士和亚庚的头上来,大家便一齐向后面退走。

"哪,在打我哩!"亚庚活泼地说。

他很高兴为敌人所狙击。这是可以做他一生涯的谈柄的。

"唉,他!……"一个年青的兵士忽然大声叫喊起来,"他在打,打他。唉!……"

于是,一面痛骂,一面正对着街道就开枪。

拍……拍……拍……

两个兵士跑到他的旁边去,一个跪坐,一个站着,很兴奋地开始了射击,恰如对着正在前进的敌人。

亚庚发了热狂了,从街角跳到街道上,一任身子露在外面,射击着远处的房屋。什么地方也没有人,而兵士和亚庚,还有五个工人们,却已经都在一面咒骂,一面集中着枪击。从对面的街角也有一团兵士出现,发出枪声来……大家都在射击着看也没有看见的敌手。

射击大约继续了两分钟。亚庚虽然明看见敌人并不在那里,所以用不着开枪,枪弹不过空落在车路上,或者打在人家的墙壁上,然而兴奋了的他,却放而又放,将药包三束都消耗了。他的肩膀因此作痛,右手掌也弄得通红。当这边正在开枪之际,亚诃德尼·略特那面是静悄悄的。

"他们不是从那边走掉了么?"亚庚问。

"怎会走掉!在那边。在打角上的屋子哩。"

"那是我们的人么?"

"不错。那是我们的。"

好像来证实这答话一样，从转角的红色房子的窗户里，忽然发出急射击来。

"见了没有？那是我们的。"兵士证明道。

从亚诃德尼·略特那边起了叫喊，兵士们侧着耳朵听，又起了叫喊。

"有谁负伤了。"围着围巾的工人说。

"一定的，负伤了。叫着哩，不愿意死呀。"

"是士官候补生，一定的。"

"自然是士官候补生，叫得像去宰的猪一样。"一个活泼的兵士说完话，异样地笑了起来。

他看着大家的脸，仿佛是在征求同意似的。

大家都不说话。

"喂，不在大叫着什么么？"

从横街的转角后面，断断续续地听到叫唤的声音。大家伸颈倾听了一回，却丝毫也听不清那意思。

亚庚之死

亚庚又从街角跳出,看好了周围的形势,举起枪枝射击起来。这一回他已经知道瞄准,沉静地开枪了。

他首先去打那在灰色的天空之下,看得清清楚楚的烟突,此后是狙击了挂在邻街的角上的一盏大电灯。一开枪,电灯便摇动了。

"打着了哩!"亚庚满足地想。

略略休息之后,他从新射击,打破了杂货店的大玻璃,打着了红色房子的屋角,看见洋灰坠落,尘埃腾起,高兴了。于是,又狙击了万国旅馆的嵌镶壁画和招牌。

轰!——在对面的房屋后面忽然发出大声,同时在近旁也起了尖利的嚷叫。

亚庚大吃一惊,蹲了下去。看见红色房子的一角倒坏了。兵士和工人,接着是亚庚,都乱成一团,从转角拼命地向横街逃走,好容易这才定了神,一个一个地停留下来。

"开炮了!"有谁在对面的街角大叫,"留神罢,同志们!"

轰!——又来了炮声。

大家动摇了,但立即镇定,回复了街角的原先的位置。亚诃德尼·略特方面的枪击,也更加猛烈起来。

"敌人在冲锋哩……!"有谁在什么地方的窗子里面叫着。

于是,发生了混乱,五个兵士从对面的街角向德威尔斯克街的上段一跑,一群工人也橐橐地响着长靴,跟在那后面跑去了。剩下来的,则并不看定目标,只向着大街乱放。亚庚所加入的一团中,已经逃走了十个人,只留得四个。亚庚发着抖、喘着气,在等候敌人的出现，觉得又可怕、又新鲜。这之间，就看见穿着灰色和蓝色的长外套的人们从一所房屋里跳到车路上，向亚庚躲着的角落上开着枪冲过来了。

"他们来哩。"亚庚想。他激动得几乎停了呼吸。

兵士们向横街方面奔逃，叫道：

"来了，来了！……"

亚庚也就逃走，好容易回头一看，但见大家都没命地奔来，他的脊梁便冷得好像浇了冷水。后面的枪声愈加猛烈，仿佛有人要从背后赶上，来打死他似的。亚庚将头缩在两肩之间，弯着腰飞奔，竭力想赶上别人，使枪弹打不着自己……他跟着那逃走的一团，跑进一条小路时，忽然有一个横捏步枪的大汉，在眼前出现了——大喝道：

"站住！乏货！发昏！……回去！枪毙你！"

亚庚逡巡了。那是水兵。

"回去！"

大家错愕了一下，便都站住了。

那水兵一面发着沙声大叫，一面冲出小路，到了横街，径向德威尔斯克街的街角那面去。亚庚很气壮。他自愧他害怕着士官候补生和大学生，至于逃跑，便奋勇跟着水兵，且跑且装子弹；因为亢奋已极了，牙齿和牙齿都在格格地相打。他很想赶上水兵，但水兵却一步就有五六尺，飞似的在跑。只见他刚到街角，便耸身跳上车路，露着身体在开枪了。亚庚走到水兵旁边去看时，那些在亚诃德尼·略特和德威尔斯克街的街角吃了意外的射击的人们，都在慌张着东奔西走。但俄顷之间，在大街和广场上，便都望不见一个人影子了。水兵和亚庚也不瞄准，也不倾听，只是乱七八糟地开枪。忽然间，水兵一趔趄，便落掉了枪枝，亚庚愕然凝视时，只见他呼吸很迫促，大张着嘴，手攫空中，向横街走了两步，便倒在步道上，侧脸浸入泥水里，全身痉挛起来了。亚庚连忙跳上了街角。

"给打死了！水兵给人打死了！"他放开喉咙，向那些从横街跑来的兵士和工人们叫喊，"给人打死了！"

大家同时停住脚，面面相觑。

"到这里来呀！"亚庚说，"他给打死了！"

兵士和工人迟疑不决地一个一个走近街角去，有的是被驱使于爱看可怕的物事的好奇心，有的却轻蔑地看着战死者。

"哈哈……多么逞强呵！"一个兵士恶意地说，"说我们是'乏货'。现在怎样，我们是乏货哩。"

大家聚在街角上，皱着眉。那水兵是脸向横街，胡乱地伸开了手脚，倒卧着。这时只有亚庚一个，还能够看清这人的情形。他还年青，长着黑色的微须，剪的头发是照例的俄国式。从张着的嘴里，流出紫色的血来，牙齿被肥皂泡一般的通红的唾液所遮掩，那嘴，就令人看得害怕。两眼是半开的，含着眼泪。而且，脸面全部紧张着，仿佛要尽情叹息似的：

"唉唉……"

然而，说不出。

聚到街角里来的人们，逐渐增多了。然而，全都只是看着水兵，并不想去开枪，不知怎地大家是统统顺下着眼睛的，但竟有人用了怯怯的声调，开口道：

"将他收拾掉罢。"

大家又都活泼起来了。

"不错，收拾起来。收拾掉。"

于是，就闹闹嚷嚷，好像发见[1]了该做的工作一样，两个兵士便

---

1 现代汉语常用"发现"。——编者注

跳上车路，抓住战死者的两手，拖进街角来，从此才扛着运走。亚庚拾取了缀着黑飘带的水兵的帽子，跟在那后面，但终于将帽子放在战死者的胸膛上面，回到街角上来了。在水兵被杀之处，横着他所放过的枪，那周围是散乱着子弹壳。

"吓，可恶的布尔乔亚真凶！"一个工人骂着说。

别的人们便附和道：

"总得统统杀掉他们。"

大家变成阴郁，脸色苍白，不像样子了。独有亚庚却于心无所执迷，一半有趣地在看大家的脸。奇怪的是，战死了的水兵的那满是血污的可怕的嘴，总是剩在眼中，无论看什么地方，总见得像是嘴。地窖的黑暗的窗户，对面的灰色房子附近的狗洞，都好像那可怕的张开的嘴，满盖着血的唾液的牙齿，仿佛就排列在那里似的。他脊梁一发冷，连忙将眼睛滑到旁边。不安之念不知不觉地涌起，似乎有一种危险已经逼近，却不知道这危险在那里。他想抛了枪，回到家里去了。

工人和兵士们，一句一句，在用了沉重的，石头一般的言语交谈。此时射击稀少了，周围已经平静，而在这平静里，起了远雷一般的炮声。亚庚一望那就在对面的房屋时，所有窗门全都关闭，只有窗幔在动弹，不知怎地总好像那里面躲着妖怪。枪声一响、两响，此后就寂然；又一响，又寂然无声了。倾耳一听，是卢比安加那方面在射击。

忽然间，听到咻咻的声音。

"喂，大家，像是摩托车！"向来灵敏的兵士一面说，便将身一摇，横捏着枪，连忙靠近屋角，悄悄地向亚诃德尼那面窥探。

大家侧耳听时，声音渐渐分明起来了。

"的确，摩托车。来，认清些罢……"

大家立刻振作了，密集在街角上，将枪准备端整。

从亚诃德尼的一角上，有运货摩托车出现，车上是身穿蓝色和灰色的长外套的武装了的一些人，枪枝参差不齐地向四面突出，摩托车正如爬着走路的花瓶，枪、头和手、蓝色的灰色的长外套，就见得像是花朵。摩托车向别一角的方向走，想瞒过人们的眼睛。

亚庚、工人和兵士们，便慌忙前后挤着，对准摩托车行了一齐射击。摩托车立刻停止了，从机器部冒起白烟来，车上的人们将身子左右摇摆，恰如发了痉挛一样。

"唉——唉！……"在亚庚的旁边，起了不像人的，咆哮一般的声音。

被这咆哮声所刺戟的兵士和工人们便跳到步道上，忘记了危险，聚在一起，尽向摩托车开枪。从比邻的街角，也有兵士和工人们出现，一同猛烈地射击。亚庚一看，只见车上的人们恰如被卷的管子一样滚落地上，有的爬进摩托车下，有的急得用车轮和横板来做挡牌，想遮蔽自己的身躯，狼狈万状。摩托车的横板被枪弹所削，木片纷纷飞散。见了这情景的亚庚，咽喉已被未尝经历的涌上来的锐利的喜悦所填塞了。

"杀掉！剥皮！"有人在附近大叫道。

"杀掉！"亚庚也出神地大叫，连装弹也急得不顺手地，连呼吸也没有工夫地，只是开枪。

大约过了一分钟罢，摩托车已被破坏，在那上面，在那近旁，没有一个活动的人影子了。

"呵呵！"这边胜利地说，"了不得。一个不剩。"

大家高声欢笑，为热情所激动，为胜利所陶醉，不住地互相顾盼。

然而，火一般烧了上来的激情一平静，亚庚便觉得对面的毁掉了的窗户，又像张开的死的巨口了。但大家还在想打死人，在等候什么事情的出现。从远处的街角上,忽然现出一个革制短袄上缀着红十字的臂章、头上罩着白布的年青女人来,以镇静的态度走向摩托车那面去。围着发红的围巾的一个工人,便举起了枪枝。

"你!喂,你干什么?"一个兵士大声对他说。

工人略略回一回头,但仍将枪托靠在肩膀上。

"不要打岔!这布尔乔亚女人,我将她……"

于是,兵士大踏步跑过去,抓住了那工人所拿的枪的枪身。

"昏蛋,不明白么?那是看护妇呀!"

"在打那样的人么?我们是来讨伐女人的么?"别的人也叫起来,"发了疯么你?"

"由我看起来,看护妇这东西……"那工人还想说下去,但大家立刻将他喝住了。

"那边去!"

"给他一个嘴巴,否则他不会明白……"

"看哪,看哪……她多么能干!"

那年青女子在摩托车周围绕了一圈,向那堆着好像破得不成样子了的袋子似的团块的车轮那面,弯了腰——注视着走,用手去摸,默然无言。

兵士和工人和亚庚,都屏着气看那女人的举动。只见她叫了一声什么,用一只手一挥,就有缀着红十字的臂章的两个兵士从街角飞跑到摩托车旁,注视着一个团块。于是,一个兵转过背来,别一个则将包在外套里的僵硬的袋子拉起,便挂下了一双长统靴,将这些都载在先一个的背上了,就这样地开手[2]收拾着尸体。

当对面在收拾尸体时,这面却在当作有趣的谈资:

"搬走了。又是一个。原来是那么办的,那是我们的搬法呵。"

---

2 现代汉语常用"着手"。——编者注

"瞧呀，瞧呀，那是——大学生。"

"呵呵，这回的是将官了。"

"好高的个子！"

"这是第八个了。"

"真的。我们一个，就抵他们十个。"

亚庚高兴得要发跳，心里想，这是可以做谈天的材料的，待回了家去……

然而，最后的死尸一搬走，兴奋的心情也就消失了。

摩托车就破坏着抛在十字路的中央。

拍拉！

那是起于远处的街角的枪声。大家的脸上即刻显出紧张模样，连忙毕毕剥剥地响着闭锁机，动摇起来。生着黑色的针似的络腮胡子的兵士走近街角来，断断续续地说道：

"就要前进了，同志们。准备罢。"

"前进，"亚庚自言自语地说，"前进。"

他的心脏发了抖。他跑来跑去，寻觅他自己该站的位置，——他以为前进是排着队伍才走的。

"友军的一队，要经过了后街去抄敌人的后面。一开枪，我们就……"

兵士还没有说完话，在对面的角落上已经开了枪。兵士慌忙叫一声："跟着我来！"而且头也不回地在步道上奔向亚诃德尼·略特方面去了。亚庚喊着"呜拉"——跟定他，并且赶上了大家。独自在众人之前，目不他顾地走。有什么热的东西触着脸，也许是空气，也许是子弹——而风则在他的耳边呻吟。

亚庚在红色房子附近的角上站住了看时，只见蓝色和灰色的外套，正在沿着下面的摩诃伐耶街奔走，他便从背后向他们连开了三回枪。他气盛而胆壮了，又走上亚诃德尼·略特的礼拜堂的阶沿，想更加仔细地观察四面的形势。亚诃德尼·略特、戏院广场，以及所有的街道，是全都空虚的。从小店后面，钻出一群人——大抵是孩子来，在街道的角角落落里聚成黑黑的一团，凝视着兵士和工人的举动，望着抛在十字街头的血污的破掉的摩托车，仿佛在看什么珍奇的事物。孩子们在从摩托车的横板上挖下木片来，并且拾集子弹夹。不多久，群众便混杂在武装的兵士和工人里面了。三个十岁上下的顽皮孩子，站在亚庚的面前，羡慕似的对他看。

"放放瞧。"一个要求说。

这样的要求，是很使亚庚不高兴的。

"走开！"他威吓那孩子说。并且将身靠在礼拜堂的石壁上，横捏着枪，俨然吆喝道：

"不相干的人们走开。要开枪了！"

于是，向空中放了一枪。

群众都张皇失措。连兵士和工人们，虽然拿着枪，也动摇混乱起来了。

"走开，走开！"发出了告警的声音。

瞬息之间，群众已经一个不见，像用扫帚扫过了一般，惊惶颠倒的他们，推推挤挤地挨进小杂货店中间，躲起来了。兵士和工人们集合在万国旅馆的近旁，独有亚庚留在礼拜堂的阶沿上。四面没有一个人。自己的伙伴都在对面的街角，破坏了的摩托车的背后。亚庚忽然觉到了只有自己一个人，便害怕起来，疑心从礼拜堂背后会跳出恶棍来，要将他杀掉。帽子下面的他的头发，在抖动了，脸色转成苍白的他，便跳下阶沿，横断街道，跑过摩托车旁，奔向对面的街角的工人们那边去。在途中跌了一跤，这使他更加害怕了。

"小心！"在角上的人笑着说。

亚庚气喘吁吁地到了目的地的街角。他的恐怖之念，也传染了别人，大家都捏紧枪身，摆出一有事故，即行抵抗的姿势。但是，过了一分钟，那紧张也就消失了。

"是自己在吓自己呵，"有谁用了嘲笑的调子说，"敌人一个也没有呀。"

"有的。"亚庚答道。

"在那里？"

亚庚是本不知道敌人在那里的，但他指着靡诃伐耶街的一角，将手一挥。

"那边。"

他忽然觉得害怕。无缘无故又想抛掉了枪，赶快回到普列思那的家里去，而且这感情，此刻也愈加强烈了。他凄凉，冰冷，浑身打着寒噤。

附近突然起了尖锐的枪声。和工人一同，兵士也将身子紧贴在墙壁上。亚庚吓了一跳，也跟着大家发慌，竭力想要躲到谁的背后去。而且，仍如半点钟以前那样，又有猛烈的恐怖，像一条水，流过他的脊髓和后头部，使他毛发都直竖了。一种运命底的预感，在挤缩了他的心，至于觉得了痛楚。

"离开这里罢。"他哀伤地想。

射击没有继续。站在墙边的兵士和工人，便宽一宽呼吸，动弹起来。

亚庚举起枪来，向空中开了一枪，借此壮壮自己的胆，而且又开了一枪。兵士们也就跟着来开枪了。是射击了好像躲着看不见的敌人的那邻近的房屋的窗门和屋顶。大家一面射击，一面都走出街角和十字街头来。亚庚也回了礼拜堂的阶沿的老寨。由这里射击万国旅馆的房屋作为靶子的，是挂着体面的绢幔，在那深处隐约可以望见金闪闪的大装饰电灯和豪华的家具的窗门。因为开了枪了，所以也略为沉静了一点，因为动了兴了，所以他就半开玩笑地用枪弹打碎了挂在旅馆的停车场附近的彩色玻璃的电灯，以及摆在窗前和桌上的水瓶子。

这射击，后来就自然停止，兵士和工人们聚集在礼拜堂附近，平稳地谈话、吸烟，将危险忘却了。于是，又从各个裂缝里，各个空隙间，蟑螂似的钻出孩子来，走近他们，也夹着一些大人，四近被群众填得乌黑，孩子们好像小狗，在人缝里钻来钻去，检取[3]子弹夹。更加平稳了，然而亚庚的不可捉摸的悲哀之情，却未曾消失，他在心里知道什么地方有危险，在这就伏在邻近的处所的。但那是什么处所呢？

在大学校的周围和克莱谟林的附近开了枪。士官候补生和大学生，从这里都看不见。

亚庚担忧地环顾周围，搜寻着危险的所在，然而不能发见它。

"士官候补生来哩！"在礼拜堂后面，有了好像孩子的声音。

和这同时，礼拜堂的周围和街道上就都起了急射击。群众发一声喊，往来奔逃，孩子们伏在地面上，爬着避到杂货店那面去了。亚庚浑身发抖，想跑到德威尔斯克街的转角这边去，但一出礼拜堂，便立刻陷在火线里。他看见从四面的房屋的门里，或单个，或一团，都走出拿枪的士官候补生和大学生来。在屋顶上，也有武装着的人们出现。而且，盘踞在屋顶上的人们，又好像正在向他瞄准似的。他退到礼拜堂的阶沿，墙壁的掩护物去。大学生和士官候补生一面跑，一面向兵士和工人们施行着当面的射击。礼拜堂附近和满是秋季的泥泞的步道的铺石上，已经打倒着几个人，还在呻吟，还在抽搐，那旁边就横着抛掉的枪枝。五六个兵士将身子紧贴在礼

3　现代汉语常用"捡取"。——编者注

拜堂的墙壁上向士官，候补生射击。然而，候补生们却分成散列，一直线前进，一跳上礼拜堂的阶沿，失措的兵士便仓皇乱窜起来。候补生们挺着枪刺去刺兵士，兵士则发出呻吟声和嘶嗄声，用两手想将枪刺捏住，或者在相距两步之处，开起枪来。亚庚仿佛在梦境中，目睹了这些鏖杀的光景。

射击和抵抗，亚庚都忘掉了，只是贴住墙壁，紧靠着冰冷的石头，好像要钻进那里面去。他用了吓得圆睁了的两眼，看着起在身边的杀戮的情形，上气不接下气地在等候自己的运命。两个士官候补生走到最近距离来，一个便举了枪，向亚庚的头瞄准。亚庚还分明地看见那人的淡黑的圆圆的眼睛。火光灿然一闪，亚庚已经听不见枪声。他抛了枪，脸向下倒在石阶上面了。

"恶梦"

因为骇人的光景，失了常度，受了很大的冲动的华西理·彼得略也夫，从亚诃德尼·略特走到彼得罗夫斯克列树路时，已是午后三点钟左右了。他并不慌忙，一步一步地向家里走。由他看来，周围的一切，是全都没有什么相干的。饱含湿气的空气，胶积脚下的淤泥，忽然离得非常之远，而且好像成为外国人了一般的人们，在他，都漠不相关；无论向那里看，他的眼中只现出拖着嵌了拍车的漂亮的长靴——外套下面的那可怕的双脚，以及大学生和士官候补生的脑袋，颓然倒在看护兵的脊梁上的光景来。无论向那里看，跑到眼里来的只是好像接连着乌黑的自来水管一般的死人的脚，好像远处的小教堂的屋盖——恰如见于此刻的屋顶上那样——的死人的头。在落尽了叶子的树梢的密丛里，在体面的房屋的正门里，在斑驳陆离的群众里，就都看见这死了的脚、死了的头。他时时在街上站住，想用尽平生之力来大叫……

然而，怎样叫呢？叫什么呢！谁会体谅呢！而且，那不是发了疯的举动么？

这周围，是平静的。发了疯的叫喊，有谁用得着呢？……

不是被恶梦所魇了么？谁相信这样的叫喊？周围都冷冷淡淡。也许是心底里有着难医的痛楚，所以故意冷冷淡淡的罢？

他常常立住脚，仿佛要摘掉苦痛模样，抓一把自己的前胸，并且因了从幼年时代以来，成了第二天性的习惯，只微动着嘴唇，低语道：

"上帝，上帝……"

但立即醒悟，苦笑了。

"上帝，现在在那里呢？不会给那在墨斯科的空中跳梁的恶魔扼死的么？"

于是，他骂人道：

"匪徒！"

但骂谁呢，他不知道。

周围总是冷冷淡淡的。

在亚诃德尼·略特那里，是剥下皮来，撒上沙，渍了盐，咯支咯支的擦了，在吃……吃魂灵……

"唉唉，怕人……阿，鬼！"

但是，大街、转角、列树路都被许多的人们挤得乌黑，大抵是男人，是穿着磨破了的外套，戴着褪了颜色的帽子和渗透了油腻的皮帽之辈。穿戴着羔皮的帽子和领子的布尔乔亚，很少见了，而女人尤其少。只有灰色的工人爬了出来，塞满了街头。他们或在发议论，或在和红军开玩笑；红军是胡乱地背着枪，显着宛然是束了带的袋子一般的可笑的模样。群众不明白市街中央的情形，所以很镇静，但为好奇心所驱使，以为战斗是没有什么大不了的，就看作十分有趣的事情。他们想，大概今天的晚上就会得到归结，一切都收场了。只有背着包裹，两手抱着啼哭的婴儿的避难者的形姿，来打破一些这平凡的安静和舒服。

然而，孩子们却大高兴，成了杂色的群，在大街和列树路上东奔西走，炫示着从战场上拾来的子弹壳和子弹夹，将这来换苹果、向日葵子和铜钱。

而市街的生活，则成为怯怯的、酩酊的、失了理性的状态，与平时的老例已经完全两样了。

大报都不出版，发行的只有社会主义底的报纸，但分明分裂为两个的阵营，各逞剧烈的词锋，互相攻击。两面的报纸上，事实都很少；揭载出来的事实，已经都是旧闻，好像从昨天起，便已经过了一个月的样子。

传布着各种的风闻。喧传[1]哥萨克兵要从南方进墨斯科，来帮"祖国及革命救援委员会"，又传说在符雅什玛已经驻扎着临时政府的炮兵和骑兵了。

"一到夜，大战斗一定开场的。"有人在群众中悄悄地说。

华西理听到了这样的话。但这样的话，由他听去，恰如在脚下索索地响的尘芥一般。

于是，他的神经就焦躁起来。但他想，夜间真有大战斗，则此后如夏天的雷雨一过，万事无不帖然就绪，也说不定的。

但他被街街巷巷的人群所吓倒了。离市街中央愈远，则群众的数目也愈多。无论那一道门边，无论那一个角落，都是人山人海。而且，所有的人们都用了谨慎小心，栗栗危惧的眼色，向市街中央遥望，怯怯地挨着墙壁，摆出一有变故便立刻离开这里，拼命逃窜，躲到安稳的处所去的姿势来。

华西理在街街巷巷里走，直到黄昏时候，然而哀愁和疑虑，却始终笼罩着他的心。

"现在做什么好呢？到那里去好呢？"他自己问起自己来了，然而寻不出一个回答。

---

1 现代汉语常用"宣传"。——编者注

母亲的痛苦

在普列思那,当开始巷战这一天,人们就成群结队的在喧嚷。住在市梢的穷人们,都停了工作,跑向大街上来,诧异着奇特的情形,塞满了步道。到处争论起来,骂变节者、责反叛者、讲德国的暗探,有的则皱了眉头,看着那些挟枪前往中央的战场的工人们。有的在哭泣,有的在祷告。

偶然之间,也听到嘲笑布尔乔亚,徒食者和吸血鬼之类的声音。但那是例外,这灰色脸相的穿着肮脏衣服的人们,脸上打着穷字的印子的人们,对于事件,是漠不关心的。他们嗑着向日葵子,在大家开玩笑……而且,所有的人,好像高兴火灾的孩子一样,都成了非常畅快的心情。到了黄昏,战斗渐渐平静,情势转到好的一面,大概便以为俄罗斯人各自期待着的奇迹,就要出现了。

华尔华拉·罗卓伐——亚庚的母亲——知道,儿子已经加入红军,往市街去了。她此刻就跑到门边、街角,巴理夏耶·普列思那的广场那里,看儿子回来没有。

"我要责罚他!"她并不是对谁说,高声地骂道,"到队里去报名,这小猪。"

她轻轻地叹一口气,对着那些塞满了马车电车和摩托车全不通行了的车路,接连地走过去的通行人,睁眼看定,眼光像要钉了进去的一般。到傍晚,各条大街上,人堆更是增加起来了。红军们散成各个,拖着疲乏的脚,踉踉跄跄,费力地拿着枪,挂在带上的空了的弹药囊在摇摆。这些人们,是做过了一天的血腥的工作来的。群众拉住他们,围起来,作种种的质问。

亚庚却没有见。

他的母亲机织女工，便拉住了陆续走来的红军，试探似的注视他们的眼睛，问他们可知道亚庚，遇见了没有。

"是十六岁的孩子，戴灰色帽子，穿着发红的颜色的外套的。"

"在那里呢？不，没有遇见。"总是淡淡的回答说，"因为人很多呵。"

机织女工心神不定地问来问去，从街上跑进家里，从家里跑到街上，寻着，等着，暗暗地哭了起来。

耶司排司被亚庚的母亲的忧愁所感动，在天黑之前，便向市街的中央，到尼启德门寻亚庚去了。但是，一回来，机织女工便看定了他，老眼中分明流着眼泪，寻根究底地问。她显出可怜的模样来了，头巾歪斜，穿旧了的短外套只有一只手穿在袖子里，从头巾下，露出稀疏的半白的卷发来。

"是偷偷地跑掉的呵，"她总是说，"还是早晨呀。他说：'我到门口去一下。'从此可就不见了。唉唉，上帝，这到底是怎么的呢？"

她凝视着耶司排司，好像是想以这样的眼色来收泪，并且祷告似的说道："安慰我罢！"

从她眼里，和眼泪一同射出恐怖的影子来。耶司排司吃惊了，又不能不说话，便含胡[1]着说道：

"你不要担心罢，华尔华拉·格里戈力夫那，大约是没有什么吓人的事的。"

但她心里知道这是假话，半听半不听地又跑到门那边去了。

门的附近为人们所挤满，站着全寓的主妇们，一切都不关心的老门丁安德罗普，还有素不相识的人们。于是，她便对他们讲自己的梦：

1　现代汉语常用"含糊"。——编者注

"我梦见我的牙齿，统统落掉了。连门牙，连虎牙，一个也不剩。我想：上帝呀，这教我怎么活下去呢？怎么能吃喝呢？早上起来，想：这是什么兆头呵？那就是亚庚·彼得罗微支到红军里去报了名。如果他给人打死了，教我怎么好呢？我是许多年来，夜里也不好好地睡觉，也不饱饱地吃一顿面包，一心一意地养大了他的，但到现在……"

她还未说完话，就呜咽起来了，用了淡墨色的迦舍弥耳的手巾角，拭着细细的珠子一般的眼泪。

"喂喂，"耶司排司看着她那痉挛得抽了上去的嘴唇，说，"华尔华拉·格里戈力夫那，不要这么伤心了。大概，一切都就要完事了。大概，就要回来的，如果不回来，——明天一早就走遍全市去寻去，会寻着的。人——不是小针儿，会寻着的。"

他想活泼地、热心地说，来安慰她，然而在言语里，却既无热气，也无欢欣。华尔华拉悄然离开了这地方，人们便低声相语，说亚庚是恐怕已经不在这世上了。

"做那样的梦。母亲做了那样的梦，儿子是不会有好事情的。"

这时候，听得在市街那面开了枪。大家都住了口，觉得在亚庚是真没有什么好事情了……因为有着这样的忧虑，那逐渐近来的夜，就令人害怕起来……

可怕的夜

这晚上，天色一黑，便即关了门，但谁也不想从庭中回到屋里去。门外的街道上，没有了人影子，但偶然听到过路的人的足音，骇人地作响。胆怯了的人们，怕孤独，怕自己的房，都在昏暗的庭中聚作一团，吸着潮湿的秋天的空气。而且，怕门外有谁在窃听，大家放低了声音来谈天。华西理不舒服了，便在庭中踱来踱去，默默地侧了耳朵，听着夜里就格外清楚的枪声。刚以为远处的卢比安加方面开了枪，却又听得近地在毕毕剥剥地响。什么地方起了"呜拉"的叫喊，又在什么地方开了机关枪。有摩托车在巴理夏耶·普列思那疾驱而过了，由那声音来判断，是运货摩托车。

"彼得尔·凯罗丁也不在呵，"耶司排司向人大声说。

"在那边罢？听说现在是成了头儿了，"女人的声音回答道，"在办烦难[1]的公事哩。"

此后就寂然没有声息，大约是顾忌着凯罗丁家的人在听罢。华西理爽然若失了。说是凯罗丁上了战场，而且还做了首领。不错，他就是这样的人物，这正是像他的事情。他从孩子时候起，原已是刚强不屈的。为伙伴所殴打，他就露出牙齿来，叱骂一通，却决不[2]啼哭。他和华西理和伊凡，都在这幽静的老地方长成，父母们也交际得很亲密。还在同一的工厂里，一同做过多年的工，将孩子们也送进这工厂里面去。在普列思那最可怕的年头一九〇五年来到的时候，彼得尔和彼得略也夫家的两弟兄，都还是顽皮的孩子，但那时，

---

1 现代汉语常用"繁难"。——编者注
2 现代汉语常用"绝不"。——编者注

彼得略也夫老人就在那角落上，被兵们杀死了，那地方，是老树的底下，至今还剩有勘密特工厂的倒坏的，好像嚼碎了一般的砖墙。

仿佛半已忘却了的梦似的，华西理还朦朦胧胧，记得那时的情状。

被害者的尸身，顺着格鲁皤基横街，在石上拖了去，抛在河里了。那时候，母亲是哭个不了，骂着父亲，怨着招致那死于这样的非命的行为。孩子们也很哀戚，但后来自觉而成了社会主义者，却将这引为光荣了：

"亡故了，很英勇地……"

他的父亲是社会革命党员，颇为严峻的人。他的哥哥伊凡就像父亲，也严峻。

但凯罗丁成了布尔塞维克，是那首领……

儿童时代已经过去，现在是投身于政党生活之中了。虽然也曾一同捕捉小禽，和别的孩子们吵架，但一切都已成了陈迹，彼得尔去战斗，伊凡去战斗，连那乳臭的亚庚也去战斗了。

一九〇五年和现在，可以相比么？倘使父亲还活着，此刻恐怕要看见非常为难的事情了罢。

在普列思那时时起了射击，距离是颇近的。听到黑暗中有担忧的声音：

"连这里也危险起来了么？"

大家侧着耳朵，默默地站了一会。

"呜……呜……"天哪，听到从什么地方来了低低的哭声，"唉唉，亲生的……阿阿阿……"

"那是什么？是在哭么？"有谁在黑暗中问道。

"华尔华拉在哭，"女人的声音带着叹息，说，"为了亚庚呵。"

大家聚成一簇，走近华尔华拉家的放下了窗幔的窗下去，许多工夫，注视着隐约地映在幔上的人影，听到了绝望的叹息和泣声：

"阿，亲生的……阿，上帝呀……阿阿阿！……"

"安慰她去罢，一定是哭坏了哩，事情的究竟也还没有明白。"女人们沉思着，切切私语[3]，互相商量了之后，便去访华尔华拉，长谈了许多时。

"哺，哺，哺……"在窗边听得有人在那里吹喇叭。

华西理始终默默地在沿着围墙往来，总是不能镇定。母亲出来寻觅他了，用了别人听不见的声音说道：

"凡尼加[4]没有在。也许会送命的呢。"

华西理什么也不回答——自己也正在很担心。

贝拉该耶（华西理的母亲）也和别的女人一同宽慰华尔华拉去了，但一走出庭中，便又任着她固有的无顾忌，放开了喉咙说：

"他们自以为社会主义者，好不威风，皇帝是收拾了，政治却一点也做不出什么来，吵架、撒谎，可是小子们却还会跟了他们去。你瞧！将母亲的独养子拐走了。"

"但你的那两个在家么？"有人在暗中问道。

"就是两个都死了也不要紧，"贝拉该耶认真地说，"我真想将社会主义者统统杀掉。一九〇五年的时候，很将他们打杀了许多、枪毙了许多哩，但是又在要杀了罢？"

"现在是他们一伙自己在闹，用不着谢苗诺夫的兵了。"

"闹的不是社会主义者，是民众和布尔乔亚呵。"有谁在黑暗里发出声音来说。

"总得有一天，开始了真的战争才好哩。"

大家都定着眼睛看，知道了那声音的主子，是先前被警察所监

3　现代汉语常用"窃窃私语"。——编者注
4　伊凡的亲昵称呼。

视的醉汉，且是偷窃东西的事务员显庚。

"你才是为什么不到那里去的呢？"贝拉该耶忿忿地问道，"那不正是你大显本领的地方么？"

显庚窘急了。

"我是，因为我已经有了年纪。我先前也曾奋斗过了的。"

"不错，不错，我知道，怎样的奋斗，"彼得略以哈嘲笑地说，"我知道的。"

群众里面起了笑声。

"在那里的，是些什么人呀！"耶司排司想扑灭那快要烧了起来的争论，插嘴说，"布尔乔亚字、普罗列塔利、社会主义者……夹杂在一起的，都是百姓，都是人类。但真理在那里呢，谁也不知道。"

但当将要发生争论——彼得略以哈想用挑战底的口调来骂的时候，却有人在使了劲敲门了。

"阿呀……"一个女人叫道。接着别的女人们便都惊惶失措，跑到自己的门口去，想躲起来。

"在那里的是谁呀？"耶司排司走到大门旁边，问着说。

而那发问的声音，是有些抖抖的。

"是我，伊凡·彼得略也夫。"在门外有了回音。

"唉唉，凡纽赛[5]，"耶司排司非常高兴了，"你那里去了呀？"

在开门之际，人们又已聚集起来，围住伊凡，这样那样的问他市街情状。但伊凡非常寡言，厌烦似的只是简单地回答：

"在开枪，死的不少。住在市街里的，都在逃难了。"

一听到这响动，华尔华拉便跑了来，但只在裸体上围着一块布，并且问他看见亚庚没有。

"不，没有看见。"

5　伊凡的亲昵称呼。

"打死的很多么？"

"很多。"

伊凡用了微微发抖的声音，冷冷地回答：

"死的很多。两面都很多……"

他说着，便不管母亲的絮叨，长靴橐橐地走掉了。于是，听得彼得略也夫的寓居的门，擦着旧的生锈的门臼，戛戛地推开，仍复碰然一响，关了起来。

"死的很多……这真糟透了。"有谁叹息说。

暗中有唏嘘声——是华尔华拉的呜咽。夜色好像更加幽暗，站在这幽暗中的人们，也好像更加可怜、无望，而且是没有价值的人了。

"大家在开枪，大家在开枪。"一个声音悲哀地说。

"是的。而且大家在相杀哩。"别一个附和着……

"而且在相杀……"

劈拍！……轰！……拍，轰，轰！……市街方面起了枪声和炮声。人家的屋顶和墙壁的上段，霎时亮了一下，而相反，暗夜却更加黑暗，骇人了。

那就是了，华西理望着在空中发闪的火光想，那就是以真理为名的大家相打呵……

他于是茫然伫立了许多时。

两个儿子

伊凡怕和母亲相遇——她是要叱骂、责备的。幸而家里谁也不在，他便自去取出晚膳来，一面想，一面慢慢地吃。华西理一回来，从旁望着哥哥的脸，静静地问道：

"你那里去了？"

"亚历山特罗夫斯基士官学校去了。"伊凡将面包塞在嘴里，坦然回答说。

刚要从肩膀上脱下外套了的华西理，便暂时站住了。

"向白军报了名么？"

伊凡沉默着点一点头，尽自在用膳。他那平静的态度和旺盛的食量，好像还照旧，并没有什么变化似的。

"还去么？"

"自然。约定了明天早上去，才回来的，因为有点事。明天就只在那里了，一直到完结。"

华西理定睛看着哥哥，仿佛初次见面的一样。伊凡却颇镇定，只在拼命地吃，然而脸色苍白，一定是整夜没有睡觉罢。眉间的皱纹刻得很深，头发散乱，额上拖着短短的雏毛。

"可是你怎么呢？不在发胡涂么？"

伊凡望着圆睁两眼的弟弟的脸，将用膳停止了。

"还用得着发胡涂么？"

"是的，自然……"华西理支绌地回答，"但是，一面是工人，就如亚庚似的小子，以及这样的一类……白军的胜利，恐怕未必有把握罢。"

伊凡的脸色沉下来了。

"这是怎么的？哼……我不懂。'白军的胜利。'这意思就是说，你是他们那一面的，对不对？"

"唉，你真是，你真是！"华西理愕然地说，"我不过这样说说罢了……但我的意思，是不想去打他们。因为一开枪，那边就有……亚庚呵。"

伊凡用了尖利的调子提高声音，仿佛前面聚集着大众的大会时候模样，挥着两手，于是决然推开食器，从食桌离开了。

"我真不懂……华式加[1]，你总是虫子一般的爬来爬去，你和智识阶级打交道，很读了各种的文学书……于是变成一个骑墙脚色[2]了。"

沉闷起来了。华西理沉默着低了头，坐在柜子上，伊凡也沉默着，匆忙地用毛巾在擦手。母亲回来了，直觉到兄弟之间发生了什么事，便担心地看着两人[3]的脸。伊凡的回来，她是高兴的，然而并不露出这样的样子。

"跑倦了么，浮浪汉？无日无夜地无休无歇呵。蠢才是没有药医的。一对昏虫。"她一面脱掉外套和头巾，一面骂，"现在是到底没有痛打你们的人了！"

"喂，母亲，不说了罢，"华西理道，"说起来心里难受的。"

"我怎能不说呢？胡涂儿子们使我担心，却还不许我说话么？"

她发怒了，将头巾掷在屋角上。

"你明天还要出去么？"她一转身向着伊凡那面，尖了声音问。

伊凡点头。

"出去的。"

"什么时候？"

1　华西理的亲昵称呼。

2　现代汉语常用"角色"。——编者注

3　现代汉语常用"二人""俩人""两个人"。——编者注

"早晨。"

母亲瞋恨地瘪着嘴唇，顺下了眼去。

"哦哦，哦哦，少爷，但你说，教母亲怎么样呢？"

伊凡一声不响。

"你为什么不开口呀？"

"话已经都说过了，够了。我就要二十七岁了，是不是？我已经不是小孩子。自己在做的事，是知道的。"

伊凡愤然走出屋子去。他挺出前胸，又即向前一弯，张开两臂，好像体操教师在试筋骨的力量。

"哦哦，少爷……哦哦，"贝拉该耶更拖长了语尾的声音，说，"哦哦，哦——哦。"

"算了罢，母亲，"华西理插嘴道，"你还将我们当小孩子看待，但我们是早已成了壮丁的了。"

贝拉该耶什么也不说，响着靴子走进隔壁的房子里去了。过了半分钟，就听到那屋子里有低低的唏嘘的声音：

"咿，咿，呃……呃……咿，咿……"

伊凡不高兴地皱着眉头。

"哪，哭起来了。"他低声说。

华西理站起身，往母亲那里去了。

"好了罢，母亲。为什么哭的呢？"

"你们是只顾自己的。母亲什么就怎样都可以，"贝拉该耶含着泪责数说，"还几乎要杀掉母亲哩。恶棍们杀害了我的男人，现在儿子们又在想去走一样的路。你们是鬼，不是人……咿，咿，咿……我是一个怎样的苦人呵……"

她熬不住，放声大哭了。

华西理在暗中走近母亲去，摸到了她的头，在她额上接吻。

"哪，好了罢。你不是时常说，人们在生下来的时候，就注定着怎样死法的么？那么，即使怎样空着急，岂不是还是枉然的？"

那母亲因为儿子给了抚慰，便平静一些，虽然还恨恨，但已经用了颇是柔和的调子，说道：

"如果你们是别人的儿子，我就不管，但是自家的呵。无论咬那一个指头，一样地痛。因为你们可怜，我才来说话的。"

母亲谆谆地说了许多工夫话，华西理坐在她旁边，摸着她的头发，想起她实在也年深月久，辛苦过来的了。自己和伊凡，真不知经了多少母亲的操心和保护，从工厂拿了宣传书来的时候，就是她都给收起，因此得免于搜查。而且，从难免的灾难中救出，也有好几回，事情过后，她大抵总是说，幸而祷告了上帝，两个人这才没给捉去的。

华西理觉得母亲也很可怜了。

"哪，好了，妈妈，好了。"他恳切地说。

但伊凡却仍然在点着电灯的间壁的屋子里走来走去，沉着脸，然而不说一句话。

"伊凡，你老实告诉我，要出去么？"她用了哽咽的声音问。她大约以为用了那眼泪，已经融和了伊凡的心了。

"要出去的。"伊凡冷静地答道。

母亲放声哭出来了。

"这孩子的心不是心，是石头。魂灵像伊罗达[4]一样，因为坏心思长了青苔了。即使我们饿死，他恐怕还是做他自己的事情的。全像那胡涂老子。唉唉，我真是个不幸的人呀！"

于是，在黑暗的屋子里，又听到哀诉一般的啼哭。

华西理低声道：

4　Iroda，犹太的王。

"好了罢，妈妈。够了。"

"还不完么，母亲！"伊凡用了焦躁的声音说，"你骂到死了的父亲去干什么呢？说这样的话，还太早哩。"

母亲住了哭，阒寂无声了。只有廉价的时辰钟的摆，在滴答滴答地响。屋子里满是愁惨之气，灯光冷冷然，觉得夜的漫漫而可怕。

不一会，头发纷乱，哭肿了眼睛的母亲，便走到伊凡在着的屋子里，来收拾桌上的食器了。伊凡垂着头，两手插在衣袋里，站在桌子的旁边。对于母亲，他看也不看，只在想着什么远大的，重要的事件。华西理也显着含愁的阴郁的脸相，从没有灯火的屋子里走了出来。母亲忽然在桌边站住，伸开一只手，悲伤地说道：

"听我一句话罢，我是跪下来恳求也可以的——儿子，不要走！虽然明知道从你们看来，我就如同路边的石块，但恳求你——只是一件事……"

于是，她将手就一挥。伊凡只向母亲瞥了一眼，便即回转身，开始从这一角到那一角地，在屋子里来回的走。

橐，橐，橐——响着他的坚定的脚步声。

华西理觉得心情有些异样，便披上外套，走出外面去了。

再见！

庭院里还聚集着人们，站在门边，侧着耳朵在听市街和马路上的动静。枪声更加清楚了，好像已经临近似的。

"一直在放么？"华西理问一个柱子一般站在暗中的男人道。

"在放呵，"那人答说，"简直是一分钟也不停，一息也不停地在放呵。"

"是的，在撒野了。"有人用了粗扁的声音说，华西理从那口调，知道是耶司排司。

"你还在这里么，库慈玛·华西理支？"华西理便问他道。

"因为一个人在家里，胆子小呵。许多人在一处，就放心得多了。"

"不知道现在那边在干什么哩？真麻烦，唉唉。"在旁边的一个叹息说。

"对呀对呀，但愿没有什么。"

大家都沉默着侧着耳朵听，很气闷。枪炮火的反射，闪在低的昏暗的天空。

"可是亚庚回来了没有呢？"华西理问道。

"不，没有回来。大概，这孩子是给打死了的，"耶司排司回答说，但立刻放低了声音，"可是华尔华拉总好像发了疯哩。先一会是乱七八糟的样子，跑到这里来。说：'给我开门，寻儿子去，我立刻寻到他。'真的。"

"后来呢？"

"哪，我们没有放她出去呵。恰好有些女人们在这里，便说这样，说那样，劝慰了她，送她回了家。此刻是睡着，平静了一点了。"

大家又沉默了下来。

家家的窗户里还剩着半灭的灯火，人们在各个屋子里走，看去仿佛是影子在动弹。除孩子以外，没有就寝的人。连那睡觉比吃东西还要喜欢的老门丁安德罗普，也还在庭中往来，用了那皮做的暖靴踏着泥地。

起风了，摇撼着沿了庭院的围墙种着的菩提树的精光的枝条，发出凄惨的音响，在一处的屋顶上，则吹动着脱开了的板片，拍拍地作声。从市街传来的枪声，更加猛烈了，探海灯的光芒，时时在低浮的灰色云间滑过，忽动忽止，忽又落在人家的屋顶上，恰如一只大手，正在搜查烟突和透气窗户的中间。

安德罗普这才抬起头来，看了这光之后，说：

"阿呀，天上现出兆头来了。"

"不，那不是兆头，那就是叫作探海灯的那东西。"耶司排司说明道。

然而，安德罗普好像没有听。

"哦。是的……舍伐斯妥波勒有了战事的时候，也有兆头在天空中出现的：三枝柱子和三把扫帚。一到夜，就出现。那时的人们是占问了的：那是什么预兆呢？可是血腥气的战争就开场了。但愿没有那时一般的事，这才好哪。"

"现在却是无须有兆头，而血比舍伐斯妥波勒还要流得多哩。"

"哦，哦。"安德罗普应着，但并不赞成耶司排司。

"可是总得有个兆头的。是上帝的威力呀。唉唉，杀人，是难的呢。杀一只狗也难，但杀人可又难得多多了。"

"阿阿，你，安德罗普，你真会发议论。现在却是人命比狗命还要贱了哩。"女人的声音在暗地里说，还接下去道，"你听，怎样的放枪？那是在打狗么？"

"所以我说杀人是难的呀。总得到上帝面前去回答的罢,"安德罗普停了一停,"上帝现在是看着人们的这模样,正在下泪哩。"

"那自然,"耶司排司说,"是瞠着眼睛在看的呵。"

又复沉默起来——倾听着动静。射击的交换也时时中止,但风还是不住地摇撼着树枝,发出凄凉的声音。

什么地方的上在锈了的门臼上的门,戛戛地一响。几个人走出庭院里来了,因为昏暗,分不清是谁,只见得黑黑地。他们默然站了一会,听着动静,吐着叹息,回进屋子去,却又走了出来。大家聚作一团,用低声交谈,还在叹着气。话题是怎样才可以较为安稳地度过这困难的几天,而叹息的是这寓所中男少女多,没有警备的法子。

华西理回进屋子里面时,伊凡已经睡了觉,母亲则对着昏灯,一肘拄着桌子,用手支了打皱的面庞,坐在椅子上。伊凡微微地在打鼾,一定是这一天疲劳已极的了。

"还在开枪么?"母亲静静问道。

"在开。"

华西理急忙脱下衣服,躺在床上了,然而很不容易睡去。过去了的今天这一日,恶梦似的在他胸脯上面压下来了。被杀了的将校的闪闪的长靴,"该做什么呢"这焦灼的问题,哭得不成样子了的亚庚的母亲的形相,都在他眼前忽隐忽现。他只想什么也不记起,什么也不想到……母亲悄悄地叹一口气,在微明的屋子里往来,后来坐在圣像面前,虔心祷告了很长久,于是去躺下了。

华西理是将近天明这才睡着的,但也不过是暂时之间,伊凡便在旁边穿衣服,叫他起来了。屋子里面,已经有黯淡的日光射入。伊凡蓬着头发,板着脸孔坐在床沿上穿他的长靴。

"出去么?"华西理低声问。

"出去。"

"哦,出去的,"右邻室里,突然发出了严厉的母亲的声音,"莫非伊凡不在场,就干不成那样的事情么?"

于是住了口,恨恨地叹一口气。她是通夜不睡,在等候着这可怕的瞬间的。

伊凡赶忙穿好了衣服。

"那么,母亲,再见。请你不要生气……闹嚷着唠唠叨叨,也不中用的。"

他便将帽子深深地戴到眉头,走向房门去了。母亲并不离床,也不想相送。

"等一等,我来送罢。"华西理说。

"你又要到什么地方去么?"母亲愁起来了。

"我就回来的。单是送一送。"

两弟兄走出家里了。大门的耳门,是关着的。耶司排司站在那旁边,显着疲倦的没精打采的眼神,蹙着脸。他在做警备。

"出去么?"他问。

"是的,再见,库慈玛·华西理支,"伊凡沉静地说,微微一笑,补上话去道,"就是有什么不周到的事,也请你不要见怪罢。"

"噫。"耶司排司叹了一声,不说一句别的话,放他们兄弟走出街上了。

街上寂然,没有人影,枪炮声还是中断的时候多。

这是战士们到了黎明疲乏了,勉勉强强地在射击。

两弟兄默着走到巴理夏耶·普列思那。带白的雾气,从池沼的水面上升起,爬进市街,缠在木栅、空中和墙壁上。工人们肩着枪,带上挂着弹药囊,三五成群的走过去。华西理包在雾里,将身子一抖,站住了。

"哪,我不再走下去了。"

"自然,不要去了,再见。"伊凡说,向兄弟伸出手来。

他很泰然自若。

华西理忽然想抱住他的脚,作一个离别的接吻,但于自己的太容易感动,又觉得可羞,便只握了那伸出的手。

"再见……但你说……你不怀疑么?"

"疑什么?"

"就是那个,你自己……可是对的?"

伊凡笑了起来,挥一挥手。

"你又要提起老话来了?抛开罢。"

于是,戴上手套,回转身,开快步跑向市街那面去了。

雾愈加弥漫起来,是浓重的、灰色的、有粘[1]气的雾。

华西理目送着哥哥的后影。只见每一步,那影子便从黑色变成灰色,终于和浓雾融合,消失了。但约有一分钟模样,还响着他的坚定的脚步声。

橐,橐,橐……

于是,就完全绝响。

1　现代汉语常用"黏"。——编者注

"爱国者"

伊凡走出普列思那的时候，在街街巷巷的道路上，不见有一个人，只是尼启德门后面的什么地方，正在行着缓射击。动物园的角落和库特林广场的附近，则站着两人或三人一队的兵士，以及武装了的工人，但他们在湿气和寒气中发抖，竖起外套的领子，帽子深戴到耳根，前屈了身躯，两脚互换地蹬着在取暖。

他们以为自己的一伙跑来了，对伊凡竟毫不注意，因了不惯的彻夜的工作，疲倦已极，只是茫然地，寂寞地在看东西。

伊凡从库特林广场转弯，走进诺文斯基列树路，再经过横街，到了亚尔巴德广场了。在亚尔巴德广场的登记处那里，在接受加入白军的报名。这途中，遇见了手拿一卷报纸的战战兢兢的卖报人，那是将在白军势力范围的区域内所印的报章《劳动》，瞒了兵士和红军的眼，偷偷地运出亚尔巴德广场来的一伙人。他们是胆怯的，注视着伊凡，向旁边回避，但伊凡并没有什么特别留神的样子，便侧着耳，怯怯地看着周围，跑向前面去了。

在亚尔巴德广场之前的三区的处所，有着士官候补生的小哨。从昏暗里，向伊凡突然喊出年青的，不镇定的沙声来：

"谁在那里？站住！"

伊凡站住了。于是走来了一个戴眼镜，戴皮手套的士官候补生。

"你那里去？"他问。

伊凡不开口，给他看了前天在士官学校报名之际，领取了来的通行许可证。

"是作为自由志愿者，到我们这边来的？"

"是的。"

士官候补生便用了客气的态度，退到旁边去了，当伊凡走了五六步的时候，他便和站在街对面的同事在谈天。

"哦，他们里面竟也有爱国者的。"有声音从昏暗的对面答应道。

听到了这话的伊凡，不高兴起来了。他现在的加入白军的队伍，和自己一伙的工人们为敌，是并非由于这样的爱国主义的。

登记处——希腊式的，华丽的灰色的房屋，正面排列着白石雕刻的肖像，大门上挂着大的毛面玻璃的电灯——里面已经挤满了人，显得狭小了。大学生、戴了缀着磁质徽章的帽子的官吏、中学生、礼帽而阔气的外套的青年、兵士和工人等，都纷纷然麇集在几张桌子前面；桌子之后，则坐着几个登录报名的将校。华美的电灯包在烟草的烟的波浪里，在天花板下放着黯淡的光。伊凡在这一团里，发现了若干名的党员，据那谈话，才知道社会革命党虽然已经编成了自己的军队，但那并非要去和布尔塞维克战斗，只用以防备那些乘乱来趁火打劫的抢掠者的。

"我们的党里起了内讧了。这一个去帮布尔塞维克，那一个来投白军，又一个又挂在正中间。真是四分五裂，不成样子。"一个老党员而有国会议员选举权的，又矮又胖的犹太人莱波微支，用了萎靡不振的声音对伊凡说。

莱波微支是并非加入了投效白军的人们之列的，他很含着抑郁的沉思，在那宽弛的大眼睛里，就显着心中的苦痛和懊恼。

"哪，我一点也决不定了，现在该到那里去，该做什么事。"他怅然叹息着说。

他凝视着伊凡的脸，在等候他说出可走的路，可做的事来，但伊凡却随随便便地，冷冷地说道：

"你加入白军罢。"

莱波微支目不转睛地看定了伊凡。

"但如果我去打自己的同志呢?"他说。

"这意思是?"

"这很简单,就怕在布尔塞维克那面,也有同志的党员呵。"

"哪,但是加在布尔塞维克那里的人们,可已经不是同志了哩。"

莱波微支一句话也没有回答。

"加入罢,并且将一切疑惑抛开,"伊凡又劝了一遍,便退到旁边,觉得"这人是蛀过了的一类"。于是,在心底里,就动了好像轻蔑莱波微支一般的感情。他以为凡为政党员的人,是应该玻璃似的坚硬的。

伊凡在分编投报的人们,归入各队去的桌子的附近,寻着了斯理文中尉;斯理文中尉和他,是一同在党内活动,后来更加亲密了的。这回被委为队长,伊凡便也于前天约定,加入那一队里了。斯理文穿着正式的军服,皮带下挂了长剑和手枪,戴着手套,将灰色的羊皮帽子高高的戴在后脑上。他敏捷地陀螺似的在办事,在登记处里面跑来跑去,向投报人提出种种的质问,挑选着自己所必要的一些特殊的人们。

伊凡还须等候着。走到屋角的窗前时,只见那沉思着的莱波微支还站在那里,但总没有和他谈话的意思。一看见他,伊凡就觉得侮蔑这曾经要好的胖子的心想更加油然而起了。

那窗门,是正对亚尔巴德广场的,此刻天色已经全明,加了很多的水的牛乳似的淡白,而且边上带些淡蓝的雨云,在空中浮动。广场上面,则士官候补生们在用了列树路的木栅、柴木、木板等,赶忙造起防障来,恰如正在游戏的孩子们一般,又畅快又高兴,将这些在路上堆成障壁,然后用铁丝网将那障壁捆住。几个便衣的男子在帮忙。络腮胡子剪成法兰西式的一个美丈夫,服装虽然是海狸皮帽和很贵的防寒外套，但在肩白桦的柴束；压得趔趔趄趄地走来，掷在防障的附近，便用漂亮的手套拂着尘埃，又走进那内有堆房之类的大院子里去了。不久，他又从门口出现，将一条带泥的长板拖到防障那边去。一到，士官候补生便接了那板，放在叠好了的柴木上。这美丈夫的防寒外套从领到裾，都被泥土和木屑弄得一塌胡涂了。

工作做得很快。从各条横街和列树路通到广场的一切道路，都已被防障所遮断。士官候补生们好像马蚁[1]，在防障周围做工，别的独立队则分为两列，开快步经过广场，向斯木连斯克市场和尼启德门那方面去，又从那地方退了回来。和这一队一同，大学生、中学生、官吏和普通人等也都肩了枪，用了没有把握的步调在行走。

拍，拍，吧，拍……

在登记处那里远远地听到，尼启德门附近和墨斯科大学那一面射击激烈起来了。伊凡很急于从速去参加战斗，幸而好容易才被斯理文叫了过去，说道：

"去罢。已经挑选了哩，将那些本来有着心得的。要不然，就先得弄到校庭里去操一天……但我们能够即刻去。"

一分钟之后，伊凡已和一个银鼠色头发的大学生，并排站在登记处附近的步道上面了。于是，斯理文所带的一队显着不好意思的模样走出广场，通过了伏士陀惠全加，进向发给武器的克莱谟林去。这时候，射击听去似乎就在邻近的高大房屋之后，平时很热闹的伏士陀惠全加则空虚、寂寞，简直像是闭住了呼吸一般。只在大街的角落上，紧挨了墙壁，屹然站着拿枪的士官候补生和义勇兵等。斯理文是沿了步道在领队前进的，但已听到枪弹打中两面的房屋上部的声音。剥落的油灰的碎片纷纷迸散在步道上面了。

---

1 现代汉语常用"蚂蚁"。——编者注

义勇兵等吃了一惊，簇成一团，停住脚，就想飞跑起来。斯理文所带的一队就经过托罗易兹基门进了克莱谟林，而克莱谟林则阒寂无人，呈着凄凉的光景。但已经看见了兵营的入口和门的附近的哨兵。

伊凡最初也看不出什么异样的情景来，觉得克莱谟林也还是历来的克莱谟林模样。那黄色的沉默的，给人以沉闷之感的兵营，久陀夫修道院的红色的房屋，在这房屋对面的各寺院的金色的屋盖，都依然如故。在兵营的厚壁旁边，也仍旧摆着"大炮之王"。

然而，一近兵器厂的门的时候，走在前面的义勇兵却愕然站住了。

"快走，快走，诸君！"斯理文不禁命令说，"快走！"

为这所惊的伊凡，从队伍的侧面一探望，便明白那使义勇兵大吃一惊的非常的原因了。车路上、兵器厂和兵营之间的广场上，无不狼藉地散乱着兵士的制帽、皮带、撕破了的外套、折断了的枪身、灰色的麻袋之类；被秋天的空气所润泽的乌黑的路石上，则斑斑点点印着紫色的血痕。在兵器厂的壁侧、旧炮弹堆的近旁，又叠着战死的兵士和士官候补生的尸骸，简直像柴薪一样。

满是血污的打破了的头，睁开着的死人的眼，浴血的一团糟的长外套，挺直地伸出着的脚和手。

就在兵器厂的大门的旁边，离哨兵两步之处，还纵横地躺着未曾收拾的死尸。最近的两具死尸的头颅，都被打碎了，从血染的乱发之间，石榴似的开着的伤口中，脑浆流在车路上。胶一般凝结了的血液，在路石上粘住，其中看去像是灰色条子的脑浆，是最使伊凡惊骇的了。

变成苍白色了的义勇兵便即停步，连忙屏住呼吸。在那脸上，明明白白地显出恐怖和嫌恶之情来。

站在门旁的一个士官候补生，略一斜瞥义勇兵的脸，便自沉默了。广场也沉默了。这是一片为新的未曾有的重量所压住了的石头的广场。

"在这里是……出了什么事呀？"有人发出枯嗄的沙声，问士官候补生说。

被问的士官候补生身子发起抖来，连忙转脸向了旁边，声不接气地说道：

"战斗……"

他是将这样的质问，当作一种开玩笑了，候补生于是仿佛在逃避再来质问似的，经过了这些可怕的死尸的旁边，走向对面去了。

"战斗……这是战斗哪。"伊凡一面想，一面用了新的感情，并且张开了新的眼，再来一望前面的广场。

这以前，国内战争在他仅是一个空虚的没有内容的音响，即使有着内容罢，那也不过是微细的并不可怕的东西罢了。

国内战争是怎样的呢？原以为就如大规模的打架。所以这回的战斗，会有这么多的现在躺在眼前那样的不幸的战死者，是伊凡所未曾想到的。

打破了的头颅，胶似的淤积着的血块，流在车路上的脑浆，不成样子的难看的可怕的人类的尸体，这就是国内战争。

伊凡觉得为一种新的感觉所劫持，而且被其笼罩，发生了难以言语形容的气促，呼吸都艰难起来了。向周围一看，则前面的枢密院的房屋和久陀夫修道院的附近，都静悄悄地绝无事情，从那屋顶上，便看见高耸着各教堂的黄金的十字架。白嘴乌在克莱谟林的空中成群飞舞，发着尖利的啼声。天空已经明亮，成为蔚蓝，只有透明的、缭绕的花带一般的轻云在向东飞逝，从云间有时露出秋天的无力的太阳来。其时教堂的黄金的十字架骤然一闪，那车路上的血痕，便也更加明显地映在眼里了。

　　流着脑浆的最末的兵士是仰天躺着的，因为满是血污，也就看不出他是否年青，是否好看来了。但当看见日光照耀着那擦得亮晶晶的长靴和皮带的铜具时，伊凡忽而想道：

　　"他是爱漂亮的。"

　　这思想异样地使他心烦意乱。现在也许他正用了只剩皮骨的手，在擦毛刷罢……

　　在兵器厂里，将步枪、弹药囊、弹药、皮带等，发给了义勇兵。

　　义勇兵们好像恐怕惊醒了战死者的梦似的，不知道为什么，总是用了低低的声音谈话，系好皮带，挂上弹药囊去，不好意思地用手翻弄着枪枝。大家都手足无措，举动迟钝起来了，不知怎的总觉得有意气已经消沉的样子……待到走出克莱谟林以后，这才吐一口气。和伊凡并排走着的大学生便喧闹地吹起口笛来，正在叹息，却忽而说道：

　　"阿，唉，唉，……唔唔，可怕透了。这就是叫作战斗剧的呀。哦哦。是的……"

　　于是，又叹了一口气。

　　谁也不交谈一句话，大家的心情都浮躁了。只有斯理文一个还照旧，弹镤[2]似的，撑开着而富于弹力性。

2　现代汉语常用"弹簧"。——编者注

士官候补生之谈

　　出了克莱谟林的一队，径到亚历山特罗夫斯基士官学校，在这里加上了士官候补生和将校，一同向卡孟努易桥去了。斯理文使伊凡穿上士官候补生的外套——这是因为当战斗方酣之际，工人的他有被友军误认为红军而遭狙击之虞的缘故。听说这样的实例，也已经有过了。这假装，使伊凡略觉有趣了一下。

　　向卡孟努易桥去，是以四列纵队前进的，士官候补生走在前面。这时步伐一致，一齐进行，所以大家也仿佛觉得畅快起来。四面的街道空虚而寂静，居民大概已经走避，留下的则躲在地下室中。一切房屋都门扉紧闭，森森然；一切窗户都垂下着窗幔，那模样简直像是瞎眼的魔鬼。而在这样的街上发响者，则只有义勇兵们的足音。

　　沙，索。沙，索。沙，索。

　　这整然的声响，使大家兴奋，而且将人心引到一种勇敢的工作上去了。

　　守备卡孟努易桥的，是义勇兵第二队。摆着长板椅的石阑干的曲折之处，平时是相爱的男女，每夜在交谈甘甜的密语的，现在却架了机关枪，枪口正对着札木斯克伏莱支方面。士官候补生和义勇兵，在桥上和桥边的岸上徐步往来。大寺院和宫殿中，都不见人影子，但一切还像平时一样——教堂的黄金的十字架在发光，伊凡钟楼巍然高峙，城墙和望楼，以及种种的殿堂，都照旧显着美观；空中毫无云翳，冷然在发青光，秋天的太阳则无力地照耀着。教堂的圆盖上面，有几群白嘴乌在飞舞，发着不安的啼声。

在伊凡的眼中,还剩有在克莱谟林所见的毛骨悚然的光景。这华丽的大寺院和宫殿后面,却有被惨杀了的尸骸,藏在那旧炮弹的堆积的背后,想起来总觉得是万分奇怪似的。

伊凡冻得缩了身躯,在岸边徐步。外套失了暖气,帽子不合头颅,枪身使手冷到像冰一样。和他并排走着的大学生,则和一个大脑袋蓝眼睛的士官候补生不住地在谈天。

“对于暴力,应该还它暴力的。”

“但是,这却太过了。”大学生说。

“为什么太过?这是当然的因果报应呵。因为他们要来杀我们,所以我们杀了他们的呀。这就是战斗。”

伊凡知道,那是在讲克莱谟林界内的彼此冲突的事了。

“你就在那里么?”他问士官候补生说。

士官候补生冷冷地一看伊凡。

“是的。从头到尾。”

因为参加了那样特别时候的重大的战斗,而自己觉得满足的士官候补生,是暗暗地在等候有人来问的。然而,不知道为什么,伊凡却忽而怀了反感。血块、车路上的脑浆,在皮带的铜具上发闪的日光……他将身子紧靠在河岸的石碣上,紧到连冷气都要沁了进来,于是一声不响了。从显着蹙额含愁的脸相的他的军帽下面,挤出着蓬松的头发,而且无缘无故地,他用劲捏紧了枪身。

在桥下面,是潺潺地流着冷的澄净的秋波,漾着沉重的湿气。

大学生还在问,听到冷冷的威吓似的回答。

“等到他们降伏了,约定将武器抛在那记念[1]碑旁边的,看见么,那记念碑?”

“看见的。”大学生答说。

1　现代汉语常用“纪念”。——编者注

"于是我们这队就走过了门，进到克莱谟林来了。因为以为他们讲的是真话呵。"

士官候补生暂时住了口。

"但是……他们是骗子。突然开枪了。因为知道我们是少数呵。用机关枪……许多人给打死了。中队的我的同僚也给打死了，体操教师也给打死了，此外许多人给打死了……"

"哦。那么，后来呢？"大学生急忙问道。

"后来我们就从古达斐耶桥那里，向着门突进，给他们没有关门的工夫。铁甲车来了，又一辆来了……于是，就给他们一个当面射击，当面射击呵！"

士官候补生近乎大喝地说道：

"当面射击呵！"

伊凡的心地觉得异样了。

"后来我们这队就用机关枪和步枪冲锋。他们躲在兵营里。从窗间和屋上来开枪。但我们将他们……用当面射击！于是，狼狈着叫道：'降伏了。'有些窗子上是白旗。他们怕得失掉了人性子，爬爬跌跌，嚷着'饶命'，呜呜喊着，浑身发抖，脸色铁青，跪下去。有的还在地面接吻，划着十字这种情景哩。"

在伊凡的眼里，立刻现出这爬爬跌跌，乱嚷乱叫的人们的情景来，在石造的黄色的沉闷的屋子里，往来奔逃，而机关枪则在——拍拍拍拍地——将他们扫射。

"就使他们收拾了他们一伙的死尸的，"士官候补生说，"他们就堆在炮弹后面。见了没有？那里就有着死尸哩。"

士官候补生的声音中，响着自夸胜利的调子。

"就这样地打烂了他们，占领了克莱谟林了。"

他歪着嘴，浮出微笑来。于是，足音响亮地沿着桥的阑干走去了。

伊凡紧咬了牙关。

"见鬼！这便是那……"他禁不住想。

从士官候补生的谈话里透漏出来的残酷，使他吃了惊。种种的思想成为旋风，吹进心里去，发着一种紧张的哀伤的音响。他忽然想高擎步枪，出乎头顶之上，将这摔在桥下的水里，头也不回地拔步飞跑了……但伊凡抑制着自己，知道这不过是一时的激情。

"就会平静的。"

他忍耐着，来来往往，在河岸上走了许多时，脚步声不住地在发响：

橐，橐，橐……

广场上的战斗

正午时分，布尔塞维克从札木斯克伏莱支试向卡孟努易桥进攻，不知道从那几个角落里，炮声大震，四邻的人家的窗户，都瑟瑟地响了起来。

士官候补生、将校和义勇兵们就躲在河岸的石壁之后，开始应战，在桥上，则机关枪发出缝衣机器一般的声音。伊凡连忙用石块作为障蔽，将枪准备妥当，以待射击的良机，侧了耳朵倾听着。

"在给谁缝防寒外套呀，"和伊凡并排伏着的大学生，将下巴撅向机关枪那面，愉快地笑着说，"正好赶得上冬天哩。"

机关枪是周详审慎，等着好机会，停一会响一通。河对岸的大街上，时或有人叫喊，但那声音却觉得孤独而悲哀。为枪声所惊的禽鸟，慌忙飞上克莱谟林和救世主大寺院的空中，画着圆圈飞翔了一会，下来停在屋顶上，但又高飞而去了。

过了大约二十分钟，波良加方面的枪声沉默了，又成了平静。

"一定的，打退了。"大学生断定说。

"一定的。"伊凡正从石壁后面走上，附和道。

他冷了，手脚全都冻僵，觉得受不住。在桥下面，河水微微有声，空气满含着极寒的气息，从水面腾起带白色的水蒸汽来。义勇兵们无聊起来，聚成了个个的小团，但谈话总无兴致。据哨兵的话，则在那些远离市中央的街道上，挤满着人们，布尔塞维克就混在群集里，向士官候补生开着枪，然而什么对付的办法也没有。

义勇兵第八队就这样寂寞地无聊着，在桥上一直到傍晚。

但这时候，在尼启德广场、戏院广场、亚诃德尼·略特、普列契斯典加这些地方，到处盛行射击，大家觉得布尔塞维克也许会进而突入后方，从背后袭来，立刻万事全休的。然而，从士官学校前来的别的义勇兵们，却以为布尔塞维克的兵力并不多，所以不至于前进。

这报告使大家安心，但又无聊起来了。

一到傍晚，从札木斯克伏莱支方面传来了钟声，河下的教堂的钟，便即和这相应和。但那音响，却短而弱，而低。伊凡一想，就记得明天是礼拜日，所以在鸣钟做晚祷了。

在枪声嚣然的市街里，听到这平和的孱弱的钟声，是很可怕的。枪声压倒了钟声，钟声也好像省悟了自己的无力，近地的教堂里的先行绝响，远处的也跟着停声，于是在空虚的街街巷巷所听到的，就和先前一样，只有枪声了。

义勇兵第八队离开桥上时，已是黄昏时分。全队在亚历山特罗夫斯基士官学校的大食堂里用晚膳，食堂的天花板是穹窿形的，壁上挂着嵌在玻璃框里的思服罗夫将军的格言："前进！时时前进！处处前进！"（伊凡看后，起了异样的感觉。）食后并不休息，义勇兵第八队便径向尼启德门那方面去了。

当此之际，伊凡乃得以观察了队员的态度。

不知道为了什么缘故，斯理文和伊凡疏远了，所说的单是一些军务上的事。士官候补生们则以冷静而谨慎的态度，不加批判地，精确地实行着一切的事务。

大学生们，最初是意气十分轩昂，大家大发了议论的。

他们并非简单地来参加了战斗……不！他们是抱着各自的理想，前来参加了的。所以大家各以自己为英雄，在争论的样子上，尤其是不顾危险的态度上，就表现着他们的这样的抱负。

但到第一天的傍晚，伊凡便看出他们已经疲乏，脸色青白，在谈话里显出焦躁的神情来了。

和伊凡并排的大学生加里斯涅珂夫——银鼠色的头发，戴着搁在鼻梁上的眼镜，穿着磨破了的长外套——大大地打了一个呵欠。他是善良的，温和的人，有一种大声说出自己的意见来的脾气。

"阿，此刻可以睡了罢，"他想着，说，"这于身体是有益的。"

"是的，此刻该可以罢。"伊凡回答道。

但其实也并无可以睡觉那样的工夫。

队伍从亚尔巴德广场经过列树路，走向尼启德门去，这地方不住地在开枪。义勇兵们将身子紧帖[1]着墙，蝉联着一个一个地前进。

枪弹劈劈拍拍地打中列树路的树木，打下枝条来，落在附近的房屋上。因为枪弹响得太接近，太尖锐了，每一响，伊凡便不禁一弯腰，急忙从这凸角奔到那凸角去；大家也跳着走，仿佛被弹簧所拨了的一般。

一同集合在有着圆柱子的白垩房屋的门的附近，尼启德门已经不远了。

斯理文叫出连络[2]哨兵来，指示了该站的位置。在半点钟以前，布尔塞维克已经沿着德威尔斯克列树路，开始了前进，所以现在正是战斗很猛的时光。

"这好极了，"加里斯涅珂夫说，他在伊凡的后面，"整天闲着，真要无聊到熬不住的。"

过了一会，斯理文不知道跑到那里去了，托一个年青的候补少尉来做这队的指挥。这时候，射击愈加猛烈起来了。

两个士官候补生忽然跳进了门里面，那外套满污着壁上的白粉。

"怎么了？"大家不禁争问道。

1　现代汉语常用"贴"。——编者注
2　现代汉语常用"联络"。——编者注

"敌在前进。密集了来的。已经到了列树路的喀喀林家附近了。"

形势已经棘手了。又听到枪声之后,接着起了喊声。好像在大叫着"呜拉"。

"听到么? 在叫'呜拉'前进着哩。"

伊凡从门里面一窥探,只见在垂暮的黄昏里,有黑影从巴理夏埃·伏士那尼埃教堂方面,向这里奔来。

"瞧罢。闯来了。"一个说。

大家定睛看时,诚然,在闯来了。

"我们也前进罢,"加里斯涅珂夫慌乱着说,"为什么不前进的?"

没有人回答他。

尼启德门边的战斗

这之际,斯理文恰从外庭跑进来了。

"诸君,即刻,散开着前进。准备!"

他迅速地分明地命令说。

"要挨着壁,一个个去的。"伊凡机械底地,自言自语道。

他的心窝发冷了,在背筋和两手上,都起了神经性的战栗。有谁能够打死他伊凡·彼得略也夫之类的事,他是丝毫也没有想到过的,只觉得一切仍然像是游戏一样。

"那么,前进,诸君!"斯理文命令说,"前去,要当心。"

士官候补生的第一团走出门去了。接着是第二团,此后跟了义勇兵,伊凡和加里斯涅珂夫就都在那里面。

在伊凡,觉得市街仿佛和先前有些两样了似的。列树路上的树木和望得见的灰色的房屋,仍如平日一样,挂着蓝色的招牌;只有一个店铺的正面全部写着"小酒店"的招牌,有些异样,但列树路上,却依然是晚祷以前的萧森。

然而,确已有些两样了。

"呜拉!"加里斯涅珂夫忽然大叫起来,还对伊凡说,"呜拉,跟着我来呀!"

于是,跳到大街的中央,横捏着枪,并不瞄准地就放,疾风似的跑向对面的转角上去了……

"呜拉!"别人也呐喊起来……

大家就好像被大风所卷一般,也不再想到躲闪,直闯向对面的街角去。前面的射击来得正猛,恰如炒豆一样,有东西飞过了伊凡

的近旁,风扑着他的脸。但他只是拼命飞跑,竭力地大叫:

"呜拉! 呜拉拉拉!"

加里斯涅珂夫跑在前头,士官候补生和义勇兵们则恰如赛跑的孩子似的,跟在那后面。向前一看,只见昏暗的街上和广场的周围,黑色的和灰色的人影,已在纷纷逃走了。

"逃着哩。捉住他们。打死他们!"有人在旁边叫着说。

"捉住! 打死!"

劈拍,拍,劈拍拍! ……——尖锐地开起枪来了。

义勇兵和士官候补生们直到喀喀林家的邸宅,这才躲在一家药店的门口,停了步。现在列树路全体都看得见了。布尔塞维克正在沿着两侧的墙壁,向思德拉司忒广场奔逃,有的屈身向地,有的在爬走,刚以为站起来了,却又跑,又伏在地面上了。义勇兵们将枪抵着肩窝,不住地响着闭锁机,在射击那些逃走的敌。

伊凡并不瞄准,只是乘了兴在射击,但在有一枪之后,却看见工人们的黑色的人影倒在步道上,还想挣扎着起来,那身子陀螺一般在打旋转了。

"呵,打着了!"伊凡憎恶地想,便从新瞄准了来开枪。

他的心跳得很利害[1],太阳穴上轰轰地像是被铁锤所击似的……他还想前进,去追逃走的敌人。但也就听到了命令道:

"退却! 散开退却!"

大家便向后退走,只留下了哨兵,都走进就在邻近的横街上的酒店里。这地方是设备着暖房装置的,要在这里休憩一会,温了身躯,然后再到哨兵线上去。

温暖的、浓厚的空气柔和了紧张的心情。当斯理文和一个人交谈之后,将全队分为几部,说道"可以轮流去休息,有要睡的,去睡

1 现代汉语常用"厉害"。"利害"现指利益和损害。——编者注

也行"的时候，伊凡颇为高兴了。

义勇兵们喧嚷着，直接睡在地板上，在讲些空话。伊凡占据了窗边的一角，靠了壁，抱着枪，睡起觉来……

他觉得睡后还不到一秒钟的时候，就已经有人站在他旁边，拉着他的手说话了：

"起来罢。睡得真熟呀。起来罢。"

伊凡沉重地抬了头，但眼睑还合着。

"唔？什么？"

"起来罢。轮到我们了。"

还是那个鼻梁眼镜的加里斯涅珂夫，微笑着站在他面前，手拿着枪，正要装子弹。

"哪，你真会睡，"他说，奇妙地摇摇头，还笑着，"十全大补的睡。"

酒店里面，人们来来往往，很热闹，然而大家都用低声说话，只有斯理文和别一个留着颚髯的中年的将校，却大声地在指挥：

"喂，上劲，上劲！轮到第二班了！快准备！"

从外面进来了义勇兵和士官候补生们，但那脸面都已冻得变成青白，呆板了。他们将枪放在屋角上，走近暖炉，去烘通红了的两手和僵直了的指头。从他们的身边，放出潮湿和寒冷的气息。伊凡站起身，好容易那麻痹了的两脚这才恢复过来。他的外套，棍子一般地挺着……

"赶快，赶快！"斯理文催促道。

义勇兵们拥挤着聚在门的近旁。

"要处处留神，诸君。放哨是不能睡的。一睡，不但自己要送命，还陷全队于危险的。你，加拉绥夫，监视着这两个人，"他严重的转向一个留须的士官候补生，接着道，"你负完全责任，懂了么？好，去罢。"

于是，一个一个从温暖的酒店走出外面了。

射击仍然继续着。空气中弥漫着冷的，像要透骨一般的雾。

"勃噜噜噜，好冷！"加拉绥夫抖着说。

雾如湿的蛛网一样，罩住了人脸。大家因为严寒、亢奋，以及立刻就须再到弹雨里去的觉悟，都在神经底地发抖，竭力将身子缩小，来瞒过敌人的眼睛。

两人跟着先导者绕过后街，进了一所大的二层楼屋。这屋子是前临间道，正对着巴理夏耶·尼启德街和德威尔斯克列树路的。

先导者将伊凡和加里斯涅珂夫领进已给弹打坏的楼上的一间房子里去了，但已有两个士官候补生在这房子里的正对大街的壁下，他们就是和这两个来换班。

微弱的黯淡的光由破坏了的窗户照在这房子里。在那若明若昧的昏暗中，一个士官候补生说明了在这里应做的事务，然而是义务底的语调，仿佛并无恳切之意似的。后来，他补足道：

"布尔塞维克在那一角的对面的屋子里。屋顶上装着机关枪。他们在想冲到喀喀林邸这面去。"他说着，指点了列树路的那一边，"要射击这里的，所以得很留神。你瞧，这房子是全给打坏了。"

伊凡向四面一看，只见所有窗户都已破坏。因了枪弹打了下来的壁粉，发着尘埃气。顺着门的右手的墙壁，横倒着书厨。在那周围，就狼藉地散乱着书册，被泥靴所践踏。

伊凡留着神，走近窗户去了。

列树路全体都点着街灯，那是从战斗的前夜就点下来的，已经是第三昼夜了，角上的一盏灯被枪弹所击破，炬火一般的大火焰乘风在柱子上燃烧。因为火光颇炫耀，那些荒凉的列树路上的树木的枝梢，以及突出在冰冻了的灰色的地面上的树根，都分明可以辨别。一切阴影都在不住地摇摆，映在紧张了的眸子里，便好像无不生活、移动、戒备着似的。

士官候补生们走掉了。加里斯涅珂夫将一把柔软的靠手椅,拉到倒掉的窗户那一面,坐了下去,躲在两窗之间的壁下,轻轻地放下枪。

"很好!"他笑着说,"舒舒服服地打仗。你以为怎样?"

伊凡没有回答。他默默地用两脚将书籍推开,自己帖在窗户和书厨之间的角落里。他恐怖了,有着被枪弹打得蜂窠似的窗户的毁坏了的房子、击碎了的家具、散乱在窗缘和地板上的玻璃屑,都引起他忧愁之念来。

拍!——在对面的屋子里,突然开了枪。

于是,出于别的许多屋子里的枪声,即刻和这相应和。

一秒钟之内,列树路的对面的全部,便已枪声大作、电光闪烁了。枪弹打中窗户,钻入油灰,飞进窗户里。

"现在射击不得,"加里斯涅珂夫说,"看呀,他们,看见么?……"

伊凡从窗框的横档下面向暗中注视,只见对面横街上的点心店前面有什么乌黑的东西在动弹。加里斯涅珂夫恰如正要扑鼠的猫一般,蹑着脚,将枪准备好,发射了。

伊凡看时,有东西在那店面前倒下了。

"嗳哈。"他发着狞笑,拿起枪来,也一样地去射击。

四面的空气震动着,发出令人聋聩[2]的声音。

但一分钟后——列树路转成寂寞了,只从不知道那里的远处,传来着一齐射击的枪声。

伊凡只准对着火光闪过的地方,胡乱地射击。布尔塞维克似乎也已经知道开枪的处所了,便将加里斯涅珂夫和伊凡躲着的窗户作为靶子射击起来。枪弹有的打中背后的墙壁,有的打碎那剩在窗框

---

2 现代汉语常用"聩"。——编者注

上的玻璃，有的发着呻吟声，又从砖石跳起。在后面的门外，时时有人出现，迅速地说道：

"要节省子弹。有命令的。"

于是，又躲掉了。

"那是谁呀？"伊凡问。

"鬼知道他。也许是连络勤务兵这东西罢。真讨厌。"

伊凡是不知道连络勤务兵的性质的，但一看见严厉地传述命令的人在门口出现，便不知怎地要焦躁起来或是沉静下去了。思想时而混乱，时而奔放。想到自己的家，想到布尔塞维克，想到连络勤务兵，想到被践踏了的书籍……眼睛已惯于房子里的昏暗，碎成片片挂在壁上的壁纸也分明地看见了。

加里斯涅珂夫默然坐着，始终在从窗间凝神眺望……远处开了炮，头上的空中殷殷地有声。

"阿呵，这是打我们的，"加里斯涅珂夫说，"这飞到那里去呢？一定的，落在克莱谟林。"

他叹一口气，略略一想，又静静地说道：

"这回是真的战斗要开头了。墨斯科阿妈灭亡了。但在先前呢，先前。唉！'墨斯科……在俄罗斯人，这句话里是融合着无穷的意义的。'是的。融合了的，就是现今也还在融合着。"

他又沉默起来，回想了什么事。

"是的。无论如何，墨斯科是可惜的。但是，同志，你以为怎样？'为要保全俄罗斯，墨斯科遂迎接蛮族的大军而屡次遭了兵燹，又为了要保全俄罗斯，而墨斯科遂忍受了压抑和欺凌。'这样的句子，是在中学校里学过的。"

他自言自语似的，静静地，一面想，一面说，也不管伊凡是否在听他。

破了沉寂，炮声又起了。

"哪，听罢，就如我所说的，"加里斯涅珂夫道，"就如我所说的。"

这之后，两人就沉默下去。到了轮班，他们经过后院，走到街上，又向那温暖的酒店去了。

小酒店里，士官候补生和大学生们长长地伸着脚睡在地板上，几个人则围着食桌在吃罐头和干酪。大桌子上面，罐头堆积得如山。义勇兵们一面说笑，一面用刺刀撬开盖子来，不用面包，只吃罐里的食物……伊凡已经觉得饥饿，便也狼吞虎咽地吃起来了。

退却

　　义勇兵们是不脱衣服，用两只手垫在头下睡着觉的。每一点钟，便得被叫起来去放哨。但这好像并非一点钟，仅有几分钟的睡眠，比规定时间还早，就被叫了起来似的。睡眠既然不足，加以躺着冷地板，坐着打磕睡[1]这些事，伊凡的头便沉重起来，成了漠不关心的状态了。嘴里发着洋铁腥，连想[2]到罐头也就觉得讨厌。身边有人在讲两个义勇兵刚才已被打死的事情。伊凡自己，也曾目睹一个同去放哨的大学生，当横断过市街时倒在地下，浑身发着抽搐的。但是，这样的事现在是早已不足为奇。意识疲劳，更没有思索事物的力量了。

　　伊凡恰如那上了螺旋的机器似的，默默地遂行了一切。有时也会发作底地，生出明了的意识来，然而这也真不过是一瞬息。有一回，忽然觉到门外已经是白昼了。诚然，很明亮，街灯虽然点着，却是黄金的小块一般只显着微黄，而并不发生光耀。什么地方鸣着教堂的钟，炮声轰得更加猛烈。太阳从云间露出脸来，辉煌了一下，又躲掉了。伊凡拼命地瞄了准就开枪，有时也看看门外，然而一切举动却全是无意识底的。只是一件还好的事，是加里斯涅珂夫在他的旁边。但其实，那也并非加里斯涅珂夫，不过是磨破了的外套、灰色的围巾、露在帽子底下的银鼠色的头发无意识地映在伊凡的眼里罢了。

　　"就来换班么？为什么教人等得这么久的？"加里斯涅珂夫时

1　现代汉语常用"瞌睡"。——编者注
2　现代汉语常用"联想"。——编者注

时大声说。

但有人安慰他道：

"就来换班了，即刻。"

小酒店里，盛传着不久将有援兵从战线上到来，哥萨克兵和炮兵，已经到了符雅什玛的附近；大家争先恐后来看那载着种种有希望的报告的叫作《劳动》的新闻。

"不要紧的，同志们，我们的事是不会失败的。我们所拥护的是真的权利，是正义呀！"一个枯瘦的中学生说，"当然有帮手的。"

但他的声音抑扬宛转，大家就觉得讨厌起来了——这是世界底事件，用不着什么娇滴滴的口吻。

吃干酪和罐头，睡了又起来，到哨位去开枪，谈论援兵，骂换班的慢，但大家所期望的，是象心纵意地睡一通。

然而，要熟睡是不行的，因为只能弯腰坐着或者躺在冰冷的地板上。

被叫了起来，前往哨位的时候浑身作痛，恰如给人毒打了一顿似的。义勇兵的人数并不多，在小酒店里形成斑色的群，走进走出，但大家都怨着轮班的太久。

"无休无息地怎么干呢？因为在这里已经混了两日两夜了。"大家说。

"已经两日两夜了么！"伊凡吃惊道。

屈指一算，不错，过了两日两夜了……

在眼前时时出现的人们之中，伊凡明了地识别了的，是加里斯涅珂夫和加拉绥夫——小队长，以及斯理文这三个。斯理文仍如第一天那么紧张，高戴着羊皮帽，亲自巡视哨位，激励部下，说不久就有援军要到，换班的也就来……他几乎没有睡过觉，所以两眼通红，而且大了起来。但态度却一向毫无变化之处，仅将挂在腰间的手枪皮匣的口始终开着，以便随时可以拔手枪。

大家都过着冲动底的生活，或者用了半意识的朦胧的脑在作离奇的、不成片段的思想，一面打着瞌睡；或者全身忽然弦一般紧张起来，头脑明晰，一切都即刻省悟，动作也变成合适、从容了。

第二夜将尽，伊凡觉得起了精神的变化。这就是，忽然不觉疲劳，也不想睡觉了。大概别的人们也一样，加里斯涅珂夫早不睡在暖炉旁边了，正在大发议论，吃着罐头和干酪。他因为跑得太急遽了一些，就失掉了鼻眼镜，但又记不起是在什么处所了。

"要瞄准了，——看不见照尺。怎的，这岂不怪么？伸手向鼻尖上一摸，没有了眼镜……唉，这真是倒运！可有谁看见么，诸君，我的眼镜？"

大学生们从什么地方搬了柴来，烧起小酒店里的灶，于是所有桌子上，就出现了滚热的喷香的红茶的茶碗……大家欣然喝茶，起劲谈话，在周围隆隆不绝的枪炮声，关于负伤者和战死者的述说，都早已毫不介意了。

所虑的只是枪弹的不足，酒店的壁下仅有着三个弹药箱。义勇兵们给他诨名，叫作"管帐[3]先生"的一个士官候补生很爱惜子弹，每发一回，总是说：

"请注意着使用。请只打看得见的目标。"

有一夜，来了探报，说布尔塞维克有向着士官候补生们所占据的总督衙门，立刻开始前进的模样，大约是试来占领尼启德门的。于是，略起了一些喧嚣，斯理文便即增加了哨兵的人数。伊凡在哨位时，从思德拉司忒修道院那面，向着总督衙门开炮了。第一发的炮声一震，被破坏了的窗玻璃就瑟瑟作响，从撕下了壁纸的处所则落下洋灰来：

3　现代汉语常用"账"。——编者注

索索……索索……索索……

过了五分钟，炮声又作了，又开了一炮。枪声便如小犬见了庞大的狗，闭口不吠一般沉默了下去。布尔塞维克那边的街上，有人在发大声，但那言语却听不分明，只是尖利地断断续续地叫喊着的那声音，颇令人有恐怖之感。炮击大约继续了一点半钟。那是夜里，街灯烂然[4]，列树路上满是摇动的物影，旁边的露出的煤气火仍如第一夜，动得像有魂灵一般。

忽然，列树路上到处起了机关枪声和枪声，喊着"呜拉"，在昏暗的横街上，工人和兵士的影子动弹起来了。

"呜拉！占领呀！打呀！……"从那地方叫喊着。

义勇兵和士官候补生们开始应战，将机关枪拉进伊凡所在的房子里，摆在窗户的近旁。脸相很好而略带些威严的一个年青的候补少尉装上了弹药带。

拍拍拍……拍拍拍拍拍……——时断时续地响了起来。

候补少尉巧妙地操纵了机关枪。横街上的骚扰更加厉害，不绝地叫着"呜拉"，敌人猛烈地仍在一同前进。兵士和工人们的散兵，沿着列树路，几乎一无遮蔽地前行，义勇兵们将他们加以狙击。有些敌兵便跌倒，打滚，陷于濒死的状态了，但别人立刻补上，依然进击，竭力连声大叫着：

"呜拉！占领呀！呜拉！"

弹雨注在窗户和墙壁上。全屋子里尘埃蒙蒙，成了危险而忧郁，但机关枪活动着，仍然在发响：

拍拍拍拍……

布尔塞维克的或是一个，或是两个，或者集成小团，从马拉耶·勃隆那耶街跑向喀喀林家去的光景，渐渐看得清楚了。候补少

4　现代汉语常用"阑然"。——编者注

尉虽然向他们注下弹雨去，但并不能阻止他们的前进，恰如在那边的深邃的横街里有着滔滔不绝地涌了出来的泉水一般。

伊凡和加里斯涅珂夫站在窗边，在狙击。

布尔塞维克跑过街道，便藏在列树路的树木之下的黄色的小杂货店里。这么一来，便是敌人几乎已在比邻了，但店铺碍事，倒成了不能狙击。

"放弃哨位！"有人在后院厉声大叫道。

在昏暗的门边，出现了斯理文。

"诸君，留神着退却。帮同来搬机关枪……"

候补少尉、加里斯涅珂夫和伊凡便抬起机关枪运向后院去。大家慌忙从房里跳进后院，拔步便走。在这里，伊凡这才看见了披头散发、发狂似的嚷着的女人们。

"阿，小爹，带我们去！"其中的一个哭着说。

然而，没有一个人回答——各自急着要从这里离开。

加里斯涅珂夫之死

二十分钟后,尼启德门附近的区域已被布尔塞维克占领了。士官候补生和义勇兵们便抛掉了刚刚舒服起来的温暖的小酒店,退向亚尔巴德方面。他们愤愤不平地退却,待到在一处停留时,才知道那受了炮击的总督衙门落于布尔塞维克之手。他们绕出了占据着尼启德门附近区域的义勇兵的后面了。

斯理文在伏士陀惠全加地方的一个教堂之后,集合了部队,检点起人员来。知道退却之际,战死了七名。其中之一的士官候补生加拉绥夫在后院中弹而死,尸骸就抛在那地方,看护兵没有收拾的工夫了。

周围很昏暗。当兴奋和恐怖之后,在这寂静的处所分明感到的,是浓雾笼罩着市街的光景。

"诸君,就要反攻,准备着。"斯理文预告道。

他的声音,是缺少确信而底力微弱的,但大家却紧张起来,又振作了精神。

"这才是哩!我正这样想呀!"加里斯涅珂夫兴高采烈地说,"我正在想,这退得古怪。因为是很可以支持下去的……"

在亚尔巴德广场上,看见放哨的士官候补生的影子,街灯明晃晃地在发光。电车站的附近烧着篝火,那周围摇动着义勇兵和士官候补生的黑影。时有摩托车发出声音通过广场,驶向士官学校方面去,或者肩着枪的士官候补生的小团开快步跑过了。

先以为斯理文不知道到那里去了,而他已经和两名将校和一团士官候补生一同回来,宣告大家:一个长身的、中年的、镶着假脚的将校来当指挥之任。

"不要太兴奋,诸君。最要紧的是护住自己,谨慎地前去。是跳上去的,要利用一切凸角和掩护物。前进,是沿着两条横街和列树路而去的。决然地来行动罢!"

将校的话,是单纯、平静,简直像是使青年去做平常的事务一般。一听这平静的口调,便心中泰然,准备做得很快,在教堂前面的一家房屋上,将机关枪装好了。有士官候补生所编成的掷弹部队来到。将校又将各部队的部署和行动,简单地说明了一遍,但那作战计划,是单纯的,就是经过列树路,去占领那在巴理夏耶·尼启德街和尼启德门的角上的广庭,又从这地方来打退布尔塞维克。

义勇兵第八队沿着列树路前进。屋上的机关枪不住地活动着:

拍拍拍拍拍拍拍拍拍拍拍……

从尼启德门这方面,也起了步枪和机关枪的射击,弹雨注在树木的茂密处,渐渐作响,听到了枪弹的呻吟。

但义勇兵和士官候补生,却面对着这弹雨,互相隔着大约一赛旬[1]半的距离,默默地前进。在这尼启德列树路上,街灯是没有点着火的,所以要藏身在房屋的墙下,列树路的栅边,以及种在两旁的落了叶的大洋槐树下,都非常便当。大家并不射击,只是跑上去时,不料竟恰恰到了先前的小酒店的附近了。

喀喀林公爵邸——在路对面。那府邸的周围,兵士和工人们来来往往,或者在路上交错奔跑,或者在街角聚成一簇,或者打破了列树路上的杂货店,在夺取苹果和点心……

义勇兵们躲在洋槐的树荫下,悄悄地集合了。斯理文捏着手枪,爬了上来。

"立刻反攻。要一齐射击的。"他用沙声轻轻地说,"哪,诸君,

1　俄尺名,1 Sazhen 约中国七尺。

瞄罢。要瞄准了来开枪。一齐射击！……"

大家一同动弹，整好射击的准备。

伊凡屈下一膝，瞄准了一个身上携着机关枪弹药带的高大的兵士。

"放！……"

拍，拍拍拍拍！——射击发作了。

"小队！"斯理文又命令道。

机关枪格格地响了起来。

"放！……"

"小队！……放！……"

"鸣拉！鸣拉！……"

斯理文、加里斯涅珂夫和其余的人们，猫似的从树荫下跳出，向着不及提防、受了反攻的兵士和工人们正在仓皇失措之处冲锋。当冲出来的时候，伊凡的帽子被树枝拂落了，想回去拾起来，机关枪却已在耳朵上面发响……他就不戴帽子，跟在同人后面飞跑，一面射击着那些在列树路上逃窜的敌。窜进街角的一所房屋的门内去了的脸色青白的工人们，又奔出来想抵抗，但知道已被包围，便抛了枪，擎起两手，尖利地嘶声叫喊道：

"投降！投降！……"

义勇兵们神昏意乱，连叫着饶命的人也打死了，因为没有辨别的余裕。

士官候补生们则从横街跳到尼启德街上，发着喊，冲进门里去，向各窗户射击，泰然自若地在四面集注如雨的枪弹中。

变成狞猛了的伊凡眼里冒着红烟，出神地在街上跑来跑去，跟着同人走进街角的一家的大庭院里，将一个正要狙击他的少年用刺刀一半作乐地刺死了。在这大院的角上的尘芥箱后，还潜伏着布尔塞维克，行了一齐射击。从横街跑来的一队士官候补生，便直冲上去，想捉住他们，然而刚在门口出现，就有两个给打死了。但这不是踌躇的时候，大家便奋然叫喊起来：

"这边！在这里。这边！……"

"呜拉！"加里斯涅珂夫发一声喊，跳进了门。士官候补生，义勇兵和伊凡，也都跟着他前进，但伊凡觉得有什么热热的东西从对面飞来，即刻心脏紧缩，毛发直竖了。

"呜拉！"他不自觉地喊着，看那些跑在前面的同人的后影，如在雾里一般。

尘芥箱临近了。加里斯涅珂夫走在前头。到离箱不过一步了的中途，他忽然站住，身子一歪，叫了一声跌倒了。

这之际，别的人们已在用了枪刺痛击那些伏在箱后的敌人……当伊凡跑到时，已经都被刺杀，软软地伸着脚躺在泥泞的石上了。只还有一个头发帖在额上的矮矮的工人跳到角落去，捏好了枪刺在准备袭击，大约他已经没有枪弹了。伊凡瞄了准，一扳机头，然而没有响，他焦灼着再动一动闭锁机，瞄了准，一扳机头，还是没有响，这才省悟到枪膛里已经放完了子弹。

"唉……唉！……"他恨恨地大叫着，挥枪刺跳向工人去。

那人脸色青白，露着牙，虽然显出可怕模样，但却好像忘掉了防御之术似的。伊凡赶紧一跳上前，趁这工人不及措手之际，一刺刀刺进肚子去，拔出之后，又刺了一刀。他觉得枪刺有所窒碍，但发着声音刺进去了。工人想抵御，抓住伊凡的枪身，吁吁地喘着气，动着他的嘴唇……

"呃吓……呃吓……呃……"他似乎要说话，但只是责备似的看定了伊凡。

伊凡毫不看他的脸，跳进那开过枪的旁边的房屋里去了。这些地方，已经到处都是士官候补生和义勇兵，他们在聚集俘虏，又从顶阁上，茅厕里，床榻下，搜出躲着的人们，拖到广庭那里去。他们多数是未成年的，无所谓羞耻和体面，便放声大哭起来，因为他们以为立刻就要被枪毙了。

士官候补生和义勇兵们将俘虏送往后方，又跑进还在开枪的屋里去。斯理文已在那里了，使伊凡向角角落落去搜索，看可有布尔塞维克没有。在后房的衣橱后面，躲着并无武器，而衣服褴褛的两个人。一个从藏身之处走出，驯顺地脱下帽子，牙齿相打着，说道：

"蓬儒尔，穆修。[2] 敬请高贵的士官候补生老爷的安……"

别一个却发了吓人的喊声，所有的人们，连那驯顺的一伙，也都吃了惊向他看。听到这喊声而跑来的斯理文便用枪托打他的头，他这才清醒转来，意识底地环顾周围，一声不响了……搜检这两人的身体，在袋子里发见了用膳的羹匙、时表、银的杯子匣之类，于是，斯理文、伊凡、士官候补生便都围了上去，许多工夫，将这两个人痛打，踢倒，踏他的脸，一直到出血，简直好像是恨他们侮辱了大家一般。

但是，这恐怕是兴奋之情所致的罢。带走了这两个俘虏之后，伊凡也略略恢复了常态，看一看周围。

这房屋是完全占领了，但在邻近的屋上装着蛟龙雕像的六层楼屋和喀喀林邸里，却还藏着布尔塞维克，便从街对面的房屋的窗口向这些窗户去开了枪。喀喀林家的一切窗间立即应战，屋上机关枪发响，猛烈地射击着尼启德列树路和巴理夏耶·尼启德街。剧烈的射击片时也没有停止。

忽然间，在一角刚起了叫喊，却立刻响着猛烈的爆音。这是因为掷弹队将炸弹抛进喀喀林邸里去了。爆发之后，射击更加厉害，浓的白烟打着旋涡从那设有药店的楼上升起，遮蔽了楼屋的全正

2　Bonjour, Monsieur，法语，"先生，今天好"之意。

面。布尔塞维克从对着列树路的门里面跳出,跑过了正是士官候补生和伊凡站着的窗边。

"站住!站住!捉住他们!……快叫瞄准的好手来。"士官候补生焦急着,并且拼命瞄准,在射击那些逃去的敌人。

兵士和工人有的跌倒了,有的翻筋斗,但那一部队却总算躲进小杂货店的后面了。跑来了公认为射击好手的两个士官候补生,让给他们近窗的便当的地点,他们便即开手来"猎人类"了。

火愈烧愈大,细的树枝都看得分明。布尔塞维克逃避火焰,跑到列树路上时,就陷在枪火之下了。两个士官候补生实在是射击的高手,百发百中的。

从门口跳出黑黑的形相来。

吧!吧!——就是两枪。

那形相便已经倒下,在地面上挣扎了。

为了扫清射击的地域,士官候补生们就去炸掉了杂货店,早没有藏身的掩护物了。

但布尔塞维克还想侥幸于万一。

倘从烧着的屋子跳出,想躲到什么地方去,就一定陷于枪火之下。士官候补生们是沉静地、正确地在从事于杀人,偶有逃进了街角后面的,便恨恨地骂詈。黑色的灰色的团块,斑斑点点,躺在列树路上。伊凡定睛一望,看见了满是血污的头和伸开的手脚。

火已经包住了那房屋的半部,烟焰卷成柱子,从窗口燃烧出来。物件倒塌作响。起了风。

但是,伏在屋上装着蛟龙雕像那一家的望楼里面的布尔塞维克,却还在猛烈地射击庭院和大街,不放士官候补生们走近。要将他们从这里驱逐,总很难。因为只有不过一条缝似的窗门,射击并没有效……

斯理文想出方法来，要求了对这房屋的炮击。于是，两发的炮弹，立刻从亚尔巴德广场飞来了。第一弹将小望楼打毁，和石块的碎片一同粉碎了的五个死尸和机关枪，以及步枪的断片，都落在广庭上。第二弹一到，房屋的内部就起了火。布尔塞维克发着硬逼出来一般的叫声从屋里奔出，沿着列树路逃向思德拉司式广场那面去。这样一来，尼启德门附近的区域就又落在士官候补生们的手里了。但喀喀林邸和屋上装着蛟龙雕像的房屋却是大炬火似的烧得正猛。

枪声恰如人们悚然于自己的行为一般，完全停止了。

从烧着的房屋里发出如疯如狂的声音：

"救命！救命！阿阿！……救命！……"

听到了这声音的人们虽然明知道靠近的壁后有着活活地焦烂下去的人，然而谁也没有去救这人的手段和力量。

伊凡走出去，到了广庭上。

看护兵正在这里活动，收拾战死者。加拉绥夫被人打碎了前额，也没有外套，挺直的躺着。不知是谁脱去了他的长靴，留下着自己的旧的破靴子，然而又不给他穿上，只放在脚旁边。远远望去，还像穿着长靴一样——加拉绥夫的脚是非常之长的……加里斯涅珂夫躺在铁的生锈的尘芥箱旁，脸面因痉挛而抽紧。他当气绝之际，用牙齿咬住着围在颈上的围巾。

又有人爬出广庭来——两个女人，孩子和跛脚的门丁。

"先前躲在那里了？"斯里文问他们说。

"那边，躲在菜蔬铺子的房屋里了，看得见罢？"门丁一面说，一面指着地下室的昏暗的窗门。

大家——斯理文、士官候补生们、伊凡——因了好奇心向窗里面窥探时，只见在幽暗的地板上转辗着二十来个人——都是这房屋里的住户。他们都以满含恐怖的眼，看着伊凡和士官候补生。

斯理文来安慰他们。

"你们诸位要吃什么东西么？"

他们这才放心了。

"我们吃是在吃的。因为店里就有罐头和腌菜……"

一点钟后，斯理文所带的一队就和别一队交代，走到休憩所去了。已是三日三夜之终。觉得虽是暂时，但究竟已离危险状态的人们便骤然精神恍惚起来。

他们经过了被火灾照得明晃晃的市街，到了亚历山特罗夫斯基士官学校……

炮火下的克莱谟林

想休息了，然而不能够。在穹窿形的天花板，而地板上排着卧床的、门口挂着"第五中队"的牌子的一间细长形的房子里，正在大发着纷纷的议论。但义勇兵们的送到这里来，是专为了来睡觉的。伊凡倾耳一听，是许多人们在讲我军已被乱党所包围，在论某将军应该逮捕、某人应该处死。

有一个则主张了立即降服的必要——战斗下去是无意义的。

"无论如何，总是败仗。从前线回来援助我们的军队，统统帮了布尔塞维克和我们为敌了……降服，是必要的……"

对于这辩士，起了怒骂：

"昏话！不如死的好！耻辱！"

到了战斗的第三天，伊凡这才怀疑起来了：莫非这战斗，实在也没有意义的么？所有军队都和布尔塞维克联合，所有工人都是敌人。莫非真理竟在那边的人们的手里么？伊凡是为了想要寻求这真理，所以跑进这阵营里来的。然而，在这里……它究竟在那里呢？

心里烦闷了。

耶司排司说过："没有人知道真理。"

他的话不错么？

伊凡踱着，像被谁灌了毒药一样。

也不再渴睡[1]了；当斯理文派伊凡往新的哨位克莱谟林去的时候，倒觉得喜欢——派到克莱谟林去，是只挑了最可靠的人的。

到处在开炮。从荷特文加，从思德拉司忒修道院，从戈尔巴德

1　现代汉语常用"瞌睡"。——编者注

桥,从札木斯克伏莱支,都炮声大作了。那隆隆的巨声,像送葬的钟音一样,响彻了墨斯科的天空。

义勇兵们几乎是开着快步在街街巷巷往来奔驰,因为士官学校和克莱谟林的炮击已经在开始了。

炸裂的榴霰弹的青色火在克莱谟林的空中发闪,一时灿然照射了宫殿和寺院。鸣着雷,铁雨向着圆盖、宫殿,以及寂静的沉默了的修道院上倾注。

克莱谟林的内部似乎是空虚的,并无生物。但定睛一看,却在房屋的各门口现着步兵的灰色的形姿。

街灯凄凉地照耀着。

义勇兵们停在兵营内并不久,编成两人一组,散往各自的担任地点去了。伊凡的担任地点是在伊凡钟楼之下的珍宝库入口的附近的哨位。珍宝库早被破坏,所以库内就不再派定人。

在哨位上的伊凡的战友是年青的士官候补生,他很想长保谨严的态度,然而无效,常常说话了。

两人紧贴着石壁,最初是沉默着的。四面的步道上,满是玻璃窗的碎片和打落了的油灰屑。

尼古拉宫殿和久陀夫修道院已经崩坏得很可以了。

"是的,学校里教过的:不向墨斯科和克莱谟林致敬者,只有俄罗斯的继子。"年青的士官候补生沉思着,说,"但现在呢,胡闹极了。是的。"

于是,默然了一会,就迅速地唱起歌来:

勇者克莱谟林的山丘,
谁会在腋间挟走?
撞钟伊凡的黄金帽,
又谁能抢了拿走? ……

"可是，这样的人出现了。撞钟人伊凡怕也寿命不久了罢……"士官候补生说着，将身子一抖，在壁下来回地走了起来。

"还在吟什么诗哩。"伊凡心里不高兴了，看一看士官候补生的脸。

"你见了没有？"士官候补生在伊凡旁边站住，又来说话了，"听说布尔塞维克曾经有过宣言，要毫不留情，将一切破坏。"

"破坏，"伊凡附和说，"我想，那是无所不为的罢。"

"但他们究竟是怎样的人呢？我还没有见过真的布尔塞维克……兵士。兵士那些，是废料，如果他们是布尔塞维克，那就如称我为大僧正一样。"

伊凡记得了彼得尔·凯罗丁的模样，记得了他那雄纠纠²的爽直的声音。

"是些爽直的人们，倔强的。"

"阿呀，寺里面在做什么呀？"士官候补生指着久陀夫修道院说，只见各窗的深处都点着蜡烛，人影是黑黑的。

"修士在做功课呵。"

"哼……做得得时。会被打死的。"

然而，烛光逐渐明亮起来，在幽暗中，影子似的修士两个开了半坏的门走出外面，开始打扫散乱着各种碎片的阶沿了。

士官候补生跑过广场，走到他们的旁边。

"这是什么的准备呀？"他问修士们说。

"奉移圣亚历克舍的圣骨。"一个修士断断续续地回答道。

五分钟后，行列就从门里面慢慢地走出来了。伊凡和士官候补生都脱帽。黑衣的修士们手上各执点了火的蜡烛，静静地唱着歌，运着灿烂的灵柩。

2　现代汉语常用"雄赳赳"。——编者注

"圣长老亚历克舍，请为我们祈祷上帝。"修士们静静地唱着。

轰，轰，轰！——炮声发作了。在邻近的屋顶上，响着榴霰弹。

修士们将灵柩从阶沿运进黑门里面去，神奇的幻影似的消踪灭迹了。士官候补生戴上帽，又和伊凡并排将身子靠在石壁上。

"若要将圣骨运到墓地去，恐怕形势是不对的了。"

孤立无援

其实，是从什么地方都没有救援来。到了战斗的第五天，显然知道友军战败：布尔塞维克战胜了。先前是将希望系在从战线回来的军队上的，但这些军队一进墨斯科，便立刻帮了布尔塞维克向作为派来救援的对象的这一边猛烈地攻击起来。

哥萨克兵停在山岭上，动也不动。在克拉斯努易门附近战斗了的将校部队，有的降服，有的战死；在莱福尔妥夫的士官候补生部队则会被歼灭了。

以正义的战士自居的临时政府的拥护者们也嵌在铁圈子里，进退两难了。

抗争了，但已经没有希望。

大家大概知道，早晚总只得让步了。

伊凡在黑衣修士将亚历克舍的圣骨运进地道去的那一夜，便已省悟了这事情……然而，他不使在脸面上现出这纷乱的、被压一般的心情，还要英气勃勃地说道：

"战斗呀，谁有正义就胜的。"

但是，大家都意气悄然。第一，是弹药用完了。士官学校的兵士和门卫到市街去买了红军和喝醉了的兵士所带的弹药，藏在衣袋里拿了回来；士官候补生们也化装为兵士坐摩托车到红军的阵营去采办弹药，有时买来，有时被杀掉了。……

十一月一日的全夜，在克莱谟林防御者，是最可怕的夜。哥萨克兵和骑兵部队已从战线回来了，但在穆若克附近就被扣留，结果是宣言了不愿与蜂起的民众为敌。这消息由一个人的手送到亚历山特罗夫斯基士官学校来，又传给克莱谟林和各哨位。士气沮丧了。弹药已完，粮食无几，负伤者又很多，白军就完全心灰意懒……而最大的打击，则是断尽了希望得到救援的线索。

这之际，敌人增加了兵力，身上穿起军装来。又敏捷，又勇敢，又大胆的水兵到处出现。而且，用着有大破坏力的六吋口径炮在轰击克莱谟林的事也证实了。

市厅的房屋受了猛烈的射击，藏在那里面，对于克莱谟林防御者给以许多帮助的市参事会和社会保安委员会的人们，也只好搬到觉得还可以避难的克莱谟林里来了。

然而，意气的消沉和绝望是共通的，总得寻一条出路。

这一夜，培克莱密绥夫斯卡耶塔的上层遭了轰毁，思派斯卡耶塔为炮弹所贯通，尼古拉门被破坏，乌思班斯基大寺院的中央的尖塔和华西理·勃拉建努易寺院的圆盖之一，都被炮弹打中了。

看起来，克莱谟林也不久就要收场。

伊凡在这一夜里，在克莱谟林里面，在卡孟努易桥，也在士官学校。

到处浮动着绝望的空气。士官学校内公然在议论投降，只有少壮血气的人还主张着继续战斗。

"投降布尔塞维克——是耻辱。我们不赞成。我们还是冲出郊外去，在那里决一个胜负罢！"

这主张很合了伊凡的意——到郊外去一个对一个战斗来决定胜败，那是很好的。待到轮到他发言的时候，便说道：

"应该战斗的。我想，如果再支持些时，布尔塞维克便将为工人所笑、所弃了。我说这话，就是作为一个工人……"

伊凡的话很受拍手喝采[1]了，然而敏感如一切敏感的辩士的他却在心中觉着在听他的议论者乃是失了希望的疲乏已极的人们……然而，出路呢?! 出路在那里呢? 必须有出路! 必须有得胜的意志!

---

1 现代汉语常用"喝彩"。——编者注

缴械

这一夜，彻夜是议论纷纭。但到第二天的早晨，伊凡就知道已在作[1]投降的准备。将无食可给的俘虏从克莱谟林释放了。迫于饥饿、疲于可怕的经验的他们便发着呻吟声，形成了沉重的集团，从克莱谟林出伊里英加街而去。伊凡看时，他们都连爬带跌的走，疯子似的挥着拳头，威吓了克莱谟林。在这战斗的三日间，他们要死了好几回，现在恰如从坟墓中逃出一般地跑掉了。

"呜……呜!……"他们愤恨地而且高兴地呻吟着。

这早上，又做购买弹药的尝试。主张冲出野外一决胜负的强硬论者里面的士官候补生和大学生们就当了这购买弹药之任，扮作兵士或工人走出散兵线外去，但即刻陷在交叉火线之下全部战死了。

到正午，传来了和议正在开始的消息，大家便互相述说，大约一点钟后，战斗就要收束的。

活泼起来了。无论怎样的收场，总是快点好，大家各自在心里喜欢，然而藏下了这喜欢，互相避着正视，像是羞惭模样，只有声音却很有了些精神。

然而，战斗还没有歇。尼启德门的附近、斯木连斯克市场的附近、戏院广场、卡孟斯基桥、普列契斯典加街等处，都在盛行交战。

市街的空气充满着枪炮声。中央部浴了榴霰弹火。尼启德门方面的空中则有青白的和灰色的烟成着柱子腾起。那是三天以前遭了火灾的房屋，至今还在燃烧。

斯理文的一队在防御墨斯克伏莱吉基桥的附近射击了从巴尔刁格方面前进而来的布尔塞维克。

1　现代汉语常用"做"。——编者注

义勇兵们是只对了看得见的目标行着缓射的，但到正午，弹药已经所余无几了，每一人仅仅剩了三发。焦躁得发怒了的斯理文便用野战电话大声要求了弹药，还利用着连络兵送了报告去，但竟不能将弹药领来。

"请你去领弹药来罢！"斯理文对彼得略也夫说，"那边遇见人，就讲一讲已经不能支持了的理由。"

伊凡前去了。

街道的情形多么不同了呵！到处是空虚。街是静的，枪声就响得更可怕。

哺……哺哺哺！……

时时还听到带些圆味的手枪的声音。

拍，拍，拍。

家家的窗户都被破坏、倒塌，那正面是弄得一塌胡涂。步道上散乱着碎玻璃和油灰块，堆得如小山一样。伊凡并不躲闪，在枪声中挺身前行。从炸裂的榴霰弹升腾上去的白烟，好像小船浮在克莱谟林的空中，铁雨时时注在近旁，将浓的沙烟击起。然而，伊凡已经漠不关心了，在麻木的无感觉状态中了。在现在，就是看了倒在路上的战死者，看了连战五日五夜还是点着的街灯，也都无所动于中[2]了。……

有水从一家的大门口涌出，瀑布似的，但他也并不留神或介意。

在马术练习所的附近，恰在驻扎古达菲耶对面之处的一团哥萨克兵那里落下榴霰弹来。大约五分钟后，伊凡经过那地方来一看，只见步道上有负了伤的马在挣扎，一边躺着两具哥萨克的死尸。别的哥萨克兵们用缰绳勒住了嘶鸣的马，愀然紧靠在马术练习所的墙壁上。

"打死它罢，何必使它吃苦呢？"一个哥萨克兵用了焦灼的沙声说，大踏步走向那正在发抖喘气的马去，从肩上卸下枪；将枪弹打

2　现代汉语常用"无动于衷"。——编者注

进两匹马的眉心。马就全身一颤，伸开四脚倒下了。

这光景，不知道为什么很惹了伊凡的注意。

伊凡在尼启德门附近的广庭里用刺刀刺了躲在尘芥箱后的工人的时候，那工人也一样地全身起了抽搐的。

人、圣物、市街、这些马匹，都消灭了。然而，为了什么呢？

在士官学校里竟毫无所得，伊凡便在傍晚回到墨斯克伏莱吉基桥来了。斯理文听到了不成功，就许多工夫乱骂着一个人，而伊凡却咬了牙关倾听着。

"我打了他，看怎样？"他的脑里闪出离奇的思想来。

于是，莫名其妙的恶意，忽然冲胸而起，头发直竖，背筋发冷了。然而，伊凡按住了感情，几乎是飞跑似的到了街头，站在桥上，将所剩的几颗子弹向布尔塞维克放完了。

"这样……给你这样！哼，鬼东西！就这样子！吓，哪！"

"在做什么呀？你兴奋着罢？"从旁看见了这情形的一个又长又瘦、戴着眼镜的士官候补生问他说。

伊凡并不回答，只将手一挥。

到夜里，传来了命令，说因为讲和已成，可撤去哨位，在士官学校集合。

大家都太高兴了 [3]，连斯理文也不禁在大家面前说道：

"好不容易呀！"

但在伊凡，却觉得仿佛受了欺骗、受了嘲笑似的。

"你说，同志，好不容易呀，"他向斯理文道，"那么为什么防战了的呢？"

斯理文有些慌张了，红了脸，但立即镇静，用了发怒的调子回答道：

"可是还有什么办法呢？"

3　此处原文为"大家都大高兴了"，疑为原文误字，故更正。——编者注

"什么办法？洁白的战死呵！在战败者，可走的惟 [4] 一的路是死。懂么？"

"那又为了什么呢？"

"就为了即使说是射击了流氓，究竟也还是成了射击了我们的兄弟了……"

"我可不懂，同志。"

"唔，不懂，那就是了！"

斯理文脸色发青，捏起拳头来，但又忍耐了下去。

听着这些问答的士官候补生们都面面相觑，凝视着昂奋得仰了脸的伊凡。

"是发了疯了。"在他的背后有谁低声说。

"不，我没有发疯。将战争弄开头，却不去打到底的那些东西，这才发着疯哩！"伊凡忍无可忍了，大声叱咤说。

谁也不来回答他。从此以后，谁也不再和他交谈，当作并无他这一个人似的远避了。

议和的通知，传到了各哨位。

于是，发生了情绪的兴奋。布尔塞维克知道就要停战，便拼命猛射起来。全市都是炮声和步枪射击的声音，几乎要震聋人的耳朵。

同时，白军也知道了已无爱惜枪弹的必要，就聊以泄愤地来射击胜利者。最激烈的战斗，即在和议成后的这可怕的夜里开始了。

将校们将自己的武器毁坏，自行除去了肩章。最富于热血的人们则誓言当俟良机，以图再举。

第二天的早晨，义勇兵们就在亚历山特罗夫斯基士官学校缴械了。

4　现代汉语常用"唯"。——编者注

怎么办呢?

这几天,华西理·彼得略也夫前途失了希望,意气沮丧,好像在大雾里过活一般。

在三月革命终结之春的有一天,母亲威吓似的说道:

"等着罢,等着罢,魔鬼们。一定还要同志们互相残杀的。"

阿,华西理那时笑得多么厉害呵?

"妈妈,你没有明白……到了现在,那里还会分裂成两面呢?"

"对的,我不明白,"母亲说,"母亲早已老发昏,什么也不明白了。只有你们,却聪明的了不得。……但是,看着罢,看着就是了……"

现在母亲的话说中了……大家开始互相杀戮。伊凡进了白军,而旧友的工人——例如亚庚——却加入红军去。合同一致是破裂了。一样精神、一样境遇的兄弟们都分离了去参加战斗。这是奇怪的不会有的事;这恐怖,还没有力量够来懂得它……

伊凡去了。

那一天,送了他去的华西理便伫立在街头很长久,听着远远的射击的声音。从地上弥漫开来的雾气烟似的浓重地爬在地面上,沁入身子里,令人打起寒噤来。工人们集成队伍,肩着枪,腰挂弹药囊,足音响亮地前去了,但都穿着肮脏的、破烂的衣服;恐怕是因为免得徒然弄坏了衣服,所以故意穿了顶坏的罢 [1]。

他觉得这些破落汉的乌合之众在武装着去破坏市街和文化了。他们大声谈天,任意骂詈。

一个高大的,留着带红色的疏疏的胡须的,两颊陷下的工人夹

---

[1] 此处原文为"所以故意穿了顶坏的的罢",疑为原文多字,故更正。——编者注

在第一团里走过了。华西理认识他。他诨名卢邦提哈，在普列思那都知道，是酒鬼，又会偷，所以到处碰钉子，连工人们一伙里也都轻蔑他。然而，现在卢邦提哈肩着枪，傲然走过去了。华西理不禁起了嘲笑之念。

"连这样的都去……"

然而，和卢邦提哈一起去的还有别的工人们——米罗诺夫和锡夫珂夫；他们是诚实的，可靠的，世评很好的正经的人们。米罗诺夫走近了华西理。

"同志彼得略也夫，为什么不和我们一道儿去的？打布尔乔亚去罢。"

两手捏着枪、精神旺盛的他便露出洁白的牙齿微笑了。

"不，我不去。"华西理用了无精打采的声音回答说。

"不赞成么？那也没有什么，各有各的意见的。"米罗诺夫调和底地说，又静静地接下去道：

"但你可有新的报纸没有？……要不是我们的，不是布尔塞维克的，而是你们的……有么？给我罢。"

华西理默着从衣袋里掏出昨天的报纸《劳动》来，将这递给了米罗诺夫。

"多谢多谢。我们的报纸上登着各样的事情，可是真相总是不明白。看不明白……"

他接了报章，塞进衣袋里面去。

华西理留神看时，他的大而粗糙的手，却在很快地揉掉那报章。

"那么，再见。将来真不知道怎样。"他笑着，又露一露雪白的牙齿，追着伙伴跑去了。

工人们接连着过去。他们时时唱歌，高声说话，乱嚷乱叫。好像以为国内战争的结果是成为自由放肆，无论说了怎样长的难听的话也就毫无妨碍似的。

连十六七岁的学徒工人也去了，而且那人数多，尤其是惹人注目样子。

智慧的人们和愚蠢的人们，卢邦提哈之辈和米罗诺夫之辈都去了。

战斗正剧烈，枪声不住地在响。

巴理夏耶·普列思那的角角落落上聚集着许多人。店铺前面来买粮食的人们排得成串，红军的一伙便在这些人们里面消失了。

华西理回了家。

母亲到门边来迎接他，但在生气，沉着脸。

"走掉了？"她声气不相接地问。

"走掉了。"

母亲垂下头，仿佛看着脚边的东西似的，不说什么。

"哦。"他于是拉长了语尾，默默地驼了背，就这样地离开门边，顿然成为渺小凄凉的模样了。

"今天又要哭一整天了罢，"华西理叹息着想，"玉亦有瑕[2]……"

华尔华拉跑到门边来了。她用了一夜之间便已陷了下去的、发热的、试探一般的眼睛凝视着华西理的脸。

"没有看见亚庚么？"

"我没有走开去。单是送一送哥哥……"

"那么，就是，他也去了？"

"去了……"

华尔华拉站起身，望一望街道。

"我就去。"她坚决地说。

"那里去呀？"华西理问道。

2　古谚。

"寻亚庚去。我将他拉到家里,剥他的脸皮。要进什么红军。该死的小鬼,害得我夜里睡不着。要发疯……他……他……他的模样总是映在我眼里……"

华尔华拉呜咽起来,用袖子掩了脸。

"亚克……亚庚谟式加,可怜的……唉唉,上帝呵……他在那里呢?"

"但你先不要哭罢,该不会有什么事的。"华西理安慰说,"想是歇宿在什么地方了。"

然而,是无力的安慰,连自己也预感着不祥。

"寻去罢,"华尔华拉说,拭着眼睛,"库慈玛·华西理支肯同我去的。寻得着的罢。"

华西理要安慰这机织女工,也答应同她去寻觅了。

一个钟头之后,三个人——和不放他出外的老婆吵了嘴,因而不高兴了的耶司排司,机织女工和华西理——便由普列思那往沙陀伐耶街去了。街上虽然还有许多看热闹的人,但比起昨天来已经减少。抱着或背着包裹、箱箧,以及哭喊的孩子们的无路可走的人们,接连不断地从市街的中央走来。

射击的声音起于尼启德门的附近,勃隆那耶街、德威尔斯克列树路、波瓦尔斯卡耶街这些处所也听到在各处房屋的很远的那边。耶司排司看见到处有兵士和武装了的工人的队伍,便安慰机织女工道:

"一定会寻着的,人不是小针儿……你用不着那么躁急就是。"

机织女工高兴起来,将精神一提,一瞥耶司排司,拖长了声音道:

"上帝呵,你……"

她一个一个遍跑了武装的工人的群,问他们看见红军兵士亚庚·罗卓夫没有。

"是的,十六岁孩子呵。穿发红的外套,戴灰色帽子的……可有那一位看见么？"

她睁了含着希望的眼，凝视着他们。然而，无论那里，回答是一样的：

"怎么会知道呢？因为人多得很……"

有时也有人回问道：

"但你寻他干什么呀？"

于是，机织女工便忍住眼泪，讲述起来：

"是我的儿子呵。我只有这一个，因为真还是一个小娃娃，所以我在担心的，生怕他会送了命。"

"哦！但是，寻是不中用的，一定会回去。"

没心肝地开玩笑的人有时也有：

"如果活着，那就回来……"

机织女工因为不平，流着泪一段一段只是向前走。沉闷了的不中用的耶司排司一面走，一面慌慌张张回顾着周围。华西理跟在那后面。

两三处断绝交通区域内没有放进他们去。

"喂，那里去？回转！"兵士们向她喊道，"在这里走不得，要给打死的！"

三个人便都默然站住，等着能够通行的机会。站住的处所大抵是在街的转角和角落里，这些地方，好像池中涌出的水一般，过路的和看热闹的成了群，默默地站在那里，仿佛不以为然似的看着兵士和红军的人们。

站在诺文斯基列树路上时，有人用了尖利的声音在他们身边大叫道：

"擎起手来！"

机织女工吃了惊。回头看时，只见一个短小的、麻脸的兵士在叫着：

"统统擎起手来！"

群众动摇着，擎了手。母亲带着要往什么地方去的一个七岁左右的男孩子，便裂帛似的大哭起来。

"这里来，同志们！"那兵士横捏着枪，叫道，"这里，这里这里……"

兵士和红军的人们便从各方面跑到。

"怎了？什么？"

他们一面跑，一面捏好着枪，准备随时可开放。群众悚然，脸色变成青白了。

"有一个将校在这里，瞧罢！"

兵士说着，用枪柄指点了混在群众里面的一个人。别的兵士们便将一个穿厚外套、戴灰色帽、苍白色脸的汉子拖到车路上。耶司排司看时，只见那穿外套的人脸色变成铁青，努着嘴。

麻脸的兵士来剥掉他的外套。

"这是什么？瞧罢！"

外套底下，是将校用外套，挂着长剑和手枪。

"唔？他到那里去呀？"兵士愤愤地问道，"先生，您到那里去呢？"

将校显出不自然的笑来。

"慢一慢罢，您不要这么着急。我是回家去的。"

"哼！回家？正要捉拿你们哩，却回家！到克莱谟林去，到白军去的呵。我们知道。拿出证明书来瞧罢。"

将校取出一张纸片来，那麻子兵士就更加暴躁了：

"除下手枪！交出剑来！"

"且慢，这是什么理由呢？"

"唔，理由？除下来！狗入的！……打死你！"兵士红得像茱萸一样，大喝道。

将校变了颜色，神经底地勃然愤激起来，但围在他四面的兵士们却突然抓住了他的两手。

"吓,要反抗么?同志们,走开!"

麻脸的兵士退了一步,同时也用枪抵住了将官的头……在谁——群众、兵士们,连将校自己——都来不及动弹之际,枪声一响,将校便向前一踉跄,又向后一退,即刻倒在地上,抖也不抖,动也不动了。从头上滚滚地流出鲜血来。

"唉唉,天哪!"群众里有谁发了尖利的声音,大家便如受了指挥一般,一齐拔步跑走了。最前面跑着长条子的耶司排司,在后面还响了几发的枪声。兵士们大声叫喊,想阻止逃走的群众,然而群众还是走。机织女工叹着气,喘着气,和华西理一直跑到了动物园。

"阿呀,我要死了。这是怎么一回事?"她呻吟道,"没有理由就杀人。无缘无故!……"

耶司排司等在动物园的附近。他脸色青白,神经底地捻着髭须。

"这是怎么一回事呵!不骇死人么?"他说。

"真的,上帝呵,随便杀人。在那里还讲什么!"她清楚地回答说,但突然歇斯迭里地哭了起来,将头靠在路旁的围墙上了。

耶司排司慨叹道:

"唉唉!……"

只有华西理不开口。但这杀人的光景,没有离开过他的眼中。机织女工不哭了,拭了眼睛,在普列思那街上,向着街尾,影子似的静静地走过去。三个人就这样地沉默着走。将到家里的时候,耶司排司宁静了一些,仰望着低的灰色的天空,并且用了静静的诚恳的声音说道:

"现在,是上帝在怒目看着地上哩。"

于是,就沉默了。

母觅其子

从这一天起，住在旧屋子里的人们就都如被什么东西压住了似的在过活。这屋子范围内，以第一个聪明人自居的、白发的牙科女医梭哈吉基那便主张选出防卫委员来。

"谁也不准走进这里来：不管他是红的，是白的，要吵架——就到街上去，可不许触犯我们，"她说，"我们应该保护自己的。"

大家都同意了，赶紧选好委员，定了当值，于是从此就有心惊胆战的人——当值者——巡视着广庭。然而，没有武器。不得已，只好用斧头和旧的劈柴刀武装起来，门丁安德罗普捐了一根冬天用以凿去步道的冰的铁棍。

"防卫是当然的……如果要走进来，就用这家伙通[1]进他那狗鼻子里去。"他蠕蠕地动着埋在白胡子里面的嘴，说。

"呵呵，老头子动了杀星了。在教人用铁棍通进鼻子里去哩！"有人开玩笑道。

"不是应该的么？已经是这样的时候，胆怯不得了。"

"不错，"耶司排司接着道，"咬着指头躲起来是不行的。没有比这还要坏的时代了，简直是可怕的时代呵。"

女人们也和男人一同来充警备之任，裹了温暖的围巾，轮流在广庭上影子一般地往来。只有机织女工没有算进去，但她却往往自己整夜站在广庭里叹着沉闷的气，在门边立得很久，侧耳听着街上的声音。大家都怕见她了，一望见就不说话，也怕敢[2]和她交谈。她

1　现代汉语常用"捅"。——编者注
2　现代汉语常用"不敢"。——编者注

来询问什么的时候，便用准备妥当了的句子回答她，给她安慰。她的身子在发抖，脸是歪的，然而眼泪却没有了。所以和她说话的人就觉得仿佛为鬼气所袭似的。

礼拜六的早上——市街战的第三天——就在近处起了炮声。这是起于"三山"上的尼古拉教堂附近，恰值鸣了晨祷的钟的时候的。于是，那钟声，那平和的基督教的钟声，便立刻成为怯怯的、可怜的音响了。

非常害怕而意气消沉了的人们聚到大门的耳门旁边来，用了战战兢兢的眼色向门外的街头一望，只见那地方在波浪一般的屋顶间，看见了教堂的黄金的十字架。

"在打克莱谟林哩，"不戴帽子跑到门边来的耶司排司，愤然说，"一定是什么都要打坏了。"

轰！……——又听到了炮声，恰如童话里的蛇精一样，咻咻作响，飞在市街的空中，毕毕剥剥地炸裂了。

"怎么样！见了没有？尽是放。市街全毁了……"

大家暂时站在门边，听着炮声。

华尔华拉在悄悄地啜泣。

"至圣的圣母呵，救救我们。这是怎么一回事呢？"她忽然说，"请你垂恩罢……"

这早上却没有人安慰她：大家都胆怯而心伤了。

一队红军，兴奋着，开快步在外面的街上跑过。

"哪，已经是我们的胜利了，布尔乔亚完了。"其中的一个说。

"自然，那何消说得。"

被煤弄得漆黑的人们，满足地、愉快地谈着话，接连着跑过去了。

"呜，破落汉，"耶司排司的老婆古拉喀，恨恨地说坏话道，"这样的贼骨头糟蹋起市街来是不会留情面的……"

"对呀。他们有什么？他们就是要失掉，也没有东西。"贝拉该耶附和着说。

从榴霰弹喷上的白烟像是白色的船，飘飘然浮在青空中，射击更加猛烈了。古的大都会上，长蛇在发着声音盘旋蜿蜒，和这一比，人类便是渺小、可怜、无力的东西了。这一天，走到外面去的，只有华西理和机织女工两个，她是无休无息地在寻儿子的。

一过古特里诺街，便不放他们前进了。机织女工于是走过戈尔巴德桥，经了兵士的哨位的旁边，进到战线里。她用那愁得陷下了的眼凝视着正在射击着不见形影的敌的、乌黑的异样的人堆。

街道都是空虚的，人家都是关闭的，走路的很少，只是一跃而过。惟有粮食店前，饥饿的人们排着一条的长串。枪弹在呻吟，但那声音却各式各样。机关枪一响，枪弹便优婉地唱着，从屋顶上飞过去了。

然而，一听这优婉的歌，人们就惊扰起来，机织女工则紧贴在墙壁上。

但她还是向前走——向普列契斯典加，向札木斯克伏莱支，向卢比安加，向思德拉司忒广场，那些正在剧战的处所。

她是万想不到亚庚会被打死的。

"上帝呵。究竟要弄到怎样呢？独养子的亚庚……"

但在心里，却愈加暗淡、凄凉、沉闷起来。

兵士和工人们一看见机织女工，吆喝道：

"喂，伯母，那里去？要给打死的！回转罢！"

她回转身，绕过了几个区域，又向前进了。墨斯科是复杂错综的市街，横街绝巷很不少，要到处放上步哨，到底是办不到的。

于是，沉在忧愁中间的机织女工就在横街、大街、绝巷里奔波，寻觅她的儿子，还在各处的寺院和教堂面前礼拜，如在开赛里斯基的华西理，在珂欠尔什加的尼古拉，在格莱士特尼加的司派斯，在特米德罗夫的舍尔该。

"小父米珂拉，守护者，救人的。慈悲的最神圣的圣母，上帝……救助罢！……"

她一想到圣者和使徒的名，便向他们全体地或各别地祷告，哭着祈求冥助。然而，无论那里都看不见亚庚。

亚庚是穿着发红的外套，戴着灰色的帽子出去的，所以倘在身穿黑色衣服的工人中，就该立刻可以看出。机织女工是始终在注意这发红的外套的。但在那里呢？不，那里也没有！倘在，就应该心里立刻觉着了。

怎样的沉忧呵！

有什么火热的东西，炮烙似的刺着她的心，仿佛为蒸汽所笼罩。

两眼昏花，两腿拘挛得要弯曲了。

"亚庚谟式加，可怜的，你在那里呢？……"

再走了几步，心地又轻松起来。

"但是，恐怕圣母会保护他的……"

不多久，忧愁又袭来了……

机织女工终于拖着僵直的脚，青着脸，丧魂失魄似的回向家里去了。她的回家，是为了明天又到街上来寻觅。

要获得真的自由

华西理被恐怖之念和好奇心所驱使走到街上了。

"要出什么事呢？该怎样解释呢？该相信什么呢？"

骇人，神秘，不可解。

现在，墨斯科正有着奇怪的国内战争，是难以相信的。普列思那的市街、皤罗庭斯基桥附近的教堂、诺文思基列树路一带的高楼大厦，都仍如平常一样。

而这仍如平常一样，却更其觉得骇人。

墨斯科！可爱的，可亲的墨斯科！……出了什么事了？枪炮声，避难者，杀戮，疯狂，恐怖……这是梦么？

是的，这是可怕的，不可思议的恶梦。

然而，并不是幻梦。

拍，拍，拍！……

在射击，在亲爱的墨斯科，在杀人。

并且不能从恶梦醒了转来。

在巴理夏耶·普列思那连日聚集着群众关于这变乱的议论纷纭极了，街头像蜂鸣一样，满是嚣然的人声。大家都在纷纷推测友军能否早日得到了胜利。因为普列思那的居民的大半都左袒着布尔塞维克，所以是只相信他们的得胜的。

"他们已经完结了。直到现在，给我们吃苦，这回可要轮到他们了。得将他们牵着示众之后，倒吊起来。"

"是的，这回可是反过来了。"

但在有些地方，也听到这样的叹息：

"要将市街毁完了，毁完了。要将俄国卖掉了！"

动物园的旁边已经禁止通行，装好了轰击亚历山特罗夫斯基士官学校的大炮。因为必须绕路，华西理便从横街走出，到了市街的中央。乔治也夫斯卡耶广场上，有兵士的小哨在。

"站住！要开枪哩！站住！"他厉声叫道。

通行人怯怯地站住了。

"擎起手来！"

那骑兵喝着，将勃朗宁枪塞在通行人的眼前，走近身来，看通行证，粗鲁地检查携带品。

通行人们在这骑兵面前，便忽然成为渺小的、可怜的人，不中用地张开了两臂，用怯怯的声音说明了自己。

"不行！回去！"为权力所陶醉了的兵士命令说。

这兵士的眼珠是灰色的，口角上有着深的皱纹，沉重的眼色。他一面检查华西理的携带品，一面用高调子唱歌，混合酒的气味，纷纷扑鼻，于是华西理的心里不禁勃然涌起嫌恶和恐怖之念来。

这高个子的骑兵便是偷儿的卢邦提哈……这样看来，不很清白的人们在靠革命吃饭是明明白白了。

在闪那耶广场上，三个破烂衣服的工人留住了坐着马车而来的将校，当通行人面前装作检查携带品，抢了钱和时表，泰然自若地就要走了。将校显着可怜的脸色回过头去，从工人的背后叫道：

"但我的钱呢？"

破烂衣服的一伙傻笑了一下。

"不要紧。还是去做祷告，求莫破财罢……"

将校从马车上走了下来。

"诸君，这不是太难了么？这是抢劫呀！"他向着通行人这一面说，"怎么办才好呢？告诉谁去呢？"

先前，华西理是看惯了意识着自己的尊严，摆着架子的将校们的模样的，但看现在在群众面前仓皇失措，却是可怜的穷途末路的人。

群众都显着苍白的、苦涩的、可怜的脸相，站着。

华西理在大街上，横街上，列树路上，只管走下去。

胸口被哀愁逼紧了。

到处还剩着一些群众讨厌地在发议论，好像没有牙齿的狗吠声。倘向那吠着的嘴里抛进一块石头去，该是颇为有趣的罢。

华西理偶然走近这种议论家之群去了。

一个戴着有带子的无沿帽、又高又胖的人正和一个大学生拼命论争，手在学生的鼻子跟前摇来摆去。

"不，你们的时代已经过去了。只会说。你们是骗子，就是这样。"

"哼，为什么我们是骗子呢？"大学生追问说。

"为什么，你们将自由都捞进自己的怀里去了呀！"

"这又怎么说呢？"

"是这么说的。现在我，听呀，就算是一个门卫……在我这里过活的是四个孩子，老婆和我……我们的住房是扶梯底下，走两步就碰壁的房子。然而，第三号的屋子里可是住着所谓贵妇人的，自己说是社会主义者，房子有八间，是只有三个人住的呵，是用着两个使女的……从三月以来，你们尽嚷着'自由，自由'，但我们却只看见了你们的自由呵。我是住在狗窠似的屋子里的，六个人过活……然而，贵妇人这东西呢，三个人住，就是房子八间。唔？这怎讲？你们是自由，我们呢？无论帝制时代、你们的时代，都是狗窠——这是怎么一回事？我们的自由在那里呀？"

"但你……不懂自由的真意义。"大学生有些窘急模样，低声说。

"应该怎样解释呀？"门卫轻蔑着，眯细了眼，"自由者，就是——生活的改良罢。"

"唔,那是……唔,但是,你们的工钱增加了罢。"

"哼,不错!……是呀,增加了。我现在拿着一百卢布。但是,面包一磅是四卢布。给孩子们,光靠食粮券是万万不够的……无论如何,总得要麦粉半普特[1]……那么,加钱又有什么用呢? 唔?"

大学生一句话也没有回答。群众都同情门卫,左袒他。

"你们的所谓自由,在我们是烟一样的东西。但我们现在要获得自己的自由了。好的,真的自由。要一切工人都容易过活。是不是呢?"门卫转脸向着群众问道。

"是的! 当然,是的!"群众中有人答应说。

---

1 三十六磅为一普特。

亚庚在那里?

战斗在初七的上午完结了。民众成群的走出街头来,一切步道都被人们所填塞。然而,不见亚庚。机织女工更加焦急了。他在那里呢?

"死的多得很,并且所有病院里都满是负伤的人了。"

"库慈玛·华西理支,拜托你!"机织女工向耶司排司道,"同到病院里去走一趟罢。"

"去的,去的!"耶司排司即刻同意了。

但到那里去好呢?人们说,负伤者是收容在病院里面的。然而,在墨斯科,病院有一千以上,势不能一次都看遍……第一天两个人同到各处的病院去访查,窥探了满堆着难看的死人的尸体室……但到第二天,便分为两路了:机织女工向荷特文加方面,耶司排司则向大学校这方面。奇怪的不安之念支使了机织女工,她向病院和尸体室略略窥探了一下便即回到家里来了。因为她想象着,当出外寻访着的时候,亚庚也许已经回了家,一进广庭,他正站在锁着的门口,穿着发红的外套,圆脸上带了笑影,问道:

"妈妈,你上那里去了?"

这样一想,心里就和暖起来。这天一整天,她总记起那复活节的诗句:

"为什么在死者里寻觅生者的?为什么在消灭者里哀伤不灭者的?"

回家一看,依然锁着门,早晨所下的雪,就这样地积在阶沿上,毫不见有人来过的痕迹。她走到邻家,问道:

"没有人来过么?"

"没有。"

为悲哀和焦灼所驱使的她，便又出外搜寻去了。

下午四点钟光景，耶司排司在大学附属的昏暗的尸体室里发现了亚庚。死了的他躺在屋角的地板上，满脸都是血污，凭相貌是分辨不出的了，靠着他先前到孔翠伏方面去捉鹈鹕时常常穿去的发红的外套，这才能够知道。

"唉唉，这是你了，"耶司排司凄凉地低低的说，"这是怎么干的呢？"

他暂时伫立着，想了一想，于是走到外面，在一处地方寻到了肮脏的马车行，托事务员相帮，将死尸载在橇上，盖上帆布，运回普列思那来了。

橇在前行，但很怕见机织女工的面，要怎么说才好呢？

觉得路程颇远似的。

刚近大门，机织女工已从耳门走了出来。一看见耶司排司，一看见躺在地上、盖着帆布的可怕的东西，便如生根在地上一般地站住了。耶司排司仓皇失措地下了车，映着两眼，怕敢向她看。她挺直地站着，然而骤然全失了血色，半开着口，合不上来。

"库慈玛·华西理支！"她尖利地急遽地叫道，"库慈玛·华西理支！"

于是，伸一只手向着橇，低声道：

"这……是他？……"

耶司排司发抖了，全身发抖了，他的细细的胡子也抖动了。他低声道：

"他呀，华尔华拉·格里戈力夫那。是他……我们的亚庚·彼得罗微支……他……"

回想起来

缴械之后，傍晚，伊凡·彼得略也夫又穿上羊皮领子的外套，戴了灰色的帽子，精疲力尽，沿着波瓦尔斯卡耶街走向普列思那去了。大街上到处有群众彷徨，在看给炮弹毁得不成样子了的房屋。

波瓦尔斯卡耶街的惨状很厉害。

一切步道上，到处散乱着砖瓦和壁泥的破片和碎玻璃；每所房屋上，都有炮弹打穿的乌黑的难看的窟窿。路边树大抵摧折；巴理斯·以·格莱普教堂的圆盖倒掉了，内殿的圣坛也已经毁坏，只有钟楼总算还站在那里。大街和横街上掘得乱七八糟，塞着用柴木、板片、家具造成的障栅。群众里面，有时发出叹声。一个相识的电车车掌，来向伊凡问好。

"瞧热闹么？很给了布尔乔亚一个亏哩！"他一面说。

伊凡不作声。

"你在中央么？一切情形都看见了么？"

"看见了。"

"这就是布尔塞维克显了力量阿，哦！"

这车掌是生着鲶鱼须的，从那下面爬出蛇一般的满足的笑来。伊凡胸中作恶，连忙告了别，又往前走了。

群众在大街上慢慢地走，赏玩而且欢欣。

这欢欣，不知道为什么，吓了伊凡了。人们没有明白在墨斯科市街上所发生了的惨状。

"但是，也许，应该这样的罢？"他疲倦着，一面想，"他们是对的，我倒不么？"

于是，就不能判断是非了。

突然闪出觉得错了的意识，但立即消灭了。

怎能知道谁是对的呢？

"但是，要高兴，高兴去罢！……"

伊凡的回去，华西理和母亲都很喜欢。然而，母亲又照例地唠叨起来：

"打仗打厌了么？没有打破了头，恭喜恭喜。可是，等着罢，不久就会打破的呵。人们在谈论你哩，说和布尔乔亚在一起。等着罢，看怎样。等着就是了。"

"哪，好了，好了，母亲，"华西理劝阻她，说，"还是赶快弄点吃的东西来罢。"

母亲去打点食物的时候，伊凡就躺在床上，立刻打鼾了。

"喂，不要睡！"华西理叫道，"还是先吃饱着。"

他走到伊凡的旁边去推他，但伊凡却仍然在打鼾。

"睡着了？"母亲问道。

"睡着了。"

"但是，叫他起来罢。吃点东西好。"

华西理去摇伊凡的肩头，摸他的脸，一动也不动。

"叫了醒来也还是不行的。让他睡着罢。"

"唔，乏极了哩。"母亲已经用了温和的声音说话了，于是离开卧床，叹了一口气。

伊凡一直睡到次日的早晨，从早晨又睡到晚，从晚上又睡到第二天，尽是睡。醒来之后，默默地吃过东西，默默地整好衣服，便到市街上去了。

睡了很久，力气是恢复过来了，而不安之念却没有去。他在毁坏到不成样子了的市街上彷徨，倾听着群众的谈话，一直到傍晚。

人们聚得最多的是尼启德门的附近，在那地方延烧了的房屋，恰如罗马的大剧场一般站着，仿佛即刻就要倒塌下来似的。

伊凡被好奇心所唆使，走进那曾经有过猛烈的战斗，现在是在平静的街角上的房屋了的广庭里面去观看了。庭院已经略加收拾，不见了义勇兵曾在那后面躲过的箱。门前的障栅是拆掉了，而那尘芥箱却依然放在角落里——放得仍如战斗当时那样，被枪弹打到像一个蜂窠。

伊凡走近那尘芥箱去。在这里，是他用刺刀刺死了工人的……

伊凡站住一想，那工人的模样就颇为清楚地浮现出来了。

短小的、有着发红的胡子的工人活着似的站在他前面。歪着嘴唇，张着嘴——发了可怕的嘶嗄的声音的嘴——的情景，也历历记了起来。

连那工人那时想避掉枪刺，用手抓住了伊凡所拿的枪身的事，也都记得了。

"是不愿意死的呵。"他想。

他在沉思着，但想要壮壮自己的气，便哼的笑了一声，而脖子和项窝上，忽而森森然传来了难堪的冷气。他向墙壁——那件可怕的事情的证明者——瞥了一眼，就走出了广庭。

进这讨厌的广庭去，是错的。伊凡走在街上的时候，就分明地省悟了这一点的，然而被杀的工人却总是跟定他的脚踪，无论到那里都在眼前隐现。

这很奇怪：到了刺杀以后已经过了几天的此刻，而那时的一部分却还时时浮到眼前来。其实，是在交战的瞬息间，这些的一部分原已无意识底地深印在脑里了的，到了现在，却经由意识而显现了。那工人的磨破了的外套、挂着线条的袖子，还有刺刀一刺之际抓住了枪身的大大的手，凡这些，都记得了起来。唉，那手！……

那是满是泥污的,很大的——工人的手。

一想起那只手,伊凡便打了一个寒噤。不知道为什么,眼睛、脸、叫喊、嘶声,都不是什么大事情,而特别要紧的,却是那工人的大的手。

回想着做过了的一件错事的时候,则逼窄的焦灼的心情深伏在心坎里的事是常有的。这心情被拉长,被挤弯,终于成为近于隐痛的心情,无论要做什么,想什么,这样的心情就一定缠绕着。记起了死了的工人的手的伊凡的心情便正是这东西了。后来还有加无已,火一般烧了起来,伊凡终于沉在无底的忧愁里了。该当诅咒的工人!……

"倘若我不用刺刀去杀他,我就给他杀掉了的,"伊凡自解道,"两不相下:不是他杀我,就是我杀他。何必事后来懊恼呢?唔,杀了,唔,这就完了。"

他将两手一挥,仿佛心满意足的人似的,取了自由的态度。

在大门的耳门那里,耶司排司显着忧郁的脸相,带着厉害的咳嗽,正和他相遇。

"不行呢,伊凡·那札力支,不行。"

"什么是不行呀?"

"我去看过了——旧的东西打得一塌胡涂,寺院真不知毁掉了几所……唔?这要成什么样子呀?是我们的灭亡罢。唔?"

"是的,不行。"

"听到了么?亚庚·彼得罗微支回来了,我带来的。"

"那个亚庚·彼得罗微支?"

"哪,就是那个亚庚,机织女工的儿子。"

"受伤了?"

"怎么受伤?死了。我好容易才认出他来的。唉唉,母亲是悲伤得很。听见罢？"

伊凡倾耳一听。

从角落上的屋子里，传来着呻吟的声音。

"在哭罢？"

"在号啕呵。拔下头发来，衣服撕得粉碎……女人们围起来，在浇冷水那样的大乱子。可怜得很……"

耶司排司顺下眼去，不作声了。

"这是无怪的，独个的儿子；希望他，养大他，一眼也不离开他……然而，竟是这模样，"他又补足道，"倒了运了，真没有法子……"

伊凡不懂他在说什么。

"但还有……还有谁死掉了罢？"

"自然呀。普罗诃罗夫斯卡耶纺纱厂的工人三个和机器工人一个给打死了……死的还很多哪，……在准备公共来行葬式¹哩……"

耶司排司还在想讲什么事，但伊凡已经不要听了。

"亚庚，亚庚谟加！……谁打死了他呢？自己所放的枪弹，打死了他也说不定的，是不是？"

这样一想，好不怕人。

对于人生有着坚固的信念的、刚强的他，一起这无聊的琐屑的思想，也不禁忽而悄然战栗起来。

"是怎样的恶鬼呵！"

他茫然若失，又觉到可怕的疲劳了。

---

1 现译"葬礼"，在现代汉语中指处理死者遗体的方式。——编者注

谁是对的?

夜间不能成寐,有时昏昏然,有时沉在剧烈的思索里。不知怎地,伊凡终于疑心起来,好像母亲、华西理、耶司排司、全寓里的人们,都在以他为亚庚之死的凶手了。

这亚庚是蠢才。这样的小鬼也到战场上去么?……唉……

而且为了这乳臭小儿的事,全寓里都在哀伤,也觉得讨厌起来了。夜里,伊凡想看一看死人,走近机织女工的屋子去,但听到了呻吟声,于是转身便走,只是独自在昏暗的广庭里彷徨;完全沉郁了,沉重的思想铅似的压着他的心。

"谁是对的呢?"他问着自己,而寻不出一个答复。

夜静且冷,雾气正浓。市街上起了乱射击,但那是还在发见了反革命者的红军所放的。伊凡一面听着这枪声,一面许多工夫,想着降在自己身上的不幸。

伊凡抱着淹在水里的人似的心情,又彷徨了两天。

到处是工人们在做葬式的准备,开会,募集花圈的费用。在会场上,则公然称社会革命党员为奸细,骂詈他们的行为。

伊凡不往工厂,也不吃东西,和谁也不说话,只是支挣着在市街上徘徊,好像在寻求休息的处所。

葬式的前一晚,伊凡往市街上去了。

一到夜,大街照例就空虚起来,雾气深浓,街灯不点。听到街尾方面,不知那里在黑暗中有着猛烈的枪声。

伊凡在戈尔巴德桥上站住了。为什么?只是不知不觉地站住了。原也不到那里去。他能离开自己么?没有地方去!雾气深浓……什么也看不见。

伊凡站了许多时，倾听着远处的枪声和市街的沉默。市街是多么变换了呵！

有人在雾中走过，形相消失了，只反响着足音。这之际，忽然想到那刺杀了的工人了。在雾中走过的，仿佛就是他，但这是决不会的。因为那工人已经在生锈的尘芥箱后面，两脚蹬着地上的泥土，死掉了。他想起了这可诅咒的死亡的鲜活的种种的琐事，感到了刺进肉里去的刺刀的窒碍的声音。那是一种令人觉得嫌忌的声音。两眼一闭，那工人因为想从刺刀脱出，弯着脊梁，用做工做得难看了的两手抓住了枪身的形相也分明看见了。

在先前，是于一切事情都不留意，都不了然的。一切都迅速地团团回旋，并没有思索，感得回忆的余裕。

但到了过去了的现在，一切却都了然起来，被杀在尘芥箱后的工人的形相在伊凡的脑里分明地出现了。那时候，从伊凡的肩头到肘膊是筋肉条条突起的……因为要刺人，就必须重击，在枪刺上用力。

又有人在雾中走过去，是肩着枪的人，影子立刻不见了……那工人是也是肩着枪，向尼启德门方面去，于是躲在尘芥箱后开手射击了的……

许多工夫，伊凡烦闷着什么似的在回想。

哦，是的！那时候可曾有雾呢？

他回想着，不禁浑身紧张了。

且住，且住，且住！在沿着列树路跑过去的时候……曾有雾么？有的！不错，有的！

现在伊凡回想起来：那时候，屋顶上是有机关枪声的，应该看见机关枪，然而没有见——给雾气所遮蔽了。有的，有雾！

鬼！

用两只圆圆的大眼睛，那时是凝视了的，现在却一直钻进伊凡的心坎里来了。

雾，忧愁里的市街。黑暗在逼来，黑暗。

伊凡且抖且喘，回转身就跑。

这晚上和夜里，在伊凡是可怕的。汗将小衫粘[1]在身体上，整夜发着抖。苍白的、阴郁的他使母亲和兄弟担着忧，只在房子里走来走去……点灯的时候，在屋角的椅子近旁的浓浓的影子，好像在动弹。伊凡于是坐在墙边的长椅上，搁起两只脚，想就这样地直到明天的早上了。

1　现代汉语常用"黏"。——编者注

错了！

早上，葬式开始了。然而，寺院的钟，不复撞出悲音，母亲们也并不因战死者而啼哭，也没有看见黑色的丧章的旗。一切全是红的，辉煌，活泼，有美丽的花圈，听到雄纠纠的革命歌。孩子们、男女工人和兵士们整然地排了队伍进行，在年青的女人的手中，灿烂着红纸或红带造成的华丽的花束。队伍前面则有一群女子，运着一个花圈，上系红色飘带，题着这样的句子：

"死于获得自由的斗争的勇士万岁。"

从普罗诃罗夫斯卡耶工厂，运出三具红色灵柩，向巴理夏耶·普列思那来。工人的大集团执着红旗，背着枪，在柩的前后行进，"你们做了决战的牺牲……"的歌，虽然调子不整齐，但强有力地震动了集团头上的空气……并且合着歌的节拍，如泣如诉地奏起幽静的音乐来。

苦于失眠之夜的疲乏的伊凡，在葬式的队伍还未出发之前便从家里走出，毫无目的地在市街上彷徨了。

一切街道都神经底地肃静起来，电车不走了，马车也只偶然看见，店铺的大门从早晨以来就没有开。市街屏了呼吸，在静候这葬式的队伍的经过。秋的灰色的天空是冰冷地包着不动的云。

伊凡过了卡孟斯基桥，顺着列树路向札木斯克伏莱支去，在波良加遇到了红色柩和队伍。大街上满是人，群集将伊凡挤到木栅边去，不能再走，他便等在那里看热闹了。

挂着劈拍劈拍地在骨立的瘦马的肚子上敲打的长剑的骠骑红军和民众做先驱；后面跟着一队捏好步枪的红军，好像准备着在街角会遇到袭击；再后面，离开一点，是走着手拿红旗和花圈的男女工人们。旗的数目很多，简直像树林一样，有大的，有小的，有大红的，有淡红的，处处也夹着无政府主义者的黑旗。队伍的人们和了军乐队的演奏唱着葬式的行进曲，通红的枢在乌黑的队伍的头上一摇一摇地过去了。

伊凡定睛一看，只见队伍的大半是青年们，也有壮年，竟也夹着老人。大家都脱了帽子，显着诚恳的脸相在走，一齐虔敬地唱着歌。

红色枢在旗帜和枪刺之间摇动，红军沿着左右两侧前行。歌声像要停止了，而忽然复起，唱着叫喊一般的《马赛曲》，喧嚣的《伐尔赛凡曲》，以及舒徐的凄凉调子的挽歌。女人们的声音响得劈耳。

此后接着是红军——背着上了刺刀的枪的工人数千名。

这一天，布尔塞维克是一空了墨斯科兵工厂，将所有的工人全都武装起来了。

现在，在数千人的队伍的头上突出着枪和枪刺，恰如树林的梢头。而队伍中的工人，则仿佛节日那天一样，穿了最好看的衣装，行列整然地在前进……

被人波打在壁下的伊凡饕餮似的目不转睛地注视着行列。

就是他们。在前进。伊凡曾经决意和他们共同生活，为此不妨拼出性命的那工人……在前进。

然而，他……他伊凡却被拉开了。许多许多的，这大集团，宛然一大家族似的在合着步调前进，而曾以墨斯科全区的工人团体的首领自居的他伊凡·彼得略也夫却站在路边，好像旁人或敌人一样旁观着他们。

但是，无疑的，他是敌人。暴动的那天，他恐怕就射击了现在跟在灵枢后面走着的这些工人们的罢？也许，躺在这灵枢里面者，说不定就正是他所枪杀的？！

伊凡思绪纷乱，觉得晕眩了，不自觉地闭了眼……回想起来，当他空想着关于世界底变动的时候,描在他那脑里的光景就正是现在眼前所见那样的东西。万余的工人肩着枪走到街头来,这是难以压倒的军队!

而现在就在眼前走,这样的工人们。

他们在唱歌。子弹装好了,枪刺上好了,皇帝在西伯利亚,布尔乔亚阶级打得粉碎了,民众砍断了铁链子,在向着"自由"前进……

伊凡苦痛得呻吟起来,切着牙齿。

"呜,鬼!……错了!!……"

葬式的队伍一走完,他便回转身向家里疾走。因为着急,走得快到几乎喘不过气来;愈快愈好,会寻到出路,修正错误的罢。回了家的他便从床下的有锁的箱子里取出勃朗宁手枪来,走向瓦喀尼诃伏坟地,就在亚庚的坟的近旁,将子弹打进自己的太阳穴里去了。在阒其无人的坟地里的枪声,是萎靡而微弱的。

两礼拜过去了。

市街以惊人的速度恢复了可怕的战斗的伤痕。到处在修理毁坏的门窗、打通的屋顶和墙壁、倒掉的栅阑。工人的群拿出尖锄和铲子来,弄平了掘过壕堑的街街巷巷的地面。

人们仿佛被踏坏了巢穴的蚂蚁似的,四处纷纷地在工作。

据正在战斗时候的话,则因为墨斯科没有玻璃,此后三年间,被射击所毁的窗户是恐怕不能修复的。

然而,第二个礼拜一完,还是破着的窗玻璃就几乎看不到了。

人们发挥了足以惊异的生活能力了。

只有克莱谟林依然封锁起来,和那些不成样子的窗和塔都还是破坏当时的模样。

而在普列思那的旧屋子里,也还剩下着哀愁。

后记

作者的名姓，如果写全，是 Aleksandr Stepanovitch Yakovlev。第一字是名，第二字是父名，义云"斯台班的儿子"，第三字才是姓。自传上不记所写的年月，但这最先载在理定所编的《文学底俄罗斯》（Vladimir Lidin：Literaturnaya Russiya）第一卷上，于一九二四年出版，那么，至迟是这一年所写的了。一九二八年在墨斯科印行的《作家传》（Pisateli）中，雅各武莱夫的自传也还是这一篇，但增添了著作目录：从一九二三至二八年，已出版的计二十五种。

俄国在战时共产主义时代，因为物质的缺乏和生活的艰难，在文艺也是受难的时代。待到一九二一年施行了新经济政策，文艺界遂又活泼起来。这时成绩最著的，是瓦浪斯基在杂志《赤色新地》所拥护，而托罗兹基首先给以一个指明特色的名目的"同路人。"

"同路人"们的出现的表面上的日子，也可以将"绥拉比翁的弟兄"于一九二一年二月一日同在"列宁格勒的艺术之家"里的第一回会议，算进里面去。（中略）在本质上，这团体在直接底的意义上是并没有表示任何的流派和倾向的。结合着"弟兄"们者，是关于自由的艺术的思想，无论是怎样的东西，凡有计划，他们都是反对者。倘要说他们也有了纲领，那么，那就在一切纲领的否定。将这表现得最为清楚的，是淑雪兼珂（M. Zoshchenko）："从党员的见地来看，我是没有主义的人。那就好。叫我自己来讲自己，则——我既不是共产主义者，也不是社会革命党员，又不是帝政主义者。我只是俄罗斯人。而且——政治底地，是不道德的人。在大体的规模上，布尔塞维克于我最相近。我也赞成和布尔塞维克们来施行布尔塞维主义。（中略）我爱那农民的俄罗斯。"

一切"弟兄"的纲领，那本质就是这样的东西。他们用或种形式，表现对于革命的无政府底的，乃至巴尔底山（袭击队）底的要素（Moment）的同情，以及对于革命的组织底计划底建设底的要素的那否定底的态度。（P. S. Kogan：《伟大的十年的文学》第四章）

《十月》的作者雅各武莱夫便是这"绥拉比翁的弟兄"们中的一个。

但是，如这团体的名称所显示，虽然取霍夫曼（Th. A. Hoffmann）的小说之名，而其取义却并非以绥拉比翁为师，乃在恰如他的那些弟兄们一般，各自有其不同的态度。所以，各人在那"没有纲领"这一个纲领之下，内容形式又各不同。例如，先已不同，现在愈加不同了的伊万诺夫（Vsevolod Ivanov）和皮利尼亚克（Boris Pilniak），先前就都是这团体中的一分子。

至于雅各武莱夫，则艺术的基调全在博爱与良心，而且很是宗教底的，有时竟至于佩服教会。他以农民为人类正义与良心的最高的保持者，惟他们才将全世界连结[1] 于友爱的精神。将这见解具体化了的，是短篇小说《农夫》，其中描写着"人类的良心"的胜利。我曾将这译载在去年的《大众文艺》上，但正只为这一个题目和作者的国籍，连广告也被上海的报馆所拒绝——作者的高洁的空想，至少在中国的有些处所是分明碰壁了。

《十月》是一九二三年之作，算是他的代表作品，并且表示了较

1　现代汉语常用"联结"。——编者注

有进步的观念形态的。但其中的人物，没有一个是铁底意志的革命家：亚庚临时加入大半因为好玩，而结果却在后半大大的展开了他母亲在旧房子里的无可挽救的哀惨，这些处所要令人记起安德列耶夫（L. Andreev）的《老屋》来；较为平静而勇敢的倒是那些无名的水兵和兵士们，但他们又什九由于先前的训练。

然而，那用了加入白军和终于彷徨着的青年（伊凡及华西理）的主观来述十月革命的巷战情形之处，是显示着电影式的结构和描写法的清新的，虽然临末的几句光明之辞，并不足以掩盖通篇的阴郁的绝望底的氛围气。然而，革命之时情形复杂，作者本身所属的阶级和思想感情固然使他不能写出更进于此的东西，而或时或处的革命大约也不能说绝无这样的情景。本书所写，大抵是墨斯科的普列思那街的人们。要知道在别样的环境里的别样的思想感情，我以为自然别有法捷耶夫（A. Fadeev）的《溃灭》在。

他的现在的生活，我不知道。日本的黑田乙吉曾经和他会面，写了一点"印象"，可以略略窥见他之为人：

最初，我和他是在"赫尔岑之家"里会见的，但既在许多人们之中，雅各武莱夫又不是会出锋头[2]的性质的人，所以没有多说话。第二回会面是在理定的家里。从此以后，我便喜欢他了。

他在自叙传上写着：父亲是染色工，父家的亲属都是农奴，母家的亲属是伏尔迦的船伙，父和祖父母是不能看书也不能写字的。会面了一看，诚然，他给人以生于大俄罗斯的"黑土"中的印象，"素朴"这字即可就此嵌在他那里的，但又不流于粗豪，平静镇定，是一个连大声也不发的典型底的"以农奴为祖先的现代俄罗斯的新的知识者"。

2　现代汉语常用"出风头"。——编者注

一看那以墨斯科的十月革命为题材的小说《十月》，大约就不妨说，他的一切作品是叙述着他所生长的伏尔迦河下流地方的生活，尤其是那社会底，以及经济底特色的。

听说雅各武莱夫每天早上五点钟光景便起床，清洁了身体，静静地诵过经文之后，这才动手来创作。睡早觉，是向来几乎算了一种俄国的知识阶级，尤其是文学者的资格的，然而他却是非常改变了的人。记得在理定的家里，他也没有喝一点酒。(《新兴文学》第五号，1928）

他的父亲的职业，我所译的《自传》据日本尾濑敬止的《文艺战线》所载重译，是"油漆匠"，这里却道是"染色工"。原文用罗马字拼起音来，是"Ochez-Mal' Yar"。我不知道谁算译的正确。

这书的底本，是日本井田孝平的原译，前年东京南宋书院出版，为《世界社会主义文学丛书》的第四篇。达夫先生去年编《大众文艺》，征集稿件，便译了几章，登在那上面，后来他中止编辑，我也就中止翻译了。直到今年夏末，这才在一间玻璃门的房子里，将它译完。其时，曹靖华君寄给我一本原文，是《罗曼杂志》(Roman Gazeta）之一，但我没有比照的学力，只将日译本上所无的每章标题添上，分章之处也照原本改正，眉目总算较为清楚了。

还有一点赘语：

第一，这一本小说并非普罗列塔利亚底的作品。在苏联先前并未禁止，现在也还在通行，所以我们的大学教授拾了侨俄的唾余，说那边在用马克思学说掂斤估两，多也不是，少也不是，是夸张的，其实倒是他们要将这作为口实，自己来掂斤估两。有些"象牙塔"

里的文学家于这些话偏会听到，弄得脸色发白，再来遥发宣言，也实在冤枉得很的。

第二，俄国还有一个雅各武莱夫，作《蒲力汗诺夫论》的，是列宁格勒国立艺术大学的助教，马克思主义文学的理论家。姓氏虽同，却并非这《十月》的作者。此外，姓雅各武莱夫的自然还很多。

但是，一切"同路人"也并非同走了若干路程之后，就从此永远全数在半空中翱翔的。在社会主义底建设的中途，一定要发生离合变化，珂干在《伟大的十年的文学》中说：

> 所谓"同路人"们的文学和这（无产者文学）是成就了另一条路了。他们是从文学向生活去的，从那有自立底的价值的技术出发。他们首先第一将革命看作艺术作品的题材。他们明明白白宣言自己是一切倾向性的敌人，并且想定了与这倾向之如何并无关系的作家们的自由的共和国。其实，这些"纯粹"的文学主义者们是终于也不能不拉进在一切战线上，沸腾着的斗争里面去了的，于是就参加了斗争。到了最初的十年之将终，从革命底实生活进向文学的无产者作家，与从文学进向革命底实生活的"同路人"们，两相合流，在十年之终，而有形成苏维埃作家联盟，使一切团体都可以一同加入的雄大的企图，来作纪念，这是毫不足异的。

关于"同路人"文学的过去，以及现在全般的状况，我想，这就说得很简括而明白了。

一九三〇年八月三十日，译者。

毁灭

［苏］A. 法捷耶夫　作

［苏］N. 威绥斯拉夫崔夫　插画

作者自传

　　我在一九〇一年十二月十一日生于忒威尔¹（Tver）省的庚拉赫（Kimrakh）。在早期的幼年时代，多在维里纳²（Vilna）过去，后来是在乌发³（Ufa）。至于我的幼年及少年时期，大部分是和远东各地及乌苏里（Ussuri）南境结在一起的，这是因为我的父母在一九〇七年或一九〇八年曾移住到那些地方的缘故。我的父亲是阵亡于一九一七年的，他是一个医士的助手；母亲是一个医士的女助手。他们多半是在乌苏里一带工作——有时在日本海岸，有时在伊曼（Iman）河上流，有时在道比赫（Daubikhe）河⁴，最后一次是在依曼⁵县之屈哥也夫克⁶（Chugyevk）村落工作——屈哥也夫克是一个山林的村落，离乌苏里有一百二十威尔斯忒之遥。我父亲是从入了屈哥也夫克村籍以后始得购置田产，从事于产麦的生活的。

　　我最初求学于海参卫⁷（Vladivostok）的商业学校（没有在该校卒业，至第八年级我就脱离了），夏天多消磨于农村，为家庭助手。

　　一九一八年秋，才开始为共产党工作——在高尔察克（Koltchak）反动势力下做秘密的工作。当游击队反攻高尔察克及协约国联军的时候（一九一九至二〇年），我也是参加游击队的工作的一个。自高尔察克覆灭以后，我就服役于赤卫军（当时称为远

1　现译"特维尔"。——编者注
2　现译"维尔纳"。——编者注
3　现译"乌法"。——编者注
4　现译"刀兵河"。——编者注
5　应作"伊曼"。——编者注
6　现译"丘古耶夫卡"。——编者注
7　现译"符拉迪沃斯托克（海参崴）"。——编者注

东民众革命军），与日本军作战。一九二〇年四月间，在沿海一带与谢苗诺夫（Semenov）作战。一九二〇年冬，则从军于萨拜喀尔[8]（Zabaikal）。

一九二一年春，被推为第十届全俄共产党代表大会的出席代表，被派赴京（莫斯科）。我在那时和其他同志们——约占大会出席代表十分之四或三的同志——前往克朗斯嗒特[9]（Kronstadt）去平服那里的叛变，不幸受伤（这是第二次），诊视了几次，便退伍回来了。不久即肄业于莫斯科的矿业中学，至第二年级即行退学。自一九二一年秋起至一九二六年秋止，我做了不少党的工作——有时在莫斯科，有时在科彭[10]（Kuban），有时在拉斯托夫[11]（Rostov）。

我的第一篇小说《泛滥》作于一九二二年至二三年间，《逆流》那篇故事作于一九二三年，罗曼小说《毁灭》是在一九二五年至二六年间作成的。

一九二四年，我是从事于《乌兑格之最后》的罗曼小说。

A. 法捷耶夫
三月六日，一九二八年

8　现译"外贝加尔"。——编者注
9　现译"喀琅施塔得"。——编者注
10　现译"库班"。——编者注
11　现译"罗斯托夫"。——编者注

著作目录

《泛滥》小说，"Molodaya Gvardiya" 印行，莫斯科及列宁格勒，一九二四年。

《逆流》，"Molodaya Gvardiya" 印行，莫及列，一九二四年。又，"Mosk. Rabotchi" 印行，一九二五年。

《小说集》，"Molodaya Gvardiya" 印行，莫及列，一九二五年。

《毁灭》，罗曼，"Priboi" 印行，列宁格勒，一九二五年。

《毁灭》，(《毁灭》《泛滥》《逆流》)，"Zif" 印行，莫及列，一九二七年。

关于《毁灭》

一

倘指为在去年苏联的文坛上最被看作问题的作品，那首先不可不举这法捷耶夫的长篇小说《毁灭》罢。关于这作品，就是在我所知道的范围内，也就有瓦浪斯基、弗里契、普拉符陀芬、莱吉尧夫、蔼理斯培尔克等的批评家写着文章。

关于作者法捷耶夫，我知道得不多。记得在约二年[1]前，曾经读过这个作者的叫作《泛滥》的小说。又，批评家烈烈维支称赞这小说的文章，也曾在什么地方读过。后来，他写了叫作《逆流》的一小说，好像颇得声誉，但我没有来读它。《泛滥》这小说，不很留着印象，我以为是平常的东西。但这回读了这长篇《毁灭》，我却被这作者的强有力的才能所惊骇了。我以为惟这作品，才正是接着李别进斯基的《一周间》（一九二三年）、绥拉菲莫维奇的《铁之流》（一九二四年）、革拉特珂夫的《水门汀》（一九二五年）等，代表着苏联无产阶级文学的最近的发展的东西。

做小说《毁灭》的主题者是在西伯利亚的袭击队的斗争，是为了对抗日本军和高尔察克军的反革命的结合而起来的农民、工人及革命底知识分子之混成队的袭击队——在西伯利亚市民战争里的那困难的，然而充满着英勇主义的斗争之历史。

这作品，倘从那情节底兴趣这一点看来，是并非那么可以啧啧称道的东西。用一句话来说，这不过是写这么一点事而已：从党委

---

1 现代汉语常用"两年"。——编者注

员会那里，接受了"无论遇见怎样的困难，即使不多，也必须保持着强固的有规律的战斗单位，以备他日之用"这样的指令的袭击队的一队，一面被日本军和高尔察克军所压迫，一面抗战着，终于耐不住反革命军的攻击，到了毁灭的不得已的地步了。其实，这整个的情节的窘促和各个场面的兴趣完全不同，也许就是这作品的缺点之一。

但是，这作品的主眼并不在它的情节。作者所瞄准的决非[2]袭击队的故事，乃是以这历史底一大事件为背景的，具有各异的心理和各异的性格的种种人物之描写，以及作者对于他们的评价。而在这范围内，作者是很本领地遂行着的。

二

在这作品里，没有可以指为主人公的人。若强求之，那大约不能不说，主人公就是袭击队本身了。但主要人物是颇多的，其重要者，是为这部队的队长的犹太人莱奋生，先前是一个矿工的木罗式加，从"市镇"里来的美谛克，以及为木罗式加之妻，同时是野战病院的看护妇的华理亚，为莱奋生之副手的巴克拉诺夫等。我们现在就其三四试来观察一下罢。

莱奋生是这部队的队长，同时又是他们的"人才"。他是清楚地懂得革命所赋给他的自己的任务，向着它而在迈进的。他守着党的命令，常常给他的部队以正确的方向。部下的敷衍的托辞[3]，他是决不宽容的。因此部下的人们以为只有他才是不知道疲劳、倦怠、动摇或幻灭的人而尊敬他。然而，便是他，也还是和动摇或疲劳相

2　现代汉语常用"绝非"。——编者注
3　现代汉语常用"托词"。——编者注

搏战的人。作者这样地写着：

"部队里面大抵是谁也不知道莱奋生也会动摇的。他不将自己的思想和感情分给别一个人，只常常用现成的'是的'和'不是'来应付。所以，他在一切人们就见得是特别正确一流的人物。"

"从莱奋生被推举为队长的时候起，没有人能给他想一个别的位置了——大家都觉得惟有他来指挥部队这件事，乃是他的最大的特征。假使莱奋生讲过他那幼时帮着他的父亲卖旧货，以及他的父亲直到死去在想发财，但一面却怕老鼠，弹着不高明的梵亚林的事，那么大约谁都以为这只是恰好的笑话的罢。然而，莱奋生决不讲这些事。这并非因为他是隐瞒事物的人，倒是因为他知道大家都以他为特别种类的人物，虽然自己也很明白本身的缺点和别人的缺点，但要率领人们，却觉得只有将他们的缺点指给他们而遮掩了自己的缺点，这才能办的缘故。"

不管莱奋生与其部队的人们的努力，一队被敌所压，终竟还濒于毁灭。疲乏透了的莱奋生和十八名的部下便将希望系之将来，出了森林去了。小说是以如下的一节收场的：

"莱奋生用了沉默的还是湿润的眼看着这高远的天空，这约给面包与平和的大地，这在打麦场上的远远的人们——他应该很快地使他们都变成和自己一气，正如跟在他后面的十八人一样。于是，他不哭了——他必须活着，而且来尽自己的义务。"

三

木罗式加是先前的矿工。他是常常努力着想做一个革命底忠实的兵士，有规律的袭击队员的。然而，他的 Lumpen（流氓）底的性格却时常妨害着这心愿。他曾有偷了农民的瓜，要被从部队驱逐出去的事。又在和白军的战斗中,他的所爱的马被杀了的时候,他便在那里哭倒了。而且,那一夜,战斗虽然还没有停止,他却喝着酒到处在撒野。但是,他在战场上总常常是勇敢的斗士。

和这木罗式加做了好对照的,是从"市镇"里来的美谛克。倘问他是那一方面的人,则是知识分子,到这里来的以前是属于社会革命党的,可是在受伤而倒下的情势中为木罗式加所救,进到这部队里来了。他良心底地努力着想参加革命底斗争,但他是没有坚固的确信和强韧的意志,常在动摇之中的。于是,终于在最后,他做了巡察而走在部队之前的时候,突然遇见哥萨克兵,便慌张着,失神地由森林中逃走了。这样,他就不由自觉地背叛了自己的部队。

这美谛克和木罗式加的对立,是在这作品中也是特别有兴味[4]的事情之一。木罗式加救起美谛克,带到部队里来了。然而,美谛克那样的知识分子,用他的话来说,是"小白脸",为他先天底地所讨厌的。但他的妻子华理亚却在这美谛克之中看见了她的理想底男子。自己的妻和别的男子做无论什么事,木罗式加是一概不以为意的,但一知道妻子恋爱着这美谛克的时候,却感到仿佛自己是被侮辱了。于是,在三人之间就发生种种的波澜……

华理亚也是从矿山来的。她差不多没有和丈夫木罗式加一起生活。她是一个对于自己的任务极忠实,生活上也极自由,然而在同志间却很亲切的典型底的女袭击队员。她在美谛克进了病院的时候,一面看护着,一面便爱起他来。她确信惟独[5]他才是给慰安于她的孤寂的男子。而和别的男子有着关系的事,是什么也不去想的。

此外,在这小说中,还描写着许多有兴味的人物。例如:常常无意识底地模仿着莱奋生的行动和态度的十九岁的副将巴克拉诺

---

4 现译"兴趣"。——编者注
5 现代汉语常用"唯独"。——编者注

夫；虽然加入袭击队而依然常是梦想平和的快乐的农村生活的老人毕加；出去做斥候而泰然地被白军所杀的美迭里札；医生式泰信斯基；工兵刚卡连珂；小队长图鄱夫及苦勃拉克，等等。

四

这小说又充满着许多优秀的场面。将那主要的列举起来，则如：决定是否要驱逐那偷了农民的瓜的木罗式加的农民大会的场面；当袭击队受白军压迫而离去森林之际，毒杀那濒死的病人的场面；出去做侦察的巴克拉诺夫遇见四五个日本的斥候，用枪打死他们的场面；出去做斥候的美迭里札被敌所获而加以拷问的场面；于是，最后，完全败北，疲乏透了的十九个袭击队员出了森林而逃去的场面，等等。我想作为一例，试将这最后的场面的一部分翻译出来：

> 这时他（莱奋生）和华理亚和刚卡连珂都到了道路的转角。射击静了一点，枪弹已不在他们的耳边纷飞。莱奋生机械底地勒马徐行。生存的袭击队员们也一个一个地赶到。刚卡连珂一数，加上了他自己和莱奋生，是十九人。

（原文译至"他们这样地走出森林去了——这十九人"止，见本书第三部之末一章，今不复录，以省繁复——编者）

五

法捷耶夫的《毁灭》，许多批评家们都说是在列夫·托尔斯泰的诸作品的影响之下写成的。实际上，凡较为注意地来读这作品的人，是谁都可以发见其中有着和大托尔斯泰的艺术底态度相共通的东西的：第一，在作者想以冷静来对付他所描写着的对象的那态度上；第二，在想突进到作中人物的意识下的方面去的那态度上。

托尔斯泰当描写他的人物，是决不依从那人物的主观而描写的。他在那人物自己所想的事之外，去寻求那行动的规准。从这里，便在托尔斯泰那里生出无意识的方面之看重和对于"运命"的服从。照他看来，那个拿破仑也不过是单单的"运命"底傀儡而已。

法捷耶夫也是常常看重那人物的意识下的方面的。例如，在华理亚之爱美谛克的描写上便有如此说的地方：

"在她（华理亚），是只有他（美谛克）——只有这样美，这样温和的男人——才能够使她那为母的热情得到平静。她以为正因为这缘故所以爱了他的（但其实，这确信是在她爱了美谛克之后才在她里面发生出来的，而她的不孕性和她的个人底的希望也有着独立的生理底原因）。"

这种描写是我们在这作品的到处都可发见的，而这是托尔斯泰所爱用的描写法。

但是，托尔斯泰和法捷耶夫在其对于现实的态度上是完全同一的么？不是的。法捷耶夫决不像托尔斯泰似地将人类的行为看作对于"运命"的盲从。他决不将袭击队当作只是单单的自然发生的农民的纠集而描写。在这里，就存在着他和托尔斯泰的对于现实的态度的不同，同时也存在着他的袭击队和例如 V. 伊万诺夫的袭击队的不同点。伊万诺夫在所作的《铁甲列车》《袭击队》里，描写着西伯利亚的袭击队的叛乱。但他只将这单单当作农民的自然发生底的、意识下底的反抗而描写，也只能如此地描写。然而，法捷耶夫的袭击队，一面固然包含着自然发生底的许多要素，但却是在一定的组织者之下依从一定的目的意识而行动着的。对于同一的袭击队的这态度的不同，也就正是革命的小资产阶级作家和无产阶级作家的对于现实的认识之不同。于是，法捷耶夫的这态度和自然主义的写实主义相对，我们称之为无产阶级的写实主义。

最后，关于在苏联无产阶级文学上的这作品的位置，想说一两句话。这作品是在苏联无产阶级文学上代表着它那新的发展阶段的。一九二三年发表的李别进斯基的《一周间》是在当时的无产阶级文学的杰作，但其中以描写共产党员为主，还没有描写着真正的大众。革拉特珂夫的《水门汀》纵有它的一切的长处，而人物也还不免是类型底的。但在这《毁灭》中，法捷耶夫是描写着真正的大众，同时他还对于类型和个人的问题给以美妙的解决。只有比之《水门汀》缺少情节底趣味这一点，许是它的缺点罢。

藏原惟人

代序

关于"新人"的故事

一

　　少年作家法捷耶夫的小说《毁灭》，在我们的文艺生活中是一件很重要的事。

　　我们无产阶级作家的队伍从作者得到坚实而可靠的生力军。

　　关于西伯利亚游击队毁灭的故事——这是我们无产阶级文学前线上的胜利。

　　法捷耶夫的书引起了社会上及出版界的注意。

　　他主要的成功，在于指示我们——可以说在我们文艺中是最先的——其所描写的人不是有规律的、抽象而合理的，乃是有机的，如活的动物一样，具有他各种本来的、自觉与不自觉的传统及其偏向。

　　如果我们同意于上面这种评价，那么，在他的书中，我们更看出一种优点，即是他对于其所描写的人物的深情的爱。作者对其本阶级人的情爱，正是助长他能描写这些"英雄"内心的锁钥；并且剖露它，指示出在可诅咒的传统之下，存在着他们过去的、珍贵的、金的矿苗。自然，作者的这种热爱是有一定的限制的。

　　法捷耶夫关于游击队说得很少。多数的矿工及农民差不多没有提到，因为他们是很广泛的群众。从他们中间选出了队长莱奋生、副队长巴克拉诺夫、传令使木罗式加、看护女矿工华理亚及其他；至于工兵刚卡连珂、小队长图磻夫、牧羊人美选里札、军医式泰信斯基，以及最后（死前）一幕所说的重伤的游击队员弗洛罗夫，等等，也都不大说起了。

作者从众人中间将这些"英雄"挑选出来，是具有特别的爱护（这种爱护甚至于在少年美谛克的略述中都感觉得到——他在游击队组织中是代表这种外来的、偶然的，甚至于有害的分子）；并且在作者对于他们的同情心，使他们的思想及意识宣示出来，以致传染到读者的同情心。读者以生趣，甚至于以个人的兴趣，追随于这热情的剧本及其所挑选的人物的命运之后，有时会忿然[1]释卷，好像他们中的一个为自己所熟识的已经死去一样，而对于其他的人，同样要好的人，他也不相信他们将来就会死掉。作者对于他所挑选的人这种特殊的爱的关系，无论如何是不仅在于《毁灭》的艺术，而且是包含着小说的社会意识的意义的。在这里，我们的少年的作家表现了他个人对于他自己阶级弟兄们的"同志的、人的"关系——这些人在过渡的、病态的时代是很容易染到官僚式的无情、争逐的意识，情愿坐以待毙，或者好一点说，则是平庸的形式主义的，但是仅仅这个同志的关系，即足以将劳动的无产阶级分子全体都粘合起来。

二

法捷耶夫的小说标题为《毁灭》，因为他书中所描写的是游击队败亡的故事，但是又可以换一个标题为《新人诞生的诗》。游击队长莱奋生为反对国外阴谋家、为反对白党、为反对旧世界的一切社会势力而斗争，这最后的原因是因为他胸中有一种：

> 强大的，别的什么希望也不能比拟的，那对于新的、美的、强的、善的人类的渴望。（点是我们加的——V. F.）

1　现代汉语常用"愤然"。——编者注

但他同时又知道这个新人的日子还没有到来。

当几万万人被逼得只好过着这样原始的、可怜的、无意义地穷困的生活之间，又怎能谈得到新的、美的人类呢？

但是，无论如何，这位新人——美的、强的、善的——已经觉醒了，他挣扎着，要摆脱那过去的遗产，然而这些东西却非常的巩固，因此，新人的诞生，其结果同游击队的命运一模一样，往往——毁灭。

中学生美谛克加入了布尔塞维克的游击队，但是他马上觉到他完全不能应付他眼前的新任务。他完全不能以同志的态度去对待那些游击队员，他不能摆脱一切传统观念以加入游击队的集团生活，完全不能将他整个私人交出，受公共事务的支配。

他在全世界上最爱的还是自己——他的白晰[2]的、肮脏的、纤弱的手，他的唉声叹气的声音，他的苦恼和他的行为，连其中的最可厌恶的事。

结果，他又回到了他所出身的那社会去。他依然是个旧人，一切受过去的支配。他的新人也就没有诞生出来。

华理亚轰轰烈烈的历史之结局也不是胜利，而是"毁灭"。在革命之前，当她还是矿工姑娘的时候，她已经"放荡"了，后来就嫁给了矿工木罗梭夫，依旧过着从前的生活。最后，在十月革命之后，她和他一同加入了游击队，作看护。她很轻狂地，毫不经意地，从一个人的臂中转入另一人的怀里：好了，她面前有一个年纪轻轻的中学生，如此地"漂亮"，这般地羞人答答——她将她所有的、未曾得到满足的、妻的本能与母的本能都放在他身上了，她离开了同她向来没有度过家庭生活的丈夫,从此之后再也不为大家所用。在她胸中火热般地诞生了一个新人。但是,这位青年知识分子却不能看中她的爱情与热诚,一切都依旧——她还是大众的姑娘、木罗式加的老婆。

> 这算收场了,一切又都变了先前一样,就像什么也未曾有过似的华理亚这样想,又是老路,又是这一种生活,——什么都是这一种……但是,我的上帝,这可多么无聊呵!

木罗式加也遭了同样的"毁灭"。

可诅咒的过去牢牢地盘踞了他——这位勇敢的游击队员——腐蚀了他整个的生命,妨碍他伸直腰干[3]来作新人。在这本小说中,有好几幕是描写这位传令使的灵魂上的过去的重压,描写他想走"正路"的自觉的或本能的企图,但是"正路"总不让他走上。

> 他又怀着连自己也是生疏的——悲伤、疲乏,几乎老人似的——苦恼,接续着想:他已经二十七岁了,但已无力能够来度一刻和他迄今的生活不同的生活,而且此后也将不会遇见什么好处……

> 木罗式加现在是拼命尽了他一生的全力,要走到莱奋生、巴克拉诺夫、图巓夫这些人们所经过的,于他是觉得平直的、光明的、正当的道路去,但好像有谁将他妨碍了。他想不到这怨敌就住在他自己里,他设想为他正被人们的卑怯所懊恼,于是倒觉得特别地愉快,而且也伤心。

这样子,木罗式加也没有能够走上"平直的,光明的,正当的道路"。旧的像是有力些。它(指旧的——译者)在小说的一开始时便

3　现代汉语常用"腰杆儿"。——编者注

已警告一般地抬了头，那时他——游击队员——偷过别人的瓜，便是他在作公务人、作乡村苏维埃主席的时候，也还是如此。在小说结穴的时候，它更是得了全胜。那时，他——游击队员——将高尔察克的军队从乡村中驱走之后，喝醉了，醉得同猪猡一样。白军的枪弹来时，才用身体的毁灭来"毁灭"了他灵魂中觉醒的新人。

三

在其关于工人密哈里·维龙诺夫的绝妙的论文中（参看一九二六年五月五日的《真理报》），高尔基曾解释他为什么不早一点写篇小说来描写这位出色的工人，道：

> "要写这一种人是非常困难的。当然，俄国文学家底笔还不惯于描写这种真实的英雄。"
>
> "或者，很快地就可学会。"高尔基又加上了这一句。

法捷耶夫在描写队长莱奋生的时候，毫无疑义地将这件难事做成功了。

他在描画这位出众的脚色的时候，各方面都是无懈可击的。

但是，用无产阶级的眼光看来，所谓"真实的英雄"者，是什么意思呢？

这个人，应当先于一切地，大于一切地，用他自己（无产阶级的）阶级底生活、任务、要求、利益、理想来过生活。

老实说来，莱奋生便是这种人。

作者费了很多精力来明示我们他怎样作一队的首领，指出他——开始是没有经验的——怎样造就自己来担起这件任务，指出他怎样个别地、整个地用铁手抓着了这游击队，而他们又何等地信仰他的意志与智慧的大力,何等心悦诚服地来受他的指挥。同时,他又很好地显出这位公认的领袖与组织者也有时不知所措,而又何等痛心地觉悟,他还不很高明。还有一个特性更为重要,因为这是新人或"真实的英雄"底根本特性,就是将整个自己完全交给公共事务。游击队员们也是这样地看他:

> "他只知道一件事——工作。因此之故,这样的正确的人,是不得不信赖他、服从他的。"(点是我们加的——V. F.)

这里,我们只走马看花地指出一幕来便够了。有一次莱奋生接到了两封信——有一封像是关于前线的情形,别一封是妻寄来的。自然是愿意读第一封信,但是他只读了第一封信的几个字:"保持着战斗单位。"他办完了必要布置与命令之后才从袋子里掏出妻底信:"找不到什么地方做事,能卖的东西已经全部卖掉,孩子们是生着坏血病和贫血症了。"他坐下来写回信。

开初,他是不愿意将头钻进和这方面的生活相连结的思想里去的,但他的心情渐被牵引过去,他的脸渐渐缓和,他用难认的小字写了两张纸,而其中的许多话是谁也不能想到,莱奋生竟会知道着这样的言语的。

此后,生活底这一方面慢慢消灭了,读者眼前依旧是这位有机地加入了集团的人。

第一件便是他的队伍。

独有这大受损伤的忠实的人们,乃是他现在惟一的,最相接近的,不能漠视的,较之别人、较之自己还要亲近的人们。

而且，这都是劳动者的集团（劳动的农民与劳动的无产阶级）。

当他这十八个人（除他之外）的队伍被白军击溃而穿过森林之后，他远远地望见一条河流，在那里流过他快乐的，嘈杂而热闹的生活。人们在那里动弹，草捆在那里飞舞，机器在那里干燥地准确地作响，细小的水珠似的喷出了女孩子们的轻笑。莱奋生的眼中却正含着清泪，因为他所心爱的巴克拉诺夫死掉了（如果他活着，就可以造成第二个莱奋生）。

用了沉默的还是湿润的眼，看着这在打麦场上的远远的人们，他应该很快地使他们变成和自己一气，正如跟在他后面的十八人一样。于是，他不哭了。（点是我们加的——V. F.）

能够不以自己的生活为生活，而以集团的共同生活为生活，这种能力便是"真实的英雄"底根本特性。在这一点上看来，这位游击队长便是他所热烈梦想的新人。

关于法捷耶夫的小说《毁灭》，还有许多话没有说完，这本书还有许多不老练的地方，然而他毫无疑义地是我们无产阶级文学战线上的新胜利。

希望作者能够写完这位新人的历史，已经不是写那战争的过去的历史，而是写和平建设的今日的历史，要描写新经济政策之下的新人的诞生，比描写国内战争时期的还要困难好多倍。

V. 弗里契

第一部

一　木罗式加

在阶石上锵锵地响着有了损伤的日本的指挥刀，莱奋生走到后院去了。从野外流来了荞麦的蜜的气息。在头上，是七月的太阳，浮在热的、淡红色的泡沫里。

传令使木罗式加正用鞭子赶开那围绕着他身边的发疯了似的鸡，在篷布片上晒燕麦。

"将这送到夏勒图巴的部队去罢，"莱奋生递过一束信去，一面说，"并且对他们说……不，不说也成——都写在那里了。"

木罗式加不以为然似的转过脸去，卷他的鞭子——他不大高兴去。无聊的上头的差遣，谁也没有用处的信件，尤其是莱奋生的好像外国人一般的眼睛，他已经厌透了。这又大又深、湖水似的眼睛，和他的毛皮长靴一同将木罗式加从头到脚吸了进去，而且在他里面，恐怕还看见了木罗式加自己所不知道的许多的事情。

"坏货，"生气似的眯着眼睛，传令使想，照例立刻下了结论了，"犹太人都是坏货。"

"为什么老站在那里的？"莱奋生发怒说。

"但是，究竟是怎么一回事呢？同志队长一要到什么地方去，立刻是木罗式加木罗式加的，好像部队里简直没有别人一样……"

木罗式加故意称作"同志队长"，还他一个职分，平常是简单地称呼名字的。

"那么，我自己去么，唔？"莱奋生冷嘲地问。

"为什么要自己去呢？人们多得很……"

莱奋生带着人们用尽平和的方法，还是说不明白的阴凄凄的相貌，将信件塞在衣袋里。

"到经理部长那里去缴了枪械来。"他用了极冷静的调子说，"并且你可以离开这里，我用不着你那样的多讲废话的东西。"

从河上吹来的软风梳过了顽固的木罗式加的卷毛。小屋近旁枯焦的苦蓬丛里，蝨斯不疲倦地在赤热[1]的空气中打鼓。

"且慢……"木罗式加不服地说，"拿信来……"

一将信件藏在小衫和胸脯之间，较之对于莱奋生，倒是对于自己说道：

"叫我走出队去，那是断乎做不到的，缴械就更不行了。"他将满是灰尘的帽子向后一推，用了快活的、响亮的声音添上去说："哪，朋友莱奋生，因为并不是为了你那漂亮的眼睛，我们这才动手来革命的呀。你我之间……明白告诉你，像我们矿工……"

"就是呵，"队长笑了起来，"但你开头竟这样地开玩笑……这蠢才……"

木罗式加抓住莱奋生的衣扣拉过他去，很秘密似的低声说：

"真的，朋友，我正要到野战病院里的华留哈[2]那里去，全都准备停当了，你可恰恰拿出你的信件来，所以蠢的不是我，倒是你哩……"

他用那绿褐色的眼睛狡猾地使一个眼色，并且笑了出来——直到现在，一讲到他的妻子，在他那笑影中，也还露出霉菌一般多年滋长在他那里的猥亵的基调。

"谛摩沙！"莱奋生向着呆站在阶沿那边的孩子叫道，"去管燕

1　现代汉语常用"炽热"。——编者注
2　华理亚——他的女人——的昵称。——译者

麦去。木罗式加要出去了。"

马厩旁边,工兵刚卡连珂跨在翻转的洗濯槽上,整理着皮革的包囊。闪闪的太阳照着他光着的头。他那暗红色的须髯的结子,纠结得像毛毯一样。砥石似的脸俯在包囊上,宛如挥着铁扒一般地在用针。强有力的肩头,石臼似的在小衫下面摇动。

"什么,你又出去么?"工兵问道。

"是的,工兵阁下!……"

木罗式加直得如弦,将手掌举在未必适宜的处所,给看一个敬礼。

"稍息。"刚卡连珂谦虚地说,"我也有过你那样蠢的时代的。叫你去干什么呀?"

"哼,小事情;队长叫我去运动运动。要不然,他说,你大概就要生孩子了。"

"昏蛋,"工兵用牙齿咬着线,一面在嘴里说,"废料。"

木罗式加从马厩里拉出他的马匹来。那强壮的小牡马注意地耸着耳朵。它有力、多毛、善走,而且很像它的主人:有着亮亮的、绿褐色的眼睛,一样地身子苗实,脚是弯的 [3],一样地单纯的狡猾,并且诡谲。

"米式加……好,好……这恶魔,"木罗式加将革带收紧,爱抚地喃喃地说,"米式加……好,好……上帝的牲口。"

"如果有人好好地看一看你们俩里面谁聪明,"工兵认真地说,"是不应该你骑着米式加走,倒应该米式加骑着你走的,真的呢。"

木罗式加从园里骑着跑出去了。

野草蒙茸的村路,向着河那边。河对岸展开着荞麦和小麦的田,浴着日照。在温暖的、朦胧的远处,颤动着希霍台·亚理尼连峰的青尖。

3　俄国农民的走相,腿都有点弯曲。——译者

为了谷粒的甜味，木罗式加的鼻孔张开，脸上的皱纹也伸直了。他的眼睛晃耀得像长明灯一样，而且深深地一起一落，又宽阔，又调匀。像给太阳晒热了的锅子的，是他的胸脯。

在胸膛里——由不能知道的远祖的静穆的黑土之力——已经几乎被煤屑所蚀的魂灵，便波动起来了。

木罗式加是第二代的矿工。被上帝和人们所破败的他的祖父还是耕种田地的，他的父亲才用煤来替代了黑土。

当嘶嗄的汽笛叫人们早上换班的时候，木罗式加生在第二号竖坑相近的、昏暗的小屋里了。

"男的么？……"当矿区的医生走出小屋子，告诉他生下来的是男孩子的时候，父亲回问道。

"那么，是第四个了……"他和善地计算，"好热闹的生活……"

后来，他穿起防水布的、满是煤末的短衫去做工去了。

到十二岁，木罗式加就和汽笛一同起身，推手车，说些不必要的，大抵是粗野的话，学会了喝烧酒。苏羌的煤矿的四近有许多酒店，至少是不亚于打洞机器的。

离矿洞一百赛旬[4]的处所，谷是完了，而熄火山的小丘冈开了头。老枞树上生着苔藓，从这里俨然俯视着小村落。灰色的多雾的早晨，便听到泰茄[5]的鹿，怎样地和汽笛竞叫。在山间的青的峡谷里，越过峻坂，沿着无穷的铁轨，货车载了煤块，日复一日地爬向亢戈斯车站去。山脊上给油染黑了的卷扬机，在不歇的紧张中发抖，卷着滑润的索子。丘冈的脚下，在芳香的枞树林中造着砖屋，这风景的侵入者；人们在——不知道为了谁——作工[6]；小铁路的机器在歌吟，电气起重机在怒吼。

4　俄尺名，一赛旬约中国七尺弱。——译者
5　Taiga，西伯利亚的森林之称。——译者
6　现代汉语常用"做工"。——编者注

生活实在是热闹的。

在这种生活中，木罗式加并不寻求新路，但走着旧的，已经几代走稳了的路。时候一到，他便买下绸的短衫、皮的接统的长靴。每逢节日，跑到平地的村里去。在那里和别的少年们拉风琴，和朋友们吵架，唱淫猥的曲儿，而且使村姑们"堕落"。

归途中呢，"矿山的人们"便在田里偷些西瓜和圆圆的谟隆的胡瓜，向峻急的溪谷里用水来浇身体。他们的响亮的、高兴的声音使泰茄惊动。缺了的月从岩阴嫉妒似的来窥；在河上，是漂着温暖的夜的湿气。

时候一到，木罗式加也被人摔在污秽的、发着包脚布和臭虫的气味的警察署里了。这是出在四月的同盟罢工的高涨，煤矿的瞎马的眼泪一般，暗的地下水无日无夜地从矿洞的天井上滴下，谁也不想去汲它出来的时候的。

他被监禁，决不是因为做了什么伟大的工作，只因为他会多话。他们希望来威吓他，也许能够知道罢工领袖的名字。和玛辛斯克的酒精私贩子们一同坐在臭的小房间里，木罗式加对他们讲了无数的淫猥的奇闻，但关于罢工主使者，却终于什么也没有说。

时候一到，他又被送上战场去，进了骑兵队了。他在那里，也像大家一样，学会了对于"跑路狗"[7]轻蔑地睨视。他受伤了六回，被空气打击了两回，到革命前，已经完全免了兵役了。

他一回家，连醉了两礼拜，和一个好的有名人物结婚了，是在第一号竖坑抽水的，虽然不受孕，却是放荡的女人。无论做什么，他都不很估量；在他，觉得生活是十分简单的，毫不复杂，享受些什么，只如苏芜园里偷来的一条圆圆的谟隆的胡瓜。

或者就为了这种性子，一九一八年，他带了妻子去拥护苏维埃。

7　指步兵。——译者

无论为什么,从那时起,他被禁止,不准进煤矿去了,因为苏维埃终于失败,而新政府对于这样的人物是不很看重的……

米式加不耐似的橐橐地顿着带铁的蹄。橙子色的飞虻在耳朵周围固执地营营地叫,一钻进蒙茸的毛里,便一直叮得它流出血来。

木罗式加骑向斯伐庚的战斗区域去了。明绿的榛树的丘冈那边,克理罗夫加河藏得看不见形姿;在那里,就站着夏勒图巴的部队。

"苏……苏……"闷热地,不会疲乏的飞虻在唱歌。

忽然,起了奇怪的、炸裂似的声音,滚到丘冈的那边去了。接着这,是第二、第三……好像挣断了链子的野兽在刺柴丛中蓦地飞跑过去一般。

"且慢。"略略收住缰绳,木罗式加说。

米式加将苗壮的身体向前突着,驯良地站住了。

"你听!……在开枪……"在鞍桥上伸直了身子,传令使亢奋地说,"在开枪!……是罢?"

"拍拍拍。"——机关枪的声音,好像用火焰的线,缝合了培尔丹枪的呻吟声和短而分明的日本的马枪的鸣咽声,从丘冈后面流了过来。

"快跑!……"木罗式加用了强有力的激昂的声音叫喊。

脚是照例深深地踏在踏镫里,发抖的手指揭开了手枪的皮匣,米式加已经跳过瑟瑟作响的丛莽,在山顶上疾走了。

刚近绝顶,木罗式加就勒住马:

"等在这里罢。"他一面跳下地来,一面说,并且将缰绳抛在鞍桥的后面:忠实的奴隶米式加是用不着系住的。

木罗式加爬上了绝顶。从右边,是远绕着克理罗夫加河,端正到像阅兵式时候一样,作成整然的散兵,走着帽上缀有黄绿色带的小小的一式的人影。在左边，人们混乱着成了杂乱的堆，在带着金色穗子的大麦里，一面开着培尔丹枪，一面在逃走。愤怒的夏勒图巴（木罗式加因为乌黑的马和尖顶的狸皮帽，知道了那是他）虽在四面八方挥着鞭子，也还不能使人们站下来。看见有几个人，已在暗暗地撕掉红带了。

"这贱胎在干甚么⁸，他们究竟在干甚么呀！……"木罗式加喃喃地说，因为射击，愈加愤激了起来。

逃走过去的最后的人堆里，有一个瘦弱的青年，将手帕包了头，身穿本地的短衣，用没有把握的手势拖了枪，跄踉地在奔走。别的青年们怕将他剩下，看去像是特地在迁就他的步调。人堆忽然疏散，白绷带的青年也倒下了。然而，他并没有死——他屡次起身，想爬，两手一伸，便叫些知不清的什么话。人们抛下他，也不回顾，加紧地跑走了。

"贱胎，他们究竟在干什么呀！……"木罗式加又这样说，他的手指亢奋地捏紧了满染着汗的马枪。

"米式加，这里来！"他突然用了异乎寻常的声音叫道。

受了伤、浴着血的马用鼻子作一大呼吸，便和幽微的嘶声一同跳上了山坡。

几秒钟之后，木罗式加已如平飞的小鸟一般，在大麦中间驰走了。他的头上，吆喝纷飞着火和铅的飞虻，马背似乎腾过了深渊，大麦在它的脚下低声叫喊……

"躺下！……Tvoju matj⁹……"木罗式加叫着，将缰绳换在一边，便用一侧的拍车拼命地刺马。

米式加不愿意躺在枪弹下，却在头上流血的扎着白色绷带的、

---

8 现代汉语常用"什么"。——编者注
9 这句是俄国的骂人的话，意义未详。——译者

木罗式加载去负伤的美谛克

被弃而在呻吟的人的周围用四条腿跳来跳去。

"躺下！……"木罗式加仿佛要用嚼子勒破马的嘴唇一般，用愤怒了的嘎声叫喊道。

米式加为了吃紧，将发抖的膝头一弯，伏在地上了。

"痛呵，阿唷，好痛呵！……"传令使将他载在鞍上的时候，负伤者便呻吟起来。青年的脸是苍白的，没有胡须，虽然涂着血，却见得颇有些漂亮。

"不要响，孱头……"木罗式加沙声说。

过了几分时，他就放掉马缰，用两手扶定所载的人，绕着丘冈，走马向那设着莱奋生的部队的村落那面去了。

二 美谛克

其实，救来的汉子从最初就为木罗式加所讨厌的。

木罗式加不喜欢有些漂亮的人。在他的生活的经验上，那是轻浮的、全不中用的、不能相信的人物。不但这样，负伤者从最初起，就将自己是不很有丈夫气概的人这一件事曝露[10]了。

"小白脸……"将失了知觉的青年放在略勃支的小屋的床上时，木罗式加喃喃地说，"只受了一点擦伤，这小子就已经软绵绵了。"

木罗式加很想说些非常侮辱底的事，但他寻不出相当的话来。

"当然的，拖鼻涕娃娃……"他终于用了不满的声音唠叨着。

"住口罢。"莱奋生严厉地将他的话打断了，"巴克拉诺夫！……到了夜里，你应该带这年青人到病院去。"

负伤者扎上绷带了。从上衣的旁边的袋子里发见了一点钱、履历证（那上面写着他叫保惠尔·美谛克）、一束信件和一个少女的照相。

大约二十多个什么也不佩服的、被太阳晒得黑黑的、胡子蓬松的男人们挨次研究了淡色卷发的柔和的少女的脸。于是，照相就羞答答地回到原先的处所去了。负伤者是失了神，显着僵硬的没有血色的嘴唇，死了似的将手放在毛毯上，躺着。

他没有知道在昏暗的蓝色的闷热的傍晚，载在臬兀[11]的货车上被运出了村子。待到他觉得时，已经卧在舁床上。在水上荡摇一般的最初的感觉，溶合[12]在浮在头上的星天的茫然的感觉中。毛茸茸

10 现代汉语常用"暴露"。——编者注
11 现代汉语常用"辒辌"。——编者注
12 现代汉语常用"融合"。——编者注

的没有眼的昏暗从四面逼来，流来了针叶树和阔叶树叶的浸了酒精似的强烈的新鲜的气息。

他对于这样舒服地、小心地搬着他走的人们，感到了幽静的感谢之念。他想和他们说话，动一动嘴唇，但在什么也还没有说出的时候，又已失掉意识了。

第二回苏醒时，天已经很明亮。烟似的杉树枝上，溶着明朗的悠闲的太阳。美谛克躺在树阴[13]的旅行榻上。右边站一个身穿灰色的病人睡衣的瘦长而挺直的男人。左边呢，是静淑的、柔和的女人的形姿，弯腰在行榻的上面；她那沉重的金红色的辫发直拖到他的肩头。

美谛克从这淑静的形姿——她的大的雾一般的眼睛、柔软的缕发[14]，还有温暖的、带点黑味的手——所首先感到的，是一种怜悯之念、一种柔情。她将这一律施舍，及于一切，几乎并无限制。

"我在那里？"美谛克轻轻地问。

那长的、挺直的男人，更从上面什么地方伸下骨出的坚硬的手来，按了他的脉：

"不要紧的……"他静静地说，"华理亚，准备换绷带罢，再去叫哈尔兼珂来……"他默然片刻之后，不知道为什么，又添上去道："那么，就立刻做完了。"

美谛克熬着疼痛睁开眼来，望一望在说话的男人那一面。他有着黄色的长脸，洼得很深的发光的眼睛，那眼睛冷冷地钉[15]住负伤者，而有一只忽然厌倦地眹起来了。

将粗的纱布塞进干了的伤口里去的时候，痛得非常。但美谛克是在自己身上不断地觉着温和的女手的小心的接触的，没有叫喊。

13　现代汉语常用"树荫"。——编者注
14　现代汉语常用"卷发"。——编者注
15　现代汉语常用"盯"。——编者注

"这就可以了，"绷带一完，长大的男人说，"三个真的洞，头上没有什么——不过是擦伤，过一个月一定好的。难道我不是式泰信斯基么？"他略略有了些元气，将指头动得比先前更快了，只有眼睛仍旧发着寂寞的光在看望，而右眼——是单调地眹着。

人们洗过了美谛克。他用肘支起身来，环顾了四近。

不相识的人们在粗木材的小屋里做着些事情。烟通[16]里腾起青烟来，屋顶上点滴着树液，黑嘴的大啄木鸟在林边专心致志地敲出声音来。挂了拐杖、身穿病院的睡衣的白髯的安静的老翁慈和地巡视着一切。

在老翁上面，小屋上面，美谛克上面，为树脂的气味所笼罩，飘浮着泰茄的饱足的幽闲。

在大约三星期之前，将许可证藏在长靴里、手枪放在衣袋里，从市街来到的时候，美谛克是模胡地推测，以为人们是在等候他的。他活泼地用口哨吹出市街的调子来；他的血液在血管里奔腾，他热望着斗争和活动。

矿山的人们，他先前仅从报章上面知道的，以活的形相——穿着火药的烟和英雄底的伟业所做成的衣服，在他面前出现了。为了好奇心、勇敢的想象，以及仿佛亮色绻发的娃儿的苦而且甜的回忆，他膨胀了起来……

她一定像先前一样，每天早上和饼干一同喝咖啡，将皮带缚了绿纸包着的书本去上学校的罢……

走到克理罗夫加的近旁时，从丛莽里用培尔丹枪指着他，跳出几个男人来。

"你什么人？"戴着水兵帽的一个长脸孔的青年问道。

16　现代汉语常用"烟筒"，即烟囱。——编者注

"呵……是从镇上保送来的……"

"证书呢？"

他只得脱了长靴，拿出许可证书来。

"沿……海区……委……员会……社会……革命党……"水兵时时向美谛克射来刺蓟一般的眼光，一字一字地读下去，"哦……"他拖长了声音说。

忽然间，他满脸通红，抓住美谛克的衣领，用枯嗄的嘎嘎地响的声音叫喊起来：

"你这流氓，你这坏透的！Tvoju matj, tvoju matj！"

"什么？什么？……"美谛克惶惑地说，"但那是从'急进派'[17]那里拿来的呵……请你读完罢，同志！……"

"搜——查！……"

几分钟之后，被打坏而解除了武装的美谛克便站在戴着尖顶的狸皮帽、有着看透一切的黑眼睛的汉子的面前了。

"他们没有看清楚……"美谛克亢奋地呜咽着，吃吃地说，"那上面，是写着'急进派'的……请你自己看一看……"

"拿纸来我瞧。"

戴着狸皮帽子的人将全副精神注在许可证书上，团得稀皱的纸在他的如火的眼光下冒烟。于是，他将眼移向水兵那里去。

"昏蛋！……"他粗暴地说，"你没有看见写着'急进派'么……"

"对，对了！"美谛克高兴地大声说，"我也早就说了的——是'急进派'……那是完全两样的……"

"一说明白——我们可就白打了……"水兵感了幻灭似的，说，"古怪！"

---

17 十月革命时，社会革命党（S. R.）大部分加入了反革命，但其中的一派"急进派"（Maximalist）则和布尔塞维克一同与白军争战。——译者

从这一日起，美谛克便成了这部队的同人的一员。

周围的人们和从他奔放的想象所造成的是全不相同的人物。他们很污秽、粗野、残酷、不客气。他们互偷彼此的子弹，因为一点小事就用最下贱的话相骂，因为一片肥肉便闹出见血的纷争。他们又用所有的事来揶揄美谛克——笑他市上的短衫，笑他正确的发音，笑他不知道磨擦[18]枪械，甚至于还笑他用膳之际吃不完一斤的面包。

因此，他们就并非书本上的人物，却是真的活的人。

到如今，美谛克躺在密林中的寂静的平地上，从新经验了一切了。他烦恼这善良、朴素，然而诚实的感情使他和部队联合起来，又由一种特别的病态的敏感感到了他周围的人们的爱和愁，以及睡着的密林的寂静。

病院是设在两条流水汇合的尖端。在啄木鸟凿着的林边，暗红色的满洲[19]枫树在柔和地私语。下面，在坡下，是包在银色的野草里的细流两道，不倦地在歌吟。

病人和负伤者很稀少。重伤二名，是肚子上受了伤的苏羌的袭击队员弗洛罗夫，还有美谛克。

每天早晨将他们领出那气闷的小屋的时候，美谛克那里便跑来一个淡色胡子的闲静的老人毕加。他将一种古旧的、完全被人忘了的光景，描出来给他看：在崩颓的生满莓苔的庵院近旁，不像这世间的幽静里，在湖侧，在安罗特的岸边，坐着一位头戴圆帽、萧闲的白发老翁在钓鱼。老翁上面是平静的天空，在催倦的暑热中，是沉寂的枞树、平静的、芦苇茂密的湖。平和，梦，静寂……

---

18 现代汉语常用"摩擦"。——编者注

19 该词的使用并无贬义，共有两种含义。一是满族的旧称。1635 年，皇太极改女真为满洲，辛亥革命后称满族。二是旧时指我国东北一带，清末日俄势力入侵，称东三省为满洲。——编者注

美谛克的魂灵所向往的，岂不是正是这梦么？

毕加用了好像乡下教士的唱歌那样的声音，讲出儿子——红军之一的儿子的事来。

"是的……他回到我这里来了。我呢，不消说，是坐在养蜂场里的。长久没有见面了，大家接吻，那自然无须说得。但一看，他总有些轻浮的脸相……'阿爹，'他说，'我到赤塔去。'——'那又是怎么一回事呢？……'——'阿爹，'他说，'捷克·斯罗伐克[20]人到了那里了呀。'——'那么，要和那捷克·斯罗伐克人怎样呢？……留在这里罢；你瞧，不是很安稳么，我说……'真的，说起我的养蜂场来，可真像天堂一样：白桦，你知道，还有菩提树开着花，亲爱的蜜蜂……嗡嗡……嗡嗡……"

毕加从头上除下柔软的黑帽子来，高兴地摇着圆圈。

"但是，怎么样？……他到底走掉了！他不曾留下……走掉了……现在是，高尔察克[21]们将我的养蜂场捣毁了，儿子也不见了……说这是——人生！……"

美谛克喜欢听他的讲说。他爱那老人的单调的歌声和从他的舒坦的心中所流露的态度。

然而，他更喜欢"好心姊妹"[22]到来的时候。她是为野战病院全体缝纫、洗濯的。在她那里，人能感到对于人类的很大的爱。而对于美谛克，她却尤其显着特别的柔顺与温情。创伤逐渐好起来，他也逐渐用了世俗的眼来看她了。她的腰微弯，颜色苍白。她的手，以女人的手而论，是大到必要以上的。然而，她以特别的、稳确的脚步走路。她的声音里常常含蓄着一些东西。

而且，一遇到她并坐在行榻上，美谛克就不能静卧了（关于这

20　现译"捷克斯洛伐克"。——编者注

21　Koltchak，白军的将领。——译者

22　谓看护妇。——译者

事，他大约是决没有告诉那亮色绻发的姑娘的）。

"是轻浮的女人呵，那个华留哈！"有一回，毕加对他说，"木罗式加，她的男人，就在部队里，她却还在兜兜搭搭[23]……"

美谛克向老人用眼睛所指示的方向去一看，那"姊妹"正在森林的空地上洗衣服，助医哈尔兼珂则浮躁地在她旁边纠缠。他时时弯腰向她这面去，说些什么有趣的事。她好几次停下做事的手来，用了神秘的烟一般的眼睛向他那面看。"轻浮"这句话，在美谛克里面，是引起锋利的好奇心来了。

"她为什么……这样的呢？"他问毕加，并且竭力遮掩着自己的错乱。

"鬼知道罢了，为什么她是那么随便的。就是前面没有准儿……不能说一个不字——就为此……"

美谛克记起了"姊妹"给他的最初的印象，于是莫名其妙的寂寞在他里面蠢动了。

从那时起，他就更加留心地注视了她的行动。其实，她和男人们——至少，和可以不靠别人帮助的男人们——是"在一处"得太多了。但在病院里，确也没有一个另外的女人。

一天早晨，换了绷带之后，她整理美谛克的行榻，比平时更长久。

"在我这里坐一坐罢……"他红着脸说。

许多工夫，她钉定他看——恰如那一天，一面洗东西，一面凝视着哈尔兼珂的一样。

"你瞧……"她带着几分惊疑，不自觉地说。

但是，枕头一放好，她就和他并排坐下了。

"哈尔兼珂可中你的意呢？"美谛克问。

她似乎没有听到质问，并且用了大的烟一般的眼睛，看定了美

23　现代汉语常用"勾勾搭搭"。——编者注

谛克,凭自己的意思回答道:

"还这么年青……"于是,好像觉到了,"哈尔兼珂?……唔,不坏呀。你们都一样的——很多。"

美谛克将手伸到枕头下面去,拿出包着报纸的小小的一束来。从褪色的照片上,一个熟识的少女的脸,向着他凝视。但在他,已经不见得是先前一般可爱了——那总好像是用了并不亲热的、做作出来的欢欣在对他凝视,而且——美谛克虽然怕敢自白这件事——为什么先前竟那么常常想到她的呢,他也觉得诧异起来。他将亮色

华理亚看护负伤的美谛克

绻发的少女的肖像送到"姊妹"面前去时，为什么要送过去，该不该送过去，是自己没有明白的。

"姊妹"先是接近地，后来是较远地伸开手去望照相，但忽然叫了一声，掉下照片从槲上跳了起来，慌忙向后回顾了。

"好一个出色的婊子呀！"从树阴里出了谁的嘲笑的、发沙的声音。

美谛克向那边斜睨过去，就看见一个格外熟识的脸——不驯服的暗红色的前发挂在帽下面，而且有着嘲笑的、绿褐色的眼。这和前一回的是两样的神情。

"唔，你吓了一跳？"发沙的声音平静地接着说，"我并不是说你呵——倒是说照相……我虽然换了许多女人了，却不曾有过那样的照相。恐怕什么时候你会送我一张的罢？……"

华理亚定了神，笑起来了。

"哪，我真给吓了一跳……"她说，并且似乎变了和平日不同的唱歌似的妇人的声音了。"你从那里跳出来的呀，你这粗毛鬼？……"于是，向着美谛克这面："这是木罗式加，我的男人。他总喜欢闹些什么花样的……"

"我知道这人的……有一点。"传令使在"有一点"这字上添上了嘲笑底的音节说。

美谛克为了羞和恨，没有话说，躺着像一个打得稀烂的人。华理亚已经忘记了照相，和男人说着话，用脚将它踏住了。美谛克正在惭愧，也不敢叫她拾起照相来。

待到他们到密林里去了的时候，他因为腿痛，咬着牙齿，自去拾起那污了泥土的照相，并且将这撕得粉碎了。

三 用嗅觉[24]

木罗式加和华理亚傍晚回来了，彼此不相顾盼，疲劳而且乏力。

木罗式加来到森林的空地上，将两个指头塞在嘴里，像强盗一般尖利地吹了三下。恰如在童话里那样，从林中跑出一匹长毫的、蹄声响亮的马来时，美谛克就记起在什么地方见过这人和马来了。

"米赫留忒加[25]……狗养的……等久了罢？……"传令使爱抚地低声说。

经过美谛克的旁边，他射了他一眼，带着讥刺的微笑。

于是，直下斜坡，走进峡谷的丛绿之处，这时木罗式加又记起美谛克的事来了。"为什么就是那样的东西跑到我们这里来的呢？"他怀着憎恶和疑惑，自己想，"我们开手的时候，谁也不来，现在在成功了的当儿，他却跑来了……"在他，便觉得美谛克真是"在成功了的当儿"跑了进来似的，但在实际上，前面却横着艰难的十字架的道路。"这样的废物跑了来，做些屠头的事、无聊的事、却教我们去弄好……但是，我的老婆这贱货，究竟看中了小子的什么地方呀？"

他又觉得生活麻烦起来，旧的苏羌的路已经走不通，人要给自己另寻新路了。

沉在比平时更不愉快的深思中的木罗式加，竟没有觉得已经骑到了溪谷。这处所是在甜香的蓼草里，在卷毛的苜蓿里，响动着大镰刀——人们将自己耗在艰难的工作的日子里。人们都有苜蓿般卷缩的胡子，穿着长到膝髁的小衫。他们迈开整齐的、弯曲的腿，踏着割过的地方向前走，野草便馥郁地、无力地倒在他们的脚下了。

24　这是指哺乳动物所特有的灵敏的嗅觉而言，英文本译作"第六感觉"。——译者
25　米式加的爱称。——译者

见了武装的骑马的人，大家便慢慢地停下作工的手来，将疲于工作的手遮在前额上，向后影望了许多时。

"简直像蜡烛一样！……"当木罗式加将身子在踏镫上站直，而将那站直的身子扑向前方，恰如蜡烛的火焰一般微微动摇，用稳稳的快步跑了过去的时候，他们赞叹着他的风采说。

弯曲着的河的那边，是村会议长诃马·略勃支的瓜田，木罗式加将马勒住了。在田里，是荒芜的，到处没有主人的用心的照管。（当主人专心于社会底的工作的时候，瓜田上满生野草，父祖的小屋是顾不到了，大肚子的甜瓜好容易总算在芬芳的苦蓬丛中成熟，而吓鸦草人则宛如濒死的鸟儿一般。）

偷儿似的环顾了周围，木罗式加便使马向歪斜的小屋那边去。他小心地向里面窥探。没有一个人。那里面，只散乱着些破布、锈镰刀的断片、胡瓜和甜瓜的干了的皮。解开袋子，木罗式加跳下马，于是伏身靠地，在地面上爬过去。热病一般地拗断瓜藤，将甜瓜塞在袋子里，有几个是用膝盖抵断，就在那地方吃掉了。

米式加掉着尾巴，用狡狯的、懂得一切似的眼眺望着主人。忽然听到了索索的声音，便竖起多毛的耳朵，慌忙将毛鬖蓬松的头转到河那边去了。从柳阴[26]里，岸上走出一个身穿麻布裤，头戴灰色毡帽，长髯阔背的老人来。他手上沉重地提着一把颤动的鱼网，网里面是平鳃的青鱼在垂死的苦痛中挣扎。在麻布裤上，壮健的裸露的脚上，染着些从鱼鳞流出，被冷水冲淡了的血腥。

一看见诃马·爱戈罗微支·略勃支的高大的形相，米式加就知道他是栗壳色的大屁股的牝马——它隔着板壁一同住，在一个马房一同吃，而且它常常苦于对她的欲情的那牝马的主人了。于是，它欢迎似的竖起耳朵，仰了头，愚蠢地而且高兴地嘶鸣了起来。

26　现代汉语常用"柳荫"。——编者注

木罗式加吓了一大跳，就是半弯的姿势，用两手按住袋子，僵掉了。

"你……你……在这里干什么呀？……"略勃支用了很严厉和痛苦的眼光向木罗式加一瞥，发出带着受气和发抖的声音说。他没有从手里放下那抖得很利害的鱼网来。而那些鱼，则仿佛沸腾的不可以言语形容时候的心脏一样，在脚边乱跳。

木罗式加抛了袋子，胆怯地垂着头，跑到马那边去。一跨上鞍，他就想，应该取出甜瓜，拿了袋子来，不给留下证据的。但也很明白，没有这个也横竖都是一样的了，便用拍车将马一刺，开了扬尘的发疯般的快步，顺着路跑掉了。

"哪，等着罢，即刻惩办你——自然要办的！……自然要办的！……"略勃支只是连喊着这句话；他也总不能相信，一个月来，像自己的儿子一般给了衣、给了食的人，却会在那主人为了给社会服务而荒掉田地的时候，来偷那田地里的东西的。

略勃支家中的小园里，树阴下放着一张圆桌，那上面摊开着裱过的地图，莱奋生正在询问刚才回来的斥候。

那斥候——穿着农人的短袄和草鞋——是刚到过日本军的阵地的中心来的。他的晒黄的圆脸，因了幸而脱险的高兴的亢奋，还在发光。

据斥候的话，则日本军的本部，设在雅各武莱夫加。两个中队是从卜斯克·普理摩尔斯克向着山达戈进展，但在斯伐庚斯克的铁路支线那里，却全不见日本军的踪影。从夏巴诺夫斯基·克柳区起，斥候是和夏勒图巴的部队的两个武装的袭击队员，一同坐了火车来的。

"那么，夏勒图巴退到那里去了呢？"

"在高丽人的农场里……"

斥候想在地图上寻出那地方来，然而并不是容易事，他怕敢露出自己的无学,便用指头乱点了什么一处邻境。

"在克理罗夫加,受损得很利害,"他哼着鼻子,活泼地说下去,"现在是,大半的人们都散在各处的村子里。夏勒图巴是躲在高丽人的冬舍里面吃刁弥沙 [27] 哩。听说酒喝得很凶,全不行了。"

莱奋生将这新的报告和昨天由陀毕辛的酒精私贩子斯替尔克沙传来的报告,以及从市镇上送来的报告,比较了一下,于是不知怎地感到了不利的前征。对于这样的事,莱奋生是有特别的感觉的——蝙蝠所禀的第六感。

到司派斯科去的协同组合的委员长,两星期没有回家来;几个山达戈的农夫忽然记得起家乡来,前天从部队逃走;而且和部队同是向着乌皤尔加前进的跛脚的马贼李福,不知道为什么忽而向抚顺河的上流那面转了弯,走掉了——在这些事情上,感到了不利的前征。

莱奋生从头到尾问了一回斥候,细细地研究着地图。他坚忍执拗得怕人,恰如泰茄的老狼,虽然几乎没有牙齿了,而仗着许多代的优胜的智慧,还能够率领全群跟着它走动。

"那么,什么特别的事……没有觉到么?"

斥候不懂得那意思,惘惘然看他。

"什么也没有嗅出来,什么也没有嗅出来!……"莱奋生攒聚了三个指头,急忙送到鼻子下面去,说明道。

"不,什么也没有嗅出来……只是这样……"斥候认错似的回答说,"我是什么——是一只狗,还是什么呀?"——他懊恼地想,他的脸就突然发红带消,宛如山达戈市场的卖鱼女人的脸一般了。

"好了,去罢……"莱奋生挥手,从他后面,冷嘲底地睐一睐那深渊似的碧绿的眼睛。

独自一个,他沉思着,在小园里徘徊。站在苹果树旁,许多工

27　用玉蜀黍煮成的粥,一说是中国的一种小米,未详。——译者

夫他注视着大头的沙土色的甲虫在树皮里做些什么事，但突然，没来由地到了这样的结论了——倘不即加准备，部队是就要全灭的。

在栅门那里，莱奋生撞见了略勃支和自己的副手巴克拉诺夫——他是一个强壮的有了十九岁的青年，身穿青灰色的军装外套，带上有一把常不收好的短剑。

"将木罗式加怎么办呢？……"眉头打着紧结，从那下面的热烈的黑眼里闪出愤怒来，他就在那地方叫喊，"他偷了略勃支的瓜了……请你听罢……"

他向队长和略勃支点头，伸出两臂，像给他们绍介 [28] 一般。莱奋生久没有看见他的副手有这样地亢奋了。

"但是，不要嚷罢。"他平静地，并且劝谕地说，"嚷是没有意思的。到底为了什么事呀？……"

略勃支用了发抖的手，交出那晦气的袋子来。

"他把我的田地的一半都糟掉了，同志队长，真的！没有工夫到那里去，许多日子之后，我终于去扳网了，——我一从柳树丛里钻出……"

他于是说出自己的各种不幸来，尤其特别申明的，是自己在为了大众的幸福做事，因此农事那一面便只好疏忽了。

"家里的女人们，你该是知道的，不像别家那样去做田里的事，却在割草的，简直像犯人一样……"

莱奋生注意地忍耐地听完了他的话，便叫木罗式加来。

这人进来了，将帽子靠后脑戴得随随便便地，并且带着明知道是自己的不好，但以准备说了谎来辩护到底的人的傲慢的表情。

"这是你的袋子？"队长要将木罗式加吸进自己的永不昏暗的眼珠里去似的问。

28　现代汉语常用"介绍"。——编者注

"我的呀……"

"巴克拉诺夫,拿下他的'斯密斯'[29]来……"

"你什么意思,拿下? ……不是你给了我的么? ……"木罗式加跳到旁边,解开了手枪的皮匣的扣子。

"不要发昏罢,不要……"眉间的结打得更紧了,巴克拉诺夫用了粗暴的声音,但忍耐着,说。

被解除了武装的木罗式加,立刻温和起来了:

"究竟说我拿了多少那里的瓜呀? ……况且,诃马·爱戈罗微支,你可知道你在干什么事? 这实在是不值得说的……真是!"

略勃支等候着似的低了头,扭着带泥的赤脚的趾头。

因为要审议这木罗式加的行为,莱奋生便发命令,于傍晚召集村民大会,部队也去参加。

"得给大家知道……"

"约瑟夫·亚伯拉弥支……"木罗式加用了茫然的、暗淡的声音说,"部队呢——不要紧……那是没有什么的;但为什么要通知乡下人呢?"

"喂,朋友,"莱奋生不理木罗式加,向着略勃支那边说,"我和你说句话……单是两个。"

他拉了委员长的臂膊引到一边,托他在两天之内收集了村中的麦子做十普特[30]硬面包。

"不过谁也不要给知道呀——为了谁,为了什么,要硬面包的……"

木罗式加知道谈话已经完毕,失望地钻进卫兵所去了。

莱奋生和巴克拉诺夫两个人还留着,命他从明天起给马加添些

---

29 一种手枪的名目。——译者

30 四十磅为一普特(Pud)。——译者

燕麦的成数。

"到经理部长那里去说去，要竭力放得多。"

四　孤独

木罗式加的到来，将美谛克在单调的平和的病院生活的影响之下，在内部产生了的心的平和破坏了。

"为什么他那么轻蔑地看我的呢？"传令使一去，美谛克想，"即使他是将我从火里面救出来的，这就给了嘲笑我的权利么？况且，全体，最要紧的……是全体的人们……"他望着自己的细瘦的指头和缚在床垫下面的副木上的腿，而且按在心中的旧日的愤恨，以新的力量燃烧起来了。他的魂灵像负伤的野兽一般，在不安和痛楚中战栗。

自从那个生着蓟草似的有刺的眼的长脸的青年，挟着敌意力抓了他的衣领的时候以来，人们就都用嘲笑来对付美谛克。谁也不帮助他，谁也不同情于他的冤枉。虽在如睡的寂静，呼吸着爱与平和的这病院里，人们也只是因为义务，所以爱抚他的。而在美谛克，所最痛苦、最哀伤者，是当他的血滴在那大麦田里以后，觉得自己是孤独的人了。

他慕毕加。但老人是铺着睡衣，将柔软的帽子当作枕头，在林边的树下呼呼地睡着。从圆的、发光的秃处，后光似的、透明的银色的头发向四面散开。两个伙伴——有一个一只手缚着绷带，一个是跛脚的——从林子里出来了。一到老人那里，就站住，狡狯地互使着眼色。跛子就去寻出一枝干草来，于是好像自己想要打嚏一般，动着鼻子，扬着眉毛，用草去探毕加的鼻孔。毕加懒洋洋地絮叨着，动着鼻子，用手来拂除了两三回，但到底给大家满足，竟打了一个大嚏。两个人都失了笑，低弯着腰，恰如闹了恶作剧的孩子一般，回顾着逃到小屋那边去了——有一个小心地曲着臂膊，另一个是偷儿似的蹩着脚。

"喂，你这掘坟的帮手！"第一个汉子看见哈尔兼珂在土堡上，坐在华理亚的旁边，便叫了起来，"你为什么搂着我们的女人的？……来，来，也给我搂一下罢……"他就在那里并排坐下，用那没病的手抱住"姊妹"，一面发出猫打呼卢[31]声，说："我们喜欢你呢——因为你是我们中间独一无二的女人呀，但是赶走这肮脏的小子罢，赶他到魔鬼那里去，赶掉这狗养的！……"他还是用那一只手竭力要推开哈尔兼珂，但助医却从一面紧靠住华理亚，咬紧了被"满洲尔加"[32]所染黄了的整齐的牙齿。

"但是我钉在那里才是呢？"跛子可怜地用鼻声说："究竟是怎么一回事呀，正义在那里呵，谁看重着伤兵呢，——你们究竟是在怎么想的，同志们，亲爱的诸君？……"他眹着湿润的眼睑，将手乱挥，弹镶装置一般飞快地说。

他的对手想不给他走近，踢着脚，像在吓他；助医悄悄地将手伸进华理亚的衣服下面去，用大声不自然地笑了。她并不推开哈尔兼珂的手，只是温和地疲乏了似的在看他们。但忽而感到美谛克的惶惑的视线，她便跳了起来，慌忙整好上衣，脸上红得像芍药一般了。

"你们简直像苍蝇跟蜜一样，只是钉[33]，你们这班雄狗！……"她粗野地突然说，低垂了头，跑进小屋里去了。门间夹住了衣角，她恼怒地拉出，再尽力关上门，连破缝里的苔藓也落了下来。

"哪，了不得的姊妹呵！"像唱歌一样，跛子说。于是，好像嗅

31　现代汉语常用"呼噜"。——编者注

32　Manzhurka，一种价钱很便宜的烟草。——译者

33　现代汉语常用"叮"。——编者注

了鼻烟似的蹙着脸，静静地、微微地、讨厌地笑起来了。

从枫树下的行榻上，从叠了四张的高高的垫被上，将给病痛磨瘦了的黄色的脸向着空中，冷淡地，严峻地，负了伤的袭击队员弗洛罗夫在凝眺。他的眼就如死人的眼一般，昏暗、空虚。弗洛罗夫的伤，是没有希望的了；而他自己，从脏腑痉挛得痛到要死，开始在他自己的眼中，凝眺了空虚的广大的天空的那时以来，也已经明白。美谛克在自己身上感到他的不移的视线，便发起抖来，吓得将眼睛看了别处。

"大家……在闹……"弗洛罗夫沙声说，动动手指，好像在通知谁自己还是活着似的。

美谛克装作没有听见。

连到了弗洛罗夫早已忘却他了之后，他还是久不敢向他那面看——他仿佛觉得这负伤者总含着骨瘦如柴的微笑还在对他凝视似的。

从小屋里面，在门口拙笨地弯着身子，走出医生式泰信斯基来。他一走出，便如折叠小刀一样，伸直了身子，于是他出门的时候，怎么能够弯转的呢，便令人觉得奇怪了。他大踏步走近大家来，而且因为忘记了为什么，便眯着一只眼，愕然站住了……

"热……"他终于弯了臂膊，倒摩着剪短的头发，悬空地说。他原是要来说，将不能同时给大家做母且又做妻的人，这样地加以窘迫，是不行的。

"躺着，闷气罢？"他走近美谛克去，将干瘪的热的手掌按在他的额上，问道。

他的突如的恳切动了美谛克的心，恰如坚硬的球在咽喉里忽然温暖地柔软地消释了：

"我是——不……因为复了原就出去的。"美谛克微微颤抖地说，"但是，你怎样？……长久住在森林里。"

"但是，倘若这是必要的呢？……"

"什么是必要的呢？"

"我住在森林里的事呵……"式泰信斯基拿开手，而且这才用了人间底的好奇心，以那发光的黑眼睛认真地来注视美谛克的眼。那眼睛显得辽远而且凄凉，正如将对于每当长夜在烟气蓬勃的希霍台·亚理尼连峰的篝火旁，啮着密林的孤独的人的说不出的神往吸了进去一样。

"我知道的。"美谛克寂寞地说，也亲昵地、寂寞地微笑了。

"但不能宿在村里么？……我的意思是，自然不只你一个，"他赶忙堵住了意外的疑问道，"是全个病院。"

"在这里，危险少呵……你是从那里来的呀？"

"从镇上来的。"

"很久以前？"

"是的，已经一个多月了。"

"可认识克拉什理曼么？"式泰信斯基骤然活泼起来了。

"是的，认识一点……"

"那么，他在那里现在怎样？还有，你另外认识谁呢？"医生更剧烈地眹着一只眼；于是，忽然之间，好像有谁从后面推了他的膝弯一般，坐在树桩上面了。他总是寻不出适宜的位置来，将臀部在树桩上移动。

"认识洪息加、蔼孚列摩夫……"美谛克数了出来，"古略耶夫、荐连开勒，不是那戴眼镜的一个——那是不认识的，但这别一个，是小个子……"

"那岂不是全是'急进派'的人们么！"式泰信斯基吃惊似的说，"你怎么会认识那些人们的呢？"

"因为我和那些人们相处很久的……"美谛克不知道为什么，

惴惴然含胡地低声说。

"这，这……"式泰信斯基好像要说话了，但没有说出来。

"谈得很好。"他用了总是毫不亲热的声音冷淡地说着，站起身来。"总之……好好地保养罢……"他并不看着美谛克，接着说。于是，宛如怕给叫了回去似的，赶紧向小屋那面走去了。

"还认识华秀丁……"想要拉住什么一般，美谛克从后面叫道。

"哦……哦……"式泰信斯基略略回头，连声答应，然而走得更快了。

美谛克知道有什么不合他的意了，他就缩了身子，满脸通红。

忽然，这一个月里的一切经验一下子都奔到他上面来——他想再拉住一点什么东西，然而已经不能够。他的嘴唇发抖了，他想熬住眼泪，赶紧眨着眼，但终于熬不住，很多很快地涌了出来，流下他的脸。他像忍苦的孩子一样，用被布盖在头上，低低地哭了起来——竭力不发抖、不出声，免得给别人觉得他不中用。

他绝望地哭了许多时，而他的思想，也眼泪一般地咸而苦。后来渐渐平静了，他也还这样地蒙了头，不动地躺着。华理亚近前了好几回。他很知道她那稳实的脚步声——恰如"姊妹"的负着义务，要推了装满东西的手车，直到死的瞬息间一般地。她暂时停在榻旁，好像难于决心模样，但她就又走掉了。毕加也跛着脚走了过来。

"你在睡觉么？"他谨慎而柔和地问。

美谛克装作睡着模样。毕加等了一会，听得在被布上唱着黄昏时候的飞蚊。

"那么，睡罢……"

一到昏暗，又有两个人走近来了——华理亚和别的一个谁。他们小心地抬起行榻，运进小屋里面去。那里面是潮湿、熏蒸。

"去——去……到弗洛罗夫那里去……我就来。"华理亚对那一个人说。

她站在榻旁几秒时，于是小心地从头上揭开被布来，一面问道：

"你怎么了，保卢沙³⁴？……不舒服么？……"

这是她第一次称他为保卢沙了。

美谛克在暗中看不清她的脸，但觉得在小屋里和她的存在一共只有他们这两个人。

"很不舒服……"他阴郁地、静静地说。

"腿痛么？……"

"不，只是……"

她忽然弯下身子，将大的柔软的胸脯紧帖着他，在嘴唇上接吻了。

五　农民

想证实自己的推测，莱奋生比定刻还早，就到集会去；为了混进农民们里，听听有什么特别的风闻。

集会是开在小学校里的。人们还到得很有限——从田地里回来得早的几个在阶上讲废话。从开着的门口，望见略勃支在忙着收拾那生锈的洋灯。

"约瑟夫·亚伯拉弥支，"农民招呼着莱奋生，于是一个一个恭敬地向他伸出黑的、因为做工而成了木头似的手来。他一个一个拉了手，谨慎地坐在一级阶段上。

河的对面，村姑们齐声唱着歌；有些干草、潮湿的尘埃、篝火的烟的气味。从渡头传来着疲马的蹄声。农民的劳倦了的日子，在温暖的暮霭中，满载干草的车轮声中，吃饱了而还未榨乳的母牛的拖长的鸣声中消去了。

34　保惠尔的爱称。——译者

"好像并不多呀。"略勃支走到门口来，说，"今天是不会多来的，因为有许多人就都在割草的地方过夜……"

"为什么在工作日开起什么会来了？还是出了什么要紧事情了呢？"

"唔，出了一点事……"议长微微踌躇着，承认说，"他们一伙里，有一个干了坏事了——就是住在我那里的。那原也算不得什么事，并不大，可是弄得非常麻烦起来了！"他没法似的，看一看莱奋生这边，便不说话。

"如果是算不得什么的事，先就不应该召集我们呀！……"农民们统统嚷了起来，"在种田人，现在是，就是一个钟头，也是要紧的时光呵。"

莱奋生解释了一番。他们便闹闹嚷嚷地摊出农民式的哀诉来——那是大抵关于割草和商品的缺少的。

"约瑟夫·亚伯拉弥支，你自己到割草地方去，看看大家用什么东西在割草才是。好好的镰刀，就是敷衍门面的也没有呵——都是修补过的。这简直不是工作，是受苦呀。"

"前天，绥蒙将很好的一把弄坏了！给这小子应该比谁都早些——因为是爱做事的农夫呀，割起草来，简直像机器一般发响……正割着——碰着了沙鼠窠……倘你听到这样的响，你会看见火星……现在是无论怎么修，总赶不上原样了。"

"那是一把很出色的镰刀！……"

"我的家里的那些人怎样？……"略勃支沉思地说，"还顺手么？因为今年草是真多呵！到礼拜日为止，能够割掉夏天的一块就好。这战争真是了不得的吃亏呵。"

从黑暗中，几个穿着长的肮脏的小衫的新的人影出现在颤动的光条里面了。有的拿着包裹——是作工之后，顺脚到了这里的。他们和他们自己一同带来了嚷嚷的农夫的语声和柏油、汗、新鲜的割倒的草的气味。

"上帝保佑你家……"

"哈——哈——哈！……伊凡么？……来，到亮地方，给我看看你那狗脸，——哪，很给土蜂叮了罢！我看见的，你怎样屁股一摆一摆的在逃走……"

"你这猪狗为什么在我的地上割草的？"

"怎么在你的地上？不要说昏话！……我是一丝不差，看定地界来割的。我不要别人的东西——自己的尽够了。"

"人知道的……自己的尽够了！你家的猪，不是赶一回，赶一回，总还是钻进田里来么？……就要在我的田里生小猪了……哦，自己的尽够！人知道的……"

不知是谁，有着一只眼睛在暗中发闪的、弯腰的苗实的男人站出在群众之上说起话来了：

"三天以前，日本人到了山达戈哩，是秋圭斯克的人们说的。到来占领了学校——立刻就是女人：'露乌西亚姑娘，露乌西亚姑娘……嘶，嘶，嘶。'呸，鬼，Tvoju matj，上帝宽恕我……"他将臂膊用力一挥，愤愤地砍断似的住了口。

"他们也要到我们这里来的，那一定……"

"怎么会有这样的灾殃的呵？"

"百姓全没有静一静的工夫……"

"况且什么都是百姓受损，什么都是百姓当灾！那一边都随便，快点有一个定局就好……"

"就是这呀，两边可都不成的。往前走是棺材，向后走是坟墓——都一样的！"

莱奋生默默地听着，没有插嘴。人们将他忘掉了。他，看起来是一个矮小的并不出色的男子——全体好像是从帽子和红胡须，还有高过膝盖的毛皮的长靴所造成的一般。然而，倾听着杂乱的农民们的话，莱奋生却从中听出只有他知道的不安的调子来了。"我们要被人打败的……一定……"他即刻想，而且跟着这思想，还生出了别的——实际底的清清楚楚的分明的思想来："至迟明天，应该写信给式泰信斯基，教他将负伤者藏起来，随便那里都可以……暂时之间要躲掉，好像并没有我们一样……还有，应该将卫兵增添……"

"巴克拉诺夫！"他叫副手道，"来这里一下……因为这样……近一些坐下罢。我想，栅门口一个卫兵是不够的，还应该派骑兵的巡察到克理罗夫加去……尤其是夜里……我们已经太不小心了……"

"出了什么事么？……"巴克拉诺夫愕然，"有了什么危险么？还是，什么呢？……"他将那剃光的头向着莱奋生那边，而他的鞑靼人一般的眼梢扬起的细长的眼则很注意地、探索地在凝视。

"战争是，亲爱的朋友，常常有危险的。"莱奋生温和地，然而冷嘲地说，"战争是，我的好友，和在干草小屋里和玛卢沙睡觉是不同的呀……"他忽然喷出有力的愉快的笑来，向巴克拉诺夫的胁肋抓了一下。

"你瞧，这样的滑头……"巴克拉诺夫回答说，捏住莱奋生的手，立刻变了爱闹的、善良的、活泼的青年了。

"不要嚷，不要嚷——没法逃脱的！……"他将莱奋生的手扭在背后，于不知不觉间一直将他推到门口的柱子上，温和地在齿缝里低声说。

"去罢，去罢！——那边玛卢沙在叫你哩……"莱奋生笑道。"喂，放手罢，你这小鬼！……在会场上，这可不行……"

"正因为在会场上，是你的运气，要不然，我简直教你知道……"

"去罢，去罢，那边玛卢沙是……去罢！"

"我想，卫兵一个人不就很够了？"巴克拉诺夫站起身来，一面问。

莱奋生微笑着，目送他的后影。

"你的副手实在是好家伙呵。"一个人说，"既不喝酒，也不抽烟，况且第一是年青呀。大前天到小屋子里来借马轭……我说：'哪，可要喝一杯加了辣料的东西呢？''不，'他说，'我不喝。''如果你要给我吃什么东西，'他说，'就给一点牛乳罢——牛乳，'他说，'那实在是很喜欢的。'后来，他喝了，你知道，就像小孩子一样——在大钵子里加了一小片的面包……一个好小子，不会错的！……"

在群众之中，闪着枪口，渐渐看见袭击队的踪影了。他们照着定刻，亲睦地聚到集会来。最后来的是矿工，谛摩菲·图皤夫走在前面，他是苏羌的高大、强壮的选矿手，现在做了小队长了。他们成了亲密的集团，并不分散，挤进群集里面去。只有木罗式加显着阴郁的脸相，坐在离开一点的壁前的凳子上。

"阿，阿……你也在这里？"见了莱奋生，图皤夫高兴地叫道，仿佛和他多年不见，而在这里相遇是出乎意料之外似的。"在那边，我们的朋友干出什么来了罢？"他将那大的乌黑的手，伸向莱奋生去，一面铜一般沉重地问。

"我们应当教训他，教他一课……给别人看看榜样！"他没有听完莱奋生的说明，便又怒吼起来。

"对这木罗式加，是早该留心的了——丢部队全体的脸。"头戴学生帽，脚穿擦亮长靴，叫作企什的声音甜腻腻的青年插嘴说。

"没有请教你呀！"图皤夫头也不回，打断了话。

那青年受了恨，咬着嘴唇，俨然地又想回嘴，一看见莱奋生的冷嘲的眼光射在自己身上，便躲到群集里去了。

"你看见了这家伙了罢？"小队长阴郁地说，"你为什么留他在这里的呢？人说，他自己就因为偷东西，给专门学校斥退的。"

"不要相信那些风闻。"莱奋生指教地说。

"你们站在外面多么长久呵！……"没法似的摆着手，略勃支从门口叫喊道，好像他万不料因为他，那满生野草的田地竟会聚起那么多的人们来一样。"就开起来，可好呢——同志队长？……还是我们老是缠着，直到公鸡叫呢？……"

六　矿山的人们

因为烟气，屋子里就青苍、闷热了起来。凳子不够了。农夫和袭击队员们夹杂着塞满了通路，挤在门口，就在莱奋生的颈子后面呼吸。

"开手罢，约瑟夫·亚伯拉弥支。"略勃支不满意似的说。他对于自己和队长，都不以为然——所有的事情，到了现在，已经都好像完全无聊而且麻烦了。

木罗式加挤进门口，显着阴郁而狞恶的脸，和图嶓夫并排站下。

莱奋生特地郑重说明，倘若他不以为这案件和农夫，以及袭击队两面有关，倘若队里面没有许多本地人，他是决不使农人们放下工作的。

"照大家判定的办就是了。"他学着农夫的缓慢的调子，沉重地收了梢。他慢慢地坐在凳子上，向后一转，便忽然成了渺小的并不惹眼的人——将集会留在暗地里，使他们自己来议事，他却灯心[35]似的消掉了。

35　现代汉语常用"灯芯"。——编者注

　　起初有许多人同时说话，杂乱无章，不得要领，后来又有人随声附和，集会立刻热闹起来了。好几分钟中，竟不能听清一句话。发言的大抵是农人，袭击队员们只是沉静地默默地在等候。

　　"这也不对，"夏苔一般的白头发，总是不平的遏斯泰菲老头子严峻地大声说，"先前呢，米古拉式加[36] 的时候呢，做出这等事来的小子，是在村子里打着游街示众的。偷的东西挂在颈子上，敲着锅子带着走的！……"他仿佛学校里的校长那样，摇着他干枯了的手指，好像在吓谁。

　　"不要再给我们来讲你的米古拉式加了罢！……"曲背的独只眼的——讲过日本人的那人大声说。他常常想摆手，但地方狭，他因此更加发狠了："你总是你的米古拉式加！……时候过去了哩！……请了请了哩，再也不会回来的了！……"

　　"是米古拉式加也好，不是米古拉式加也好，做出这样的事来，总之是不好的。"——老头子很不屈服，"就是这样种作着，在养活大家的，不过来养偷儿，我们却不必。"

　　"谁说要养偷儿呀？偷儿的帮手是谁也不来做的。说起偷儿来，你倒说不定正养着哩！"独眼的男人隐射着十年前逃到不知那里去了的老头子的儿子，说，"这里是要两样的天秤的！这小伙子，已经战斗了六年，为什么尝了个瓜就不行了？……"

　　"但是，为什么要偷呢？……"一个人诧异地说，"我的上帝，这算什么大不了的事……他只要到我们这里来，我就给他装满一口袋。有有，拿罢——我们又不是喂牲口，给一个好人，有什么不情愿的！……"

　　在农民的声音中并不含有愤懑。多数的人们于这一件事是一致的——旧的规则已经不中用了，必须有什么特别的方法。

36　尼古拉的爱称，这里是指最末的皇帝尼古拉二世。——译者

"还是大家自己来决定罢，和议长一起！"有人大声说，"这一件事，我们没有什么要插嘴的……"

莱奋生从新站起，敲着桌子。

"同志们，还是挨次来说罢。"他镇静地，然而分明地说了，给大家能够听到。"一齐说起来，什么结局也不会有的。但木罗式加在那里呢？……喂，到这里来……"他显了阴沉的脸，接着说，大家的眼睛便都转向传令使所站的地方。

"我可是在这里也看见的……"木罗式加含胡地说。

"去罢，去罢！……"图皤夫推着他。

木罗式加踌躇了。莱奋生向前面走过去，像钳子似的，用那不瞬的视线，钉一般将木罗式加从群集中间拔出了。

传令使不看别人，垂着头走到桌子那边去。他汗出淋漓，他的手在发抖。他觉得自己身上有几百条好奇的视线，想抬起头来，但立刻遇到了生着硬麻一般胡子的刚卡连珂的脸。工兵同情地而且严厉地在看他。木罗式加受不住了，向着窗门那面，就将眼睛凝视着空虚的处所。

"那么，我们就来评议罢。"莱奋生仍像先前一样，非常平静地，然而使一切人们，连在门外的也能够听到地，说，"有谁要说话么？……哪，你，老伯伯，你有什么要说罢？……"

"在这里有什么话好说呢？"遏斯泰菲老头子惶窘着，说，"我们是，不过是，自己一伙里的话呀……"

"事情不很简单么，自己们去决定就是了！"农民们又嚷嚷地叫了起来。

"那么，老伯伯，让我来说罢……"突然间，图皤夫用了按住的力量说。不知道为什么，他看着遏斯泰菲老头子那一面，也将莱奋生错叫作"老伯伯"了。

在图皤夫的声音中，有一种难名的威逼，使大家的头都转到他那面去。他走近桌子，和木罗式加并排站定了，并且用了那大的、苗壮的身子，将莱奋生遮掩起来。

"叫我们自己来决定？……你们担心么?! ……"他挺出胸脯，拖长着热心的怒声说。"那么，就自己来决定罢！……"他忽然俯向木罗式加，将那热烈的眼钉在他上面。"你是我们一伙么，你说，木罗式加？……是矿工？"他紧张着，刻毒地问，"哼，哼，是肮脏的血呀——苏羌的矿石呵！……不愿意做我们的一伙么？胡闹么？丢矿工们的脸么？——好！……"他的声音恰如响亮的硬煤一样，发着沉重的钢一般的声音，落到寂静里去了。

木罗式加白得像布一样，牢牢地凝视着他的眼，心脏是在摇摆，仿佛受了枪弹的打击似的。

"好！……"图皤夫重复说……"去捣乱就是了！……倒要看看你离开了我们，会怎样！……至于我们呢……要赶出这小子去！……"他忽然向着莱奋生简捷地说完话。

"瞧着罢，只不要闹糟了自己！……"袭击队中的一个大声说。

"什么?!"图皤夫凶猛地回问，向前走了一步。

"我的上帝，好了罢……"从角落上发出吃了惊的老人的鼻声来。

莱奋生从后面拉着小队长的袖子。

"图皤夫……图皤夫……"他静静地叫道，"再靠边一点——将人们遮住了……"

图皤夫已经射出了最后的箭，看着队长，惶惑地跄踉着，平静了下来。

"但是，为什么我们总得赶走这呆子的呢？"将那绻发的给太阳晒黑了的头昂在群众上面，刚卡连珂忽然开口说，"我毫不想来给他辩护，因为人是不能没有着落的呀——他做了坏事，况且我是天天和他吵架的……但是他，说起来，是一个能战斗的小子——这总是不该抹杀的。我们是和他经历了乌苏里的战线的，做着前卫部队。他是我们的伙伴——决不做内应，也决不卖大家的……"

"伙伴……"图皤夫悲痛地插嘴说，"那么，你以为我们就不是他的伙伴么？……我们在一个矿洞里开掘……差不多有三个月，我们在一件外套下面睡觉！……现在该死的臭黄鼠狼，"他忽然记起了那甜腻声音的企什来，"却想来教训我们一下了！……"

"我就在说这个，"疑心似的斜瞥着图皤夫那面，刚卡连珂接下去说（他以为那骂詈是对他的了），"将这事就这样简单地拉倒，是不行的。但要立刻驱逐，也不是办法——我们就毁了自己。我的意见是这样的：应该问他自己！……"他于是用手掌沉重地在空中一劈，仿佛要将别的无用的意见从自己的意见分开。

"不错！……问他自己罢！……如果他在懊悔，他该会自己说出来的！……"

图皤夫想挤回原地方去，但在通路的中途站住了，搜查一般地凝视着木罗式加。他却毫无主见地呆看着，只用汗津津的指头在弄小衫的扣子。

"说呀，你在怎么想，说呀！……"

木罗式加用横眼向莱奋生一瞥。

"是的，我这样……"他低声说了起来，但想不出话，沉默了。

"说呀，说呀！"大家像是激励他似的叫喊。

"是的，我这样……干了一下……"他又想不出必要的话来了，便转脸向着略勃支那面……"哪，这些瓜儿……如果我知道这是不对……还是怀了坏心思来做的呢？……我们这里的孩子就是……大家都知道的，我也就这样……并且照图皤夫说，我是将我们的伙伴全体……我实在是，弟兄们！……"骤然之间，他的胸中有什么东西迸裂了，他抓着胸膛，全身挺向前面，从他两眼里，射出了温暖的湿润的光，……"为了伙伴，我可以献出我最末的一滴血来，这样子……这样子，我还丢你们的脸……还是怎样！……"

另外的声音从街上透进了屋子中，——狗在式尼德庚的村庄里叫，姑娘们在唱歌，从牧师那里的邻居传来了整齐的钝声，好像挨磨一样。在渡头，是人们拖声喊着"呵，拉呀！"的声音。

"可是叫我怎样来罚自己呢？……"木罗式加接下去说，悲痛地，但比先前已经更加稳当，也没有那样诚恳了。"只能够立誓……矿工的誓呀……那是不会翻的……我决不干坏事了……"

"但是，如果靠不住呢？"莱奋生很注意地问。

"靠不住……"木罗式加愧在农民们的面前，鞏了脸。

"但是，如果做不到呢？……"

"那时候，怎样都可以……枪毙我……"

"好，要你的命！"图皤夫严紧地说，但在他眼睛里已经毫无怒色，只是亲爱地嘲笑似的在发闪了。

"那么，完了罢！……完了哩！"人们在凳子上嚷着。

"那么，总算这就完了……"农民们高兴这麻烦的集会，不久就完，便说，"一点无聊的事，话倒说了一整年……"

"那么，这样决定罢，还是……？没有别的提议么？……"

"快闭会罢，落地狱的！……"从刚才的紧张忽然变了畅快的心情，袭击队员都嚷了起来，"烦厌透哩……肚子又饿得多么凶——肚肠和肚肠挤得铁紧罗！……"

"不，等一等，"莱奋生举起手来，镇静着、睃着眼睛说。

"这问题，这算完了。这回是别的问题了！……"

"什么呢，又是?！"

"我想，有定下这样决议的必要的……"他向四近看了一转，

"这里简直是没有书记的么!……"他忽而微微地,温和地笑起来了。"企什,到这里来写罢……是这样的决议呵:在军事的闲空的时候,不得追赶街上的狗,却须帮一点农民的忙……"他仿佛自己相信着有谁要帮农民的忙似的,用了含有确信的口气说。

"不呀,那样的事,我们倒一点不想的!"农民中有人说。

莱奋生想,着了!

"嘘……嘘!……"别的农人打断了他,"听罢。叫他们做做罢——手也不会就磨损的!……"

"给略勃支,我们格外帮忙罢……"

"为什么格外?"农民们嚷了起来,"他是怎么的一位大老爷呀?……做议长算得什么,谁都会做的!……"

"闭会,闭会!……没有异议!……写下来罢!……"袭击队员从位置上站起,也不再听队长的说话,囊囊地走出屋子去了。

"唉呀……凡涅!……"一个头发蓬松的、尖鼻子的少年,跑到木罗式加这里来;穿着长靴,开小步拉他往门口走。"我的顶爱的小宝宝,小儿子,拖鼻涕小娃娃……唉呀!……"他灵巧地拉歪了帽子,别一只手拥着木罗式加,走得门口的地板得得地响。

"放手,放手!"传令使推开他,却并不是坏意思。

莱奋生和巴克拉诺夫,开快步从旁边走过了。

"图皤夫这家伙,倒像是强的。"副手亢奋着,口喷唾沫,挥着手说,"使他和刚卡连珂吵起架来,该是有趣的罢!你想,谁赢?……"

莱奋生在想别样的事情,没有听到他的话。潮湿的尘埃,在脚底下觉得软软地。

木罗式加不知什么时候剩在后面了,最后的农夫也赶上了他。他们已经平静地不慌不忙地在谈论——恰如并非从集会,却从工作之后回来的一般。

"那犹太人像个样子。"一个说，大概是指莱奋生了。丘冈上面爬着欢迎的小屋的灯在招人们晚膳。河流在烟雾里喧嚷着几百絮絮叨叨的声音。

"米式加还没有喂哩……"木罗式加逐渐走到平时走惯的处所，便记得起来了。

在马厩里，是觉得了主人的到来，米式加就静静地不平似的嘶着，好像在问"你在那里乱跑呀？"的一般。木罗式加在暗中摸到硬的鬃毛，便将马牵出了马厩。

"瞧哪，多么高兴呀。"马用了那冰冷的鼻子，来乱碰他的头的时候，他推着米式加的头，说，"你光知道装腔，我呢——我却得来收拾。"

七　莱奋生

莱奋生的部队已经什么事也不做，屯田了五星期，所以预备的马匹、辎重，还有从那四近别的部队的破破烂烂的驯良的逃兵们所曾经藏身的大锅之类的财产，就增多起来。人们睡得过度，连站着在做哨兵的时候也睡着了。不安的报告也不能使这庞然大物移一个位置——他是怕了轻率的移动了。新的事实，对于他的这危惧，或则加以证明，或则给以嘲笑。自己的过于慎重，他也自笑了好几回——尤其是在日本军放弃了克理罗夫加，斥候在数百威尔斯忒[37]之间不见敌人只影的事明明白白了的时候。

但除了式泰信斯基之外，却谁也不知道这莱奋生的动摇。部队里面，大抵是谁也不知道莱奋生也会动摇的。他不将自己的思想和感情，分给别一个人，只常常用现成的"是的"和"不是"来应

37　Verst，俄里名，一威尔斯忒计长一千一百七十码。——译者

莱奋生

付。所以，他在一切人们——除掉知道他的真价值的图蟠夫、式泰信斯基、刚卡连珂那些人之外的一切人们，就见得是特别正确一流的人物。一切袭击队员，尤其是什么都想学队长、连表面的样子也在模仿的年青的巴克拉诺夫，大体是这么想的："我呢，自然，是孽障的人，有许多缺点，例如许多事情，我不懂得自己之中的许多东西，也不能克服。我的家里，有着精细的温和的妻或是新娘，我恋爱她；我吃甘甜的瓜，喝加面包的牛奶，或者又因为要在那里的晚上引诱姑娘们，爱穿刷亮的长靴。然而，莱奋生——他却是全然别样的人。不能疑心他做过这样的事——他懂得一切事，做得都恰如其分。他并不巴克拉诺夫似的去跟姑娘们，也不木罗式加似的去偷瓜。他只知道一件事——工作。因此之故,这样的正确的人,是不得不信赖他、服从他的。"

从莱奋生被推举为队长的时候起,没有人能给他想一个别的位置了——大家都觉得惟有他来指挥部队这件事乃是他的最大的特征。假使莱奋生讲过他那幼时,帮着他的父亲卖旧货,以及他的父亲直到死去在想发财,但一面却怕老鼠,弹着不高明的梵亚林的事,那么,大约谁都以为这只是恰好的笑话的罢。然而,莱奋生决不讲这些事。这并非因为他是隐瞒事物的人,倒是因为他知道大家都以他为特别种类的人物,虽然自己也很明白本身的缺点和别人的缺点,但要率领人们,却觉得只有将他们的缺点指给他们而遮掩了自己的缺点,这才能办的缘故。对于模仿着他自己的事,他也决不愿意略略嘲笑那年青的巴克拉诺夫的。像他那样年纪之际,他也曾模仿过教导他的人们。而且,那时候,在他看来,他们也都见得是正确的人物,恰如现在的他之于巴克拉诺夫一样。到后来,他知道他的教师们并不如此了,然而他对于那些人,仍然非常感激。现在,巴克拉诺夫岂不是不但将他的表面的样子,并且连他先前的生活的经验——斗争、工作、行动的习惯,也都在收为己有么?莱奋生知道这表面的样子,当随年月一同消亡,而由个人底经验所积蓄的这习惯,却会传给新的莱奋生、新的巴克拉诺夫,而这件事也非常重要、非常必要的。

……八月初的一个潮湿的夜半,骑兵的急使驰到部队里来了。这是袭击队各部队的本部长、年老的司荷威·珂夫敦所派遣的。老司荷威·珂夫敦写了信来,说袭击队的主力所集中的亚奴契诺村,被日本军前来袭击;说伊士伏忒加近旁的决死的战斗,苦得快死的有一百多人;说自己也中了九弹,躲在猎人的过冬的小屋里;还说自己的性命恐怕也不会长久了……

败北的风闻以不祥的速度沿着溪谷展了开去。然而,急使尚且追上它，走掉了。于是，各个传令使就直觉了那是自从运动开始以来所派遣的最可怕的急使。人们的动摇又传播到马匹去。毛鬣蓬松的袭击队的马露着牙齿，顺了阴郁的湿的村路，从这村狂奔到那村——泼起着马蹄所激的泥水……

莱奋生遇见急使是夜里十二点半，过了半点钟，牧人美迭里札所率的骑兵小队便越过了克理罗夫加村，循着希霍台·亚理尼的人所不知的鸟道，扇似的向三方面扩张开去，并且将不安的通知送给斯伐庚战斗区的诸部队去了。

莱奋生汇集诸部队送来的零散的报告，已经有四天了。他的脑紧张着，直感地在动作，恰如正在倾听一般。但他却仍像先前，冷静地和人们交谈，眹着那与众不同的碧绿的眼，并且揶揄巴克拉诺夫的跟着"肮脏的玛沙"。有一回，由恐怖而胆子大了起来的企什[38]，问他为什么不讲应付的方法的时候，莱奋生便温和地敲着他的前额，答道："那不是小鸟儿的脑袋所能知道的。"他好像在用那一切样子示给人们，只有他分明地知道这一切何以发生、怎样趋向，其中并无什么异样的可怕的事，而且他莱奋生早已有了适宜的万无一失的救济之策了。但实则他不但并无什么策略，倒像勒令一下子解答那含有许多未知数的许多题目的学生一样，连自己也觉得为难。那不安的急使的一星期之前，袭击队员凯农尼珂夫到一个市镇去了，他还在等候从那地方来的报告。

这人在急使到后的第五天，弄得胡子蓬松、疲乏、饥饿，然而仍旧是出发以前照样的狡黠，红毛——只有这他毫没有改样——回来了。

"市镇统统毁掉了，克拉什理曼是被关在牢里了……"用了打牌上做手脚的人一般的巧妙，从很大的袖子里的一个袋子里取出几

38　企什（Tchish）是"舞羽"的意思，故云。——译者

封书信来，凯农尼珂夫说，还用嘴唇微微地笑着——他是毫没有什么高兴的，然而倘不微笑，他就不能说什么了。"在符拉迭尔罗·亚历山特罗夫斯基和阿里格——有日本的陆战队在……苏羌是全给弄糟了……这事简直像坏烟草！……哪，你也吸罢……"他便向莱奋生递过一枝金头的烟卷来。这"你也吸罢"是说烟卷的呢，还是说"像坏烟草"一样不好的事情的呢，竟有些不能辨别了。

莱奋生望一望信面，于是将一封装进衣袋里，拆开另一封信来——那正证实着凯农尼珂夫的话。在充满着虚张声势的公文式的字里行间，那败北和无力的悲愤却令人觉得过于明白。

"不行么，唔？……"凯农尼珂夫同情地问。

"可以……不算什么……但信是谁写的——绥图赫？"

凯农尼珂夫肯定地点头。

"就像他——他是总要分了部门来写的……"莱奋生用指甲在"第四部：当面的任务"之处的下面抓了一条线，——嗅一嗅烟草。"坏烟草呵，是不是？给我一个火……但大家面前，你不要多话呵……关于陆战队和别的事……给我买了烟管没有呢？"他并不听凯农尼珂夫的为什么不买烟管的说明，又在注视纸上了。

"当面的任务"这一部，是由五个条项所构成的。其中的四条，从莱奋生看来仿佛是呆气的不能实行的事（唉，穆绥不在，真糟，他想，他这时才痛惜克拉什理曼的被捕）。第五条是这样地写着的：

……目下，袭击队指挥者所要求的最重要的事——排除任何的困难也须达成的事——是即使不多，也须保持强固而有规律的战斗单位，他日在那周围……

"叫巴克拉诺夫和经理部长来。"莱奋生迅速地说。

他将信件塞进图囊中，于是在那战斗单位的周围，他日会形成什么呢，他也没有看到底……从许多的任务里，只描出了一件——"最重要的东西"。莱奋生抛掉熄了的烟卷，敲着桌子……"保持战斗单位"……这思想他总是不能消释，以化学铅笔写在便笺上的六个字的形象，留在他的眼前。他机械底地取出第二封信，望着信封，知道是妻子所寄的。"这可以且慢，"他想着，又藏进袋子去，"保持战斗单位……"

经理部长和巴克拉诺夫到来的时候，莱奋生已经知道，他要做的是什么了，——他和在他指挥之下的人们：他们为要保持这部队，作为战斗单位起见，是来做凡有一切的事的。

"我们应该立刻从这里出发。"莱奋生说，"我们的准备，都停当了么？……经理部长的发言……"

"是的，经理部长的发言。"巴克拉诺夫反响似的说，显着仿佛预知了这一切的趋向一般的脸相，收紧了皮带。

"要我——这个，没有办妥的工作，我是不做的。我准备着，什么时候都可以出发……不过那些燕麦又怎么办呢？那是……"于是经理部长将一大串湿的燕麦，破的货包，病的马匹"不能运送燕麦"的事，一句话，就是将表明他全未准备的事，他以为这移动是有损的计划的事的情形，冗长地说了一通。他竭力想不看队长，病底地孪着脸，映着眼睛，而且咳嗽着，这是因为预先确信着自己的失败了的。

莱奋生抓住了他的衣扣，说：

"你说昏话……"

"不，这是真的，约瑟夫·亚伯拉弥支，我想，我们还是驻屯在这里好……"

"驻屯？……这里?!……"莱奋生恰如同情于经理部长之愚似的，摇一摇头。"头上已经就要出白头发了。你说，你究竟在用什么想的，用脑袋还是用卵袋的呀？……"

"我……"

"住口！"莱奋生含着许多意义地抓着他的扣子只一拉。"准备去，要什么时候都能走。懂了没有？……巴克拉诺夫，你监督着罢……"他放掉扣子。"羞人！……你的货包之类，毫没有什么要紧的……小事情！"他的眼睛冷下去了，在他的峻峭的视线之下，经理部长终于也确信了他在着忙的货包之类——真是小事情了。

"是的，自然……那是明明白白的……问题并不在这里……"他喃喃地说，好像倘若队长认为必要，便连自己背着燕麦走路也将赞成的一般，"那有什么烦难呀？还可以立刻的！即使是今天，即使是一转眼……"

"哪，就是呵……"莱奋生笑起来了，"这就是了，就是了，去罢！"他在他的背脊上轻轻一推，"你要给我什么时候都可以……"

"老狐狸，厉害的。"怀着恚怒和感叹，经理部长走出屋子去的时候想。

到傍晚，莱奋生召集了部队评议会和小队长。

他们各执了不同的态度接受莱奋生的报告。图皤夫是拈着浓厚的沉重地拖下着的髭须，默默地坐了一晚上。他分明是和莱奋生同意的。对于出发最为反对的，是第二小队长苦勃拉克。他是这一群中的最旧、最有功劳，而且最不高明的队长，但没有一个帮衬他的人。苦勃拉克是克理罗夫加的本地人，他所主张的，是克理罗夫加的田地，而不是工作的利益，那是谁都知道的。

"盖上盖子罢！得带住了……"牧人美迭里札打断他，"已经是忘掉老婆的裙子的时候了呀，苦勃拉克伯伯！"他照例地因了自己的话而激昂，用拳头敲着桌子，而且他的麻脸上也即刻沁满了汗。"再在这里，人会将你们像小鸡一样——带住而且盖上的！……"

他于是响着胡乱的脚步声，用鞭子敲着椅子，在屋子里走来走去。

"不要这么拼命，朋友，不然立刻会乏的。"莱奋生忠告他，但在心里却佩服着软皮鞭似的紧紧地编成的柔软的身体的激烈的举动。这人连一分钟也不能镇静地坐定，全身是火和动，他的凶猛的眼睛里燃烧着再来战斗的无厌的欲求。

美迭里札将自己的退却的计划立定了。由此看来，显然是他的热烈的头虽对于很大的广漠也并无恐怖，而且未曾失掉了军事上的锐敏。

"对的！……他的头很不错。"巴克拉诺夫感叹起来，但对于美迭里札的独立的思想的过于大胆的飞跃，又略有些歆羡，"前几时还在看马的，再过两年，一定会成为指挥我们的罢……"

"美迭里札么？……呵——阿……是的，是一个脚色呀！"莱奋生也共鸣了，"但是，小心些罢，不要自负……"

然而，利用了各人都以自己为比别人高强，不听别人的话的这热心的论争，莱奋生就将美迭里札的计划用了更单纯、更慎重的自己的计划换了出来。但他做得很巧妙、很隐藏，他的新的提案便当作美迭里札的提案而付了表决，并且为大家所采用了。

在回答市镇和式泰信斯基的书信中，莱奋生通知几天之内就要将部队移到伊罗罕札河的上流希比希村去，而于病院倘没有特别的命令，便还留在那地方。莱奋生是还住在那镇上的时候，就认识了式泰信斯基的。这回是他写给他的第二封告警的信了。

他在深夜里才做完他的工作；洋灯里的油已经点尽了。从敞开的窗间，流来了湿气和烂叶的气味。蟑螂在火炉后面索索作响，隔壁的小屋里有略勃支的打鼾声。莱奋生忽然记起了他妻子的信，便将油添在洋灯里，看了起来。并没有什么新鲜的，高兴的事；仍像先前一样，找不到什么地方做事，能卖的东西已经全部卖掉，现在只好靠着"工人红十字"的款子糊口，孩子们是生着坏血病和贫血症了。而且，每一行里，无不流露着对于他的无限的关切。莱奋生沉思地理着胡子，动手来写回信。开初，他是不愿意将头钻进和这方面的生活相连结的思想里去的，但他的心情渐被牵引过去，他的脸渐渐缓和。他用难认的小字写了两张纸，而其中的许多话是谁也不能想到，莱奋生竟会知道着这样的言语的。

于是，欠伸了疲倦的手脚，他到后院去了。马厩里面，马在踏蹄，啮着新鲜的草。守夜的卫兵紧抱着枪，睡在天幕下。莱奋生想："倘若别的哨兵们也这样地睡着，可怎么呢？……"他站了一会，好容易克服了自己的渴睡的心情，将一匹雄马从马厩里牵出。他加了马具，那卫兵仍旧没有醒。"瞧罢，这狗养的。"莱奋生想。他注意地拿了他的帽子，藏在干草里，便跳上鞍桥，去查卫兵去了。

他沿着灌木丛子，到了栅门口。

"谁在这里？"哨兵粗暴地问，响着枪闩。

"伙伴……"

"莱奋生？……为什么在夜里走动的？"

"巡察员来了没有？"

"十五分钟前来过了一个。"

"没有新消息么？"

"现下是都平稳的……有烟草么？……"

莱奋生分给他一点满洲尔加，于是涉了河的浅滩，到了田野。

半瞎的月亮照临着，苍白的、满是露水的丛莽显在昏暗中。浅河的每一个涟波碰着砾石，都在分明地发响。前面的丘冈上，跳动着四个骑马的人。莱奋生转向丛莽那边去，躲了起来。声音逐渐近来了。莱奋生看清了两个人，是巡察。

"等一等。"一个一面说，一面勒马向路上去。马欸着鼻子，向旁边跳了起来。有一匹感到了莱奋生跨着的雄马,轻轻地嘶鸣了。

"不是吓了我们么?"前面的一个用了激动的勇壮的声音说,"忒儿儿儿,……畜生!……"

"同你们在一起的是谁呀?"莱奋生将马靠近去,一面问。

"阿梭庚的斥候呵……日本军已在马理耶诺夫加出现了……"

"在马理耶诺夫加?"莱奋生出了惊,说,"那么,阿梭庚和他的部队在那里呢?"

"在克理罗夫加。"斥候的一个说,"我们是退却了的……这战斗打得很凶恶,我们不能支持了。现在是派来和你这面来连络的。明天我们要退到高丽人的农场去了……"他沉重地俯向鞍上,恰如他自己的言语的厉害的重担压着了他一般,"都成了灰了。我们给打死了四十个。一夏天里,这样的损害,我们是一回也未曾有过的。"

"你早就离开克理罗夫加了么?"莱奋生问,"回转罢,我和你一同去……"

到了太阳快出的时候,他衰惫、瘦削,带着充血的眼和因为不眠而沉重的头回到队里来了。

和阿梭庚的会面,决定底地证明了莱奋生所下的决心——销声匿迹,从速离开这里的决心之正当。不特此也,阿梭庚的部队的样子还将这事显得很分明:所有连系[39]都在朽烂了,宛如锈的钉子和锈的铁箍的桶,却遭了强有力的大斧的一击。人们不听指挥者的话,无目的地在后园徘徊,而且许多人还喝得烂醉。有一个人特别留在莱奋生的心里:一个绻发的瘦削的人坐在路旁的广场上,用浑浊的眼睛凝视着地面,在盲目底的绝望中向灰白的朝雾一弹一弹地放枪。

一回来,莱奋生便将自己的信发出,给与[40]受信人。但他已经

---

39 现代汉语常用"联系"。——编者注
40 现代汉语常用"给予"。——编者注

决定于明晚离开这村庄，却没有给一个人知道。

八　对头

开了可纪念的农民集会的第二天，莱奋生就在寄给式泰信斯基的第一封信里提议将野战病院也渐次加以整理，以减自己的危惧，且免他日过分的烦难。医生将信看了好几遍，于是他就格外频频眨眼；在他的黄脸上，颚骨也见得更加崚嶒起来，大家也就不知怎地成了不愉快的阴郁的心情了。恰如从干枯的两手所拿的小小的灰色信封中爬出了不安的莱奋生的惊愕，咻咻作响，将每一片叶、每一个人的心里所存在的平安和静谧全都赶走了似的。

……不知道为什么，晴朗的天气忽然变化，太阳和雨轮流出现。满洲的黑枫树也比别的一切都早觉得临近的秋气，悲哀地歌唱起来了。老了的黑嘴的啄木鸟以异常的急促啄着树皮。毕加则感到乡愁成了坏脾气。他终日在泰茄中彷徨、疲乏，还是照旧的不满，走了回来。来缝纫呢，线就乱下；下棋呢，总是输的。而且在他，有宛如用干草来吸了腐败的池水一般的感觉。然而，人们已经分散回到各各 [41] 的村子去了——整理起没有兴头的兵丁的包裹来，悲哀地微笑着，各各分手。"姊妹"是一面还检查一回绷带，一面和"小兄弟"们接吻，作最后之别。于是，他们就将草鞋浸在苔藓里，向不知边际的远方，向泥泞里走去了……

华理亚在最后送了跛子的行。

"再会，小兄弟，"吻着他的嘴唇，她说，"你看，上帝是爱你的——赐给了这样的好天气！不要忘记我们这可怜人罢……"

"上帝，那是在那里的呀？"跛子微微一笑，"上帝是没有的……

41　现代汉语常用"各个"。——编者注

不，不，见鬼！……"他想像平时一样添上愉快的笑话去，但突然脸肉发跳，挥一挥手，回过头去，阴森森响着饭盒，一蹩一蹩从小路上走掉了。

负伤者之中现在剩下的，就只有弗洛罗夫和美谛克，还有虽然一向什么病痛也没有，然而不愿出去的毕加。美谛克穿了托"姊妹"缝好的沙格林皮的袄子，用枕头和毕加的睡衣垫着背脊，半坐在行榻上。他的头上已经不扎绷带，他的头发长了起来，卷成带深黄色的轮子，颧颧上的伤疤使他全脸见得更加诚实和年老了。

"你也好起来了；你也就要去的罢……""姊妹"凄凉地说。

"但我到那里去呢？"他含胡地问，自己也有些吃了惊。这问题是刚才烧起来的，于是生了模胡的，然而已经相识的表象——在这里，毫不能觉得什么的欢欣。美谛克皱了眉。"我是没有什么可去的地方的。"他莽撞地说。

"瞧罢！……"华理亚愕然说，"到部队去，到莱奋生那里去。你会骑马么？——到我们的骑兵队去……不要紧，一学就会的……"她和他并坐在行榻上，拿了他的手。美谛克没有转过脸去，但凝视着小屋的上面。而迟迟早早，总得走出这里去的一个思想——他现在好像用不着的这思想，就苦得恰如毒草之在舌上了。

"不要怕哪！"仿佛她也明白他似的，华理亚说。"这么漂亮、年青，却胆小……你胆子小呵。"她亲爱地重复说，并且悄悄地环顾了周围，在他额上接吻了。在她的爱抚中，觉得总有些似乎母亲的爱抚。"在夏勒图巴那里，虽然那样子，但我们这里却不要紧……"她没有说完话，忽然附着他的耳朵，说道："在那边的，都是乡下人，但我们这边，大概是矿工呵——好家伙——和你们马上会要好的……你常常到我这里来罢……"

"但木罗式加，……他会怎么说呢？"

"那么，照片上的那人，会怎么说呢？"她笑着回答，同时将身子离开美谛克，因为弗洛罗夫转过头来了。

"……我是连想到她的事也早已忘掉了……我将照片撕碎了。"他说了之后，又慌忙加上去道，"那一回没有看见纸片么？……那就是的。"

"那么，木罗式加就更没有什么了——他一定是已经惯了的。他自己也在游荡……你用不着担什么心的——要紧的是常常来看我。不要给什么人赶上前……冲上去。不要怕我们那些小子们，那只是看看好像凶狠——将手指放进嘴里去，便会咬断的一般。但并不坏到这样——不过样子罢了。你只要自己先露出牙齿来……"

"你就也露出牙齿来的么？"

"我是女人，我恐怕全用不着这样的——我恐怕就用爱来制胜。不过在你们男子汉，不这样可不行……只是怕你做不到。"她沉思地加添说。于是，又弯身向他低语道："也许，我的爱你，就为此……这我可不知道了……"

"这是真的，我一点也不勇敢，"到了后来，美谛克将两手托在头后面，用不动的眼睛看着天空，想，"但我就真的做不到么？总得来做一做才是，如果别人是做得到的……"他的思想里，这时已经没有悲哀或凄凉孤独的感觉了。他已经能够从旁来看事物，用别种眼光来看事物了。这的来由，是因为他的病有了一种转变，伤是好得快了，身体也苗壮、健康起来了的缘故。（但这也许是由于地土[42]，因为土是在发酒精和马蚁气味的；或者也许是由于华理亚，因为她有柔和的、烟色的眼睛，又总是用了善良的爱之心来说话，而且极愿意信任她的。）

"……实在，我有什么悲观的必要呢？"美谛克想，这时候，他

42　现代汉语常用"土地"。——编者注

就觉得好像并无悲观的什么原因了。"应该现在就好好地站起来：不要赶不上谁……对谁都赶不上，是不行的……她的话一些不错。在这里是别样的人们：所以，我也应该变过……我来改罢。"他对于华理亚，对于她的话，对于她的善良的爱之心，几乎觉得是儿子一般的感谢，一面用了未曾有的决心，想，"……这么一来，一切便会从新改变下去的罢……待到我回到镇上去的时候，谁都将另眼相看的罢——我是一个全然别样的人了……"

他的思想远远地弯向旁边——未来的光明的日子去了，所以那些也就轻淡地，仿佛在泰茄的空地上所见的柔软的蔷薇色云一般，自行消褪[43]。他想，在窗户洞开的柔软的客车中摇晃着，和华理亚两个人回市镇去，窗外面是渐远渐淡的群峰和那一样的柔软的蔷薇色云，浮漾空中的罢。而他们两人是紧偎着坐在窗际，华理亚说给他温言，他抚摩着她的头发，而她的绻发，则金光灿烂，将如白昼似的……华理亚在他的幻想里，也毫不像煤矿第一号的曲背的抽水女工了，因为美谛克所想象，是并非现实所有，而只是他所但愿如此的。

……过了几天，从部队又送到了第二封信——送信来的是木罗式加。他捣了一场大乱子，疾风似的从林中冲出，大声嚷着，使马用后脚站起，说些辨别不清的话。他这么闹，就为了精力的过多，并且——不过为了开玩笑。

"你干什么呀，你这恶鬼，"受惊的毕加用了唱歌似的叱责声，说，"这里是有一个人要死了，"他将头歪向弗洛罗夫那面，"你却在嚷嚷……"

"阿呀，阿呀……绥拉菲谟爹爹！"木罗式加向他作礼，"给你致敬！……"

43　现代汉语常用"消退"。——编者注

"我并不是你的老子，况且我的名字是菲菲陀尔呀……"毕加恼怒了，他近几时常常发怒，那时候，他就见得是一个可笑的、可怜的人了。

"那有什么相干呢？菲陀舍，不要那么生气罢。那么生气，头要秃的呵……阿呀，给太太请安！"木罗式加除下帽子，套在毕加的头上，向华理亚鞠躬，"真好，菲陀舍，帽子和你很合式[44]。不过你裤子再拉高一点罢，要不然拖了下来简直像吓鸦草人一样——很不像智识阶级哩！"

"什么——我们非立刻卷起钓竿来不可么？"拆着信封，式泰信斯基问。"停一会，到营屋里来取回信罢。"他对于从他肩上望得颈子快要拔断了的哈尔兼珂遮掩着书信，一面说。

华理亚在和丈夫的会见中，这时才觉到了奇妙的关系的不像样子，弄着围身布站在木罗式加的面前。

"为什么长久不来的？"最后，用了好像做作出来的镇定，她问。

"你一定在等得太久了罢？"他觉到了她那不可解的客套，嘲笑地回问道。"不，不要紧，这回可要高兴了——到林子里去罢……"他沉默了一息，讥讽地加添道，"去吃苦……"

"你的事，就只有那一件的。"她不看他，想着美谛克，不在意地回答。

"那么，你呢？……"木罗式加弄着鞭子，像在等候。

"我并不是头一回了。我们并不是外人……"

"那么，我们去么？……"他注视不移地说。

她解下围身布，将绺发披在肩上，用那不稳当的不自然的脚步从小路上走掉了，并且竭力不向美谛克这面看。她知道他在用了可怜的惶惑的眼光相送，而且即使到了后来，也不会了解她是只在尽

无聊的义务的。

她在等候木罗式加从背后来抱住她然而他并不走近。他们保着一定的距离，这样默默地走了许多时。她到底忍不住了，站了下来，怀着惊愕和期待向他看。他走近来了，但是并没有来拥抱。

"在玩什么把戏呀，姑娘……"他忽然用了沙声，一字一字地说，"你已经入了迷了呢，还是怎样？"

"在说什么呀？审问么？"她抬起头来，凝视着他——反抗底地而且大声地。

木罗式加是早就知道她正如处女时代的行为一样，当他外出的时候也在轻浮的。他从那结婚生活的第一天，喝得烂醉了的他早晨从地板上的人堆里醒来，看见他那"青年的""合法底的"妻和煤矿第四号的选矿手的红毛的该拉希谟抱着睡觉的时候起，便知道这事的了。然而——在后来的生活中，也和那时候一样——他对于这事却完全取着冷淡的态度。其实，他是从来没有尝过一回真的家庭生活，他本身也决不觉得自己是结了婚的人的。但美谛克那样的汉子能做他妻子的情人，在他却以为是非常的侮辱。

"究竟迷了谁呢，这倒愿意知道知道的呵？"他注视了她的眼光，用随便的平静的嘲笑，格外客气地问，因为他不愿意露出自己的忿恨来，"恐怕是那个小花娘的儿子罢？"

"是那个小花娘的儿子便怎样……"

"对了，小子倒不坏——有点儿漂亮，"木罗式加补足说，"有味的罢。应该给小子缝一块手帕，好擦擦小鼻子。"

"倘若要用，会给缝、会给擦的……我给他擦呵！懂了没有？"她紧对着脸，兴奋了，便很快地说，"可是你到底是狠什么呀？你发狠，那就怎样呢？三年里面弄不出一个孩子来——只有嘴巴会说得响亮……不中用的东西……"

"妍的汉子有一个分队了,叫我怎么来和你生孩子——恐怕连赶忙张开腿来也来不及罢……不要对我这么发吼了!"他怒喝着,"要不然……"

"要不然,又怎样?……"她挑衅似的说,"莫非要打么?……来试试罢,我倒要看看你……"

他举起鞭子,愕然地,好像受了意外的思想的启示,但随即又将手垂下了。

"不,我不打你……"他含胡地、遗憾地说,似乎还在疑惑是否真不妨来打她。"打也不要紧,但我可不愿意打娘儿们。"他的声音里含着她所未尝听过的调子了,"哪,还是一同过活去罢,走你自己的路。会做太太也说不定的……"他骤然回转身,向小屋那面走去了——一面走,一面用鞭子敲落着草的花。

"喂,等一等!……"她忽然充满了少有的同情,叫了起来。"凡涅!……"

"我是不要公子哥儿的吃剩东西的。"他激烈地说,"将我的给他去用就是了……"

她踌躇了——在他后面追上去了呢,还怎样——没有追上去。她等着,直到他转了弯,不见了——于是舐着干燥的嘴唇,缓缓地在后面走。

一看见从密林里回来得有这么快的木罗式加(传令使是大摆着两手,沉重地、愤怒地动着身子走了去了),美谛克便——凭着似乎毫无什么实据,然而绝不容一点疑问的那意识下的确信——知道木罗式加和华理亚之间的"没有事",而那原因则是他美谛克了。一种不安宁的高兴和说不出的犯罪感,在他里面无端蠢动起来。于是,一遇到木罗式加的毁灭一切似的眼光,就开始觉得有些可怕了。

行榻的近旁,木罗式加的粗毛的马在吃草,索索有声;看去好像传令使在弄马,而实际上,却由一个暗的刚愎的力将他引到美谛克这里来了。然而,充满着受了创伤的自负和侮蔑的木罗式加是连对自己也隐瞒着这事的。他每一步,美谛克的犯罪感便生长起来,高兴消了下去。他用胆怯的、退缩的眼看定了木罗式加,不能将眼从那里离开。传令使抓起了马缰。马用鼻子推开他,恰如故意似的,推得和美谛克对面了。于是,美谛克突然受了因为愤怒而沉重、昏浊的冷的眼光,几乎不能喘气。这短促的瞬间,他觉得自己是大受压迫,非常肮脏,至于动着嘴唇,开始要说了,却并没有话——他没有话说。

"你们坐在后方的这里呀,这色鬼们,"不愿意来听美谛克的无声的说明,木罗式加只照了自己的模胡的思想,带着愤慨说,"穿上了什么沙格林皮的袄子哩……"他觉得他的愤怒,美谛克也许以为是因嫉妒而来的,那就是一件憾事。但他自己却也没有意识到真的缘故,只是滔滔地、不干净地骂了出来。

"骂什么呀?"美谛克满脸通红,回问道。自从木罗式加破口骂詈之后,不知什么缘故,他倒觉得轻松一些了。"我是腿给砍坏了的,并不是在战线后面……"他显着带怒的颤抖和热烈说。这瞬间,他就自己觉得仿佛两腿真被砍伤,而穿沙格林皮的袄子者大概不是他,倒是木罗式加似的了。"便是我们,也知道在战线上的人们里有怎样的人的。"于是,他更加脸红,添上去道:"便是我也要对你说,倘使我没有受过你的帮助……不幸的是……"

"嗳哈……恼了么?"木罗式加像先前一样,不听他的话,也不想了解他的义气,几乎要跳起来,叫喊道。"忘了我将你从火里救了出来了么? ……我们是将你似的家伙带在自己的头上走着的呀! ……"他大声嚷——恰如每天将负伤者像栗子一般在"从火里"带出来那样。"我们的头上呀! ……你们是坐在我们的那里的,要好好地记住！……"他说着，还用了无限的粗野拍着自己的后项。

式泰信斯基和哈尔兼珂从小屋里跳出来了。弗洛罗夫带着病底的惊愕，转过了脸来。

"你们为什么在嚷嚷的？"用了令人惊怕的速度，眯着一只眼，式泰信斯基问道。

"我的良心在那里么？"木罗式加回答着美谛克所问的良心在那里的话，叫喊说，"我的良心藏在裤裆里呀！……这里是我的良心——这里，这里！"他暴怒得说不出话来，装着猥亵的姿势。

从泰茄中，从不同的两侧，"姊妹"和毕加都高声叫着跑了过来。木罗式加只一跳便上了马，仍如他在非常愤激之际的举动一样，用力加上一鞭去。米式加便用后脚一站，仿佛受了火伤似的，跳向旁边了。

"等一等。拿了信去！……木罗式加！……"式泰信斯基惶惑着叫道。但木罗式加已经不在了，只从喧嚣的森林里传来了渐渐远去的风狂[45]的蹄声。

九　第一步

……道路如有波浪的无穷的带向他流过，垂下的树枝拂着木罗式加的脸，而他，则满怀着愤怒和恚恨和复仇，策了发狂一般的马奔驰前去。和美谛克的愚蠢的斗口的每个要素，一个比别个更加强有力地接连在他热了的脑里发生——但虽然如此，木罗式加却还觉得对于这样的人，自己的侮辱的表现还没有尽致。

他也能够使美谛克记得起来，例如：在那大麦田里，他怎样地用了撇不开的手，抓住了他；在他那疯狂了似的眼中，怎样地旋转

45　现代汉语常用"疯狂"。——编者注

着对于自己的小性命的卑贱的恐怖。他也能够将美谛克对于那绻发的小姐之爱——那照片恐怕还在他洋服的帖近心胸的袋子里的小姐之爱，刻毒地嘲笑一通，并且用了最讨厌的名称来称呼那有点漂亮的小姐……他到这里，便想起美谛克既然和他的妻"弄成一起"，对于那有点漂亮的小姐，就早已毫不感到什么侮辱了。于是，制服了敌人的胜利之感便即消亡，木罗式加又觉到了自己的无可奈何的患恨。

……为了主人的不公道受了很大的气苦的米式加一直跑到觉得流涎的唇间，马嚼子已经放缓——那时候，它就放慢了脚步，而且一知道不再听到新的叱咤声了，便用了只在表面上见得迅速的步调前行，正如感着侮辱而不失自己的威严的人类一样。它连椋雀的声音也毫不介意——今晚那鸟儿太多叫，然而照例只是并无意义地叫，它以为比平常更琐碎、更呆气了。

泰茄以黄昏的白桦为尽头，疏朗起来；太阳穿过了树干的鳞隙来扑人面。这里是舒适、澄明、爽快——和那像椋雀的人类的琐碎是绝不相同的。木罗式加的激怒淡下去了。他已经说给，以及将要说给美谛克的侮辱的言语，早失却了那复仇本身的辉煌的毛羽，显现在他面前的只是堕落的精光的可怜相——只见得是好像胡乱张扬的，并无意思的东西。他已经后悔和美谛克吵架——没有给自己"保住招牌"到底了。他这时觉得华理亚这人，还是像他先前所料一样，对于他，总决不是一个好女人，也知道了将决不再回到她那里去。华理亚者，还是他"和大家一样地"过活，凡事都看得单纯、明朗时候，将他连在煤矿的生活上的最为亲密的人，现在和她分离，使他经验了一种感情，好像他生活中的这大而长的时期已经收场，而新的生活却还未开始一样。

太阳向木罗式加的帽子的遮阳下面窥探进来——像冷冷的、不瞬的眼睛一般，还挂在山顶上，而周围的原野则已是不安地杳无人踪了。

他看了些在还未收割的田地上的没有收拾的大麦束，忙得忘掉在堆积上的女人的围身布，将头钻在路边的铁扒。歪斜的干草堆上是悲哀地、茫然无主地停着乌鸦，一声不响。但这些一切，都在他的意识上滑过了，毫无关系。木罗式加是吹起了记忆上的极旧极旧、积叠起来了的尘埃，并且明白了这是完全没有乐趣的、没有欢欣的被诅咒的重担。他觉得自己是被弃的、孤独的人了。他好像飘过了广大的无主的荒原，而可怕的空虚却只是更来增长他的孤独。

因了忽地从丘冈后面奔腾出来的惊惶的马蹄声，他就定了神。没有抬头的工夫，他面前已经竖着跨在大眼睛的会捣乱的马上的、体面的、身上紧束皮带的矮小的巡察——马吃了意外的人影子的吓，用后脚站了起来。

"阿呵，你这该得诅咒的雌马！……"巡察一面从半途中接取那为了冲突而落了下来的帽子，一面骂，"木罗式加，可是？快跑回去，快跑！那边已经是糟透了……"

"怎么了呀？"

"是的，那边跑来了逃兵，在吹很大的牛屄呵，很大的牛屄哩——日本人来了呀，什么什么呀！……农人们从田里跑了来，女人们是叫喊……都将货车拉到渡头去了，市场到人家倒是一片污秽。管渡人几乎给打死了，去了来，来了去，不能将大家都渡过去——将大家！……但是，我们的格里式加跑了十二威尔斯武去一看——什么日本人那些，连影子也没有——都是胡说八道，就是造无聊的谣呀。本该枪毙他的——如果不可惜子弹，真是！……"巡察喷着唾沫，挥着鞭子，将帽子忽脱忽戴，一面乱整着绻头发，好像除了自己在讲的一切之外还想说道："喂，瞧罢，朋友，姑娘们是多么喜欢我呵。"

木罗式加记得起来，这青年是两个月前偷了他的洋铁的热水杯，后来却主张这是"从欧战时候"就有了的。热水杯是已经不可惜了，但这回忆却立刻——较之满心是别的事，木罗式加并不在听的巡察的话还要迅速地——将他推上了部队生活的平常的轨道。急使，凯农尼珂夫的到来，阿梭庚的退却，传遍部队的风闻，这些一切，就洗掉了往日的黑的渣滓，成为不安的波涛，扑向他来了。

"你唠叨些什么——逃兵？"他打断巡察的话。那人吃了一惊，扬起眉毛，拿着刚刚除下又正要去戴的帽子，动也不能动了。"你单会出风头，混帐小子！"木罗式加轻蔑地说。他愤怒着，将缰绳一拉，几分钟后，就到了过渡的处所了。

膝髁上生一个大疮，缚着一只裤脚的多毛的管渡人，将装得满满的渡船前推后推，已经完全疲惫。但这一岸上，还拥挤着许多人。渡船将要到岸，人们、口袋、手推车、哭喊的婴孩，以及摇篮的巨大的雪崩便直挤向那上面去——人们各要首先上船，大家就挤、叫、轧、掉。管渡人想维持秩序，叫破了喉咙，然而没有效验。得了和逃兵亲口交谈的机会的狮子鼻的女人——为从速回家的志愿和将自己的新闻告诉别人的志愿之间不能解决的矛盾所苦恼——三回赶不上渡船，背后拖一个装着喂猪的芜菁叶子的比她自己还大的口袋，刚在"上帝呀，上帝呵"的呼天，却又说起话来了——说是再等第四回的摆渡罢。

木罗式加遇到了这骚扰，照老脾气，是很想（"开开玩笑地"）将人们更加吓唬一通的，但不知为什么竟转了念头，一跳下马，便去安抚大家了。

"你在这里讲什么日本人呀，那都是谎人的。"他去打断那模样已经发了痴的女人的话："她还对你们说，他们'放瓦——斯'……

什么瓦斯? 大概是高丽人在烧干草罢咧, 她就当作瓦——斯了……"

农民们便忘掉了那女人, 都来围住他——他骤然觉得自己是伟大的、有责任的人了。而且, 连对于这自己的特别的职务, 以及按下了自己要去"吓人"的意思的事, 也感到高兴, ——他反驳、嘲笑着逃兵的胡说, 一直到最后跑来的人都完全走散。待到下一次的渡船到岸的时候, 已没有先前那样混乱了。木罗式加自己去指点马车挨次上船, 农民们后悔着从田地里回来得太快了, 就恨恨地骂马。连拖着口袋的狮子鼻女人也终于载上了谁的货车, 坐在两个马头和大大的农夫的屁股之间了。

木罗式加从阑干上弯身下去, 看见船间走着两个水泡的圈——这一个圈, 没有追上别一个——被自然的秩序, 使他记起了他自己现在怎样地组织了农民们的事来。这回忆, 是很愉快的。

他在村子的栅门口遇见了巡察的轮班——那是五个人, 属于图皤夫的小队里的。他们用了笑声和好意的骂詈来欢迎他。为什么呢? 因为他们是常常喜欢会见他的, 但并无什么可说的话——也因为他们都是健康的、苗壮的家伙, 而暮天又复凉快、清爽了。

"折断脖子折断腿! ……"木罗式加作别, 羡慕地目送着他们。他愿意和他们, 以及他们的笑声和骂声在一起——充了巡察, 和他们一同在这凉快、清爽的暮天里驰驱。

和袭击队的会见使木罗式加记起他离开病院时没有带回式泰信斯基的信, 并且也许要因此受罚的事来。他几乎要被赶出部队的那集会的情形, 便突然历史底地在眼前出现, 而且有东西来刺了他的心。木罗式加到这时候, 这才觉得这一件事, 在他是这一月里最为重要的事——较之病院里所发生的事, 也重要得很远的。

"米赫留忒加,"他对马说, 抓住它的鬐甲, "我是什么事都不高兴干了……"米式加将头一摇, 喷着鼻子。

木罗式加一面向本部走,一面下了坚固的决心——一切都不管,只去请给自己解除了传令使的义务,放他回小队伙伴的地方去。

在本部的大门口,巴克拉诺夫正在审逃兵——他们都被解除了武装,在监视之下。巴克拉诺夫坐在一级阶沿上,在写下名姓来。

"伊凡·菲立摩诺夫……"一个人竭力伸长颈子,用了哀诉的声音吞吞吐吐地说。

"什么?……"巴克拉诺夫像莱奋生平时的举动一样,将全身转过来向着他,吓人地问。(巴克拉诺夫的意思,以为莱奋生这样做是为了加重自己的发问的斤两的,但其实,莱奋生之所以如此,却因为颈子上曾经受过伤,不这样便往往转不过去的缘故。)

"菲立摩诺夫?……父称呢!……"

"莱奋生在那里呀?"木罗式加问了。回答是向门昂一昂头。他整好头发,走进小屋去。

莱奋生在屋角上办事,没有看到他。木罗式加踌躇着弄着鞭子。在木罗式加的意中,本也是像在队里的一切人们一样,以为队长是极正的人物的。然而,生活的经验却将并无正人的事教给了他,于是他努力使自己相信,莱奋生倒正相反——是一个最大的坏人,无论什么都"要掩饰的汉子"。但虽然如此,他也相信队长是"从头到底,无不看透"的,所以几乎瞒他不得,因此来托事情的时候,木罗式加总经验到一种奇怪的心虚。

"你总是老鼠一样将脑袋钻在书本里,"他终于说,"我是没有差池地送了信回来了。"

"没有回信么?"

"没——有……"

"好罢。"莱奋生将地图推开,站了起来。

"听哪,莱奋生……"木罗式加开头了,"有事情托你哩……如果肯听——就做永久的朋友，真的……"

"永久的朋友？"莱奋生微笑着回问道，"那么，托什么事，说出来罢。"

"给我回小队去罢……"

"为什么忽然要回小队去了？"

"说起来话长呀——总之，我是厌透了。真的……简直好像我并不是袭击队，倒是……"木罗式加将手一摆，蹙了脸，仿佛怕说话不慎，弄坏了事情似的。

"那么，谁做传令使呢？"

"教遏菲谟加能够担当，就好。"木罗式加逼紧说，"呵，那小子，一说到马，我告诉你罢，是好到在旧军队里受过赏的！"

"你说是做永久的朋友罢？"用了恰如这事有着特别的意义似的调子，莱奋生再问道。

"不要开玩笑了罢，你这鬼东西！……"木罗式加熬不住，说出来了，"来和你商量事情，你却在发笑……"

"不要这么气恼罢，气恼是坏身体的呵……对图皤夫说去，教送遏菲谟加来，并且你……去你的就是了。"

"这正是朋友了呀，这正是朋友了！……"木罗式加高兴得叫了起来，"莱奋生……tvoju matj……这真好透了！……"他向头上去硬扯下帽子来，摔在地板上。

"呆子……"

木罗式加到得小队的时候，天已经暗了。他在小屋里遇见了大约二十个人。图皤夫骑在凳子上，在小灯的灯光下弄"那干"[46]。

"嗳哈，坏种……"他用低音在胡子下面说。看见木罗式加手里的包裹，他吃了一惊："你怎么又带行李回来了？莫非革掉了么？"

---

46 手枪的一种。——译者

"完了！"木罗式加叫道，"开缺！……连酬劳也没有就滚出来了……教遏菲谟加准备罢——队长的命令……"

"那么，是承你的情推荐了我的罢？"生着疮的瘦削的总在不平的青年，那遏菲谟加冷嘲地问。

"去罢，去罢——去就知道。……总之，遏菲谟·绥密诺微支，就是贺你高升呀！……你应该请我们喝一杯……"

为了再在伙伴队里了的欢喜，木罗式加是遍开玩笑、揶揄，抓那管事的女人在小屋里跳来跳去，终于碰了小队长，将擦枪油和手枪的一切机件一同翻倒了。

"你这废物，锈轴子！……"图嶓夫骂着，在他的背上就是一掌，打得这样有力，木罗式加的头几乎要从身上脱落了。

这虽然很痛，但木罗式加却并不生气，倒爱听图嶓夫用了谁也不懂的自己的言语和表现的骂詈——他承认在这里是一切应当如此的。

"是的……正是时候了，已经是这时候了……"图嶓夫说，"你回到我们这里来，很好。要不然，会全学坏了的——像那不用的螺丝钉一般锈掉，大家都为了你丢脸……"

大家为着别的原因，赞成着这是好事情——因为许多人们，对于木罗式加，凡为图嶓夫所讨厌的处所，倒是喜欢的。

木罗式加竭力要不记起到病院去的时候的事来。他极怕有人来问他道："那么，你的女人怎样了呢？……"

于是，他和大家一同走到小屋那边去给马匹喝水……岸上的林中，猫头鹰在叫，钝钝地，并不吓人；水上的雾里，是点染着马头，帖耳伸颈，一声不响，——在岸上，则乌黑的丛莽，将身隐在芬芳的冷雾中。"唉，这才是生活哩……"木罗式加想着，和气地喊了马。

在屋子里，是修鞍、擦枪；图皤夫高声读那矿工寄来的信，并且一面就寝，一面为了"回到谛摩菲的怀里来了的纪念"，将木罗式加添任了守夜的哨兵。

一整夜里，木罗式加觉得自己是真正的兵士，而且是好的、有用的人了。

夜间，图皤夫在肋下觉到了重重的冲撞，醒过来了。

"什么事？什么事？……"他惊问着坐起，还不及在暗淡的灯光中睁眼，就有远远的枪声，接着是第二响，与其说是他听到，倒是觉得了……

卧床旁边站着木罗式加，在叫喊：

"快起来！听到对岸有枪声哩！……"

疏疏的凄凉的枪声隔着颇有规则的间隔，一枪一枪地接续着。

"叫大家起来，"图皤夫命令道，"立刻到所有小屋去……赶快！……"

几秒钟后，完全整好武装，他跳在后院里了。展开着无风的寒冷的天空，银河的迷蒙的穷途上，星在慌张地走。从干草小屋的昏暗的洞里陆续跑出袭击队员的纷乱的形姿来——且骂，且走，且系弹匣带，拉出了马匹。从栖枝上，鸡发狂地叫，掉了下去；马是倔强，嘶鸣。

"拿枪！……上马！"图皤夫指挥着，"密忒加·绥涅！……跑到小屋去，叫起大家来……赶快！……"

炸药的火花咻咻地响着，和烟一同从本部的广场上飞向空中了。睡了的妇女由窗口伸出脸来，又即缩了回去。

"动手哩……"有谁用了带些发抖的低声，说。

从本部跑来的遏菲谟加，在门口叫道：

纷乱

　　"警报！……大家全副武装到集合地去！……"他在门上迅速地勒转马嘴，还喊些什么知不清的话，跑掉了。

　　派去的人回来的时候，才知道小队的大部分，并没有宿在营里——傍晚出外去散步，睡在姑娘们那里了罢。惶惑了的图嚧夫决不定还是单将聚集了的人们出发好呢，还是自己到本部去探明出了什么事情好。他就一面骂着上帝和教士，一面派人到各方面一个一个的去搜索。传令使带了"全小队立刻集合起来"的命令已经来了两次了，但他还不能将人们召集，只如被捕的野兽一般在院子里跑来跑去。绝望之余，几乎要用弹子打进自己的额角去，而且实在，倘使他没有常常觉着自己的重大的责任，恐怕也打了进去了。这一夜，许多人们就都吃了他毫不饶放的拳头。

疲乏了的犬吠声送在后面，小队终于跑向本部去了——发狂的马蹄的铁声充满着为恐怖所压的街道。

图嶓夫看见全部队都在广场上，很吃了一惊。大路上排列着移动的准备已经妥当的辎重，许多人下了马，坐在马旁边在吸烟。他用眼去寻莱奋生的小小的身材——他站在照着炬火的粗木材旁，镇静地和美迭里札在谈话。

"你怎么会这么迟的？"巴克拉诺夫对他发话了，"还在说'我们……矿工……'哩。"他已经有些着忙，要不然，大约是决不会向图嶓夫来说这样的话的。

小队长单是摇手。

他最为怅恨的是意识着这年青人巴克拉诺夫，现在正有用一切言语来斥骂他的十足的权利，而且虽是这斥骂，对于他图嶓夫之罪，也还未能算是十足的惩罚。况且巴克拉诺夫又触着他最痛之处了：在他自己的心的深处，图嶓夫是以为惟有矿工这名目，乃是在这地上人类所能有的最尊的名目。现在他确信了惟有他的小队却正将他自己，将苏羌的矿工们，而且将全世界的一切矿工们辱没了，至少直到第七代。

象心纵意的骂过之后，巴克拉诺夫就去叫回巡察去了。图嶓夫由五个从河边回来的自己的兵士口中才知道并无什么敌人。他们是奉了莱奋生的命令，"毫无目标，向空中"开了枪。他这时便明白了莱奋生是要试一试部队的战斗准备。但这队长的试验不能给他满足，为了他不能来做别人的模范了的这种意识，他更加觉得狂躁了。

这样地各小队整列起来举行点呼的时候，就知道了虽然如此，却还是缺少许多人，而散失得最多的则是苦勃拉克的队里。苦勃拉克自己也因为日间去和家族作别，酒还没有醒。他屡次向着自己的小队演说道："怎么能尊敬自己这样的废料，猪一般的东西呢？"并且哭起来了。于是，全部队就都看见苦勃拉克醉着。只有莱奋生却装作没有觉得，因为倘不然，便须将苦勃拉克撤换，然而又没有可以替他的人。

莱奋生检查过队伍，回到中央，举起一只手。手冷冷地、严厉地在空中停了几秒时。在只波动着神秘的夜的声息中，便发生了一种寂静。

"同志们！……"莱奋生开口了，他的声音是低的，但在各人却听得很分明，恰如自己的心脏的鼓动一样，"我们从这里出发……到那里去——现在用不着说明。日本军的势力固然没有看得它太大的必要，然而还是有我们不如隐藏起来，到时机的来到为妙的那么大小的。这并不是我们完全走出危险之外了的意思，并不的。危险是常常挂在我们上面的。一切袭击队员都应该明白这件事。我们没有辱没我们的袭击队之名么？……在今天，是不能说没有辱没的。我们是女孩儿似的散乱了！……倘若真的是日本军到来了，会怎样？……他们就会将我们杀了个干净，好像小鸡！……是多么的耻辱呵！……"莱奋生忽然屈身向了前方，而他的结末的话则如放开的涡卷钢条一样，顿时弹了过来。于是，一切人们便忽然被其围住，觉得自己就像给不可捉摸的铁的手指在暗中扼杀的小鸡一般了。

连什么都不懂得的苦勃拉克，也仿佛有着确信似的说道：

"不错……都不错的……"他将四角的头转到旁边去，用大声打起呃逆来。

图皤夫是一秒一秒的在等候莱奋生来这样说："例如图皤夫——

他今天就是事情完了的时候才到的。但我的属望于他，岂不比对谁都还大的么——是耻辱呵！……"然而，莱奋生却谁的姓名都没有提起。他总是不多说话的，但他恰如敲那又钝又强的钉，以作永久之用的人一般，就只执拗地敲着一个处所。只是为了要查明他的话，达到了那本人之处没有，他便看着图繙夫那边，突然这样说：

"图繙夫的小队跟着辎重去……因为他们是很敏捷的……"于是，他在马镫上站起，将鞭一挥，发号令道："立——正！……从右三列走动……开步走！……"

马嚼子一齐发响了，马鞍相轧有声，而且恰如海底的大鱼一般摇荡着。紧密的人列在深夜里游向那从古老的希霍台·亚理尼山巅之后，升起古老的，然而永是新鲜的曙光之处去了。

第二部

一　在部队里的美谛克

式泰信斯基从为了粮食跑到野战病院里来的经理部长的助手那里才知道了出发的事。

"是刁钻的脚色——这莱奋生。"助手将苍白色的驼背晒着太阳说，"倘若没有他，我们怕都完了罢……你想想看——到野战病院去的路，谁也不知道，所以来攻击我们的时候，我们领了全部队到了这里了！想一想罢，我们是怎么的……况且在这里，是粮食呀，粮秣呀，都已经准备得停停当当。真会想……"助手感叹着，摇摇头。但式泰信斯基却觉得他在称赞莱奋生，与其说为了他真是"刁钻的脚色"，倒是因为将自己所没有的性质归之别人，于助手自己反而觉得舒服的。

这一天，美谛克第一次能够站起来了。他支着臂膊，走向草地去。在脚下感着惊人的愉快的有弹力的短草，他无端地欢笑。后来躺在行榻上，也许因为疲劳了，或者是为了这大地的欢欣的感觉，心脏高声地跳个不停。两脚还为了衰弱在发抖，而快活的好像马蚁在爬一般的痒觉，却穿透了全身。

美谛克散步时，弗洛罗夫羡慕似的向他望，于是美谛克就总不能克服了仿佛对他不起的感情。弗洛罗夫已经病得很久，久到将周围的人们的同情都汲尽了。在他们的不能省的爱护和挂念中，他听到了"你究竟什么时候才死呢？"这一个永是存在的疑问。然而，他不愿意死。对于"生"的他的执迷的这分明的盲目，就像墓石一样，将大家压着了。

直到美谛克留居病院的最后的一天，他和华理亚之间，就继续着奇妙的关系。这好像一种游戏，那对手希望着什么是彼此都明白的，然而又彼此害怕着对手，谁也不敢跨出大胆的、决定底的一步去。

在她那结识了许多男人，多到在记忆里，他们的眼睛的颜色、头发的颜色，或者连姓名也分不清了的辛苦而很难忍受的一生中，华理亚对谁也从来不能说出"可念的、可爱的人"的话过。美谛克是她有对他来说这话的权利，而且也要说这话的最初的男人。在她，是只有他——只有这样美，这样温和的男人——才能够使她那为母的热情得到平静，她以为正因为这缘故，所以爱了他的。（但其实，这确信是在她爱了美谛克之后才在她里面发生出来的，而她的不孕性和她的个人底的希望也有着独立的生理底原因。）在不安的沉默中，她每天呼唤他，每天不倦地贪婪地寻求他——将他从人们之中领出，将自己的迟暮的爱来献给他罢……但不知道为什么，她竟没有决计直白地来说出。

美谛克虽然也以那刚刚成熟的青春的热和空想希望着一样的事，然而他竭力回避着和她两个的牵连——或者招毕加和自己在一处，或者诉说着自己的不舒服。因为从来没有接近过女人，他胆怯了。他也想到，自己竟不能像别人一样么，于是十分羞。他偶然也战胜了这胆怯，然而这回是愤怒的木罗式加的形相——他挥着鞭子从泰茄中走了出来的形相，涌现于他的眼前。于是，美谛克便经验到锐利的恐怖和对他还未报答之恩的意识的混合起来的东西了。

在这游戏中，他消瘦而成为长条子了。但直到最后的瞬息间，他终于没有克服那胆怯。他和毕加一同——简直好像对于外人似的——向大家作了勉勉强强的别，走掉了。华理亚在小路那里追上了他们。

"来，连作别也不好好地作么？"她因为飞跑和感奋，红着脸说，"在那边，不知怎地我难为情起来了……这样的事倒向来没有过，什么难为情。"她说着，就照矿山里的年青姑娘们谁都做的那样，将镂花的烟盒好像做坏事似的塞在他的手中。

她的感奋和这赠品和她很不相称。美谛克可怜她了，而当毕加的眼前，又觉得抱愧。他微微地一碰她的嘴唇，她用了烟一般的最后的眼向他看，于是她的嘴唇牵歪了。

"来看我，不要忘记罢！……"当他们为森林所隐蔽时，她大声叫道。待到知道了并无回答，便倒在草上哭起来了。

在道上，从深的回忆得了解放的美谛克时时觉得自己已是真的袭击队员。为了晒太阳，竟还卷起了衣袖——这在他，以为当和那大可记念的"姊妹"交谈之后，他所开始了的新生活是十分紧要的。

伊罗罕札的河口已被日本军和高尔察克军所占领。毕加是骇怕[1]、焦躁，一路诉说着想象出来的痛苦。美谛克竟无法使他同意，避出村子，绕道从山谷前行。他们遂只好顺爬过山，沿着人所不知的山羊的小路走。到第二夜，他们从多石的峭壁拼死命降向河流那面去。美谛克还没有觉得自己的脚的健壮。几乎到早晨，他们才摸到了高丽人的农场。两人贪馋地吸了没有盐的刁弥沙。一看见乏透了的可怜的毕加的模样，美谛克总不得不记起曾经使他心醉的坐在幽静的苇荡旁边的那闲静的、爽朗的老人的形相来。毕加就好像用了自己的压碎了似的神情，在映发没有休息和救援的这寂寞的不安和空洞。

他们于是在疏疏落落的田庄里走。在这里，没有一个听到关于日本军队的人。部队经过了这里没有呢？——对于这询问，他们是向河上指点，打听新闻，请喝蜜的克跋斯[2]，姑娘们则窥看美谛克。

1　现代汉语常用"害怕"。——编者注
2　Kvass，一种饮料（现译"格瓦斯"）。——译者是收获时期已经开始了。道路隐没在密丛丛的沉重的麦穗里；一到早晨，空的蛛网上便停着露水，在空气里是充满着秋前的像在申诉一般的蜂鸣。

他们到得希比希已是傍晚了。村庄站在多树的丘冈的向阳之处，从相反的一面射过西下的夕照来。看见在倒败的、生菌的祈祷所旁，有一群帽上满缀红布的快活、喧嚷的青年们在玩九柱戏。一个穿着高背的农人长靴的，生着三角的尖劈一般的红胡子的，好像童话插画上的侏儒那样的小男人，刚将柱子抛完，却出丑地全部失败了。嘲弄的笑声是那酬答。这小男人也没法地微笑，但好像并不介意，倒也一样地非常高兴似的。

"那是他，莱奋生。"毕加说。

"那里？"

"哪，那边，那好个红胡子的……"毕加就抛下正在惊诧的美谛克，用了恶魔似的敏捷奔向小男人那边去了。

"喂，大家，瞧罢——毕加！……"

"唔，是毕加哩……"

"爬来了么，这秃头鬼！……"

青年们放下游戏，围住了老人。美谛克立在一旁，决不定走过去好呢，还是等到叫他好。

"和你同来的是谁呀？"莱奋生终于问。

"从病院里来的一个人——很好的青年……"

"那是木罗式加带了来的负伤者呵。"有知道美谛克的插口说。美谛克听得在说他了，便走近大家去。

原来九柱戏那么不行的小男人，却有着大的敏捷的眼——那眼钉住了美谛克，将他翻一个转面，恰如检查其中的一切似的，就这样地过了几秒时。

"到你的部队里来的，"美谛克因为忘记了放下袖子，红着脸，一面说，"先前是在夏勒图巴那里的……到受伤为止。"他添上一句，想增些重量。

"从什么时候起，到夏勒图巴那里去的？……"

"从六月的，唔，的中旬……"

莱奋生又射过他那试探的、检查的眼光来，问道：

"能放枪么？"

"能的……"美谛克含胡地回答。

"遏菲谟加……拿一枝马枪来……"

去取马枪之间，美谛克觉得有几十只好奇的眼睛，从各方面将他钉住。他将这无言的缠绕，开始当作敌意了。

"那么……打什么好呢？"莱奋生用了眼向四近搜寻。

"打十字架！"有人高兴地提议。

"不，打十字架，那不必……遏菲谟加，拿九柱戏的柱子去竖起来，是的，那边，在那里……"

美谛克拿了枪，因为惊惶，几乎要闭上了眼睛（这惊惶的笼罩他，并非因为要打靶，却是为了他觉得大家好像都在希望他失败的缘故）。

"将左手再靠近些——那么，就容易了。"有人忠告道。

表示出分明的同情的这话很帮助了美谛克，他一扳机头，于是枪在音响中发射了——那时他不能不闭一闭眼——但他还能够分辨那站着的柱子已经飞开。

"好……"莱奋生笑了，"养过马没有呢？"

"没有。"美谛克用了在这样的成功之后，即使担当了别人的罪孽也不要紧那样的心情自白说。

"这可惜。"莱奋生说。人看见，他是真在可惜的。"巴克拉诺夫，将'求契哈'牵给他罢。"他狡猾地睞着眼，"好好地养去，是温和的马呵。怎么养法，小队长会教的……我们将他编到那一个小队里去呢？"

"据我想来，还是苦勃拉克那里——他那里正缺着人。"巴克拉诺夫说，"和毕加一起罢。"

"也好……"莱奋生同意了，"那么你去就是了……"

……向"求契哈"的最初的一瞥，逼得美谛克非将自己的成功和因此发生的孩子一般自以为荣的希望全都忘却不可了。她是一匹善于流泪的、瘦弱的、污白色而且有着洼脊梁和大肚子的温和的马，先前为农民或别人所有，一生中连耕了许多兑削契那[3]的地面。还不但这些哩，最坏事的是她怀着胎。她的奇特的名字，适合到恰如上帝的祝福，正适合于没有牙齿的老婆婆一般。

"这给我，唔？……"美谛克低声地问。

"这马看相不很好，"苦勃拉克拍着她的屁股说，"蹄子有点缺劲——不知道为了粮食，还是为了有些生病的意思……但骑着走是可以的……"他将盖着带白色的针的四方形的头转向美谛克这一面，用了愚钝的确信重复说道："骑着走是可以的……"

"这里没有另外的马么？"美谛克一面对于"求契哈"和骑着她也可以走路的事突然感到要命的憎恶，一面便反对了。

苦勃拉克并不回答这话，但无聊地、单调地开始讲起为了养护这脱毛的牝马的无数的危险和疾病，早晨、日中、晚上的该做的事来。

"一从行军回来不要即刻将鞍子除下，"小队长教导他说，"给她立一会，等她有些凉。一将鞍子除下，就给她擦背——用手掌或是干草，还有，上鞍之前也得擦的……"

美谛克嘴唇发着抖，只凝视着马匹之上的地方，却并没有听。

3　地积名，1 Dessiatina 约中国三千五百步。——译者

他的勇敢的袭击队员的心情恰如小碟子里的水一般，全都干涸了。他自己觉得只因为开初就要轻贱他，所以特地分给他这样伤了蹄子的丢脸的牝马。这时候，美谛克是从他非开始不可的那新的生活的观点在看一切自己的行为的。现在带了这样讨厌的马，那新的生活之类就好像无从说起——此时的他，恐怕谁都以为不再是完全两样了的、强有力的有自信的人物，他也还是先前的可笑的美谛克，连好马也不能交给他的了。

"除此之外，这马舌头还在发炎……"小队长并不管美谛克怎样地在受辱，这话可能进他耳朵去，只是坚决地说，"这是应该用矾来医治的，但不幸这里没有矾。我们在用鸡粪医治着这病——这也是很有效验的方子。用破布包起来，在加上嚼子去之前裹在嚼子的周围的——真灵得很……"

"我是小孩子还是什么呢？"美谛克不去听小队长的话，自己想，"不，我到莱奋生那里去，说我不高兴骑这样的马罢……替别人受苦的义务，我是丝毫也没有的。（在他，是要自以为好像在做谁的牺牲，这才舒服的。）不，我要统统直白地说出来，给他不至于误会……"

但小队长一说完，马匹安全交给美谛克之手的时候，他才后悔他没有听取小队长的讲解了。"求契哈"低着头，在动她懒懒的白色的嘴唇。美谛克省悟了她的全生命，现在就在他手里。然而，他不知道怎样处置这单纯的马的生命，却仍如先前一般；他连拴好这温和的牝马也做不到——她就在暗中将头伸到别个的干草去，使别的马和守夜人发恨，并且在马厩里往来。

"遭瘟的，那个新家伙在那里呀？……怎么连自己的马也不拴好的？……"有人在小屋里大叫，于是听到发怒的鞭声："滚，滚，昏蛋！守夜人！——带了马去呀，滚她娘的……"

美谛克因为奔跑和内部的热浑身流汗，头里充满着最恶毒的骂罾，时时碰着有刺的树丛，在黑暗的、睡了的街道上行走，要寻出本部来。有一处，他几乎撞进散步的一群里面去——嘶嗄的手风琴在绞出"萨拉妥夫斯卡耶"的曲子，烟卷在烧，剑和拍车在响，姑娘们在发尖声，而大地则因发疯似的跳舞而在颤抖。美谛克怕向他们问路，绕开了。倘没有一个人的形相从路角那边向着他出现，他也许会走一整夜的罢。

"同志！本部在那里呀？"美谛克走近去，一面说，并且知道了那是木罗式加。"阿阿，晚安……"他惴惴地，羞惭地说。

木罗式加发了一种含胡的声音，就在惶惑中站住……

"到第二个后院，往右。"他终于不想别的事，回答说。于是，两眼异样地发着闪，并不回顾，从旁边走过了……

"木罗式加……是的……他在这里……"美谛克想。他就恰如先前一样，突然觉得自己是孤独环绕着各种的危险——木罗式加呀，暗的不熟识的街道呀，不知怎么调理的温和的马呀。

走到本部时，他的决心已经完全无力。他已经不知道来干什么，不知道做什么好，说什么好了。

大约二十个袭击队员，躺在空虚的，平野一般广大的后院中央所烧的篝火的周围。莱奋生是高丽式地曲着腿，为生烟发响的火焰所魅惑，就坐在火的直近旁。这使美谛克更加想起童话里的侏儒来了。美谛克走近去，站在那后边。谁也没有向他这面看。袭击队员们顺次讲着淫亵的故事，其中是一定夹着奇怪的教士、淫乱的教士的妻，还有轻步地上，因了教士之妻的温婉的心情，巧妙地欺骗教士的勇敢的青年的。从美谛克看来，他们的讲着这些事，并非因为这真可笑，倒因为此外无可讲，而且他们的笑也只是为了义务。然而，莱奋生却总是注意倾听，大声地，好像真是出于本心地哄笑。当大家要他也来讲述的时候，他就也讲了几件可笑的事情。他在聚集于此的人们里是最有教养的人，所以他所讲的也就成了最好的、最淫亵的故事。但看起来，莱奋生却毫不顾忌，用了滑稽的平静模样开谈，并且淫亵的句子，仿佛别人的话一般滔滔而出，和他全不相干似的。

一看见他，美谛克便自然而然地自己也想去讲一讲——他是以这样的事为可耻的，并且竭力装着超然于这些之上的样子，但其实却爱听这一类话。然而，他害怕倘若他在火旁坐下，大家就会诧异地对他看，他觉得那是最不愉快的。

他于是没有加入，走掉了——心里怀着对于自己的不如意；对于一切人们，尤其是莱奋生的怨恨的心情。"哼，不要紧，"他愤恚地闭着嘴唇想，"无论如何，我不来伺候那马的；要死，死掉就是。看他说什么罢；我不怕的……"

从此他真不再留心到马匹上去了，只在练习和喝水时候牵出她去。如果他在注意较深的指导者那里，他是一定要立刻遭打的。然而，苦勃拉克对于自己的小队的情形并无兴致，就只听其自然。"求契哈"是遍身疮疖，饿着、渴着走，只偶然受些别人的照应，而美谛克则被大家所憎恶，以为是"傲慢、懒惰的人"。

全小队中，只有两个人和他有些亲密——那是毕加和企什。但他和他们交际决不是因为他们合了他的意，乃是因为谁也不和他相往来的缘故。企什是竭力想博他的欢心，自己来寻他的。趁着美谛克为了没有擦过的枪和小队长吵闹之后，独自躺在天篷下面惘惘然凝视着篷顶的瞬间，企什便用了逍遥的脚步走近他来，这样说了：

"您在生气么？……呸，算了罢！这样的一个胡涂的没有学识的东西，用不着当真的。"

"我也并不生气。"美谛克叹了一声说。

"那么，无聊？倘是这，那又是一回事。倘是这，我也知道……"

企什坐在拆掉了的车子的前段上，照平常那样子伸开了抹得很浓的长靴。"唔，其实是，我也无聊的——因为在这里，智识分子真少。恐怕只有莱奋生，然而他也是……"企什将手一挥，含蓄地望着自己的脚。

"他也是——怎样呢？……"美谛克因为好奇心，追问道。

"唔，然而他也是没有什么了不得的学问的人呵，单是狡猾罢了。就在想将我们当作踏脚，来挣自己的地位。您不这样想么？"企什哀伤地微笑起来。"自然，您总以为他是很有勇气，很有才能的队长罢。"——他用了特别郑重的发音说出"队长"这两字来。"哼，岂有此理！——那都是我们自己幻想的！我告诉您……就拿我们的开拔的具体底的事情来看罢——我们不用一直地冲锋去打败敌人，却钻进这肮脏的窟窿里来了。自然，您早知道，那是因为高明的战略底观点！在那边，我们的同志们正在死掉也说不定，而我们却在这里——是为了战略底观点哩……"企什不自觉地从轮子上拔出木闩来，又惋惜地将这塞进原先的处所去。

美谛克并不相信莱奋生是真像企什所形容出来那样的人，但听他的话是有趣的——他久没有听到这样有教养的谈吐了，并且不知道为什么，他相信其中也有几分的真实。

"真是这样的么？"他站起来说，"在我，却原以为他是好像极其出色的人物的。"

"出色的人物?！"企什讨厌了，他的声音失掉了平常的甜腻的调子，其中并且响着现今自己的优越的意识，"这是怎样的误解！……只要看他挑选的是怎样的人就是了！……那个巴克拉诺夫是什么东西呀？一个胡涂虫！……自己以为了不得，但小子是怎样的副手呢？莫非寻不出别的人了么？自然，我是生病、负伤的人——我受了七粒子弹和空气的撞伤——我是不耐烦做那样麻烦的工作的，然而无论如何，我总该不会比小子还要坏——这无须夸口来说……"

"恐怕他没有知道你是懂得军事的罢？"

"呸，会不知道！谁都知道的，您去问问看。自然，大家是因为嫉妒，要说坏话的，然而这是事实！……"

美谛克渐渐有了元气，也开讲些自己的心情。他们在一处周旋了一天。这样的几次谈天之后，不知怎地，他有些反对企什了，然而他不能离开他。长久不见的时候，他竟会自己去寻觅。企什又教给他逃脱守夜和烧饭的事。凡这些，是早已失去那新鲜的魅力，只成着无聊的义务的了。

从那时候起，部队的沸腾一般的生活就从美谛克的旁边走过了。他没有看见部队的机构的弹簧，没有感到正在做着的一切事情的必要。在这样的隔绝中，对于新的大胆的生活的他的幻想，就消失下去了——虽然他学会了回嘴，不怕人；晒惯了太阳，习惯了穿著[4]在外观上也和别的人不相上下。

二　开始

木罗式加遇见了美谛克，自己也以为奇的，是先前的怨恨和愤怒都不再觉得了。所剩下的，只是这样的有害的人何以又在路上出现的这一种疑心，以及他木罗式加对他应该愤慨的一种无意识底的确信。但是，这邂逅也还是将他打动，使他要将这事即刻和谁去谈谈。

"刚才在横街上走，"他对图皤夫说，"刚要转弯，跑到我的鼻子尖前来了——那个夏勒图巴的小伙子呵，我带来的那个，记得么？"

"这怎样？"

4　现代汉语常用"穿着"。——编者注

"不，没有什么了不得的事……他问说：'到本部去该怎么走呢？……''到后边的，'我说，'第二个后院，往右……'"

"那又怎么了呢？"图嶓夫在这里面毫不能发见奇特之处，以为还有后文，便试探地问。

"不，遇见了就是了！……这还不够么？"木罗式加含着不可解的愤怒回答说。

他忽然凄凉起来，不再愿意和人们说话。原想到晚上的集会里去的，但却钻进了干草小屋子，然而不能睡。不愉快的回忆成了沉重的担子，向他上面压来。在他，仿佛觉得美谛克是为了要使他从一种正当的方向脱出，所以特地在路上出现似的。

第二日，他好容易才按住那再遇见美谛克的希望，什么地方也静不下——彷徨了一整天。

"我们为什么连事情也没有，却老坐在这里的？"他怅恨地去对小队长说，"要为了无聊烂掉的呵……他究竟在那里想些甚呀，我们的莱奋生？……"

"就在想要怎么办才能使木罗式加开心呵。说是因为只是坐着想，所有的裤子都破完了。"

图嶓夫竟并不体察复杂的木罗式加的心情。得不到帮助的木罗式加便在不祥的忧郁中跑来跑去，知道他俩不能有强烈的工作来散一散闷，那可就要浸在酒里了。他从有生以来，这才第一次和自己的欲望战斗。然而，他的力量是孱弱的，但有一偶然的事故将他从没落里救出了。

钻在偏僻处所的莱奋生和别的部队的联络几乎统统失掉了。有时能够到手的报告，描给他看的是瓦解和苦痛的腐蚀这两种可怕的图像。死的铁靴毫无慈悲地蹂躏着马蚁群，而疯狂了的马蚁则或者因为绝望即投身靴下，或者成了混乱的群，逃向不能知的彼方，徒为自己本身的酸所腐蚀。不安的乌拉辛斯克的风是送来了烟一般的血腥。

莱奋生沿着多年绝了人迹的无人知道的泰茄的小径，和铁路作了连络。他又得到报告，知道载着枪械和衣服的军用货车就要到来。铁路工人约定了来详细通知日子和时刻。莱奋生知道，部队是迟迟早早总要被发见的，而没有弹药和防寒衣，要在泰茄里过冬是不可能的，于是决定了实行最初的袭击。刚卡连珂赶紧放好急性佬[5]。浓雾之夜，悄悄地绕出了敌阵，图皤夫的小队突然在铁路线边出现了。

……刚卡连珂将接着邮件车的货车截断，客车并无损坏。在爆发的声响中，在炸药的烟气中，破坏了的铁轨跳上空中，于是抖着落在斜坡下面了。急性佬的闩子上系着的一条绳缠住了电线，挂着，后来使许多人绞尽了脑浆，想知道谁为了什么和什么缘故将这东西挂在这地方。

当骑兵斥候在四近侦察之间，图皤夫带了满满地载着物件的马匹藏在斯伐庚的森林的田庄里，一到夜就逃出叫作"面颊"的山谷去了。几天之后，到了希比希，一个人也不缺。

"喂，巴克拉诺夫，可就要动手哩……"莱奋生说。但在他的起伏的视线里，却辨不出他是在开玩笑呢，还是在说真话来。就在这一天，他只留下些可以带走的马，将外套、弹药、长刀、硬面包都分给各人，仅剩了驮马能够运送的这一点。

到乌苏里的乌拉辛斯克山溪已经都被敌军占领。新的兵力集中于伊罗罕札河口，日本军的斥候在各处侦察，常常和莱奋生的巡察冲突起来。到八月底，日本军开始前进了。他们从这田庄进向那田庄，一步一步都安排稳妥，侧面布置着绵密的警备，伴着长久的停止，慢慢地进行。在他们的动作的铁一般固执之中，虽然慢，却

5　地雷的绰号。——译者

可以感到有自信的、有计算的，然而同时是盲目底的力量。

莱奋生的斥候显着杀伐的眼回来了，但他们的报告是互相矛盾的。

"这究竟是怎么的！"莱奋生冷冷地回问，"昨天说他们是在梭罗孟那耶的，今朝却在摩那庚了——那么，他们是在后退么？……"

"那我……我不知道，"斥候呐呐[6]地说，"也许前哨在梭罗孟那耶罢……"

"那么，在摩那庚的，不是前哨，却是本队。你怎么知道的呢？"

"农人们说的……"

"又是农人们！……人怎样命令你的呀？"

斥候于是捏造了些胡说八道的事情，说明他何以不能深入。但其实，他是给女人们的饶舌吓住了，离敌十威尔斯忒，就坐在丛莽里吸着烟卷，在等候可以回去了的时候。"你自己拱出一回鼻子去罢。"他一面眛着眼，用鬼鬼祟祟的农夫眼色斜瞥着莱奋生，一面想。

"你应该自己去走一趟了，"莱奋生对巴克拉诺夫说，"否则，在这里我们会给人家扑杀，像苍蝇一般。这些家伙是没法可想的。你带了谁，在太阳未出之前就动身罢。"

"带谁去呢？"巴克拉诺夫问。他内心虽然汹涌着剧烈的战斗底的欢欣，但硬装着认真的深思远虑模样——他也如莱奋生一样，是以为必须将自己的真感情遮掩起来的。

"你自己挑选罢……那个苦勃拉克那里的新来的也可以——是叫作美谛克的罢？又可以顺便看看那是怎样的青年。人们说他好像不行，但是他们弄错的也说不定……"

做斥候去是美谛克的无上的机会。他在部队中的短短的生活之间已经存贮了非常之多的尚未成就的工作、不会完结的约束和未

6　现代汉语常用"讷讷"。——编者注

曾实现的希望，而于那每一事，则连本可成就的事也至于失掉那价值和意义了。而且，综合起来，这些责任和懒惰压在他身上，是沉重而且苦痛，使他不能从这被囚的、无意思的狭窄的环境中逃出，现在他觉得，仿佛仗这勇敢的一击便可以冲破了。

他们在未明之前出发。泰茄的尖顶上已经闪着微红，山脚下的村中送来了第二遍的公鸡叫。四周是寒冷、昏暗，还有些阴森。这境遇的异常、危险的预感、成功的希望，凡这些，在两人里面，激起了一种战斗底的心情；各种另外的情感全不重要了。在身体中——是血液生波、筋肉见韧，而空气则冰冷地，竟至于显得好像在钻刺、在发声。

"阿呀，你的马满生着疥癣哩。"巴克拉诺夫说，"没有照管么？那是不行的……一定是苦勃拉克模模胡胡，没有教给你怎么理值罢？"一个知道如何养马的人会毫无良心，一直弄到这模样，巴克拉诺夫是连梦里也想不到的："没有教罢，唔？"

"我怎么说呢？……"美谛克窘急起来，"就全般说，他是不很肯照应的。可是听谁好呢，也不知道。"他愧对自己的谎话，在鞍桥上缩着身子，一瞥巴克拉诺夫。

"谁都可以，你只要好好地问就是了。在那里明白这等事情的人很多。他们里面尽有着好小子……"

美谛克也几乎翻掉了据为己有的企什的意见，巴克拉诺夫有些中他的意了。他胖得圆圆的，缀住了似的坐在鞍上。他的眼褐色而锐敏，将一切事物在动荡中抓住，而在这瞬息间也已经将要点从不关紧要的事物中析出，发出实践底的结论来：

"喂，朋友，我先前就在看你的鞍子为什么宽滑了的！你将后面的肚带收得很紧，前面的却拖着，不反一反是不行的。好，给你来系过罢……"

美谛克还没有明白是怎么一回事，巴克拉诺夫已经跳下马，在鞍子那里动手收拾了。

"哪……你的鞍鞯也打着皱哩……下来罢，下来罢，要把马糟蹋了。给你从头弄好罢。"

数威尔斯忒之后，美谛克就确信起来，巴克拉诺夫比他良好而且能干得远，不但这一点，巴克拉诺夫也是非常强壮而且勇敢的人，因此他美谛克应该服从他，毫无二话。巴克拉诺夫这一面，则不挟一些先入之见以接近美谛克去，虽然接着也觉得自己的优越，但还是竭力要凭着没有羼杂的观察来定他的真价值，一面看作同等的脚色和他去谈天：

"谁绍介你来的呢？"

"原没有谁，是自己跑来的，虽然给我证明书的是急进派……"

美谛克记起了式泰信斯基的奇特的举动，就想将保送他的团体的意义，设法弄得含胡些。

"急进派？……你不该和他们往来的——和这些臭小子……"

"但我是不管这些的……只因为有两三个高中学校的同学在那里，我就也……"

"你在高中学校卒了业么？"巴克拉诺夫截住话。

"唔？是的，卒了业的……"

"那很好。我也进过职业学校，学旋盘工，但没有卒业，因为上学太晚了。"恰如分辩似的，他说，"后来我在造船厂做工，直到兄弟长大……这之间，这回的乱子就闹起来了……"

暂时缄默之后，他沉思似的拖长了调子说：

"是的……高中学校……孩子时候，我也很想进去的，但怎么能……"

美谛克的话好像在他心里唤起许多无用的回忆来了。美谛克用了突然的热心开始来说明巴克拉诺夫的不进高中学校并不算坏事情，倒是好。他在无意中想使巴克拉诺夫相信自己虽然无教育，却是怎样一个善良、能干的人。但巴克拉诺夫却不能在自己的无教育之中看见这样的价值，美谛克的更加复杂的判断也就全然不能为他所领会了。他们之间，于是并不发生心心相印的交谈。两人策了马，在长久的沉默中开快步前进。

路上时时遇见斥候，但他们仍然说谎，像先前一样。巴克拉诺夫只是摇头。他们在离梭罗孟那耶的小村三威尔斯忕的田庄里下了马，步行前去。太阳已经西倾，农妇们的杂色的头巾点缀着疲倦了的田野。从肥大的禾堆上，则静静地躺下浓厚的、柔软的影子来。巴克拉诺夫向着迎面遇见的马车，问在梭罗孟那耶可有日本兵没有。

"听人说，早上来了五个人，现在却又没听说了……但愿能够给我们收起麦子来——他们先在地狱里……"

美谛克的心狂跳起来了，但他并不觉得恐怖。

"那么，他们是真在摩那庚了。"巴克拉诺夫说，"来的那些一定是斥候。总之，去罢……"

他们被忧愁的犬吠声所迎接，进了村中。在竖起一束缚在竿上的干草和门前停着马车的客店里，他们"巴克拉诺夫式地"将面包放在大碗里，喝过牛乳。到后来，美谛克每当带着一种不舒服想起这回的驰驱，则在自己的眼前总看见巴克拉诺夫显着活泼的脸相——上唇带些牛乳点走出街上去了那时的神情。他们走不到几步，突然从横街里跑出一个提高了裙子的胖女人来，一撞见他们就柱子一般站住了。她的圆睁的眼陷在头巾中，她的嘴是被捕的鱼似的在吸空气，而且忽然用了最尖利的高声叫起来了：

"孩子们，我的孩子们，你们那里去呀？许许多日本兵就在学校里边呵。他们就要到这里来了，快逃罢，他们就要到这里来了！……"

美谛克还没有全领会她的话之际，从横街里已经出现了开正步、背枪枝的四个日本兵。巴克拉诺夫发一声喊，同时也抓起了手枪，就在眼前瞄了准，向两个发射了。美谛克似乎看见他们的背后喷出血团，两个人都倒毙在地面上。第三弹没有打中，手枪也不灵了。余下的日本兵中的一个连忙逃走，别的一个是从肩头取下枪枝来。但是，当此之际，为强有力地主宰了他的新的力量所动，压倒了恐怖的美谛克却对他连放了好几枪。当最后的一弹打中了日本兵时，他已经倒在尘土里抽搐了。

"我们跑罢！……"巴克拉诺夫叫道，"到马车那里去！……"

几分钟之后，他们就解下了在客店前发跳的马，扬起着尘埃的热的旋涡，在街上疾走了。巴克拉诺夫站在马车上，时时反顾，看可有追来的人，一面用缰绳的头竭力打马。大约在村子的中央模样，有五六个喇叭卒在吹告警的喇叭。

"他们在这里……统统！……"他用了得意的愤怒大声说，"统统！……是主力！你听到他们在吹喇叭么？……"

美谛克是什么也没有听到。他倒在马车的底板上，正在自己能够逃脱了的狂喜中，料想那在热而乏的尘土里被他打死了的日本兵因为临终的苦恼在拼命地挣扎。他看见巴克拉诺夫时，似乎他那痉挛的脸也见得讨厌、可怕了。

过了些时，巴克拉诺夫已经在微笑。

"我们干得出色！是不是？他们进村子，我们也进村子——就是一下子。但是你，朋友，是一个好脚色。我还料不到你会这样哩，真的！没有你，他的子弹就要将我们打通了！"

美谛克竭力要不看他，躺着，埋了头，黄而且青，脸上显着暗色的斑，在车子里——好像烂了根的谷穗。

走了两威尔斯忒远近，听不见有人追来，巴克拉诺夫便将马靠近遮在路上的独株的榆树下。

"你等在这里,我赶紧上树去,看一看怎样……"

"为什么?……"美谛克用了断然的声音问。"我们快走罢,应该去报告一切……主力在那地方是明明白白的……"他要使自己相信自己所说的话,然而不能。他现在怕敢留在敌人的左近。

"不,还是等一等好。我们不是专为了来杀三个蠢才的。给嗅出确实的事情来罢。"

大约过了三十分钟,二十人上下的骑兵,从梭罗孟那耶村缓步出来了。"倘给看见了,不知道会怎样哩?"巴克拉诺夫心中感着战栗,一面想,"我们恐怕不能坐这马车去了罢。"然而,他自制着,决计等到最后的可能的时间。被丘冈遮住,为美谛克所看不见的骑兵已经到了半路之际,巴克拉诺夫就在那了望处望见了步兵——他们踏起浓尘,闪着枪,排成密密的柱子,正从村子里走出……在火速的疾驱,直到田庄之间,两个袭击队员几乎弄死了马匹。他们在田庄里换骑了自己的马,数瞬之后,已在路上向希比希疾走了。

长于先见的莱奋生在他们未到之前(他们是夜里才回来的)就布置了加严的警备——苦勃拉克的徒步小队。小队的三分之一和马匹一同留下,其余则在村旁的旧蒙古城寨的堡垒后面当警备之任。美谛克将马交给巴克拉诺夫,和队一同留下了。

美谛克虽然很疲劳,但不想睡。雾从河边展布开来,空气是冷的。毕加翻一个身,说着梦话。步哨的脚下,野草在作响,像谜一般。美谛克仰卧着,睁眼在寻星星。星在仿佛躺在雾帐背后的黑的空虚中依稀可见。于是,美谛克自己里面感到了更暗的、更钝的——因为那地方是星也没有的缘故——和这一样的空虚。他还以为,这一样的空虚弗洛罗夫一定常常感到。他突然想起,这人的运命不和他的运命相像么,因此就立刻害怕起来了。他竭力想逐出这恐怖的思想,然而弗洛罗夫的形象总浮在他的眼前。他没有活气地带着挂下的手和枯透了的脸躺在行榻上在看他。他的上面,枫叶在幽静地作响。"他死了呵!……"和恐怖一同,美谛克想。然而,弗洛罗夫动起指头来,并且转脸向他,带着骨立的微笑说:"大家……在闹……"忽然之间,他在行榻上发了痉挛,从他那里有什么团块迸散,于是美谛克看见那全不是弗洛罗夫了,是日本兵。"这可怕……"他全身发着抖,又这样想。但华理亚弯腰在他上面,低声说:"你,不要怕呀。"她冷静、温柔。美谛克立刻轻松了。"你不要怪我没有好好地作别罢,"他温和地说,"我是喜欢你的。"她将身挨近他来。忽然,一切飞散,沉没在无何有中,几瞬间后,他已经坐在地上,眹着眼,用手在寻枪枝了。在很明亮了的周围,则人们卷着外套,忙碌着。藏身丛莽中的苦勃拉克,是在看那望远镜。大家都聚在那里,问道:

"那里?……""那里?……"

美谛克摸到了枪,爬到墙上,知道大家是在说敌人。然而,看不见敌,于是他也发问了:

"那里?……"

"你们为什么挤作一团的?"小队长忽然用力将谁一推,怒叱道,"散开!……伏倒!……"

沿着堡垒排开时,美谛克还伸了颈子,努力想看敌人。

"但是,敌在那里呀?"他向那在他旁边的人问了好几回。那人爬着,不理他的话,不知道为什么总是侧着耳朵,而他的下唇是拖下的。他突然回顾,发狂似的向他吆喝起来。美谛克来不及回答,就听到号令之声了:

"小队……"

他挺着枪,还是什么也没有看见,并且因为大家看见,他却看不见而发恼——和"放"的号令一齐，胡乱地开枪。(他没有知道小队的大约一半的人们，也是什么也没有看见，只因为免得后来给人笑话，瞒着罢了。)

"放！……"苦勃拉克再号令说，于是美谛克又开枪。

"唉唉，给逃走了！……"人们在四处大声说。大家都忽然随便高谈，脸上也活泼地亢奋起来了。

"够了，够了！……"小队长叫喊道，"在那里放枪的是谁呀？爱惜子弹！"

美谛克从大家的话里知道日本军的斥候已经来过了，也一样地并未看见的许多人，这时就嗤笑美谛克，并且自夸着他们所瞄准的日本兵是怎样地从鞍桥滑落。这时，大炮声轰然而起，反响充满着溪谷中。几个人因为怕，就伏在地面上，美谛克也毛骨悚然，像给打倒了一样——这是他平生所听到的最初的炮声。炮弹在村子后面的不知什么处所炸裂了。接着，机关枪的发狂地拼命地作响，频繁的马枪声到处殷殷然。然而，袭击队并不回答。

过了几分钟，或者一点钟——时间感觉是被苦恼所消灭了——美谛克觉得袭击队员已经增加起来，并且看见了巴克拉诺夫和美迭里札——他们是从堡垒上走下来的。巴克拉诺夫拿着望远镜。美迭里札则脸在痉挛，鼻孔张得很大。

"伏着么？"展开了额上的皱纹，巴克拉诺夫问，"哪，怎样？"

美谛克悲苦地微笑了，并且对于自己呈着非常的紧张，问道："我们的马在那里？……"

"我们的马在泰茄里，我们也就要到那边去了……只要略略一防就好……我们是不要紧的。"他分明要使美谛克放心，加添说，"但是，图皤夫的小队却在平地上……呀，恶鬼！……"他给近处的爆炸一悚，忽然怒号起来。"莱奋生也在那里……"于是，用两手按住望远镜，沿着散兵线跑到不知那里去了。

到其次应该射击的时候，美谛克却已经能够看见日本兵——他们作成几条散兵线，走着丛莽之间的路，正在前进。从美谛克看去，是近到虽在必要之际也早不能逃出他们了。他这时所感到的不是恐怖，倒是一种苦痛的期待，不知道这一切要什么时候才完。

在这样的瞬间之中，苦勃拉克不知从那里出现，叫了起来：

"你瞄着那里呀？……"

美谛克向周围四顾，才知道小队长的话和他并不相干，是在说先前不知道为什么他竟没有留心到的毕加。毕加将脸紧靠了地面躺着，在头上胡涂地探着枪闩，正在射击他自己面前的树木。苦勃拉克叱骂了他之后，也不过是子弹已完，空有枪闩发响这一点不同罢了，他仍旧继续着无异于前的工作。小队长将他的头用靴子踢了几下，但毕加依然没有抬头。

……这之后，大家开始是杂乱地，后来则成了疏疏的链子，向什么地方疾走。美谛克也一同奔跑，对于这些一切的为什么和怎样地出现，全都莫名其妙。他只觉得虽是这最绝望底的扰乱的瞬息间，也还是决非偶然，决非无意识；而且，在指导他和他的周围的人们的行动者，乃是和他现在的经验不同的许多人。这些人们，他没有看见。然而，他在自己中感得他们的意志，待到进了村落的时候——那时他们是作着长的链子在走的——他不知不觉用眼来搜寻那主宰着他的运命者究竟是什么人。走在最前面的是莱奋生，然而他见得非常之小，而且那么滑稽地挥着很大的盒子炮，要相信他是主要的指导底力可不容易。美谛克正在努力想解决这矛盾，而密密地、恶意地，四面又飞下子弹来。这些子弹仿佛掠过头发，甚至于掠过耳朵上的茸毛。链子向前疾奔，几个人死掉了。美谛克感到，倘若再要应战一回，他就会和毕加毫不两样了。

作为这一天的混乱的印象遗留下来的，还有跨着扬开火焰似的鬃毛、露着牙齿的马的木罗式加的形象。他跑得极快，令人分不出木罗式加从那里为止，马从那里开头来。到后来，他才知道木罗式加是被选为战斗之际联络小队的骑兵的一个。

美谛克的完全恢复原状是在泰茹之中，被近时走过的马所踏烂了的山间小路上。这处所是幽暗、寂静，端严的杉树用了那安稳，苔封的枝干荫蔽起来的。

三　苦恼

恰如在不容情的强有力的机械之下的苦恼的布一样，日子是如飞的过去了，寸寸互相类似——都是无眠的夜和非人类底的挣扎的果实。而在那日日的布上面，则忙着人们的不倦的梭⋯⋯

战斗之后，藏身在繁生着木贼草和羊齿的深邃的山峡里，莱奋生检查马匹了，遇见了"求契哈"。

"这是怎的？"

"什么呀？"美谛克口吃了。

"哪，解下鞍来，将背脊给我看⋯⋯"

美谛克用发抖的手解开了肚带。

"你看，那自然⋯⋯背上满生着疮。"莱奋生用了仿佛毫不期望什么好事情似的口气说，"莫非你以为马是单单骑坐的东西，用不着理值的，小阿叔⋯⋯"

莱奋生竭力要不提高声音，但他好容易才做到——他非常疲劳，他的胡子在抖动，他还用两只手兴奋地旋着不知从那里折来的枝条。

"小队长，喂，这里来⋯⋯你为什么单是看着的？⋯⋯"

小队长眼也不睒，凝视了美谛克不知道为什么而抖抖地拿在手里的鞍，于是阴郁地、慢慢地说道：

“对这蠢才，我是说过好几次了……”

“我也这样想！”莱奋生将枝条抛掉了，向着美谛克的他的眼是冰冷、森严，“往经理部去，到这医好为止，骑着运货马罢……”

“你听，同志莱奋生……”美谛克以为并非因为他管理坏，是因为他得到的是很重的鞍，于是用了由他所经验的自卑而发抖的声音喃喃地说，“并不是我不好……请你听我说……请你等一等……这回一定……我将这马弄得好好的给你看……”

但莱奋生头也不回，走向其次的马匹去了。

……粮食的不足，使他们只得跑向邻近的山豁去。数日之间，部队为了战斗和辛苦的跑路，弄得精疲力尽，一面又绕着乌拉辛斯克的支流间趱行。不被占领的田庄的数目总是减少下去；要得一片面包和燕麦也须经过战斗；旧的创伤还未医好，新的又起来了。人们就都成了枯燥、寡言、狠毒。

莱奋生深信着——驱使着这些人们者，决非单是自己保存的感情，乃是另外的，粗粗一看，是隐藏着的，连他们之中的许多人也还没有意识到的，不下于此的重要的本能。借了这个，他们才将所忍耐着的一切，连死都售给最后的目的。倘没有这，恐怕谁也未必会自己走进这乌拉辛斯克的泰茄里而去送死的罢。然而，他又知道，这本能之生活于人们中是藏在魂灵的深处，在他们的细小、平常的要求和顾虑——也很细小，然而是活的个体——的下面的。这因为各人是要吃、要睡，而各人是孱弱的缘故。看起来，这些人们就好像担任些平常的、细小的杂务，感觉自己的弱小，而将自己的最大的顾虑则委之莱奋生、巴克拉诺夫、图皤夫那样的较强的人们，并且使他们惦念这一端较多于惦念自己也有睡食的必要，而其余一切就一任别人去想去了似的。

莱奋生现在是常在队伍里——自领他们战斗，在一个锅子里吃，夜里不睡，去察看哨兵，而且是还没有忘记了笑的几乎惟一的人了。连和人们谈些最平常的事情的时候，在他的言语的每一句里也听出这样的意思来："看罢，我也在和你们一同吃苦——我明天也被杀死也说不定的，或者饿得倒毙也说不定的，但我却像先前一样地活泼、固执，为什么呢？因为这些一切是没有什么大要紧的……"

但是，虽然如此……系住他和袭击队之心的看不见的绳索却一天一天断下去了……而且这些绳索愈少，就愈使他难于说服人，也愈使他变为只是居部队之上的权力了。

通常，为了捕取食用的鱼，先将它们在水里闹昏，这时是谁也不愿意进冷水去拾取，总是赶最弱的一个，最多的是先前的牧豕奴拉孚路式加——这不知姓氏，胆怯而口吃的一个下去的。他非常怕水，发着抖，划着十字，从岸上走下去。美谛克往往悲哀地凝望着那掘取了马铃薯的田似的、不平的土色的高高低低的瘦削的他的背脊。有一回，莱奋生看见这情形了。

"且慢……"他对拉孚路式加说，"为什么你自己不下去的？"他问那正在推拉孚路式加下去的，脸的一面好像给门夹过了的两面不匀的青年。

青年将那恶意的白睫毛的眼向着他，意外地回答道：

"自己下去试试罢……"

"我不下去，"莱奋生平静地答说，"我别的事情多着哩，但是你应该下去……脱掉裤子，脱掉……哪，鱼已经在流走了。"

"让它们流掉……我可不是呆子哩……"青年一转背就从岸边走开了。几十对眼睛仿佛称赞他似的，并且嘲笑莱奋生似的在望着。

"真是麻烦的小子们……"刚卡连珂一面自己脱小衫,一面想去,但给队长的异乎寻常的大叫吓得站住了。

"回来! ……"莱奋生的声音中,响着充满了意外之力的权力者的调子。

青年站住了,而且自己在后悔着争这样的事,但不愿意在大家面前丢脸,便又说:

"说不做,便不做……"

莱奋生捏定盒子炮,陷下而吓人的闪闪的收小了的眼看定了他,用沉重的脚步向他这面踱过去了。青年慢慢地,好像很不愿意地脱起裤子来。

"赶快!"莱奋生带着沉郁的威吓又走近去。

青年向他这边一瞥,忽然吓得仓皇失措起来,裤子是兜住了,又怕莱奋生不明白这偶然的事竟杀掉他,就很快地说道:

"立刻,立刻……兜住了哩……唉,鬼……立刻,立刻……"

莱奋生环顾周围时,大家都在怀着尊敬和恐怖对他看,然而只是这点罢了——却没有同情。在这瞬间,他觉得自己是居部队之上的敌对底的力,但他已经觉悟,竟要向那边去——他确信他的力是正当的。

从这时候起,莱奋生当必须收罗粮食,削减过多的休息日之际,就什么都不顾虑。他偷牛、掠取农民的田地和菜园,然而连木罗式加也觉得这和在略勃支的田里偷瓜道理是全然不一样的。

……越过绵延数十威尔斯忒的乌兑庚支脉的行军——那时部队是只靠野葡萄和用火蒸熟的菌类养活的——之后,莱奋生走进离伊罗罕札河口二十威尔斯忒的"虎溪"的寂寞的高丽人的小屋去。一个高大身材、多毛如他自己的长靴、不戴帽子、腰带上挂着生锈的"斯密斯"枪的汉子来接他们。莱奋生认识他是陀毕辛斯基的酒精私贩子斯替尔克沙。

"嗳哈，莱奋生！……"斯替尔克沙用了嘶嗄的、没有好过的伤风的声音说。从浓毛间带着照例的峻烈的嘲笑，望着他的眼睛："还活着么？……很好……人正在这里寻你哩。"

"谁在寻我呀？"

"日本人，高尔察克军……另外还有谁会寻你呢？……"

"恐怕不见得寻着罢……这里有我们可吃的东西么？……"

"恐怕也不见得，"斯替尔克沙谜似的说，"他们也不是呆子——你的头上是挂着金子的呀……在村的集会上读过命令——给捕得活的或是死的人，是赏金呵。"

"阿呵……出得多么？……"

"西伯利亚票子五百卢布。"

"便宜得很……"莱奋生嘲笑道，"我说，有没有我们吃吃的东西？"

"怎会有，怎会有……高丽人自己是只靠小米活着的。猪肉有十普特，但他们简直在向它礼拜——冬天的肉呀。"

莱奋生寻主人去了。被铁丝的帽子所压，颤巍巍的白发的高丽人一开口就求他不要碰他的猪。莱奋生记得他后面有一百五十张饥饿的嘴，也可怜这高丽人，想要证明除此以外更没有怎样的办法。高丽人不懂这些，只是哀求地合着掌，反复说道：

"不吃，不吃……不，不……"

"不管，杀罢。"莱奋生一挥手，皱了眉——好像要将这人杀掉似的。

高丽人也皱了眉，哭了。他突然跪下，胡子擦着草，在莱奋生的脚上接起吻来。但他并不去扶起他——他恐怕这么一来，就会忍不住收回了自己的命令。

美谛克看见这一切，他的心很沉重，逃到小屋后面去，将自己的脸埋在干草中。但在这里，他面前也现着哭坏了的老脸，在莱奋生的脚边，是猬缩[7]起来的白衣的小小的形相。"真非这么办不可么？"——美谛克热病似的想；于是，他前面又有也是被取去最后的东西的、驯顺的、恰如在空中仓皇失措的农民的脸，成着长串浮了上来。"不，不，这残酷，这太残酷了。"他又想，愈将自己埋进干草里去了。

美谛克知道，倘是自己，是决不会将高丽人弄得这样的，但他和大家一同吃了肉。为什么呢？因为他饿着。

早晨，莱奋生的山路被敌截断了。战斗两小时之久，大约失掉了三十个人，他才硬夺了一条路，以向伊罗罕札的山谷。高尔察克的骑兵紧迫着他的踪迹。他弃掉所有驮货的马，在正午才走到往病院去的认识的道路。

于是，他觉得在鞍子上很难坐住了。心脏当非常的紧张之后，就缓缓地，缓缓地跳，并且似乎就要停下来。他要睡觉，他垂了头，立刻在鞍上开始摇动——凡有一切，都成为单纯的不相干的东西了。忽然，他受了什么从中发动的刺戟，愕然环顾了周围……谁也没有觉得他睡着。一切人们，都在自己之前看见像平常一样的稍为弯曲的背脊，谁能够想到他也会如大家一般，要疲倦，想睡觉的呢？……"是的……我的力可还够么？"莱奋生想，而且这问的仿佛并非他自己，倒是别的人。莱奋生摇摇头，于是在膝头觉到了微微的、讨厌的颤动。

"究竟……你也就会见你的老婆了。"两个人骑着马走向病院那边去的时候，图皤夫对木罗式加说。

7　现代汉语常用"畏缩"。——编者注

木罗式加不开口。他以为这事是已经完结了的，虽然他一向也想看见华理亚。他自欺着，将自己的希望只当作"他们之间是怎么了呢？"这一种旁观者的自然的好奇心。

但他见了她时，华理亚、式泰信斯基、哈尔兼珂都站在小屋旁边，笑着，伸着手，他心里的一切都改变了。他禁不住，就和小队一同通过了枫树下，一面放松肚带，在马旁边调护了许多时。

华理亚寻觅着美谛克，对于欢迎的招呼，只是简单地回答，对大家含羞地、敷衍地微笑了。美谛克一遇到她的眼睛和点头，便满脸通红，低垂了颈子——他怕她立刻跑近他去，给大家觉得他们俩之间有些蹊跷。但在她的心中不知道是什么主意，却并不显出喜欢他的来到模样。

他连忙拴好"求契哈"，躲进森林中。走了两三步，便碰着了毕加。他躺在自己的马匹旁边，集中于自己本身的他的眼色是荒凉而且空虚。

"坐下来……"他疲乏地说。

美谛克并排坐下了。

"我们这回是到那里去呢？……"

美谛克没有回答。

"我呢，很想捉捉鱼……"毕加愁思地说，"在养蜂场那里……现在鱼正在向下走……是做起小瀑布来捉的……只要用手去捉就是……"他沉默了一会，悲哀地加添说："是的，养蜂场那些现在是早已没有了……没有了！否则多么好呵……那里很幽静。这时候，蜂儿是不叫的……"

他忽然用一只肘弯支起身来，使横眼看着美谛克，用了因忧愁和哀伤而发抖的声音讲起来了：

"听哪，保卢沙……听呀，我的孩子，保卢沙！……莫非真不能再有这样的一块小小的地方么？……我怎么活下去呢，我的孩子，保卢沙？……我在世界上，没有一个人……只是一个人……精光的一个……上了年纪……就要死的……"他寻不出话，没法地吸一口气，而空着的一只手则痉挛地紧抓着野草。

美谛克不看他，连他的话也没有听，然而他的话的每一句中总有一点东西在静静地颤动，恰如有谁的怯弱的手指在他的心中从还是活着的干子上摇落着已经枯掉的叶子一般。"一切都有完结，决不回来的……"美谛克想，而且这使他为他的枯叶哀伤。

"我去睡……"他想设法逃开此地，便对毕加说，"我乏了……"

他更加深入森林中，躺在丛莽之下，于是入了不安的微睡……忽然，好像给什么东西所触的一样，他醒了。心脏不整地跳着，浸了汗的小衫粘在身体上。丛莽后面有两个人在谈天——美谛克知道这是式泰信斯基和莱奋生。他小心地拨开枝条，望过去。

"……无论如何，"莱奋生阴郁地说，"要停在这里是万万做不到的。惟一的路，是向北方——土陀·瓦吉斯克萨溪去……"他打开他的图囊抽出地图来："这里……我们可以顺着这岭走，下到伊罗罕札去。这是一条远路，但也没有法……"

式泰信斯基并不看地图，只眺望着泰茄的深处，仿佛测量着浇了人汗的每一威尔斯忒一般。他忽然一只眼睛眨得更快了，并且看着莱奋生问道：

"但是，弗洛罗夫呢？……你又忘了他了……"

"是的——弗洛罗夫……"莱奋生沉重地坐在野草上。美谛克就在自己的正对面，看见他苍白的一边的面庞。

"自然，我是可以和他一同留下的……"暂时沉默之后，式泰信斯基阴郁地说，"其实，这是我的义务……"

"不行，"莱奋生摇手，"等不到明天正午，日本兵就追着我们的新的踪迹到这里来……莫非你的义务是给人杀掉么？"

"那么，应该怎么办呢？"

"我不知道……"

美谛克从来没有在莱奋生的脸上见过这样的无法可想的表情。

"总之，只剩了一条办法……我早经想过了的……"莱奋生的声音沉下去了，并且粗暴地咬了牙，不说话。

"唔？……"式泰信斯基等着似的问。

美谛克觉到了一种不吉的事情，几乎要挺出身子去使他们知道自己在这里。

莱奋生要一句话说出剩在他们那里的惟一的方法来，然而这一句话好像有他所不能说出的那么苦痛。式泰信斯基怀着危疑和惊愕看定他，于是……懂得了。

他们不相互视地在极苦痛的艰难中抖着、停顿着，谈起两人已经明白，然而不能用一句话来说明的事情来了——虽然这并不将一切说明，并且结束他们的苦恼。

"他们要谋死他……"美谛克想，失了色。他的心脏用了丛莽那边也许听到那样的力跳了起来。

"但他怎样——不行么？很不行？……"莱奋生问了好几回，"倘不这么办……我想……倘使我们不将他……总之，他还有一点医好的希望么？"

"希望是一点也没有的……然而，问题是在这里么？"

"总之，心里可以觉得轻松些，"莱奋生自白说。他这时以欺了自己为愧，然而他实在觉得轻松起来了。沉默一会之后，他轻轻地说："应该今天就做……但要小心，给谁也不觉得，尤其是他自己……可以么？……"

"他不会觉得的……他立刻就该喝溴素剂了，换出它就是……

还是等到明天呢？唔？"

"还拖延什么……有什么两样呢。"莱奋生收好地图，站了起来，"总得做的……另外什么法子也没有……总得做的不是？……"他寻求着他自己所要支持的人的支持。

"总得做的，正是……"式泰信斯基想，但他没有说出口。

"听哪，"莱奋生慢吞吞地开始了，"你明白说，你下了决心没有？倒不如明白说……"

"我下了决心没有？"式泰信斯基想，"是的，我决心了。"

"去罢……"莱奋生将手放在他的肩上，于是两个人慢慢地走向小屋那面去了。

"他们真要做这勾当么？……"美谛克仰天倒在地面上，用手按着脸。他恰如当战斗之前的恶梦似的，躺在巨大的、没有生命的空虚中不知道多少时候。后来他起来了，攀着丛莽，负伤者一般摇摇摆摆地跟着式泰信斯基和莱奋生的踪迹而前去了。

卸了鞍的马全凉了，将疲乏的头向他看。有些袭击队员在林间的空地上打鼾，有些是煮着吃的东西。美谛克搜寻着式泰信斯基，没有见，便几乎飞跑一般，径向小屋那边去。

他碰到恰好的时间，式泰信斯基背对着弗洛罗夫，正向亮处伸出发抖的手，在将什么东西倒进玻璃杯里去。

"等一等！——你在干什么？……"美谛克显着吓得圆睁的眼扑向他。"等一等！我都听到了！……"

式泰信斯基栗然回过头来，他的手更加发抖了……突然，他走近美谛克去，可怕的紫色的脉管在他额上涨了起来。

"滚！……"他用了凶险的绞杀似的低声说，"要你的命！……"

美谛克吃了一惊，不禁跳出小屋去。式泰信斯基也即刻定了神，转向弗洛罗夫那面去了。

"什么？……这是什么？……"弗洛罗夫向杯子一瞥，担心似的问。

"这是溴素剂，喝罢……"固执地、严正地，式泰信斯基说。

他们的眼光相遇了，并且彼此心照，被缚在一个思想上，凝结了……"完了……"弗洛罗夫想，然而并不很吃惊——他于恐怖，于不安，于悲戚，都不觉得了。一切都看得是极其单纯而且安易。当"生"只约给他新的苦恼，而"死"却是由此脱离的意思的时候，他为什么那么苦恼，那么求生而怕死的呢，倒是莫名其妙的事。他恰如搜求什么似的，惴惴地环顾了周围，眼光就留在旁边小桌上没有动过手的剩着的食物上。那是加了牛乳的果子羹，已经冷掉，苍蝇在那上面飞舞的了。从伤病以来，在弗洛罗夫的眼睛里，这才现出了人类底的哀情——是对于自己的怜悯，或者对于式泰信斯基的怜悯罢。他顺下眼去，一到再睁起时，他的脸便平静而温顺了。

"倘若到苏羌去，"他缓缓地说，"给我说一声，不要太伤心……我是完结了……大家也都是总有一天要走到这一步的……大家。"他用了关于人们的必然的死的思想，虽然还没有全得到明白的证明，然而已经从个人底的——他弗洛罗夫的——死，灭掉了那特别的、各个的、恐怖的意义，而将它——这死——弄成什么普通的、一切人们所固有的东西了那样的表情，重复地说。于是，想了一下，他又说："我有一个孩子……在矿山里……他叫菲迦……平和了之后，请想到这小子，怎样都好，照顾照顾他……好，拿来罢！……"忽然间，他用了润泽的、发抖的声音结束了。

牵着苍白的嘴唇，觉得寒栗，眏着眼睛，式泰信斯基将杯子送到他那里去。弗洛罗夫用两手捧住，喝完了……

……美谛克被枯树绊着，跌着，不管路径，奔进密林中。他失了帽子，头发挂在眼睛上，讨厌地而且粘粘地，好像蛛网。太阳穴在跳动，而且他的血液每一搏，他便重复地说着无用的、哀伤的言语，一面又固执着那言语，因为除此以外也没有什么可以抓住了。忽然间，他撞到了华理亚，便闪着狞野的眼，跳到旁边。

"我正在寻你哩……"她高兴地说，但给他的疯狂似的模样一吓，不说下去了。

他拉住她的手，急躁地、断续地说起来：

"听哪……他们将他毒杀了……弗洛罗夫……你懂么？……他们将他……"

"什么？……毒杀了？……住口！……"她一切都明白了，一面忽然叫了起来。于是，强有力地拖他向自己那边，用热的、湿湿的手将他的嘴按住："住口，不要管罢……来，从这边去……"

"那里去？……唉，放手罢！……"他挣脱身子，咬响着牙齿，推开她。

她又拉住他的袖子，要带他走，一面执拗地重复说道：

"不要管罢……来，从这里去……人要看见我们了……有一个少年人……他跟住着我……来，赶快！……"

美谛克几乎要打她，才又挣脱了身子。

"你那里去呀？站着！……"她叫着，在后面追了上来。

这瞬间，从丛莽后面就跳出了企什来——她电光一般迅速地逃向旁边，连忙跳过小溪，躲进榛树的密处。

"不要玩么——怎的？"企什跑近美谛克来，一面问，"试试罢，恐怕我运气好一些！……瞧！……"他拍拍自己的腿，污秽地笑着，迈开大步，追赶华理亚去了……

四　路径

　　木罗式加是从幼小时候以来就受惯了美谛克一类的人，将他那真实——单纯而不出色，正和他的一样——的感情，藏在伟大的、响亮的句子后面，借此来隔开木罗式加那样不能装得很漂亮的人们的。他还未意识到这就是如此，也不能用自己的话表白出来，但他总在自己和这一类人们之间觉得有走不过的墙壁，这便是他们从不知什么地方拖出来的虚伪的盛装的言语和行为。

　　在木罗式加和美谛克的难忘的冲突中，美谛克总竭力寻求表示，以见因为救了自己的性命的感激，所以对于木罗式加是在客气的。为了毫无价值的人，按下自己的低级的冲动，这思想使他的存在里充满了愉快的、坚苦的悲伤。然而，在心底里，他却怨恨着自己和木罗式加的，因为在实际上，他本愿意木罗式加遇到一切不好的事，但只为怯，也只为体验坚苦的悲伤较为美丽和愉快，所以没有亲自去做罢了。

　　木罗式加觉得，华理亚是正因为他自己里所没有的美，而在美谛克之中——却认为不仅是外表底的美，也是真实的，和灵魂紧接的美，所以弃掉自己，取了美谛克的。因此，他再看见华理亚时，便不禁又跑进没有出路的思想的旧道上去了——关于她，关于他自己，关于美谛克。

　　他觉得华理亚日日夜夜总在忙着些什么事（"一定是和美谛克！"），而且他久久不能睡觉——虽然也想自信一切事情于他是毫不相干的。一有微声，他便昂起头来，向暗中留心注视：没有隐现着两个畏罪的私奔的影子么？

　　夜里，他被微声惊醒了。湿的枯树在篝火中发爆，庞大的黑影闪烁于林间空地的尽头。小屋的窗子一亮，又黑暗了——有谁划了火柴。于是，哈尔兼珂走出小屋来，和站在旁边的队员讲了几句话，就在篝火之间走过，找寻着什么人。

"你找谁呀？"木罗式加沙声说，但听不清那回答，便问道，"有什么事？"

"弗洛罗夫死掉了。"哈尔兼珂阴郁地说。

木罗式加格外裹紧了他的外套，又睡着了。

……到黎明，弗洛罗夫被埋到土里去，木罗式加和别的人们一同平静地掩了他的坟。

当马上加了鞍的时候，人们发现了毕加是消失了。他的小小的钩鼻马，整夜背着鞍，悲苦地站在树底下。它见得很可怜。"老头子，再也受不住，跑掉了。"木罗式加想。

"哪，好，让他跑罢。"莱奋生说，因为早晨以来的胁肋痛，皱了眉，"可不要忘记了马……不，不，不要装货，……经理部长在那里？都准备了么？……上马！……"他深深地吐一口气，再一皱眉，好像因为负着重而大的东西使他沉重而艰难的一般，在鞍上伸直了身子。

谁也不以毕加的事情为可惜。只有美谛克觉得苦痛，仿佛一个损伤。近来毕加从他的心里，虽然除乡愁和苦恼的回忆之外毫不引起什么来，但他还觉得自己的有一部分和毕加一同消失了。

部队顺着峻急的、山羊所走的山岭向上面开拔了。头上罩着冷冷的钢灰色的天空，底下依稀可见青碧的深处。沉重的石块发出大声，就从脚下滚到那地方去。

在久待的秋光的寂静里，泰茄的带金色的叶子和枯草笼罩了他们。在槎丫的羊齿草的黄色花纱中，苍髯鹿褪失了颜色。露水澄明地——清澈而且微黄，像草莽一样，整日地发着光。但野兽却从早晨起便咆哮起来——不安静地，热心地，不能忍耐地，好像在泰茄的金色的凋零中有着一种强大而有永久生命的怪物的呼吸。

首先觉察出木罗式加和华理亚之间的纠葛的是传令使遏菲谟加。他是在正午的略略休息以前将"缩短尾巴，免得给人咬断"的命令送到苦勃拉克这里来的。

遏菲谟加用尽气力通过了长列，给有刺的灌木钩破了裤子，和苦勃拉克骂起来了——小队长就忠告他，与其多管别人的尾巴，倒不如小心他"自己的鼻子"。此外，遏菲谟加又看出了木罗式加和华理亚骑着马走都在互相远离，而且他们昨天也并不在一起。

在归途中，他追到木罗式加旁边，问道：

"你好像在避着你的老婆，你们俩中间有了什么了？"

木罗式加惶窘地、气恼地看定了他那瘦削的焦黄的脸，并且说：

"我们中间有什么呢？我们中间什么也没有。我不要她了……"

"不要了？……"遏菲谟加默然看了一些时，便不高兴地向了别处——好像他在思索在木罗式加和华理亚的先前的关系上原也没有紧密的家庭的关系，现在这样说法是否适当的一般。

"不算什么——常有的。"他终于说，"适逢其会……哪，哪，这瘟马！……"他用劲地将马打了一鞭，而目送着他的羽纱袄子的木罗式加则看见他向莱奋生报告了一些话，于是和他并马前进了。

"我的乖乖——这是生活呀！……"木罗式加怀着出于最后之力的绝望想，而且于自己的有所束缚，不能那么放心地在队伍里往来或者和邻人谈话也十分的悲哀。"他们有福气——要怎样就怎样，无忧无愁，"他欣羡地想，"他们实在那里会有忧愁呢？例如莱奋生罢，……自己捏着权力，大家都尊敬他——而且要做的事，什么都做得……这是值得活的。"他不想到莱奋生冒了风寒，胁肋在作痛，莱奋生对于弗洛罗夫之死负有责任在身上，以及人们正在悬赏募他的头，比谁都有先行离开颈子的危险。木罗式加只觉得在这世界上，尽有着健康、平静、满足的人们，而他自己却在这生活中完全没有幸福。

当他在暑热的七月天气从病院回来，绻发的割草人们佩服了他那确有自信的骑马的姿势的时候，这才发生出来的那混乱的、倦怠的思想——当他和美谛克相争之后，经过旷野，看见孤独的、无归的乌鸦停在歪斜的干草堆上的时候，以特别的力捉住了他的那一样的思想。这些一切的思想现在都显出未曾有的苦恼的分明和锋利来了。他觉到了为先前的自己的生活所欺的自己，并且又在自己的周围看见了虚伪和欺瞒。他也毫不疑心，从他出世以来的自己的全生活——这一切沉闷而无聊的安闲和劳动、他所流了的血和汗，连他那一切"无愁的"玩笑——那也决不是欢欣，只是向来无人尊敬，此后也将无人尊敬的不透光的流刑的劳役罢了。

他又怀着连自己也是生疏的——悲伤，疲乏，几乎老人似的——苦恼，接续着想：他已经二十七岁了，但已无力能够来度一刻和他迄今的生活不同的生活，而且此后也将不会遇见什么好处，恐怕他就要像谁也不惜的弗洛罗夫的死掉那样，作为谁也不要的人物，中弹而死的了。

木罗式加现在是拼命尽了他一生的全力，要走到莱奋生、巴克拉诺夫、图皤夫（连遇菲谟加仿佛也走到了这道路上，）这些人们所经过的，于他是觉得平直的、光明的、正当的道路去，但好像有谁将他妨碍了。他想不到这怨敌就住在他自己里，他设想为他正被人们的——首先是美谛克一类的人们的卑怯所懊恼，于是倒觉得特别地愉快，而且也伤心。

进膳之后，他给马到溪边去喝水的时候，显得秘密的脸相、曾经偷了他洋铁水杯的那活泼的、绻头发的少年跑到他这里来了。

"我要告诉你的……"他迅速地低声说，"是她是坏货，这华留沙——真的……对这等事，我是有特别的鼻子的！……"

"什么？……为什么事？……"木罗式加抬起头来，粗暴地问。

"女人呵，女人这东西，我知道她底底细细。"那少年有些窘急了，申明道，"自然还没有闹出事情来罢，但要瞒过我，朋友，可不行……她的眼睛总是钉着他，钉着他呵。"

"他呢？"木罗式加知道这话是指美谛克的，但忘记了自己应该装作什么也不知道，便愤激起来，红着脸问道。

"他怎么样？他不怎样……"那少年用了含胡的、畏怯的声音说，仿佛他说过的一切本来不关紧要，只要在木罗式加面前洗掉自己的旧罪一般。

"随她妈的，和我什么相干？……"木罗式加哼着鼻子，"恐怕你也和她睡过了——我那里知道。"他带着侮蔑和恚恨加添说。

"什么话！……我倒是……"

"滚你的蛋！"木罗式加忽地愤然大叫起来，"和你的鼻子都滚到你妈的婊子那里去，滚！……"他就使劲在他屁股上踢了一脚。

米式加给他那激烈的举动大吃一惊，跳向旁边，弯着的后腿浸在水里，向人们竖起耳朵，动也不动了。

"你，狗养的你……"那少年为了惊愕和愤怒说不出话来，一面就奔向木罗式加去。

他们大家交手，好像两匹[8]貛。米式加连忙回转身子，开轻步离开他们，回顾着跑掉了。

"永不超生的畜生，我来打塌你的鼻子。……我来将你……"木罗式加用拳头冲着他的肋骨，又恨那少年缠住他，不能自由地打，便咆哮着说。

8 现代汉语常用"只"。——编者注

"喂，孩子！"一个吃惊的声音向他们叫喊，"那是在干什么呀……"

两只骨节崚嶒的大手在争斗者之间劈了进来，并且抓住各人的衣领将他们拉开了。两人不明白是怎么一回事，大家又都想扑过去，但这回是各各吃了沉重的一脚——木罗式加飞得脊梁撞在树木上；那少年是颠过一枝坠地的枯枝，挥着臂膊，木桩头似的坐在水里了。

"伸出手来罢，我来帮你……"刚卡连珂并不嘲笑地说，"要不然，你们总没有什么法子的。"

"我可总得有法子……这猪狗……应该打死他……"木罗式加发着吼，又要奔向那湿淋淋的在发呆的少年这边去。

少年用一只手拉住刚卡连珂，一只手用力地拍着自己的胸膛。他的头在发抖。

"不，说来罢——说来罢，"他用了要哭的声音对着他的脸嚷叫道，"无论谁，只要高兴在屁股上踢一脚，那在屁股上踢一脚就是么，唔？……"待到他看见人们聚集起来了，便厉声大叫道："谁的错呀，谁的错呀？——如果那老婆，他的老婆……"

刚卡连珂怕闹乱子，尤其是担心木罗式加的运命（如果莱奋生知道了这事呢），便摔开那嚷着的少年，抓住木罗式加的膊臂，拉着他走了。

"来罢，来罢。"他向那还在挣扎的木罗式加严峻地说，"人要赶出你的，你这狗养的……"

木罗式加终于明白了这强有力的、严厉的汉子，是同情于他的，便停止了抗拒。

"那边出了什么事了？"美迭里札的小队里的一个绿眼睛的德国人对他们迎面跑来，问道。

"他们捉了一匹 9 熊。"刚卡连珂冷静地说。

---

9 现代汉语常用"头"。——编者注

"一匹熊? ……"德国人张着嘴站了一会, 便突然又飞跑过去, 好像还要去捉第二匹熊似的。

木罗式加这才怀了好奇心去看刚卡连珂, 微微地笑着。

"你这瘟疫! 你倒是有力气。"他对于刚卡连珂的刚强抱着一种满足, 说。

"你们为什么打起来的? "工兵问道。

"为什么……一个那样的畜生……"木罗式加从新愤激起来了。"那就应该……"

"好了, 好了,"刚卡连珂打断话, 来镇静他,"那是有你的道理的……那就是了, 那就是了……"

"归——队! ……"什么地方叫着响亮的、夹着成人和孩子的声音, 是巴克拉诺夫。

同时从丛莽中也昂出蓬松的米式加的头来——米式加用了那聪明的、灰绿色的眼看着他们, 轻轻地嘶叫。

"阿, 你! ……"木罗式加爆发似的说。

"好机灵的马儿……"

"人可以为它不要性命的! "木罗式加高兴地拍着马的脖颈。

"性命还是留着好罢——还能有什么用处的……"刚卡连珂在暗色的、打卷的须髯后面微微一笑,"我还得给我的马匹去喝水, 你自己走罢。"于是, 他迈开稳实的大步, 走向自己的马匹去了。

木罗式加又用好奇心目送着他, 并且想, 他为什么早先没有留心到这惊人的人物的呢?

后来, 当小队集合了的时候, 他不自觉地和刚卡连珂并排着在行列中, 而且直到诃牛罕札, 在路上也没有分散。

分在苦勃拉克的部队里的华理亚、式泰信斯基和哈尔兼珂都走在最近尾巴处。一到山岭上, 全部队就分明可见——是一条细长的链子。他们后面跟着莱奋生，微弯了背。巴克拉诺夫也不自觉地模仿着一样的风姿。华理亚总觉得她背后的什么地方有美谛克在，而且对于他昨天的举动的愤懑在她里面蠢动，将她常常向他所经验的大而温暖的感情损害了。

自从美谛克离开病院以来，她是瞬息也没有将他忘却，并且只想着重行相见之日而活着的。从这时起，她心中就结了最深的、最秘密的——关于这，是对谁也不能说的——而同时又非常鲜活的、人间的、几乎像是实有其事的梦想。她自己想象他怎样地在森林尽头出现——穿着沙格林皮的袄子，美丽、高大，略有一些羞怯——她在自己上面感到他的吹嘘，在自己掌下感到他的柔软的绻发，听到他温柔的挚爱的言辞。她竭力要不记起先前对他的误解来——不知道为什么缘故，她觉得这样的事不会再有的了。一句话，就是她所设想的，是她和美谛克的未来的关系，虽然迄今未曾有，她却但愿其会这样，而对于实在会有的事却竭力要不去想到，以免招致了悲哀。

她遇见了美谛克的时候，因了她所特禀的对于人们的敏感，她知道他在她面前是烦乱而且兴奋到不能统驭自己的行为，而且那烦乱的事件，比她任何个人底的愤懑都更重要了。但在先前，这遭遇在她是另一种想象的，所以美谛克的突然的粗暴就使她觉得受侮而且惊奇。

华理亚这才觉到，美谛克的粗暴并非偶然。美谛克恐怕全不是她无日无夜久经等候的那人，然而她另外也没有一个人了。

她没有立即承认这事的勇气。抛弃了她长日长夜之间，借此生存——懊恼、欢欣的一切，心里突然感到无可填塞的空虚，原不是怎样容易的。她只愿意相信，并没有什么特别的事，一切都只在弗洛罗夫的可怜的死亡，一切都还顺当。然而，从清早晨起，她

所思想的，却只在美谛克怎样侮辱了她，以及她带了自己的幻想
和自己的爱去接近他时，他怎样地并无侮辱她的权利。

她整天感到苦恼的欲求，要会见美谛克，和他谈一些话，但她
连一眼也没有向他看，便是食后的休息时候也没有去走近他。"我
怎能娃儿似的跟住那人呢？"她想，"倘如他亲口所说，真是爱我
的，那么到我这里来就是了，我一句也不加责备。但如果不来呢？
也好——我就一个人……那么，就什么事也没有。"

一到山上的平地上，路就宽阔起来了，企什和华理亚并骑而
进。他昨夜要捕捉她，并没有成功，但他对于这事是非常坚执的，
也并不失望。她觉得他的脚的接触，他在她耳旁吐些无耻的言辞，
然而她没有去听他，只沉在自己的思想里。

"唔，怎样呢，您怎么想呢？"企什执拗地问。（他是不管年纪、地
位，以及和他的关系，只要对于女性一切的人们，都称为"您"的。）

"您答应么——不？……"

……"我都明白的，我向他要求什么事呢？"华理亚想，"对我
退让一点，真就这么难么？……但也许他现在自己在苦恼——以为
我在讨厌他。但我得告诉他么？……怎样地?! ……从我?! ……
等到他赶开我之后？……不，不，——凡事还是由他去的好……"

"但是，您怎么了，您聋了么，我的好人？我在问，您答应么？"

"答应什么呀！"华理亚惊觉了，"闭了你的嘴……"

"请您的早安，睡得好么？……"企什懊恼地向空中一挥手。"但
是，我的好人，这是怎么的，您简直说着好像还是第一回的闺女的
话。"于是，他又忍耐地从新在她耳边私语起来，只以为她是听到并
且明白他的话的，却因为女人的惯技，要抬高价值，所以在"扭捏"。

黄昏到了，山峡上垂下了夜的轻轻的翼子的扇动来，马匹疲
倦地喷着鼻子，雾气在溪水上越加浓重，并且慢慢地爬到溪谷里去

了。但美谛克总是还不到华理亚那里去，看来就像连要去的意思也没有似的。而她愈确信他终于不到她那里去，也就愈觉得难遣的哀伤和先前的自己的梦想的悲苦，并且也愈加难以和它们走散了。

部队为了歇宿，降到小小的溪谷去，人马在湿的栗栗的黑暗中动弹。

"请您不要忘记，我的好人。"企什用了讨厌而温柔的固执低声说，"是的，我将灯摆在旁边……您就可以认识……"几秒钟之后，听得他对人大叫起来："什么叫作'你爬到那里去'呀？倒是你在旁边捣什么乱哩？"

"你跑到别的小队里来干什么的？……"

"什么叫作'别的'？睁开你的眼睛来罢！……"

暂时沉默之后，这其间，大约两人是睁开眼睛来看了的了，先问的人便用了谢罪似的推托[10]似的声音说：

"Matj tvoju——原来是'苦勃拉克派'……美迭里札在那里？"他用了对人不起似的声音粉饰着自己的错误，一面又拖长了声音叫喊着："美——迭里札呀！……"

在下面有人用了不能忍的兴奋，大嚷起来，好像倘不听他的要求，他便要自杀或者杀人一样：

"点——火哩！……点——火——哩！……"

谷底那面突然腾起无声的篝火的红焰来，于是从黑暗中，蓬松的马头和疲倦的人头都在弹匣和马枪的冷光里出现。

式泰信斯基、华理亚和哈尔兼珂比别的驻扎处靠边一些，下了马。

"好了，现在我们要休息了，生起火来罢！"哈尔兼珂用了谁也不会因此活泼起来的快活模样说，"去找点枯树来呵！……"

10　现代汉语常用"推脱"。——编者注

"……永远是这一著¹¹——好时候不歇住，于是来吃苦。"他用那一样的慰安很少的调子说，——用手探着湿草，也实在害怕着湿气、黑暗，以及给蛇来咬的恐怖，还有式泰信斯基的忧郁的沉默，"我记起来了，先前从苏羌出来也这样的——本该驻扎得早些，现在是暗得好像在洞里，但我们……"

"为什么他说这些事？"华理亚想，"苏羌……从什么地方来……暗得好像在洞里……现在对谁还有意味呢？一切，一切都已收梢，什么也没有了。"

她饿了，这饿又加强了她别种的感觉——那她现在无可充填的、缄默的、按住的空虚的感觉。她几乎要哭出来。

然而，用过夜膳，温暖了之后，三个人都一时活泼起来了，环绕他们的蓝黑的、陌生的、冷冷的世界也显得亲近而且温和。

"唉唉，你外套儿呀，我的外套儿呀。"哈尔兼珂脱着外套，用那吃饱了的声音说，"入火不焚，入水不溺。现在只还缺一个姑娘儿……"他眯着眼睛笑了起来，似乎他想说"这自然是完全办不到的，但你们该是同意，以为这倒不坏的"模样。"你现在可想和女人睡觉呢，唔？同志医生！"他装一个鬼脸，去问式泰信斯基道。

"想睡的呀。"式泰信斯基还未听完话，便认真地回答说。

"为什么我只是讨厌他的呢？"华理亚为了愉快的篝火，为了吃过的粥，为了哈尔兼珂对她的亲昵的谈话，觉得她平日的柔和和良善都恢复了，一面想，"岂不是实在并没有什么，为什么我就那么生气的呢？因为我胡涂，那少年独自冷清清地坐着……只要我到他那里去，一切就又会好起来了……"

于是，她忽然极不愿意在四近的人们极愉快地醉着，自己也愉快到好像醉着一般的时候，为了心里怀着愤懑和牢骚，所以在懊

11　现代汉语常用"招"。——编者注

恼，她遂决计将这些抛开，去会美谛克了。而且，这在她，其中也已经没有了委屈和不好。

"我什么，什么都不要。"她忽而活泼起来，想，"只要他要我，只要他爱我，只要他在我的身边……不，只要他总是和我走，和我说，和我睡，我什么都交给他——他是多么漂亮，而且多么年青呵……"

美谛克和企什在略略离开之处生着别一个篝火。他们懒着，没有造饭，在火上熏着肥肉，而且较之吃面包，倒更努力于此。全都吃完之后，两个人便饿着肚子坐着了。

美谛克自从弗洛罗夫的死亡和毕加的跑掉以后，还没有复原。他整天的仿佛沉在用了关于孤独和死亡的辽远而严峻的思想编织而成的烟雾里。一到晚上，这雾幕便落掉了，但他不愿意见人，害怕一切。

华理亚费尽气力才寻出他们的篝火来。全个山谷就活在这样的篝火和烟雾蒙蒙的歌唱里。

"你们钻在这样的地方。"她心跳着走出丛莽来，一面说，"晚安……"

美谛克悚然，用了生疏的、吃惊的眼光看着华理亚，便转脸去向篝火了。

"嗳哈！……"企什高兴地微笑，"就只缺少您一个呵，您请坐，您请坐，我的好人……"他连忙摊开外套，指给她一个坐处，在他的旁边。然而，她不去和他并坐。他的油滑这性质，她是早已觉到了的，虽然不知道这是什么——这时却特别讨厌地刺戟了她了。

"来看看的，你怎样了？要不然，你就将我们完全忘记了。"她向美谛克并不遮掩惟独为他而来的事，用了唱歌一般的声音说，"哈尔兼珂也就问过了你的健康怎样了，为什么不给人知道一点你的消息——我也想说了好几回了……"

美谛克不开口，耸耸肩。

"我们自然很顽健的——这不成问题！"企什将一切拉在自己身上，满足地大声说，"但请您在我们这里坐一坐呀——您客气什么？"

"不，我就走的，"她说，"因为我从这里走过……"她原为美谛克而来的，他却只耸耸肩，因此她忽然发恼了。她接着说道："你们还没有吃过东西么？——锅子干干净净的……"

"什么都吃得么？如果给我们一点较好的材料，可是他们分给这样鬼知道是什么东西……"企什牢骚似的皱了脸，"但您请坐在我的旁边呀！"用了绝望底的亲热，他再说一回，捏住她的手，拉向他那边去，"请您坐——坐呵！……"

她坐在他旁边的外套上。

"您还记得我们的约束么？"企什亲密地向她眨眼。

"怎样的约束呀？"——她问着，隐约地记起了什么事，吃了一惊。"唉唉，我还是不来好。"她想，于是一种大的不安的东西忽然在她胸膛里炸裂了。

"什么——怎样的？……等一等……"企什忽然弯身向了美谛克那边去。"人们面前是讲不得秘密话的。"他说，抱着他的肩头，于是转对华理亚道："然而……"

"什么是秘密呀？……"她含着偏颇的微笑说，于是突然眨着眼，用了发抖的、不如意的手指整起头发来。

"你这鬼为什么海狗似的呆坐着的？"他在美谛克的耳旁低声说，"和大家都约过的——就是这样的女人——两个人都干罢，就在这里将她……但是你……"

美谛克连忙缩回，向华理亚一瞥，满脸通红了。从她的飘泛的眼色里，好像责备似的在对他说："现在好，你看，不是闹成这样了么？"

"不，不，我要走了……不，不。"当企什将要转身向她，再劝她什么可羞可鄙的事的时候，她喃喃地说，"不，不，我去了……"她跳起来，低着头，跨开小而快的脚步飞奔而去，终于在暗中消失了。

"又给你错过了……废物！……"企什轻蔑地、恶意地说。突然间，他被原质底的力所指使，一跃而起，好像他内部的谁将他抛了出去的一般，跳似的追着华理亚之后奔去了。

他在二十步之远的处所追上了她，一只手紧紧地将她抱住，一只手按住她的胸脯，拖她到丛莽里面去：

"来罢，来罢，宝贝，来……"

"走……放我……放我……我要喊起来了！……"她乏了力，恳求说，几乎要哭出来，然而她又觉得喊救的力在她是没有的，况且为了什么，为了谁个，现在有叫喊的必要呢？

"但是，宝贝，不要这样，不要这样！……"企什用手按住她的嘴，一面被他自己的温柔所兴奋，一面劝慰说。

"这为了什么呢？鬼也不会知道的。"她软乏地想，"然而，这是企什……是的，这是企什呵……他从那里来的……怎么是他呢？……唉唉，这不是全都一样么？……"于是在她，实在也成了全都一样了。

她在腿上觉着一种熟识的温暖的无力，并且在他的温柔的强迫之下，从顺地溜倒在地面上了，一面烧红在男性呼吸的气息里。

五　重负

"我和他们合不来，那些农人们，和他们合不来。"木罗式加说，一面规则地在鞍子上幌摇[12]，而且每当米式加踏出右前蹄去，便用鞭子打一下白桦的明黄的枯叶，"我也曾住在祖父那里。有两个

12　现代汉语常用"晃悠"。——编者注

叔伯——是种地的。唉，和他们合不来！也并不是，并不是别的血统：小气、阴气、没有胆——毫无例外……都这样！"白桦没有了，木罗式加便用鞭敲着自己的长靴，免得失掉了拍子。"为什么呀，要那么胆怯，那么阴气，那么小气的呢？"他抬起头来问，"自己是什么吃的也没有——什么也没有，简直像扫过的一样！……"他于是显出一种特别的、淳朴的、同情的笑来。

刚卡连珂将眼光注在马的两耳之间，一面倾听着；在他灰色的眼睛里，泛着一种很能听取，而且很能思索他所听取了的话的聪明而有丈夫气的神情。

"我是这样想的，"他忽然说，"从我们的无论谁，人如果掘下去，——从我们呵，"他特地提高声音，看着木罗式加，"譬如我，或者你，或者图畚夫也是——在各人里，都会发见农民的，在各人里。"他深信似的反复说，"总之，属于这边的什么，至多也不过没有穿草鞋……"

"你们在说什么呀？"图畚夫从鞍上回过头来说。

"而且，恐怕连草鞋……我们在说农民呀……我们的各人里面，我说，都藏着一个农民……"

"唔……"图畚夫疑惑地说。

"你不信么？……譬如木罗式加就有祖父和叔伯住在乡村里，——你呢……"

"我，朋友，没有人。"图畚夫遮断他，"谢谢上帝。老实说，我是不喜欢他们这类人的……我们就拿苦勃拉克来做例子罢：苦勃拉克不过是苦勃拉克，（人原也不能期望个个人都懂事的！）但是他带着怎样的小队呀？逃兵，一个又一个——这就是小子们！"图畚夫于是轻蔑地唾了一口。

这谈天是出在部队降向诃牛罕札的水源去，在道上的第五日里的。他们走着软软的、枯掉的野草所铺满的冬天的路。经理部长的助手在病院里所贮蓄的粮食虽然谁也没有一点了，但大家都意气扬扬，觉得住所和休息已经临近。

"瞧罢，"木罗式加睐着眼，"我们的图嶓夫，那老头子，对你们怎么说？"他因为小队长赞成的是自己，而不是刚卡连珂，且惊且喜，笑起来了。

"好罢，"工兵说——毫不窘急，"你没有什么人是没有关系的，——我现在也没有什么人。我们就拿你们矿工来说罢……自然，你是阅历得多了，但木罗式加呢？他除了自己的矿山之外，怕不很见过什么罢……可对哪？"

"什么叫作怕不很见过什么呀？"木罗式加懊恼地插嘴说，"上过前线的……"

"就是罢，就是罢。"图嶓夫向他摇摇手，"好，没有见过什么，那么？……"

"那么你们的矿山，就是一个乡村。"刚卡连珂镇静地说，"各人都有自己的菜园——这是第一件。一半是冬天跑来，夏天又回到村子里去的……是的，还有鹿儿在叫，好像在猪阑13里一样！……我知道你们的矿山的。"

"一个乡村？"图嶓夫赶不上刚卡连珂的话，诧异地说。

"别的是什么呀？女人们忙着种园，周围都是农民，会没有一点影响……自然有影响的！"工兵于是照着惯相，用手掌向空中一劈，将另外的从自己的东西分开。

"有影响……当然……"图嶓夫含胡地说，一面还在想，——其中是否于"矿山的人们"有些丢脸。

"就是呵……我们这回就拿都市来说罢：我们的都市有多么大，

13　现代汉语常用"猪栏"。——编者注

另外还有多少呢？人可以用手指来数的……几千威尔斯忒——都是乡村……我问，这可有影响？"

"且慢，且慢，"小队长惶惑地插嘴说，"几千威尔斯忒——都是乡村么？当然，有影响的……"

"那就在我们各人里面——都藏着一个农民了。"刚卡连珂说。他回到出发点去，由此笼罩了图皤夫所说的全盘。

"说得不错！"从图皤夫加入以来，对于争论，只在人的干练的表现这点上，觉得有味的木罗式加，这时佩服了，"给你碰了壁哩，老头子，你已经喘不出气来了！"

"所以我要说的，"刚卡连珂不给图皤夫有反省的时光，说明道，"就在我们对于农民，没有骄傲的道理，木罗式加也是——倘若没有农民呢，那我们就……"他摇摇头，不说了，而且很明白，图皤夫所说的一切，毫不能将他的确信推翻。

"伶俐鬼，"木罗式加从旁一瞥刚卡连珂，对他逐渐怀起尊敬来，一面想，"他将老头子牢牢地抓住了——使他再也没法逃跑了。"木罗式加很知道，刚卡连珂是也如别的人们一样，有过失，有错处的。他用了那么的确信来说的那农民的重负，木罗式加在自己里也还没有觉得，然而他献给工兵的信仰，较多于对于别的人。刚卡连珂是"全体中的一员"。他"懂事"，他"识得"，而且他并不是空谈家和废物。他的大而有节的双手是渴于工作的，一眼看去，好像纤迟，但其实却快——他的每一举动，是周详和正确。

于是，木罗式加和刚卡连珂之间的关系，就到了袭击队中所谓"他们在一件外套下睡觉"，"他们在一个锅子里吃食"的交情上所必要的第一阶段了。

靠着和他每日的亲近，木罗式加也开始相信起来，他自己，木罗式加，也是出色的袭击队的一个：他的马是整顿的，马具是齐整的，枪擦得镜子一般发闪；在战争上，他是第一个勇猛而可信的兵，同志们因此就爱他，敬他……他这样地想着，便于不知不觉间，走进那刚卡连珂好像常是这样地过活的有计划的健康的生活，就是，不给无用和懒惰的想头有一点余地的生活里去了。

"喻……站住！……"前面有人叫了起来。叫声顺着排列传下去，前头已经站住了，后面的却还是往前挤，排列混合了。

"喻……叫美迭里札去呀……"叫声又顺着排列传下去了。几秒钟后，美迭里札便飞跑而过，屈着身子，像一只鹰，于是全部队的眼睛，便都带着不自觉的骄矜，送着他那什么操典上都没有记载的、轻捷的、牧人的骑术。

"我也得去看一看出了什么事了。"图嶓夫说。

过了一会，他兴奋着回来了，但在别人面前竭力掩藏着兴奋。

"美迭里札做斥候去，我们在这里过夜。"他兴奋着说，但他的声音里却颤动着谁都听得出来的怨恨的、饥饿的调子。

"怎么，空着肚子么?! 在那里怎么想的呀?! "周围都叫了起来。

"遭瘟的！"木罗式加附和着。

前面已经驻下了。

……莱奋生决计在泰茄中过夜，因为他没有的确知道敌人是否已经放弃了诃牛罕札的下流。然而，他还在希望，即使那里有着敌人，仍能够由斥候探路，走到富于面包和马匹的土陀·瓦吉这溪谷去。

在辽远的一路上，日见沉重的熬不住的胁肋痛总在苦恼他，他也早经知道，这病痛——由过劳和少血而起的这病痛，只能由几周间的安静而吃饱的生活，才可以医好。但因为他也很知道，更安静、饱足的生活，在他还很辽远，于是他就靠着使自己相信这"没有什么的病"，是平时也生着的，无妨于成就他所以为自己的义务的事, 在道上适应了自己的新的景况了。

"我这样想, 我们应该前进的……"苦勃拉克不听莱奋生的话, 看着那长靴, 用了除吃以外不知其他的人们的固执, 第四回重复说。

"去罢, 自己去, 如果你不能等……自己去……留一个替代人, 你走就是了。但带着全部队进危险中去, 是不上算的……"莱奋生用了仿佛苦勃拉克正有着这样不对的计算似的表情说。

"去罢, 朋友, 你还是去派定卫兵的好罢。"他不听小队长的新意见, 添上去说。但当他看见他仍然固执的时候, 便突然皱了眉, 严厉地问道:"什么?"

苦勃拉克仰起头来, 眨着眼。

"你派骑马的巡察到路的前面去。"莱奋生仍用先前的带些冷嘲的调子继续说。"在后面, 半威尔斯忒之远, 你去派一个步哨; 最好是在我们曾经跑过的水泉那里。懂了没有?"

"懂了。"苦勃拉克喃喃地说, 而且奇怪他自己不说真是要说的事, 倒是说了别的。"滑头。"——关于莱奋生, 他用了对于他的无意识的、包着尊敬的憎恶和对于自己的同情想。

夜里, 他忽然醒来, 这在近时是常有的。莱奋生记起了和苦勃拉克的会话, 吸完烟卷之后, 便查卫兵去了。

他竭力不踏着睡觉的人的外套, 谨慎地经过了将熄的篝火的中间。右边最末的烧得比别的更明亮, 近旁蹲着守夜人, 在烘手。他好像全不想到现在的事了——黑的羊皮帽滑在后脑上, 睁着做梦似的眼睛; 而且他显着忠厚的、孩子一般的微笑。"这真像样……"莱奋生想, 并且就用这句话来表现了看见这蓝的将熄的篝火和微笑的卫兵, 以及——在深夜中幽暗地等候着他的一切的时候, 骤然抓住了他的那沉静的、略觉异样的高兴的、模胡的感情。

他于是更其悄悄地、小心地前行——这并非要不使人觉察他,倒只为了不吓掉守夜人的微笑。但他并没有觉得，仍然微笑着在看火。大约这火和从泰茄中传来的马匹吃草的干燥的索索的声音，使这守夜人记起了孩子时候的"夜巡[14]"来了罢——含露的、满是月光的草原，村里的鸡的远远的啼声，索索地响着脚链的幽静的马群，在孩子似的、做梦似的眼睛之前的愉快地闪动着的篝火的火焰……这篝火是灭掉了，所以在守夜人，就也觉得比现在的更温暖、更光明了。

莱奋生刚刚离开阵营，潮湿的、霉气的黑暗就将他围住，两脚陷在粘软的泥土中，发着菌子和烂树的气息。"多么阴气呀！"——他想，环顾了周围。他的后面已没有一点金色的微光——仿佛阵营已经和微笑的守夜人一同没入了地底似的。莱奋生深深地叹一口气，便用了故作活泼的脚步从小路走进深处去了。

他立刻听到溪水的潺潺声，站了一会，向黑暗中倾听，暗自微笑着，这回是走得更快了……竭力要响得厉害，给人们听到。

"谁呀？……那边的是谁？……"从暗地里发出断续的声音来。

莱奋生知道是美谛克，并不答话，直向他走过去。在森然的寂静中，枪闩作响，绊住了，可怜地轧轹着。听到想装子弹的焦急的手的声音。

"应该常常擦油的。"莱奋生冷嘲地说。

"阿呀，是您么？……"美谛克放心地吐一口气，"总在擦的……不知道是怎么的……"他惶窘地看着队长，而且将开着的枪闩忘却，便放下了枪枝。

美谛克是充当深夜中的第三班卫兵的。不到半点钟，便会听到换班的人在草间的忽忙的脚步声，但美谛克自己却觉得已经站得很长久。他和他的思想，在活着和他无缘的、紧张的、凶猛的生活的

---

14 Nochinoe，夜间将马在野外放牧，也加以监视。——译者

那一切动弹着，一切徐流着的伟大的、敌对底的世界里，是成了孤独了。

总之，永远是这一种思想。这不知从何时何处，总在他里面发生，而且他无论想什么，总也回到这处所。他知道这思想是对谁也不说的，他知道这思想是有些不好、有些可羞的，但他也知道他现在已不能和这思想分离——他也知道要竭全力来做这件事——因为这已是剩在他那里的最末的、惟一的东西了。

这思想，就是必须用什么方法，然而要从速离开了部队。

而且，一想到能够回到先前在他是那么没有乐趣、那么无聊的都市生活去的时候，现在却见得有趣而且无愁，于他也仿佛是惟一的可能的生活了。

当他看见莱奋生时，美谛克的张皇失措，却并非为了没有擦枪，倒是因为他忽然被这种思想所袭击了。

"好汉！"莱奋生和善地说。自从见了微笑的守夜人以后，他不愿意怒骂了。"这样站着，冷静罢，是不是？"

"这倒不……怎么会呢。"美谛克微觉慌张，回答道，"已经弄惯了。"

"我却全没有惯哩。"莱奋生笑着说，"独自走着，骑着，不知道多么久了——日里和夜间——但总觉得阴森森地……唔，这里怎么样，全都平静的？"

"平静的。"美谛克说，怀了一点惊愕和若干的胆怯看着他。

"我们立刻就要舒服了。"莱奋生仿佛并非回答美谛克的话，却是对于藏在他里面的东西似的说，"只要我们一到土陀·瓦吉，就会好一点……你抽烟么？不？"

"不，我不吸的……至多不过是玩玩。"美谛克急忙加上话去，这时他忽然记得了华理亚的烟盒，以为莱奋生是一定知道着有这烟盒的了。

"烟也不抽,不觉得无聊么?……凯农尼珂夫曾经说'害人的烟草'——我们这里曾经有过一个这么出色的袭击队员的。不知道他到了市镇没有……"

"他到那边干什么去的?"美谛克问,其时有一种模胡的思想使他的心猛跳起来。

"派他送报告去的,但时候是这样地不平静,他又带着我们的一切通知书。"

"许还要派人罢。"美谛克用了异常的声音问,但竭力要显出在他的话里,并不藏着什么特别的东西,"您没有再派一个的意思么?"

"那就怎样?"莱奋生注意了。

"没有什么……如果您有这意思,我却可以去得的……那地方我很熟悉……"

美谛克觉得他太急遽,而且莱奋生现在是全都看透了。

"不,没有这意思……"莱奋生深思地、慢慢地回答,"你有亲戚在那里么?"

"不,我在那里做过工作的……就是,在那里亲戚也有,但也并非为了这缘故……不,您可以放心:我在那市镇上工作的时候,就常常传递着秘密文件的。"

"你和什么人一起工作的呢?"

"和急进派,但那时我想,这都是一样……"

"什么是一样的呢?"

"就是,无论和谁一起工作……"

"现在呢?"

"现在是有些给人弄胡涂了。"美谛克料不定到底会要求他什么,但轻轻地回答。

"哦——"恰如这话便正是他在等待着的一般，莱奋生拖长了声音说。"不，不，没有这意思……没有派人的意思。"他从新反复道。

"您可知道我为什么又来提起这事的呢？……"美谛克用了突然的神经性的决心开谈了，他的声音发着抖，"请您不要见怪，也不要以为我对您有什么遮瞒——我都明白告诉您罢……"

"我就要都告诉他。"——他想着，一面觉得现在委实要全都说出，但不知道这是好的呢，还是坏的。

"我说这话的缘故，就因为我相信，我是一个不够格的，不中用的队员。倘若您派了我，倒好一点……不，请您不要以为我有些害怕或者有什么瞒着您，我实在是什么也不会做，什么也不知道的……我在这里和谁也合不来，谁也不帮助我，但这是我的错处么。我用了直心肠对人，但我所遇见的却是粗暴，对于我的玩笑、揶揄。我是和大家一样，参加一切战斗，并且受了重伤的。——您知道这事……现在我已经不相信人了。我知道，如果我再强些，人们就会听我，怕我的，因为在这里，谁也只向着这件事，谁也只想着这件事，就是装满自己的大肚子，倒不妨来偷他同志的东西；别的一切，他们却都不在意……我常常竟至于这样地感到，假使他们万一在明天为高尔察克所带领，他们便会和现在一样地服侍他，和现在一样地法外的凶残地对人。然而，我不能这样，简直不能这样……"

美谛克觉得，仿佛每一句话，阴云就在他那里分散。言语用了异常的轻捷，从逐渐生长的窟窿中，奔进而出，他的心也因此轻松起来。他还想永远说下去，莱奋生对这要怎么说，已经全不在意了。

"这可开场了！……了不得的废话。"莱奋生怀了渐渐增高的好奇心，倾听着在美谛克的言辞之下，神经性地在发抖的藏着的主意，一面想。

"且住。"他终于说，一触他的袖子，美谛克格外分明地觉得自己上面，钉定着他那大的、暗黑的眼睛，"朋友，唠叨了一大通，没法掩饰了！……我们暂且将这当作问题来看罢。我们拿出最重要的来……你说，在这里是各人都只想装满大肚子……"

"那可不是的！"美谛克叫了起来，他觉得这并非他话里的最重要的事，倒在他的生活在这里怎样地不行，大家对于他怎样不正当地欺侮，以及坦白地说出，他是怎样地做得合宜。"我要说的是……"

"不，且慢，这回要给我说了。"莱奋生柔和地打断他，"你说过，各人都只想装满他的大肚子，而且我们倘为高尔察克所带领……"

"我并不是说你个人！……我……"

"那都一样……倘使他们为高尔察克所带领，他们便将和现在一样，残酷地、无意义地来做合于他的意思的工作。但这是决不然的！……"于是，莱奋生开始用了平常的话，来说明那错误的缘由。

然而，他说得愈多，也愈加分明地觉得是空费自己的光阴了。从美谛克所插说的片言只语中，他知道还应该说些另外的，更加基本底的，更加初步底的——他自己是曾经费了力这才达到，而现在却已经成了他的肉和血的东西了。然而，要说这些事，现在却已不是这时候，因为时光已在向各人要求着计划底的，决定底的行动了。

"对你真没法子。"他终于用了诚恳的、好意的哀怜，说，"随你的便罢。你跑开去，却不行。人们会杀掉你，再没有别的了……还是全都仔仔细细地想一想的好，尤其是我告诉了你的那些。将这些再去想想，决没有坏处的……"

"我此外实在也没有想别的事。"美谛克含胡地说，而逼他说得那么多而且那么大胆的先前的神经性的力也突然离开他了。

"最要紧的，是切勿以为你的同志们比你自己坏。他们并不更坏，不的……"莱奋生取出烟草盒，慢慢地包起烟卷来。

美谛克带了萎靡的哀愁，看着他的举动。

"总之，枪闩还是关起来罢。"莱奋生突然说，可见在他们的谈天之间，他是总记得那开着的枪闩的。"这样的事，已该是省得的时候了——这里是并没有缒着母亲的裙角了呵。"他划着了火柴，于是暂时之间，在暗中显出了生着长的睫毛的他的半闭的眼睑，他的薄薄的煽动的鼻翼，他的红灰色的沉静的须髯。"是的，你的马怎么了？还总是骑着那一匹么？"

"还总是……"

莱奋生想了一想。

"那么，听罢：明天我给你'尼夫加'，知道不？毕加骑过的……'求契哈'就还给经理部去，懂了没有？"

"懂了。"美谛克伤心地回答道。

"胡涂汉子。"——后来，莱奋生当他软软地、小心地踏着暗中的草的时候，一面大吸着烟，一面想。为了这会话，他有些兴奋了。他想，美谛克是多么孱弱、多么懒惰而且无志气呢，太多地生了这样的人们——这样可怜而且无用的东西的国度，是多么晦气呵。"只在我们这里，在我们的地面上，"莱奋生放开脚步，还是大吸着烟，一面想，"几万万人从太古以来，活在宽缓的怠惰的太阳下，住在污秽和穷困中，用着洪水以前的木犁耕田，信着恶意而昏愚的上帝，只在这样的地面上，这穷愚的部分中，才也能生长这种懒惰的、没志气的人物，这不结子的空花……"

莱奋生满心不安了，因为他的所想，是他所能想的最深刻、最重要的事——在克服这些一切的缺陷的穷困中，就有着他自己的生活的根本底意义。倘若他那里没有强大的，别的什么希望也不能比拟的，那对于新的，美的，强的，善的人类的渴望，莱奋生便是一个别的人了。但当几万万人被逼得只好过着这样原始的，可怜的，无意义地穷困的生活之间，又怎能谈得到新的，美的人类呢？

"但是，我有时也曾是这样，或者相像么？"莱奋生又记得了美谛克，想。他试要记起他孩子时代，以及幼年时代的情形来，但很不容易——因为他自从成了被称为先驱者莱奋生的莱奋生以来，历年所积的层，是很坚固地，很深邃地——而且于他是很有意义地——横亘着了。

他只能记起先前的家族的照相来，那上面是一个孱弱的犹太的小孩——穿了黑的短衣和长着天真烂漫的大眼——用了吃惊似的，不像孩子的固执，在一处地方凝视，从这地方，那时人们对他说，是要飞出美丽的小鸟来的。小鸟终于没有飞出，他还记得。因为失望，几乎要哭出来了。然而，为了要到决定底地确信"那不会这样"，却还必要受多少这样的失望呵。

当他明白了这事的时候，也懂得关于这美丽的小鸟的——关于飞到什么地方去，使许多人徒然渴望了一生的这小鸟的骗人的童话，是将数不清的灾害，送给人们了……不，他已经用不着它！他已经将对于它的无为的、甜腻的哀伤——由美丽的小鸟这骗人的童话所养成的世代所留传下来的一切，毫不宽容地在自己里面压碎……"照现状来看一切，以变革现状，而且支配现状。"[15]——这是真理——这简单，也最繁难的——莱奋生是已经达到了。

……"不，我是一个坚实的青年，比他坚实得多。"这时他怀了一种谁也不能懂，而且想不到的难于说明的、高兴的得意之情，想，"我不但希望了许多事，也做到了许多事——这是全部的不同。"……他

---

15 "Alles so sehen, wie es ist, um zu ändern, was ist, und zu lenken, was ist." 中国恐怕还有更确切的翻译存在，但一时无从查得，因录原文以备参考。——译者

往前走，不再留心道路。冰冷的、带露的枝条使他的脸清凉。他感到一种异乎寻常的力的横溢将他提高，出于自己之上（恐怕就是他倾了全心的热力，在所向往的新的人类罢？）——他就从这广大的、世间的和人类底的崇高，克服了他的孱弱和肉体的疾病。

……莱奋生回到阵营的时候，篝火已经消灭，守夜人也不在微笑了——只听到他低声咒骂着，在稍远之处调弄他的马匹。莱奋生走向自己的篝火去——篝火还剩着微明。在那旁边，巴克拉诺夫裹在外套里，睡着深深的，很安静的觉。莱奋生加上枯草和枯枝，吹起火来。为了剧烈的紧张，他头晕了。巴克拉诺夫觉到了忽然增加的温暖，便翻一个身，在梦中咂嘴——他的脸外露，嘴唇像孩子一般向前突出，帽子给后脑压得直竖，他那全体就像一个大大的、肥胖的、驯良的小猪。"你瞧。"莱奋生挚爱地想，并且微笑；在和美谛克交谈之后，看见巴克拉诺夫，于他——自己也不知道为什么——就特别舒服了。

于是，他吐一口气，躺在他的旁边，刚刚合上眼，他就眼眩，飘摇，漂荡，不再觉得自己的身体，直到忽然落在一个深得无底的、漆黑的窟窿中。

第三部

一 美迭里札的侦察

莱奋生派美迭里札去做斥候之际,是命令他无论如何,当夜必须回来的。然而,这小队长被派前往的村比起莱奋生所推想的来,在实际上却远得不少:美迭里札于下午四点钟从部队出发,竭力策马飞跑;鸷鸟似的屈身马上,残忍地、愉快地张着那薄薄的鼻翼,恰如陶醉于厌倦的五天之后的这狂暴的飞奔一样,然而直到黄昏,追逐着他的都是秋天的泰茄——在野草的萧骚里,在垂死的太阳的冷而悲伤的光耀里。待到他终于走出泰茄,驻马在一所屋顶倒坏的、旧的、朽的、久无居人的小屋旁边的时候,已经完全昏暗了。

他系好了马,抓着腐烂的、一触便碎的木材,不怕落在发着烂树和腐草的讨厌气味的窟窿里,走到角落里去了。他曲了膝弯,跕[1]着足趾,向林中的地上不能看见的黑夜凝视、倾听,屹然不动地大约站了十分钟,比先前更像一匹鸷鸟。当他前面,在被暗夜衬成漆黑的两山之间所夹的暗淡的堆积和丛莽里,横着一道阴郁的溪流。

美迭里札跳上鞍桥,走出路上去。那乌黑的、久没人走的轮迹,几乎都没在草莽中。白桦的细干在暗中静静地发白,好像熄了的蜡烛一样。

他上了一个丘冈:左边仍如先前,横着小山的暗黑的行列,仿佛庞大的野兽的脊梁。溪水在作响。离这约略两威尔斯式的地方,有一个篝火——这使美迭里札记起了牧人生活的孤单的寂寞来。

1　现代汉语常用"踮"。——编者注

更前面，则微露着村落的黄色的不动的灯光，斜射在道路上。右边的山带，却弯向旁边，没在青霭里了。这一面的地势非常低下。这里曾有先前的河床，分明可见，沿岸是阴郁的森林。

"那是沼泽，一定的。"美迭里札想。他冷了起来——他是在敞领的小衫上面，穿着解开扣子的军用背心的。他决计先到篝火那边去。但为了预防万一起见，便从皮匣里取出手枪来，插在背心下面的带子上，皮匣则藏在鞍后面的袋子里，他并没有带马枪。这回他已经很像一个从田野里来的农民了——因为欧洲大战以后，穿着军用背心的人们是很不少的。

他已经到了篝火的近旁。不安的马嘶声，突然在暗中发响。他的马就一跳，耸起耳朵，抖着强壮的全身，哀诉地、懊恼地在黑夜中嘶鸣着来作回答。同时，有黑影子在火旁边动弹。美迭里札打了一鞭，和马一同向空中跳起……

篝火那里，站有一个圆睁了吃惊的眼睛，一只手捏鞭，别一只在大袖子里的手，则自卫似的举起瘦削的黑头发的孩子——穿着草鞋，破烂的短裤，用麻绳做带的太大的衣衫。美迭里札几乎要将这孩子踏烂了，就在他鼻子跟前慌忙勒住马。正想叱骂他时，却忽然在自己面前看见了大袖子上的惊愕的眼睛，露出膝髁的短裤，不成样子的，也许是主人给他的长衫，其中还乞哀地、谢罪地显着细瘦的、滑稽的、孩子的脖颈……

"为什么这样站着的？吃惊了罢？……唉唉，你这呆鸟，这样的一个昏头！"美迭里札有些慌张，用了平时是只对马说的好意的粗暴说。"神像似的站着！……如果我踏坏了你呢？……一个这样的昏头！"他完全温和起来，重复说，而且觉得一看见这困苦的孩子，在他里面也叫醒了一种一样地可怜的、滑稽的、孩子气的东西了。

孩子这才定了神，垂下臂膊去。

"你为什么要恶鬼似的窜来的呀？"他还有些惊惶，但竭力要合理地、独立地、像成人一般地说，"这是吓他不得的——如果他在这里管马……"

"马——？"美迭里札嘲弄地伸长了声音说，"再说一回罢！"他两手插腰[2]，扭转身子去，睁大了眼睛，微动着缎子似的灵活的眉毛看着那孩子。他忽然笑起来了，是很响亮、很仁善、很愉快的声音。怎么从他这里会发出这样的声音来的呢？连自己也觉得诧异了。

孩子是仓皇失措、动着鼻子的，但一知道这并不可怕，倒是有趣的事，便皱着脸，将鼻子一直送到上面地，他也——完全孩气地——坦白地微细地笑了起来。这很出于意料之外，使美迭里札更加高声大笑了，他们俩虽然并非故意，却各在使对手发笑，这样地笑了几分钟——这一个在鞍桥上将身子前后幌摇，闪着被篝火映得好像火焰一般的牙齿；那一个是两肘支在地面上坐着，每一失笑，就向后弯了腰。

"有趣得很！"美迭里札终于说，将脚脱出了踏镫，"真的，一个了不得的呆子……"他跳到地上，将两手伸向篝火去了。

孩子停止了笑，怀着认真的、高兴的惊异对他看——仿佛还在等候他更加特别的东西。

"你是一个有趣的小子。"好像将自己的观察给了最后的决算似的，他终于一字一字，清清楚楚地说。

"我么？"美迭里札微笑道，"是的，有趣的哩……"

"可是，我很吃了一惊。"孩子招认道，"这里有马。煨着番薯……"

"番薯？这了不得！……"美迭里札并不放掉缰绳，在他旁边坐下，"你那里拿来的呀，那番薯？"

"从那边拿来的……那边多得在烂掉！"孩子向四近挥着手。

2　现代汉语常用"叉腰"。——编者注

"那么，偷来的罢？"

"偷来的呵……拿你的马给我看……这是种马呀……不要紧，我拿得紧紧的……是匹好马，"那孩子将富有经验的视线向那骏马的停匀瘦劲、苗条而茁壮的身子上一瞥，说，"你从那里来的。"

"是一匹出色的马儿。"美迭里札同意道，"但你呢，是那里来的呀？"

"从那边。"孩子将脸向那灯光的旁边一动，说，"诃牛罕札呵……一百二十家人家，在一根头发上就够。"他复述着别人的话，并且唾了一口。

"哦……我是从山后面的伏罗毕夫加来的。这地方你大概知道罢？"

"伏罗毕夫加？不，没有听到过——该是很远的罢……"

"是的，很远。"

"那么，你到我们这里来干什么的？"

"叫我怎么说好呢……这事情说起来话长哩，朋友……我是到你们这里来买马的。人们说，你们养得很多……我是很喜欢马匹的，朋友。"美迭里札带了狡狯的微笑，道，"我自己一世就是养马的，虽然是别人的东西。"

"你以为我是自己的么？——主人的呀……"

孩子从大袖子里伸出黑瘦的小手，用鞭子去拨灰土，从这里就诱惑似地巧妙地滚出乌黑的番薯来。

"你要吃么？"他问，"这里也有面包，虽然只有一点点……"

"多谢，我刚刚吃过了，——直到喉咙口。"美迭里札撒谎说，这时他总觉得自己是怎样地肚饿。

孩子擘开[3]一个番薯，吹了几下，将那一半连皮放进嘴里去，在

3　现代汉语常用"掰开"。——编者注

舌头上一滚，便动着尖尖的耳朵，有味地吃起来了。吃完之后，他向美迭里札一瞥，用了和先前说他是有趣的人那时候一样清楚的声音一字一字地说道：

"我是一个孤儿。从半年以前起，我已经是一个孤儿了。父亲是给哥萨克兵杀死了，母亲遭过凌辱，还被杀死。他们又枪毙了我的哥哥……"

"哥萨克么？"美迭里札活泼了起来。

"另外还有谁呀？恶鬼似的乱杀一通。他们还将全家都放了火。不但是我们这里，另外还有十二家，他们还每月来一趟，现就住着四十个人。在拉吉德诺易村呢，整夏天驻扎着联队！你吃番薯呀……"

"那么，你们为什么不——逃走的？……这里树林多得很……"美迭里札几乎要站起来。

"树林有什么用呀？你不能一世都躲在林子里的。况且那边是泥沼——走不出的——全是烂泥……"

"果然不出所料。"美迭里札记起了自己的推测，想。"哪，"他一面站起，一面说："照应着我的马罢，我到村子里去走一趟。看来你们这里是不必说买，就是自己所有的东西也都要给抢得精光的……"

"你忙什么呢？再停一会罢！……"牧童忽然凄凉地说，也站了起来。"一个人真无聊。"他用了大的、恳求似的湿润的眼睛看定美迭里札，发出悲苦的声音说明道。

"不成的，朋友，"美迭里札摇手，"我得在没有昏暗之前去跑一转……但是我立刻回来的。我们就将马绊起来罢……他们的本部在那里呢？"

孩子便告诉他骑兵中队长所住的小屋在什么地方，他最好从后院绕进去。

“他们有很多狗么？”

“狗——我们很多，但是不咬人的。”

美迭里札将马绲好，告了别，便沿着河流，在小路上走去了。孩子用悲哀的眼光送着他，直到他消失在昏暗里。

半点钟之后，美迭里札已经走到村落的近旁。路向右曲了，但他却依着牧童的忠告，仍在割过牧草的平地上走，终于碰到了圆圆地围着农民的园地的栅阑——他就由此弯进后院去。村已经在睡觉。灯光已熄，在星光之下，微微可见空虚寂静的院子里面的小屋的温暖的草顶。风从园地里，吹出新掘过的潮湿的泥土气息来。

美迭里札走过两条小横街口，到第三条，这才转了弯。狗用嘶嘎的不切实的吠声相送，好像它们自己却吃了一吓似的，然而走出街上，来奈何他的人，却一个也没有。觉得这里的居民，于一切都已习惯，对于彷徨街上的外来的陌生的人们也毫不措意。平时一到秋天，在村中庆祝婚礼时常常遇到的喁喁相语的新夫妇，也到处都没有见——在柳丛的浓影下，这一秋已没有谈爱的人了。

正如当凡有危险之际一样，他充满了蔑视一切和不顾一切的感情，看着空虚的长板椅，侮蔑底地闭着嘴，而且无端愤怒起来。

依着牧童所说的记号，他在教堂旁边转弯，又走过几条小横街，终于到了牧师家的油过的栅外（骑兵中队长是宿在牧师的家里的）。美迭里札向里面窥探、倾听，一知道并无什么可虑，便迅速地无声地跳进栅里去了。

这是一个种有许多树木的、枝条繁密的园，但叶子已经落尽。美迭里札按住发跳的心脏，屏着呼吸，走进里面去。灌木尽处横着一排的列树。离自己左边二十赛旬之处，他看见了点灯的窗门，窗是开的，里面坐着人们。柔软的幽静的光射到地面的叶子上，苹果树照在其间，异样地发着金色的光采……

"那就是了!"美迭里札神经底地抖着面颊想,并且热烈起来;常使他去做最无远虑的伟业的,无所畏惮的绝望的,那可怕而不可离的感情焚烧着他的全身了。他明知道即使窃听了点灯的屋子里的这些人们的言语,于谁也没有用处,然而他心里又知道倘不听取,他将决不从这里离开。少顷之后,他已经站在靠窗的苹果树下,侧着贪婪的耳朵,在切记那边所做的一切了。

他们是四个人,坐在屋子的深处,围着一张桌子在打纸牌。右手是稀疏的头发向后梳转的、老年的、机灵的矮小的牧师——他那瘦削的小手巧妙地在绿的桌布上动作,用了玩具一般的手指将纸牌配搭,一面又注意地竭力去望各人的手头,至于使背向美迭里札的他的邻人一收进找钱,惴惴地数过之后,便藏到桌子下面去了。脸对美迭里札的,是一个漂亮而肥胖的、阴郁的,看起来好像和善的军官,嘴上衔着烟管——也许是因为他胖罢,美迭里札以为他便是骑兵中队长。但在四个打牌的人们之中,因了他自己也不能说明的原因,而始终觉得有趣的,是一个脸有皱纹、眉毛不动的苍白色的汉子——他戴着黑的卜派哈[4],穿着没有肩章的勃卢加[5],每打掉一张牌,便将这向肩上拉一次。

和美迭里札的期望相反,他们只谈些最平常的、没有兴味的事:那谈话的大半总不离于打牌。

"八十罢。"背向着美迭里札的人说。

"少一点哪,大人,少一点哪。"那黑的卜派哈回答着,且又毫不为意地添说道,"一百罢,盲[6]的。"

漂亮而肥胖的一个皱着眉头,再看一回帐单[7],从嘴里取出烟管

---

4 哥萨克人所用的皮帽。——译者
5 外套,也是哥萨克人用的。——译者
6 Blind,押钱而不看牌,上海称为"偷鸡"。——译者
7 现代汉语常用"账单"。——编者注

来，加到一百五。

"我派司 [8]。"最先的一个向牧师说，手里拿着赢牌。

"我想是要这样来的……"黑卜派哈嘲笑道。

"如果我没有好牌，叫我有什么法子呢？"最先的一个辩解着，一面向着牧师，仿佛是在求他的赞助。

"小小地玩，小小地玩。"牧师细眯了眼睛，小小地、小小地笑着，说着笑话，好像要用了这样的小小的笑来衬出自己的对手的小小的玩来一般。"但是，你已经记下了二百零两点了……我们知道你的，朋友！……"他用了不认真的、和气的狡猾，翘起指头来威吓说。

"这样的瘟虫。"美迭里札想。

"唉唉，你也派司么？"牧师转向阴郁的军官问道。"拿赢牌去罢。"他对黑卜派哈说，并不开牌便推给他了。

他们亢奋地敲着桌子，有一两分钟，终于是黑卜派哈输掉了，"当初是那么摆架子。"美迭里札想，他并没有决定自己的去留。然而，他已经不能去了，因为赌输的那一个向窗口转过脸来，美迭里札在自己身上感到了凝结在可怕的、目不转睛的正确之中的他那穿透一般的视线。

这时候，背向窗口的一个便洗起纸牌来。他洗得又热心，又经济，好像一个年纪并不很大的老妇人的祈祷。

"涅契太罗不在这里。"阴郁佬打着呵欠说，"一定和谁在一起罢。我也该同去的……"

"两个人么？"卜派哈从窗口回转头去，问道。于是，装着憎恶的歪脸，加添说："她是原可以和你们一道的。"

"华闪加么？"牧师探问道。"嗡嗡……她是做得到的……我们

8　Pass，轮到自己，因不合适而让给后一人之谓，也可以译作"通过"。——译者

这里曾有一个读圣诗的人——我已对你们说过了的。……但舍尔该·伊凡诺微支是恐怕不赞成的罢……一定的……他昨天悄悄地对我说些什么呀？'我想带了她去，'他说，'如果和她，结婚也可以。'他说……阿呀，阿呀！"牧师忽然大叫起来，狡猾地闪着伶俐的小眼睛，用手掌按住了嘴。"将一件事情，像一个筛子！都漏出来了。但为上帝的意志，没有什么告密！"他装着故意的惊愕，将手一挥。大家是也像美迭里札一样，在看他的一切言语和举动的不诚实，以及隐藏着的此后的东西的，然而谁也不说，都笑起来了。

美迭里札弯着腰，侧身离开了窗口。他刚刚弯过打横的列树，忽然正撞着了一个一只肩膀上披着哥萨克外套的人，还有两个人站在他后面。

"你在这里干什么？"那人一面无意识地按住和美迭里札相撞时几乎落掉的外套，一面诧异地问道。

小队长跳到旁边，奔进灌木里面去。

"拿住！抓住他！抓住他！这里来！……喂！……"几个声音叫喊着。接着是尖利的、短促的枪声。

美迭里札冲进灌木里，不知道往那里走，碰着丛树，失掉了帽子，而声音却已在他的前面什么地方呻吟、号叫，从街道上，也起了狗的凶恶的吠声。

"他在那边，拿住他！"有人叫着，伸开一只手，扑向美迭里札来。枪弹从耳朵旁边呼呼地飞过，美迭里札也开了枪。向他扑来的那人，便踉跄着跌倒了。

"胡说，捉我不住的……"美迭里札得胜地说，他实在是到最后的瞬息间为止，不相信会有人能够将他擒住的。

然而，一个又大又重的人从他背后扑来，将他压在下面了——美迭里札还想挣出一只手来，但在头上的凶猛的一击，便从他夺去了意识。

于是，大家就顺次来打他，他虽然已经昏沉，却还觉得遭打，一次又一次，没有穷期……

部队所驻的低地是昏暗而且潮湿的，但太阳却从诃牛罕札后面的橙色的罅隙里窥探进来，泰茄上面则漂荡着满是秋天的霉气的白昼。

守夜人在马匹旁边假寐，从睡梦中听到了很像远处的机关枪响的、固执的、单调的声音。他吓得一跳而起，拿了枪。然而，那只是一匹啄木鸟在啄河边的榛树。守夜人咒骂了几句，冷得缩了身子，将破烂的外套一裹，走到空地上去了。谁也没有醒——人们在做混沌的、绝望底的梦，正如明日一无所冀、饥饿的、损伤的人们的所做的一般。

"小队长总是还不回来……一定是大嚼一通，睡在那里的小屋里了，我们却空着肚子停在这地方。"守夜人想。

他平时是比谁都佩服美迭里札并且以为荣耀的，这时候却觉得他颇是一个坏小子，不该派他来做小队长的了。他忽然不愿意当别人，例如美迭里札之流，在享人间之福的时候，自己却在泰茄里受着苦恼了。然而，他怕敢烦扰莱奋生去，便叫醒了巴克拉诺夫。

"什么？……还没回来？……"巴克拉诺夫用了渴睡的不清楚的眼凝视着他。"什么还没回来？"他尚未醒透，但已经明白了所说的是什么事，吓得叫起来了，"不要说笑话，朋友，这是决不至于的……唔，是的！哪，去叫起莱奋生来罢！"他跳起身，赶快系好了皮带，蹙着渴睡的眉心，全身也立刻坚劲了。

莱奋生是无论睡得怎么熟，只要听到自己的名字，便睁开眼睛，也就坐了起来的。他一看见守夜人和巴克拉诺夫，便省悟了美迭里札没有回来，和已是应该开拔的时候。最先，他觉得自己非常疲劳，非常困急；几乎要忘掉了美迭里札的事，忘掉了自己的病，头上蒙着外套再来睡一通。然而，同时也已经跪起，卷着外套，用枯燥的、冷淡的调子在答巴克拉诺夫的质问了。

"唔，这有什么呢？我就这样想……我们在路上自然会遇见他的。"

"但倘若我们不遇见他呢？"

"倘若我们不遇见他么？……唔，你可还有一条多余的外套带子给我没有？"

"起来呀，起来呀，昏蛋！要到村里去了！"守夜人用脚踢着睡觉的，叫喊说。从草里就抬起乱发蓬松的袭击队员的头来，于是从各方面，向守夜人飞来了最初的、还未说得清楚的、睡胡涂的毒骂——图幡夫曾经称这为"曙光"。

"大家多么不高兴。"巴克拉诺夫沉思地说，"要吃……"

"你呢？"莱奋生问道。

"什么——我？……我是不成问题的。"巴克拉诺夫皱着眉，"我就像你一样——不知道是怎么一回事……"

"不，我知道。"莱奋生用了很柔软、很温和的声音说，至于使巴克拉诺夫才始很注意地来看他了。

"但是你很瘦了，朋友。"巴克拉诺夫用了骤发的哀怜说，"胡子蓬松了。倘若我在你的地位上……"

"来，来，我们不如洗脸去罢。"莱奋生含着做了坏事似的惨淡的微笑，截住他说。

他们走到河滨，巴克拉诺夫便脱去两件小衫，洗了起来。看来他并不畏避冷水。他的身体是丰满而强固，黑褐色，好像铸成一样，但他的头却圆圆的、和善的，仿佛孩子的似的，他也用了天真烂漫的孩子气的动作来洗头——他用手掌掬了水，使劲地摩擦。

"我昨天讲了很多话，约了一些事，但到了现在，却好像不行。"莱奋生忽然记得了昨天和美谛克的谈话以及和这会话相连的自己的思想，便起了暗淡的、懊恼的感情，想。这决不是因为他以为那些并非正确，也就是，没有表现了实在发生于他那里的东西——不，他倒觉得那是很正确、聪明、有趣的思想的，然而他此刻一想到，却经验了模胡的不满了。"唉，是的，我说过给他一匹别的马的……但这有什么不行呢？不，我现在就要照办。这一点是全都正当的……那么，究竟是怎么的呢？……那是……"

"你为什么不洗的呀？"巴克拉诺夫洗讫，用一块肮脏的手巾擦得通红，一面问，"很好，这冷水！"

……"原因是这样的，我生着病，每天支使着我的事情又渐渐坏下去了。"莱奋生走向水边，并且想。

洗过脸，系好皮带，腰后面感着平常的盒子炮的重量，他总算觉得自己已经休息了。

"美迭里札怎么了呢？"这思想现在完全支配了他。

莱奋生无论如何，总料不到一个不会动弹，或是没有生气的美迭里札。他对于这人，常常感到一种不可捉摸的魅力，和他并辔，和他交谈，或者连单是对他看，在他也觉得开心。他的倾向美迭里札，决不是因为他有什么卓拔的，社会底地有益的性质，这在美迭里札那里很有限，他自己倒多得多，却为了他那肉体底柔软性，他里面的不竭的泉流似的洋溢着的活泼的力——这是莱奋生自己所欠缺的——的缘故。他一在面前看见那敏捷的，总是准备着行动的风姿，或者觉得美迭里札就在左近的时候，他便不知不觉地忘掉了自己的肉体底屡弱，好像他也能成为美迭里札那样强壮的不会疲乏的人了。他的心中，甚至于还以指导着这样的人为荣耀。

美迭里札也许落在敌人的手里了这一种思想，莱奋生自己虽然逐渐确信起来，但在袭击队员是很不容易相信的。各个袭击队员都将这思想当作仅是预约不幸和苦恼的最后的结局，因而分明是全不会有的事，谨慎地危惧地从自己这里推开。而守夜人的"在那里大嚼一通，睡在小屋里了"的推测，则纵使和那敏捷而忠于工作的美迭里札，有怎样地不符，却渐渐增多了附和者。许多人们已经对于美迭里札的"卑劣和无意识"公然鸣着不平，而且立刻迎着他开拔上去的要求，也使莱奋生听得到了烦厌。待到莱奋生用了特别的注意做完这日的工作，给美谛克换过马匹，最后发出开拔的命令时，部队里就满是欢声，好像靠这命令，一切的不幸和艰难真就告了终结似的了。

他们一点钟一点钟地策马而进，然而剽悍的、有着油润的前发的小队长，却还不在道上露面。他们更只向前进，而搜索着他的视线，仍复成为枉然。于是，不独莱奋生了，便是美迭里札的最为公然的羡慕者和攻击者，也开始怀疑了他的侦察的好运气的出发了。

部队在粗暴的、意义深长的沉默中行近了泰茄的边际。

二　三个死

美迭里札在一间大而黑暗的仓库里，苏醒了过来。他躺在精光的潮湿的泥地上，首先所感到的是透骨的湿气的感觉。于是，电光似的闪出一切事件的回忆来。所受的打击还在头颅里扰攘，头发被血液粘住了——他在额上和颊上，都觉着有这干了的血液。

他生出一个思想来，最先的，清清楚楚的，是能否逃走的思想。美迭里札是无论如何总不能相信在他一生中，身历了一切勇敢的行动和成功，人们都已闻名之后，竟也会和别人一样，终于身死骨朽的。他遍看屋中，探挖窟窿，试毁门户，但都是徒劳！……他到处遇见死的、冷的木料，窟窿是小到毫无希望，连他自己的视线也不能通，只是好容易才透进一点秋日清晨的熹微的光气。

然而，他的眼光还总在搜寻，直到了由没有出路的冷酷的分明，省悟到这回是已经无从逃走。待到他决定底地确信了这事之后，不知道为了什么缘故，对于本身的生死问题，倒忽然全不在意了。他那肉体底和精神底的全力都集中于倘从他本身的生和死的见地来看，全属无聊，而此后在他最为重要的问题上——这就是，素以剽悍而不怕死得名的他，美迭里札，对于杀害他的人们，将怎样地示以无畏和轻蔑。

他还未想完，就听得门外有些响动，门闩一响，和微明的、发抖而苍白的晨光一起，走进两个一样苍白，好像搓熟了的、拿枪而裤上缀着侧章的哥萨克兵来。美迭里札跨开两腿站着，并且皱起眉头来向他们凝视。

他们一看见他就在门口缩住了，后面的一个不安地哼着鼻子。

"来罢，乡下人。"前面的说，并无恶意地，倒有些抱歉似的。

美迭里札强硬地垂着头，走出外面去。

不多久，他便在昨夜从牧师的院子里窥探过的那一间屋子里，站在已经认识的——黑卜派哈和勃卢加的那人之前了。这里的靠手椅子上，坐着昨夜美迭里札认为骑兵中队长的那漂亮的、肥胖的、好像仁善的军官，诧异地，然而并不严厉地在向美迭里札看。由这接近的观察，他此时才从种种微细的情状，知道了队长并非这仁善的军官，却是别一个——穿勃卢加的汉子。

"你们去罢。"那人向着站在门口的两个哥萨克兵断续地说。

他们仓皇跳出屋外去了。

"昨天晚上你在院子里干什么呀？"他在美迭里札面前站定，用那尖利而不动的眼光钉住他，迅速地问道。

美迭里札沉默着回看他，而且嘲笑他。他定住眼睛，微动着他缎子一般的眉毛，用那一切的神情，表示着无论给他怎样的质问，怎样逼他的回答，他也总不说能给质问者满足的言语。

"不要胡涂了，"队长又说，毫不发怒，也不高声，然而带着美迭里札此时心境如何他已经全都了然的调子。

"讲什么空话呢？"小队长谦虚地微笑道。

骑兵队长将他那染着血污的、不动的痘斑的脸面研究了几秒钟。

"什么时候出了天花的？"他忽然问。

"什么？"小队长惊惶了，回问说。他的惊惶，是因为知道骑兵队长的质问里，并不含有嘲笑或揶揄，他单是对于这麻脸觉得有趣。一经知道，美迭里札便愤怒起来，较之被人骂詈或揶揄更为愤怒了。

"你是本地人，还是过路的呢？"

"算了罢，大人！……"他捏紧拳头，红了脸，制住自己不去奔向他，一面决然地，愤然地说。他还想说下去，然而"为什么现在不扑向这生着不愉快的可怜的红头毛，而沉静得讨厌的，皱脸的黑小子去，将他扼死的呢？"——这思想，突然分明地主宰了他，使他说不出话来，并且前进了一步。他的两手发抖，麻脸上忽而出汗了。

"阿呵！"那人这才愕然地叫喊，然而并不后退，眼睛也没有从美迭里札离开。

美迭里札在迟疑中站住脚，他的眼睛发着光。那人已经从皮匣里掏出手枪来，在他鼻子跟前挥了几转给他看。小队长便又制住自己，转向窗口，凝结在嘲笑的沉默里了。

这之后，虽然用了手枪，用了给看将来的可怕的刑罚来恐吓他，或者托他说出一切的真实，约给他完全的自由——他总不说一句话了，也没有看一看讯问者。

正在讯问的时候，门缓缓地拉开了，从中伸进一个生着吃惊的又大又呆的眼睛的毛发蓬松的头来。

"嗳哈。"骑兵中队长说,"准备已经停当了么?那么,就是了,去对他们说,来带这小子去。"

仍是先前的两个哥萨克兵将美迭里札带出后院去,指给他开着的门,自己们却跟在他后面走。他并不回顾,但觉得两个军官也在背后跟来了。他们到了教堂的广场。在这里的属于教会的木屋旁边,村民挤得成堆,四面围着骑马的哥萨克。

美迭里札常常想,他对于怀着无聊的琐屑的忧虑,随和着围绕他们的一切的人们,是既不喜欢,也不轻蔑的。他们对他取怎样的态度,他们对他有怎样的议论,他以为和他都不相干。他未曾有过朋友,也不特地去结识朋友。然而,他一生所做的最重大、最紧要的一切,却自己不知不觉地,都由于对于人们、为了人们,使他们因此注视他、夸奖他、感叹他而且称赞他而做的。现在他抬起头来的时候,便不但用了视线,简直是用了全心,将农民、少年、彩色长衫的吃惊的妇人、白花头巾的姑娘、帽沿 [9] 下露着刷得如画的遒劲而漂亮的绻发的雄纠纠的骑士,这些波动的斑驳陆离的静默的群众,在湿得好像哭过的草上跳跃的他们的长而活泼的影子,并且连那为如水的太阳所照射,壮丽地、沉重地凝结在寒冷的空中的,他们头上的旧教堂的穹窿也全都包罗了。

"呵,真好!"他一遇到这些活泼的、斑斓的、可怜的群众——在他周围动弹、呼吸、闪烁和在他里面搏动的一切,高兴得快要欢呼出来。他用了轻捷的野兽一般,好像足不践地的脚步,摆着柔软的身躯,更迅速、更自由地往前走,广场上的群众便都转脸来看他,并且觉得在这他的柔软而热烈的身体中,就藏着像这脚步的、野兽似的轻捷的力量。

9　现代汉语常用"帽檐"。——编者注

他从群众之间走过，看着他们头上的空中，然而觉着那无言的热烈的注目，在教堂管领的小屋的升降口站住了。军官们追过他之前，走到回廊上。

"这里来，这里来。"骑兵中队长说，并且在自己的旁边指给他一个位置。美迭里札一跳便上了阶沿，在他身边站定。

现在大家看得他清楚了——他坚强，长大，黑头发，穿着柔软的鹿皮的长靴，小衫坦开着领子，束带的绿穗子从背心下面露出。那灵敏的眼里，闪着远瞩的凶猛的光芒，在凝视那凝结在灰色的朝雾中的壮大的山岭。

"有谁认识这人么？"队长问道，用了锐利的、透骨的眼睛环顾着周围——忽然暂时看在这个的，忽然又看在那个的脸上。

遇到这眼光的人们便惶恐地眨着眼，低了头——只有女人们没有闪开眼睛的力量，还是怀着懦怯而贪婪的好奇心在默默地麻木地对他看。

"没有人认识他么？"队长又问了一回，将"没有人"这三个字说得带些嘲笑的调子，好像他明知道大家其实是认识，或者是应该认识"这人"的一般。"这事我们就会明白的……涅契泰罗！"他向一个巧妙地骑着栗壳色马、身穿哥萨克长外套的高大的军官那面招手，叫道。

群众起了轻微的动摇，站在前面的就向后看——有一个身穿黑背心的人决然地挤进人堆里来，低垂着头，令人只看见他那温暖的皮帽。

"让一让，让一让！"他用一只手开路，别一只在后面引着一个人，迅速地说。

他终于走到升降口了。大家这才看见，他引来的是一个身穿长长的衣衫、瘦削的黑头发的小孩子。那孩子惴惴地睁着他乌黑的眼

睛,交互看着美迭里札和骑兵中队长。群众更加动摇了,听到叹息和
女人的低语。美迭里札向下一望,即刻知道那黑头发的孩子,便是他
昨夜托他管马的,有着吃惊的眼和细细的滑稽的小颈子的牧童了。

用一只手紧抓着孩子的一个农民,除下了帽子,露出压平似的
带些花白头发的秃头(看去好像有谁给他乱撒了一些盐似的),向
队长鞠躬,并且开口道:

"这我的牧童……"

但他觉得人们没有听他的说话,吓起来了,便俯向孩子,用指
头点着美迭里札问道:

"是这人么?"

牧童和美迭里札眼对眼相觑,有数秒钟——美迭里札带了装出
的冷静,牧童含着恐怖和同情。他于是将眼光移到骑兵队长去,凝
视了一会,好像化了石块一样,后来又去看那还是紧抓住他的弯着
腰的农民——他深深地艰难地吁一口气,否定底地摇摇头……静到
连教堂长老的牛栏中的小牛的响动也能听到了的群众,便即有些动
摇,但又立刻肃静了。

"不要害怕,蠢才,不要害怕呀,"农民自己惴惴地,用手指热
心地指着美迭里札,发出温和的带些发抖的声音劝慰孩子说,"倘
不是他,另外又是谁呢? ……说罢,说呀,不要害……唉,这废
料! ……"他突然愤愤地截住话,用全力在孩子的臂膊上扭了一
把。"他就是的,大人,不会是别人的……"他辩解似的,谦恭地将
帽子团在手里,大声说,"不过是孩子在害怕,马装着鞍,鞍袋子里
藏着皮匣,还会是谁呀——昨夜里他骑到篝火边来的。'管着',他
说,'我的马。'他自己就到村里去,孩子不能等他了——天已经亮
了——他不再等,将马赶到家里来,马是装鞍的,鞍袋子里又有一
个皮匣——另外还能是谁呢? ……"

"谁骑来了？怎样的一个皮匣？"队长注意地听着没有头绪的话，问道。农民更加惶恐起来，团着帽子，仍复颠倒错乱，讲一遍他的牧童在早晨怎样地赶了别人的马来——马是装鞍的，而且鞍袋子里还有一个皮匣。

"哦，哦——"队长拖长了声音说。"可是他还不直说么？"他说，将下巴向孩子一伸，"总之，叫他到这里来——我们用我们的法子来讯问他就是……"

孩子被推到前面来了——他走近了升降口，但不敢跨上去。军官跑下阶沿来，抓住他瘦小的发抖的肩膀拉向自己这面，用了透骨似的可怕的眼色看定了他那吓得圆睁的眼睛。

"嗳嗳……嗳！……"孩子立刻呻吟起来，轮开了眼。

"这将是怎么一回事呵？"女人里面的一个受不住这严紧了，叹息着说。

就在这刹那间，从升降口飞下一个柔软的身体来。群众吓得将两手一拍，披靡了。骑兵队长遭了强有力的打击，倒在地面上……

"开枪！……这什么样子？……"漂亮的军官大叫道。他无法地伸着手，狼狈得忘了自己也可以开枪了。

几个骑兵冲进群众里面来，用他们的马将人们赶散。美迭里札用全身扑向他的敌人，想扼住那咽喉，但那人张开黑的翅子似的勃卢加，蝙蝠一般扭转身子，一手痉挛着抓住皮带，要拉出手枪来。他终于将皮匣揭开了，在美迭里札刚刚抓着他的咽喉之际，他便对他连开了两三枪……

赶紧跑到的哥萨克们来拖美迭里札的两脚的时候，他还攫着野草，咬着牙齿，想将头仰起，然而头却无力地垂下，伏在地上了。

"涅契太罗！"漂亮的军官叫喊道，"召集中队！……您也去么？"他郑重地向骑兵队长问道，但并不对他看。

"去的。"

"拉中队长的马来! ……"

过了半点钟,哥萨克的骑兵中队便整好一切战斗准备,顺了美迭里札昨夜走过的路,开快步迎上去了。

和别的人们一样,觉着大大的不安的巴克拉诺夫,终于忍不住了——

"听哪,放我到前面去跑一趟罢,"他对莱奋生说,"鬼知道哩,究竟……"

他用拍车刺着马,比意料还要快,跑到了林边的满生苔藓的小屋。他用不着爬到屋顶上去了——约距半威尔斯忒之远,正有五十个骑兵跑下丘冈来。他由他们的有黄点的制服,知道那是正式兵。巴克拉诺夫按住了自己的从速回去将这危险报告莱奋生(他是时时刻刻在想跳出来的)的愿望,却躲进丛莽里去,等着看丘冈后面可还有另外的队伍出现。然而,不再有什么人;骑兵中队并不整列,用平常速度前进。从骑兵的疲劳的坐法和马头的在摇摆上判断起来,应该是刚刚开过快步的。

巴克拉诺夫回转身,几乎要和骑出林边来的莱奋生相撞了。他给他一个站住的记号。

"多么?"到得听到了他的声音之后,莱奋生问道。

"大约五十。"

"步兵?"

"不,骑兵。"

"苦勃拉克,图皤夫散开!"莱奋生静静地指挥道。"苦勃拉克在右翼,图皤夫左翼……你做什么! ……"他忽然叱咤起来,这时他看见一个颊上缚着绷带的袭击队员溜到旁边,还在对别人做暗号，教学他的榜样。"归队！"于是用鞭子威吓说。

他将指挥美迭里札的小队的事交给巴克拉诺夫，并且命令他留在这处所，自己便跛着一只脚，挥着盒子炮，走出散兵线的前面去了。

他藏在丛莽里，使散兵伏下，便由一个袭击队员引导着，走到了小屋。骑兵已经很近了。由黄色的帽章和侧章，莱奋生知道了那是哥萨克。他也能够看见了穿着黄色勃卢加的队长。

"去对他们说，爬到这里来。"他低声告诉袭击队员道，"但不要站起，否则……喂，你在看什么？赶快！……"他皱着眉头，将他一推。

哥萨克的数目虽然少，莱奋生却忽然感到了剧烈的兴奋，正如在一直先前他作第一次的军事行动时候一般。

在他的战斗轨道中，他划分为两段落。这虽然并无分明的界限，然而据他所经历的本身的感觉，在他是两样的。

最初，他不但并无军事上的教养，连放枪也不会，而不得不由他来指挥大众的时候，是觉得一切事件和他都不相干，只是经过他的意志的旁边发展了开去。这并非因为他没有实行自己的义务（他是竭力做了他的力所能及的最大限度的），也不是因为他以为个人并无影响于大众所参加的事变（他以为这样的见解是人类底虚饰的坏现象，正是这等人们借此来掩饰自己的怯弱，即缺少实行的意志的），倒是因为在他的军事行动的最初的短时期中，他的一切精神底力都用到克服那战斗中不知不觉地经验了的对于自己的恐怖和使大家不知道他这恐怖上去了。

然而，他即刻习惯于这环境，到了对于自己的生命的恐怖已经无妨于处置别人的生命这一种情形了。在这第二期，他才得了统御事件的可能——他感得那现实的进行和其中的力量和人们的关系愈分明，愈确切，也就愈圆满，愈成功。

但他现在又经验到剧烈的兴奋，而且不知怎地，这又好像和他的新景况，对于自己，以及对于美迭里札之死的一切思想连结起来了。

当散兵在丛莽间爬了近来时，他便又制御自己，而他那短小精悍的形相，就以极有把握的正确的动作，像先前一样，正是人们由习惯和内面底的必然而深信着的，没有错误的计划的化身似的，站在大家的前面了。

骑兵中队已经很临近，能够听到马蹄和骑士们的低语声，并且可以辨别了各个的面貌。莱奋生看了他们的表情，尤其是衔着烟管，胡乱地坐在鞍上，刚刚跑上前边来的那漂亮的、肥胖的军官的表情。

"这应该就是畜生了，"莱奋生注视着他，将通常加给敌人的一切可怕的性质不知不觉地都归在这漂亮的军官上，想，"我的心跳得多么厉害呵！……早可以开枪了罢？……开么？……不，等到了剥了皮的白桦树那地方……但为什么他骑得那么坏的呢？……这实在是……"

"小——队！……"他忽然发出高亢的、拖长的声音叫道（这瞬间，骑兵中队恰恰到了剥了皮的白桦之处了），"放！……"

漂亮的军官一听到他第一个声音便愕然地抬了头，但这时他的帽子已从头上飞落，他的脸上现了惊骇和无法可想的表情。

"放！……"莱奋生再叫一次，也开了枪。他对着漂亮的军官瞄准。

骑兵中队混乱了。许多人们——其中也夹着漂亮的军官——死在地面上。几秒钟间，苍皇[10]失措的人们和用后腿站起的马匹都挤在一处，发着为枪声所压、听不明白的喧嚷。从这混乱里，终于

10　现代汉语常用"仓皇"。——编者注

现出一个身穿黑的勃卢加的骑士来，显着吃紧的模样，勒住马，挥着长刀，在骑兵队前面跳跃。但别人分明是不听他，有几个已经策马逃走，全中队也立刻跟着他们去了。

袭击队员跳了出来，射击着其中的最勇敢者，一面追上去。

"马来！……"莱奋生叫道，"巴克拉诺夫，这里来！……上马！……"

巴克拉诺夫显着横暴的脸相，挺着身子，下掠着的手里拿一把亮如云母的长刀，从他旁边经过。他后面跟着枪械索索有声、发着呼号的美迭里札的小队。

全部队也都跟着疾走了。

美谛克被潮流所牵惹，走在熔岩的中央。他不但没有感到恐怖，并且还失掉了观察自己的思想和行为，从旁加以品评这一种他平时不会离开的性质——他只看见前面有熟识的背脊和垂发的头，只觉得尼夫加并不落后，而敌人正在奔逃，他心中著著努力的是和大家一同追及敌人，不要比熟识的背脊慢。

哥萨克的骑兵中队躲进白桦林子里去了。不多久，就从那边向部队射出许多枪弹来，但这边不但没有放缓脚步而已，仍然疾驰，反因射击而增高了激昂和亢奋。

忽然间，跑在美谛克前面的毛鬣蓬松的马打了一个前失，那有垂发的头的熟识的背脊，便张开臂膊，向前面跌出了。美谛克也和别人一同，跳过了在地上蠢动的黑东西，依旧向前走。

不见了熟识的背脊之后，他便将眼光凝注了正面的渐渐临近的森林……一个骑了黑马，叫着什么，用指挥刀有所指示的短小有须的形相，忽然在他眼中一闪……和他并排跑着的几个，便突然向左转了弯。然而，美谛克不省得，还是向着先前的方向冲过去。于是，走进林子里面了，被无叶的枝条擦破了脸，几乎撞在树干上。

他费了许多力,才得使发狂而钻过丛莽去的尼夫加停止了下来。

他只是一个人——在白桦的柔和的寂静里,在树叶和草莽的金色里。

这时他仿佛觉得林子里满是哥萨克。他竟至于叫了起来,而且怕得赶紧向原路奔回,不管尖锐的有刺的枝条打扑着他的脸。

当他回到平野上的时候,部队已经看不见了。离他二百步之远,躺着一匹打死的马和倒在旁边的鞍桥。近旁蹲着一个人,弯了腿,绝望底地两手抱了双膝靠住胸膛,一动也不动。这是木罗式加。

美谛克一面惭愧着自己的恐怖,一面用平常速度骑近他那里去。

米式加侧卧着,咬了牙齿,睁着大的玻璃一般的眼睛。那有锐利的蹄子的前腿是弯起来的,好像它至死也还要驰驱一样。木罗式加看着它的门牙那边,他的眼睛发着光,干燥而看不见。

“木罗式加……”美谛克在他前面勒住马,轻轻地叫道。对于他和这死马的下泪的仁善的同情,忽然支配了他了。

木罗式加没有动。他们不交一语,不移一步地停了几秒时。于是木罗式加叹一口气,慢慢地放开手,跪了起来,还是不看美谛克那边,开手去将鞍桥卸下。美谛克不敢对他再说话,只是沉默着在看他。

木罗式加解开了肚带——有一条是已经断掉了——他很用心地注视着那断掉的血污的皮条,又团在手里,又将它抛掉了。于是,叹息着将鞍负在背脊上,径向森林那面走——屈着身子,不稳地运着弯曲的两腿。

“拿来,我带去罢,或者,如果你愿意,你就骑了马去——我可以走的!”美谛克叫道。

木罗式加头也不回。但只因为马鞍的重量,身子更加弯曲了。

不知道为了什么原因,美谛克不愿意再给他看见,便远绕着,

木罗式加在他那死掉的米式加之旁
在马上——美谛克

向左转了弯。一过树林，就望见横列溪边的村落。在他右边的低地上——直到旁走而没在昏暗的灰色的远方的山岭为止——横着一片森林。天空——早晨那么明朗的天空，现在却低垂而阴郁了，太阳几乎看不见。

离道路五十步之处躺着几个砍倒的哥萨克。有一个还活着——他好容易用臂膊支了起来，但又倒下了，而且呻吟着。美谛克又绕一个大弯，避开着走，要不听到他的呻吟。从村里跑出几个骑马的袭击队员来，正和他相遇。

"木罗式加的马给打死了……"美谛克遇见他们时，便说。

没有回答。有一个向他这面射出怀疑的眼光来，仿佛要问道："我们正在战斗的时候，你到那里去了呢？"美谛克栗然，依旧向前走。他满怀了很坏的预感……

当他到得村里的时候，许多袭击队员都已经寻好宿处了，别的人们是拥挤在高的雕花窗门的五角小屋的旁边。莱奋生戴着破帽，浑身汗水和尘埃，站在回廊上面在发命令。美谛克走到系着马匹的栅边。

"从那里光降的？"哨兵冷嘲地问道，"去采集香菇了么？"

"不，我走错了。"美谛克说。人们怎样推测他，现在在他是全都一样了，但因为从前的习惯，他还想解释一下："我进了林子去了。你们是，我想，向左转了弯罢？"

"对咧，对咧，向左！"一个脸有天真的笑靥，顶留滑稽的发涡的、白眉毛的短小的袭击队员说。"我叫你的，你没有听到……"于是得意地看着美谛克，好像他怀着满足，在记出一切细微之点来。美谛克将马绁好，和他并排坐下了。

苦勃拉克从一条横街里走出，同着一群的农民——他们是带了两个反缚两手的汉子来的：一个身穿黑色的背心，不成样子的、被压平一般的花白头发的脑袋——他抖得很利害，哀求着带他的人们；别一个是瘦弱的牧师，从他撕破了的法衣下面，那稀皱的裤子和垂下的睾丸都分明可见。美谛克看见苦勃拉克的腰带上有一条银索子，——明明是十字架的索子。

"是这人么，唔？"当他们走近阶沿时，莱奋生指了背心的汉子，青着脸问道。

"是他，正是他！……"农民们嚷嚷地说。

"竟是这样的坏货……"莱奋生向了坐在他旁边的式泰信斯基说,"然而,你是医不活美迭里札来的了……"他迅速地眨着眼睛,转过脸去默默地看着远方——要避免对于美迭里札的回忆。

"同志们!我的亲爱的!……"那俘囚用了狗似的从顺的眼睛,忽然看着农民们,忽然看着莱奋生,哭喊道,"难道是我自己情愿的么?……我的上帝……亲爱的同志们……"

没有人来听他。农民们都转过了脸去。

"还说什么呢:你怎样威逼了牧童,全村都看见的。"有一个向俘囚阴沉地冷淡地一瞥,说。

"自己不好呀……"别一个证实道,便将脸躲掉了。

"枪毙,"莱奋生冷冷地说,"但带得远些。"

"牧师呢?"苦勃拉克问道,"也是坏种,和军官们一气的……"

"放掉他——给魔鬼去!……"

群众——其中也夹杂着许多袭击队员——跟了带着穿背心的汉子的苦勃拉克涌出去了。那人打着寒噤,弯着腿,哭着,抖着他的下巴。

企什走近美谛克来了。他显着遮掩不住的胜利的高兴,头上戴一顶肮脏的帽子。

"你原来在这里!"他高兴而且骄傲地说,"多么俨然呀!我们到什么地方去吃一点东西罢……现在他们在分给大家哩……"他别有意义似的拖长了声音,吹着口笛。

他们为了吃走了进去的小屋是很不干净的,空气闷人,发着面包和切碎的白菜的气味。炕炉的角上乱抛着肮脏的白菜头。企什一面吞下面包和白菜羹去,一面将自己的英雄事业讲个不住,一面又时时去偷看那在给他们搬东西的、长辫发的苗条的小姑娘。她窘了,也高兴。美谛克总在侧耳倾听,一有什么声音便紧张得发抖。

"……他们忽然回转身来了——向着我……"企什满口喷喷地唠叨道,"那我就,吓! 给了他们一枪……"

这时玻璃窗震得作响,起了一齐射击的声音。美谛克愕然落掉羹匙,失了色。

"这些事情什么时候才了呵! ……"他在绝望中叫了起来,用两手掩面跑出小屋去了。

……"他们将他打死了,将这穿着背心的人。"他将脸埋在外套的领子中间,躺在一处的丛莽里,想——他怎么跑到了这处所,已经全不记得了。"迟迟早早,他们总也要杀掉我的罢……然而,我现在也就并不活着了——我就和死掉了一样:我已经看不见爱我的人,和那亮色的绻头发的,我将那照片撕得粉碎了的,可爱的少女,也不能相会的了……他一定哭了罢,那个穿背心的可怜的家伙……我的上帝,我为什么将这撕碎了的呢? 我真将不再回到她那里去了么? 我多么不幸呵……"

当他带着枯燥的眼、显着苦恼的表情走出丛莽来的时候,周围已经是黄昏了。从极近的什么处所,听到烂醉的人声,一个手风琴在作响。他在门口遇见了长辫发的苗条的姑娘——她在水槽里汲了水,摇摆着弯得像一枝柳条一样。

"你们里面的一个和我们的年青人在逛着哩。"她睁上暗色的睫毛,微笑着说,"你听哪,他多么……"于是,她合了从街角传来的粗鲁的音乐,摇着她美丽的头。水桶跟着摇动,溅出水来,那姑娘便羞得躲进门里面去了。

> 而且我——们是,囚徒一伙,
>
> 终竟来到了此——处……

唱着一个很酩酊的、美谛克很为熟识的声音。美谛克向街角一望，就看见拿着手风琴的木罗式加。散乱的前发挂在眼睛上，他那通红的出汗的脸是粘粘的。

木罗式加挺出肚子，用了仿佛说过不要脸的话，然而立刻懊悔了一般的——"出于真心真意的"——表情，拉着手风琴，冷嘲地在街道中央阔步——他后面跟着不系带、不戴帽、一样地烂醉的少年一大群。两边跑着赤脚的农家孩子们，嚷着，扬起许多尘土来，放纵而粗暴得像小恶鬼一样。

"阿呀……我的好朋友！……"木罗式加看着美谛克，显出烂醉的做作出来的高兴，叫道，"你那里去呀？那里去？不要怕——我们是不打的……和我们来喝……那就到鬼那里去——我们一同完结罢！……"

那一大群便围住了美谛克，他们拥抱他，将他们那好意而烂醉的脸弯向他，用酒臭的气息吹嘘他。一个人又将酒瓶和咬过的胡瓜塞在他手里。

"不，不，我不喝。"美谛克挣脱着说，"我不想喝……"

"喝罢，到鬼那里去！"木罗式加叫道，因为任性，几乎要哭了。"一同完结罢！……"于是，他不干不净地骂了起来。

"那么，一点点，我实在是不喝的，"美谛克依从着道。

他喝了两三滴。木罗式加拉着手风琴，用沙声唱起歌来。少年们合唱着。

"同我们去，"一个抓住美谛克的手说。"我住在那——边……"他用鼻声说了偶然得到的一句话，便向美谛克靠过没有修剃的面庞来。

他们沿街唱着走——戏谑，跄踉，吓着狗。诅咒着自己、亲戚、朋友。全不安稳的艰难的大地直到现在没有星星的昏暗的圆盖，罩着他们的天空。

三 泥沼

华理亚没有参与攻击（她和经理部一同留在泰茄里面了），到得大家已经分住在各家的时候，她才进到村里来。她觉得占领住处是完全任其自然的——小队混合起来，谁在那里，谁也不知道，又不听司令者的指挥，部队分散得好像各管各的，彼此毫无关系的小部分一样。

她在进村的路上看见了木罗式加的马的死处。但他自己怎么了呢，却没有一个人说得清楚。有的主张他给人打死了——他们是亲眼看见的；别的人却道不过负了伤；又一些人则全不知道他，一向就只在庆幸自己的活了出来的运气。这些一切合并了起来，就使华理亚自从想和美谛克和解。而没有成功的那时候以来便笼罩了她的颓唐和绝望底的失意的状态，更加厉害了。

她苦熬着无限的逼迫、饥饿、自己的思想和苛责，几乎连坐在鞍子上的力气也没有了；她快要哭出来，这才寻到了图皤夫——真是高兴她，给她粗野的同情的微笑的第一个。

当她看见了带着又浓又黑的拖下的胡须的他那年老的阴郁的脸，并且看见了围绕着她的别的也是成了灰色，给煤末弄成粗糙的，熟识而亲爱的、粗野的脸的时候，她的心便为了对于他们的甘美的，凄楚的哀伤——爱和对于自己的怜悯，颤抖起来：他们使她记起了她还是一个美丽的天真烂漫的姑娘，有着丰盛的绻发和大的悲凉的眼睛，在黑暗的滴水的矿洞里推手车，夜里则在人们中间跳舞的年青之日来了。这样的脸，这样的羡慕着和微笑着的脸，那时候也正是这样地围绕了她的。

她自从和木罗式加争吵以后就全然和他们离开了，然而惟独这些人，却正是曾经一同生活，一同做工，而且追求她的和她相近的生来的矿工们。"我已经多么长久没有看见他们了呵，我将他们完全忘记了……唉唉，我的亲爱的朋友！……"她怀着爱情和懊悔，想。她的太阳穴畅快地跳动着，几乎要流出眼泪来了。

只有一个图皤夫这回能够办到，使他的小队有秩序地宿在邻近的小屋里。他的人们在村庄的边境放夜哨，并且帮莱奋生收集粮秣。于是，先前被一般的兴奋和骚扰所遮掩了的一切，到这一天就忽然全都明明白白。只有图皤夫的小队，是完全集合在一气的。

华理亚从他们那里知道了木罗式加活着，而且也没有负伤。人们将他那新的、从白军夺来的马给她看。那是一匹高大而细腿的、栗壳色的雄马，有着剪短的鬃毛和细薄的脖子，但因此就见得很不可靠，会做奸细的样子——人们已经给它一个名字，叫作"犹大 [11]"了。

"那么，他活着的……"华理亚惘惘然望着那马，想，"那就好，我高兴……"

食后，她钻进干草小屋去。当她独自躺在芬芳的干草上，在朦胧中倾听着可有"老朋友里面"的谁来接近她的时候，她又用了一种温柔的心情，想到木罗式加还在，于是就抱着这思想，沉沉睡去了。

……她忽然醒了转来……在剧烈的不安中，她的两手僵得像冰一样。从屋顶下，闯进那在雾中飘荡的无穷的夜来。冷风吹动干草，摇撼枝条，鸣着园里的树叶……

"我的上帝，木罗式加在那里呢？所有别的人们在那里呢？"华理亚抖着想，"我又得孤草似的只剩一个人么——在这里的这黑洞里？……"她用了热病底的着急，发着抖披上外套，不再去寻袖子，便慌忙爬下干草小屋去。

---

11 耶稣的门徒，而卖耶稣者。——译者

门口站着守夜人的黑影子。

"谁在这里守夜?"她问,一面走进去。"珂斯卡?……木罗式加已经回来了么,你知道不?"

"原来你就睡在干草小屋里么?"珂斯卡可惜而且失望地问道。"我竟没有知道!木罗式加是用不着等的——跑来跑去只有一件事:给他的马办祭品……冷呵,不是么?给我一根火柴……"

她寻出火柴匣子来。他用大手掩护着火,点上烟,于是使火光照在她上面:

"你见得瘦了,好姑娘……"便微笑起来。

"火柴你存着罢……"她翻起外套的领子,走出门去了。

"你那里去?"

"我去寻他!"

"木罗式加?……阿唷!……还是我来替代他呢?"

"不,你是不行的……"

"什么时候起,变成这样了的?"

她没有回答。"唉——出色的女人。"守夜人想。

非常黑暗,致使华理亚好容易才能辨出路径来。下起细雨来了,满园就更加不安地、钝重地作响。什么地方的栅栏下,有一匹冻得发抖的小狗哀伤地在叫。华理亚摸到它,塞在外套下面的肚子之处了——它发着抖,用鼻子在冲撞。她在一所小屋旁边,遇见了苦勃拉克的守夜人,便问他可知道木罗式加在什么地方逛荡。那人就将她送到教堂的近旁。他走完了半个村子,毫无用处,终于萎靡着回来了。

她从这横街向别一横街转弯了许多回,已经忘却了路径,现在就几乎不再想到她的出行的目的,只是信步走去,但将暖热了的小狗按在自己的胸前。待到她寻到回家的路上,差不多费去一点钟的光阴了。她怕滑跌，用那空着的手抓住编就的栅栏转一个弯。走不几步，便几乎踏着了躺在路上的木罗式加站下来了。

他头靠栅栏，枕了两手，伏卧着，微微地在呻唤——分明是刚刚呕吐过的。华理亚的认识了这是他，倒不如说觉得了这是他——他的这样的情形，她是见过了许多回数的。

"凡涅！"她蹲下去，用那柔软的和善的手放在他的肩头，叫道，"你为什么躺在这里的？你不舒服么，唔？"

她扶起他的头来，看了他那吃惊的、浮肿的、苍白色的脸。她觉得可怜了——他是这样地羸弱而且渺小。他一看出她，便勉强地微笑，于是自己坐了起来，注意地支持着姿势，靠住栅栏，伸开腿。

"阿阿……是您么？……我的最尊敬的……"他发出无力的声音，竭力用了不恼人的平静的调子，呐呐地说，"我的最尊敬的，同志……木罗梭伐……"

"同我去罢，凡涅，"她拉了他的手，说，"还是不能走呢？……等一等，——我们就都会妥当的，我敲门去……"她决然地跳起来，要去托邻近的小屋。她毫不顾虑到在这样的黑夜里，是否可以去叩人家的门，以及将一个喝醉的男人塞进人家去，别人会对她怎样想——这样的事，她是一向不管的。

但木罗式加却立刻愕然摇头，用沙声喊道：

"不不不……我来敲！……静静的！……"于是，就用捏着的拳头来敲自己的太阳穴。从她看来，好像因为惊骇，连酒都吓醒了。"那地方住着刚卡连珂，你不知道么？……怎么可以……"

"那又怎么样呢，刚卡连珂？他又不是一位大老爷……"

"不是——呀，你不知道，"他仿佛苦痛似的皱了前额，抓着头，"你不知道呵，——这怎么可以！……他是当我一个人看的，我却……这怎么行？不行的，怎么能这样子……"

"你唠叨些什么昏话呵，我的亲爱的，"她说着，又蹲在他旁边，"瞧罢，下着雨，湿了，明天又得走，——来罢，最亲爱的……"

"不不，我是完了，"他这时已经全是悲哀和直白了，说，"我现在是什么，是什么人，我怎么可以——请想一想罢，诸位？……"他忽然用了自己的浮肿的、含泪的眼睛凄凉地向周围四顾。

她于是用那空着的手抱住他，嘴唇快要触到睫毛，仿佛对于一个孩子似的，柔和地悄悄地向他低语道：

"你苦什么呀？什么使你这样伤心呢？……可惜那匹马，是不是？但他们已经给你弄到别的了——好一匹出色的马儿……不要苦了，亲爱的，不要哭了，——瞧罢，我弄到了一只怎样的小狗，怎样的一个有趣的小东西！"她便打开外套，将渴睡似的耳朵拖下的小狗给他看。她很热烈，不但她的声音，连她的全身也好像为了仁厚在发响。

"啧，啧，小家伙！"木罗式加用酩酊的柔和去提小狗的耳朵，"你在那里弄来的？……呵，要咬人的，这畜生！……"

"哪，你瞧！……来罢，最亲爱的……"

她总算使他站了起来，用话来说得他从不好的思想离开，领往住所去。他也不再抵抗，相信她了。

在路上，他对她没有说起一回美谛克，她也绝不提到，好像他们之间，原没有一个什么美谛克一般。后来，木罗式加就显出阴郁的相貌，不再开口了——他分明已从酒醉里清醒。

他们这样子，走到了图幡夫借宿着的小屋。

木罗式加抓住扶梯，要攀上干草小屋去，然而两脚不听话。

"我得来帮一下？"华理亚问道。

"不，自己就行了，蠢才！"他粗暴而不好意思地回答。

"那么，再会……"

他放掉梯子，吃惊地看她。

"怎么样'再会'？"

"哪，就是怎样地……"她矫作而且悲哀地笑道。

他忽然走近她去了，不熟手地抱住她，将自己的不惯的面庞靠向她的脸。她觉得他要和她接吻了，而他也确是这意思，然而他惭愧，因为矿山的人们一向只和姑娘们睡觉，爱抚她们的事是很少有的。在他们的同居生活全体中，他只和她接吻了一回——是他们的结婚那一天——当他喝得烂醉，而大家叫起"苦"来[12]的时候。

……"这算收场了，一切又都变了先前一样，就像什么也未曾有过似的，"木罗式加靠着华理亚的肩头熟睡了时，她怀着悲痛和热情想，"又是老路，又是这一种生活——什么都是这一种……但是，我的上帝，这可多么无聊呵！"

她转背向了木罗式加，合上眼睛，曲了腿，然而总是睡不去……远在村庄的后面，从那通到诃牛罕札的省道由此开头，而放着哨兵的那一面，发了两响当作记号的枪声……她将木罗式加叫醒。刚刚抬起他毛发蓬松的头来时，就听到村后面又有哨兵的培尔丹枪发响，恰如回答这枪似的，机关枪的飞速开火，便立刻打破了夜的黑暗和寂静，沸腾吼叫起来了。

木罗式加阴沉地摇手，跟着华理亚爬下干草小屋去。而雨已经停止，风却更大了——什么地方有窗子的保护门在作声，湿的黄叶在黑暗中飞舞。各处的小屋里点了灯。守夜人在街上且跑且喊，叩着窗户。

木罗式加走到马房，牵出他的犼大来。当这几秒间，他又记起了昨天之所遭遇的一切。一想到那玻璃眼的米式加的被杀，他

12　俄国旧俗，当结婚的宴会时，倘宾客举杯，叫道："苦呵，苦呵，放甜些罢！"则新郎与新妇必须接吻。——译者

的心就紧缩起来；又以嫌恶和恐怖，突然记得了自己昨天的不成样子的举动：他喝得烂醉，在街上走，人们都来看他，看这烂醉的袭击队员，而他还发了全村可以听到的大声，唱着不识羞的曲子。和他一起的是美谛克，他的对头——他们一同逛荡，像一颗心脏、一个魂灵，而且他，木罗式加，还向他誓了爱，讨了饶——什么缘故呢？为了什么呢？……他现在觉到了他那举动的一切不可耐的虚伪了。莱奋生会怎么说呢？而且这样捣乱之后，真还可以和刚卡连珂见面么？

他的伙伴，大半已经装好鞍子，出了门去了，然而他毫无准备——马肚带不在手头，马枪又放在刚卡连珂的小屋里。

"谛摩菲，朋友，帮我一下！……"他向那跑过后院的图皤夫，用了诉苦的，几乎要哭的声音，央告道，"给我一条多余的肚带——你有一条，我见过的……"

"什么?!！"图皤夫吆喝起来，"你先前那里去了？……"于是恼怒着，咒骂着，将马按住——因为它用后脚站起来了——走近自己的马匹的身边，去取了肚带。

"这里……昏蛋！"他霎时走向木罗式加来，愤愤地说着，忽然竭全力用肚带抽在他脊梁上。

"自然，现在他能打我了，我做了这些事。"木罗式加想，连牙齿也不露——因为他没有觉到疼痛。然而，世界于他，却显得更加暗淡了。而且，这使昏夜发抖的射击，这黑暗，正在畜栏后面等待着他的命运——这些一切，由他看来，就好像便是他一生之业的正当的刑罚似的。

当小队正在集合排队之际，射击已经占了半个圈子，一直到河边。炸弹投射机发着大声、灿烂的怒吼的鱼，在村落上面飞舞。巴克拉诺夫已将外套穿得整齐，捏着手枪，跑向门口去。他叫喊道：

"下马！……排成一列！……你留二十个人在马这里。"他对图幡夫说。

"跟我来！快跑！……"几秒钟后，他叫着奔进黑暗里去了。防御队跟定他飞跑，一面穿外套，一面揭开子弹匣。

他们在道上遇见了逃来的哨兵。

"敌军强大得很！"哨兵们叫道，惶恐得摇着手。

大炮的一齐射击开始了——炸弹在村子中央爆裂，照得天的一片，倾斜的钟楼，在露水中发闪的牧师的庭园，皆暂时雪亮。天色更加黑暗起来。炸弹隔着短时间，一个一个接连地爆裂。村边的什么地方升上火焰来了——是草堆或是房子着了火。

巴克拉诺夫是应该抵御敌人，以待莱奋生集合了散住全村中的部队的。但当巴克拉诺夫的小队还未跑到村边空地之际，他——在炸弹的亮光下——已经看见了向他这面奔来的敌人的队伍。他从射击的方向和子弹的声音，知道敌军是在从左翼，从河那边包抄他们，不一会，那边的一头恐怕就要攻进村里来了。

小队一面应战，一面开着快步，忽伏忽起，横过横街和菜园，斜着向右角退却。巴克拉诺夫倾听了河边的轰击情形——已在向中央移动，那一侧分明已被敌军所占领了。忽然间，和吓人的叫喊一同，从大街上来了敌人的马队的冲锋，只见人马的暗黑而喧嚣的，许多头颅的熔岩沿街涌了过去。

巴克拉诺夫已经无法阻止敌人，便领着伤亡了十多人的小队，从未被占领的一角上，向森林方面飞跑。几乎已经到了最后的一排小屋，拖在向溪的斜坡上之处的近旁，才遇着了莱奋生居先的正在等候他们的部队。

"他们到了，"莱奋生放了心似的说，"快上马！"

他们上了马，用全速力奔向那黑压压地横在他们下面的森林方面去。大概是觉察出他们了，机关枪在背后发响，他们的头上在暗中唱着铅的飞虻。怒吼的火鱼又在空中飞舞，它们拖着灿烂的尾巴，从高处坠下，于是大响一声，就在马前钻在地面上。马向空中张着血一般的热的大口，发出女人似的尖叫，跳着避开——部队遗弃了死伤的人们，混乱了。

莱奋生四顾，看见村落上面，浮着一片大火的红光——全村的四分之一烧掉了，而在这火焰的背景之前，则奔波着孤立的，以及集团的、暗黑的、显着火色脸孔的人们的形相。并排走着的式泰信斯基忽然从马上倒下，脚还钩住马镫，拖了几步——终于落掉了，马却依旧前行。全部队怕踏了死尸，都回避着走。

"莱奋生，看哪！"巴克拉诺夫指了右边，亢奋着叫道。

部队已经到了最低之处，迅速地在和森林接近，但在上面，却已有敌人的马队，冲着黑暗的平野和天空的阴影，正对着他们驰来。伸开黑色的头的马匹和屈身在它背上的骑士，在天空的最明亮的背景中一现，又立刻向这边跳下低地，消在黑暗里了。

"赶快！……赶快！……"莱奋生频频回顾，用拍车踢着马叫喊道。

他们终于跑到森林的旁边，下了马。巴克拉诺夫和图藩夫的小队又留下来，作退却的掩护。别的人们则拉着马辔，深入森林中。

森林是平安而且深奥：机关枪的格拉声，马枪的毕剥声，大炮的一齐射击都留在后面，仿佛已经全不相干——并不搅扰森林的寂静似的了，不过时时觉到深处的什么地方有炸弹落下，炸掉树木，轰然作响。有些处所则天际的火光透过森林，将暗淡的，铜一般的，边际逐渐昏暗的反照，投在地面和树干上，可以分明地看见蒙在干子上的染了鲜血似的湿润的莓苔。

莱奋生将自己的马匹交给了遏菲谟加，说了该走的方向，使苦勃拉克前进（他的选定了这方向，不过因为对于部队，总得给一个什么方向罢了），自己却站在旁边看看剩在他这里的人们究竟还有多少。

他们——失败、濡湿而且怨愤的这些人们，沉重地弯着膝髁，注意地凝视着暗中，从他旁边走过——他们的脚下溅起水来。马匹往往没到腹部那里，地面很柔软。特别困苦的是图皤夫的小队的人们，他们每人须牵三匹马，仅有华理亚只牵着两匹，她自己的和木罗式加的。接着这些损伤的人们的全队之后，便是一条肮脏的、难闻的踪迹，好像有一种什么发着恶臭的、不干净的爬虫爬了过去的一般。

莱奋生硬拖着两腿跟在大家的后面走。部队忽然站住了……

"那边怎么了？"他问。

"我不知道。"走在他面前的袭击队员回答说。那是美谛克。

"上前问去……"

少顷之后，回答到了，由许多发白的发抖的嘴唇反复着：

"我们不能前进了，那地方是泥沼……"

莱奋生制住了两腿的骤然的战栗，跑到苦勃拉克那里去。他刚刚隐在树后面，人堆便向后一拥，往各方面乱窜了。然而，到处展布着柔软的、暗淡的不能走的泥沼遮断了道路。只有一条路和这里相通，那便是他们曾经走来通到矿工的小队正在奋勇战斗之处的道路。然而，从林边传来的枪声已经不能当作不相干了。这射击，还好像和他们渐渐接近了似的。

绝望和愤怒支配了人们。他们搜寻着自己的不幸的责任者——不消说，是这莱奋生！……倘若他们立刻能够看见他，恐怕就要用了自己的恐怖的全力向他扑去的罢——如果他将他们带了进来了，现在就将他们带出去！……

忽然间，他真在大家面前、人堆中央自行出现了，一手高擎一个烧得正旺的火把，照出他紧咬牙关的死灰色的胡子蓬松的脸，用了大而圆的如火的眼，迅速地一个个从这人的脸看到别人。在只有从那边，从人们在林边玩着死的游戏之处，还透进一些声息的寂静中，听得他那神经底的、细的、尖的、嘶嘎的声音道：

"骑出队外来的是谁呀？……归队！……不要发慌……静着！"他蓦地大喝一声，狼似的咬了牙，拔出他的盒子炮，那反抗的叫声便立刻在一切嘴唇上寂灭了。"部队！听令！我们在沼上搭桥——我们没有别的路……波里梭夫（这是第三小队的新的队长），留下拉马的人们，快帮巴克拉诺夫去！对他说，他应该支持着，直到我下了退却的命令……苦勃拉克！派定两个人，和巴克拉诺夫连络……全队听令！系起马来！二分队砍枝条去！不必可惜刀！……所有其余的人——都听苦勃拉克指挥。要无条件地听他的命令。苦勃拉克！跟我来！……"他将背脊转向大家，弯着身子向泥沼方面进行，冒烟的火把高高地擎在头顶上。

于是，沉默的、苦恼的、挤成一堆的大众刚才在绝望中擎了手，敢于杀人或号哭的大众便忽然转到超人底地迅速的、服从的、奋发的行动上去了。咄嗟之间，系好了马，斧声大作，榛树的叶子在剑的砍击之下动摇。波里梭夫的小队鸣着兵器，在烂泥里响着长靴，跑进黑暗中去，和他们对面，人已经运来了第一束湿湿的枝条……听到树木的仆倒声，庞大的、槎丫的怪物便呼啸着落向一种什么柔软的、祸祟的东西上面去。而在树脂火把的光中，则看见暗绿色的、仿佛满生青萍似的表面发着有弹力的波动，恰如大蛇的身躯。

那地方，他们抓住枝条。火把的冒烟的火焰从暗中照出着他们的牵歪的脸、弯曲的背，以及巨大的树枝的堆积，在水中、泥中、毁灭中蠕动。他们脱了外套在工作，透过了破碎的裤子和小衫，隐约着他们那吃紧的、流汗的，还至于出血的身体。他们失掉了时间和空间的感觉，失掉了自己的肉体的羞耻、痛楚、疲劳的感觉了。他们用帽子舀起沼里的、含有死了的蛙卵的水来，赶忙地、贪婪地喝下去，好像受伤的野兽一样……

然而，射击逐渐近来，逐渐响亮而且剧烈。巴克拉诺夫——接连地派了人——来问："还早么？立刻？……"他只好丧失了战士的一半，丧失了流血的图幡夫，慢慢地一步一步退了下来。他终于到了砍来造堤的枝条旁边——不能再往后走了。敌人的弹丸，这时已经密密地在沼上呼啸。几个人受了伤，华理亚给他们缚着伤口。给枪声惊吓了的马匹不住地嘶叫，还用后脚站了起来。有几匹还挣断缰绳，在泰茄里奔跑，跌入泥沼中，哀鸣着求救。

停在柳条中的袭击队员们一知道堤路已经搭好，便大家跑上去了。显着陷下的面庞、充血的眼，被硝烟熏黑了的巴克拉诺夫，则挥着放空了的手枪，一面奔跑，一面狂躁得在哭泣。

发着叫喊，挥着火把和兵器，拉着倔强的马匹，全部队几乎同时都拥向堤路这里去。亢奋了的马匹不听马卒的导引，癫痫似的挣扎着。后面的人们吓得发狂一般挤上前边，堤路沙沙作响，开裂了；快到对岸的处所，美谛克的马又跌了下去，人们发着暴怒的刻毒的骂詈，用绳索拉它起来。美谛克痉挛底地紧抓着因为马的狂暴而在他手里颤动的滑溜的绳，将两脚踏在泥泞的枝条中，拼命地拉着拉着。待到终于将马拉了上来的时候，他又长久解不开那缚在前腿上的结子，便以发狂的欢喜咬着来解它——那浸透了泥沼的臭味和令人呕吐的粘液 [13] 的结子……

最后走过堤去的是莱奋生和刚卡连珂。

工兵已经装好了炸药，就在敌人刚要走到渡头的瞬息间，堤便

13　现代汉语常用"黏液"。——编者注

在空中迸散了……

少顷之后，人们都定了神，才知道已经是早上。蒙着闪闪的蔷薇色的霜的泰茄横在他们的面前。从树木的罅隙间，透漏着青天的明朗的片片——大家觉得森林的后面，太阳也已经出来了。人们于是抛掉了不知什么缘故，至今还是捏在手里的热的火把头，来看自己那通红的、无声的、擦破了的手和冒着渐散渐稀的热气的、濡湿的、疲乏了的马匹——而于他们这一夜所做的一切，从新惊异起来了。

四 十九人

离渡过沼泽得以脱险之处五威尔斯忒的地方有通到土陀·瓦吉的大路。怕莱奋生不在村子里过夜，哥萨克们便于昨夜在距桥约八威尔斯忒的大路那里，设下了埋伏。

他们整夜坐着，在等候部队，并且倾听着远远的炮声。早晨驰来了一个传令使，带到命令，说敌人已经冲出泥沼，正向他们这方向进行，所以仍须留在原处。传令使到后不上十分钟，莱奋生的部队既不知道埋伏，更不知道刚才有敌人的传令使从旁跑过，就也进向这通到土陀·瓦吉的大路去了。

太阳已经升在森林上，霜早化了，天空澄澈，蓝得如冰，群树蒙着濡湿的灿烂的黄金斜倾在道路上，是一个温暖的、不像秋天的日子。

莱奋生用了茫然自失的眼光，一瞥这辉煌的、清纯的、明朗的美，然而并没有感到。他看见无力地走着路的、疲惫的、减成三分之一的自己的部队，便觉得自己是乏得要死，而且为那些爬一般跟在他后面的人们做些事，是怎样地没有把握了。独有他们，独有这大受损伤的忠实的人们，乃是他现在惟一的，最相接近的，不能漠视的, 较之别人、较之自己还要亲近的人们——因为他是念念不忘自己对于这些人们负着责任的……然而, 他觉得现在好像无能为力了, 他已经不在指导他们, 只是他们还不知道, 顺从地跟着他, 恰如惯于牧人的畜群一样。而这是当他昨天早上想到关于美迭里札之死的时候, 所最为恐怖的……

他想再制御自己, 集中于一些什么实践底地必要的事, 但他的思想, 却散漫而纷纭, 眼睛合上了, 而且奇怪的形象, 回忆的断片, 雾似的、互相矛盾的、不分明的、周围的感觉, 都成了变化不绝的无声无实的群, 在他意识里旋转……"为什么这长远的无穷的道路, 这湿的叶子和天空, 现在有这样地死气沉沉而且可有可无的呢? ……现在我的义务是什么? ……是的, 我必须走出土陀·瓦吉的溪谷去……土…陀…瓦…吉——多么奇怪呵——土…陀…瓦…吉……我倦极了, 我真想睡觉! 我这样想睡觉, 这些人们还能要求我什么呢? ……他说——斥候……是的, 是的, 斥候……他有着圆圆的良善的头, 很像我的儿子, 自然应该派一个斥候去的, 于是就睡觉……睡觉……他这头也全不像我的儿子的, 好像……那么, 什么呢? ……"

"你说什么?"他忽然抬起头来问道。

和他并骑的, 是巴克拉诺夫: "我说, 应该派一个斥候。"

"是的, 是的, 应该派一个的, 你办就是……"

几分钟后, 一个开着疲乏的快步的骑士跑上莱奋生前面去了。他目送了这前屈的背脊, 知道是美谛克。派美谛克去当斥候, 他觉得很不合宜, 然而他不能制御自己来分析这不合, 而且也将这事忘掉了。于是, 又有一个人从旁边驰上去。

"木罗式加!"巴克拉诺夫从第二个骑士的背后叫喊道, "你们大家不要失散……"

"那么，他是活着的？"莱奋生想，"图幡夫却死了……可怜的图幡夫……但木罗式加是怎么的呢？唉唉，是的，那是昨天的夜里了。很好，我那时没有对他着眼……"

美谛克已经跑得颇远了，回过头来；木罗式加在他后面五十赛旬之处骑着前行，部队也还分明可见。后来部队和木罗式加都被街道的转角遮住了。尼夫加不愿意开快步。美谛克机械底地催促着它，他不知道为什么派他上前面去的，但既然命令他快跑，他就来照办。

道路沿着濡湿的斜坡，坡上密生着尚存通红的秋叶的槲树和榛树。尼夫加怕得战战兢兢，只是紧挨着丛莽。一向上走，它就用了常步了。美谛克在鞍桥上打瞌睡，也不再去管它。他时时惊醒，诧异地看一看这永是走不完的森林。这既没有终，也没有始，恰如他目下正在亲历的朦胧的、麻木的、和外界隔开的状态，也是既没有终，也没有始一样……

尼夫加蓦地愕然喷着鼻子，跳向旁边的丛莽里，美谛克碰着一种什么柔韧的枝条……他一抬头，那朦胧状态便立刻消失了，换上了无可比拟的生物底恐怖的感情。相去几步的道路上站着一些哥萨克。

"下来！……"有一个用了威压的，尖利的低声，说。

有人拉住了尼夫加的辔头，美谛克轻轻地叫了起来，滑下鞍桥，做了一些卑下的举动，忽然飞速地转身，窜进丛莽里去了。他用两手按在湿的树干上跳跃，滑跌，暂时吓得发了昏，爬着来挣扎，于是终于站起，顺着溪谷跑下去了，也不再觉得自己的身体，路上所遇的一切，凡手之所及，无不攀援，并且行着异乎寻常的飞跃。人们在追赶他：后面的丛莽沙沙有声，有人在恨恨地用唇音咒骂……

木罗式加知道自己之前还有一个斥候，便也不大留心了周围的情形。他已在凡有人类底思想，便是最无用的也都消失，只剩下休息——牺牲一切的休息的直接底的希望时候的，极端的疲劳状态里了。他已经不想到自己的生命和华理亚，不想到刚卡连珂对他将取怎样的态度，而且连可惜图皤夫之死的力量也已经没有，虽然他是和他最为接近的一个人。他只想着什么时候，这才在他面前，终于展开了可以倒下头去的预定的土地。这预定的土地是作为一个大的、平和的照着太阳的村落，满是吃草的牛，以及发着家畜和干草气息的人们之处显在他脑里的。他就将他怎样地系好马，喝牛奶，饱吃了发香的裸麦的面包，于是钻进干草小屋里，紧裹着外套酣睡一通的情状，描画了出来……

但当忽然间，哥萨克帽的黄条在他面前出现，犹大向后退走，将他擦在眼前的血一般晃耀着的白辛树丛上的时候——这照着太阳的大村落的可喜的景况，便和正在这里发现的未曾有的可怕的翻案的感觉突然融合起来了……

“他跑掉了，这粪小子……”木罗式加忽地用了异常的分明，记得了美谛克的讨厌的漂亮的眼睛，同时又感着对于自己和跟在自己后面这些人们的痛楚的同情说。

他所懊恨的，并不在他眼前的死亡，就是他停止了感觉，苦恼和动作——他连将自己放在这种奇特的境况里来设想也做不到了，他在这瞬息间，还在活着、辛苦着、动作着，但他却清清楚楚省悟了他将从此永不再见那照着太阳的树木，和跟在他后面的亲爱的可敬的人们。然而，他关于这些疲乏的、失算的、信托着他的人们的感觉是极其真切的，于是除了想到还可以给一个警告之外，心里就再也没有为自己的别的可能的思想了……他忽然拔出手枪来，给大家容易听到地高擎在头顶上，照着预先约好的话，连开了三响……

这刹那间，火花一闪，枪声起处，一声呻唤，世界好像裂为两半，木罗式加和犹大就都倒在丛莽里了。

　　莱奋生听到枪声时——这来得太鹘突，在他现在的情况上，是不很会有的事，他竟完全没有省得——只在对木罗式加发了一齐射击，马匹昂头耸耳，钉住一般站定了的时候，他才明白了那意义。

　　他无法可想地四顾，仿佛在求别个的支持，然而在苍白而萎靡的袭击队员们的相貌融成一个恐怖的、默求解答的脸上，只看见了一样失措和害怕的表情……"这就是的，就是我所担心的事。"——他想着，装一个似乎想抓住什么，而不能发见所抓的东西的手势……

　　于是，他在自己面前忽然分明地看见了单纯的、有些天真烂漫的、被硝烟熏黑了的、因疲劳而残酷了的巴克拉诺夫的脸。巴克拉诺夫一手捏着手枪，别一只紧抓着马背上的突起，至于他那短短的孩子似的手指，都要陷进肉里去了——注意地凝视着起了一齐射击声的方向。他那下颚凸出的天真的脸略向前伸，被部队的较好的战士将因此送命的最真实、最伟大的恐怖所燃烧，等候着命令。

　　莱奋生愕然清醒起来了。有什么东西在他里面苦楚而甘美地发响……他蓦地拔出长刀，显着闪闪的眼睛，也如巴克拉诺夫一般伸向前面。

　　"冲出去，唔？"他热烈地问着巴克拉诺夫，忽然挥刀举在头上。刀在日光中辉煌。所有袭击队员们一看见，便也都站在踏镫上伸出了身子。

　　巴克拉诺夫狂暴地一瞥这长刀，立即转向部队，深切地强有力地叫喊了些什么话。莱奋生已经不能明白了，因为在这一霎时——被支配巴克拉诺夫和使他自己挥起刀来的那内部底威力所驱使——他觉得全部队必将跟在他后面，已向路上冲上去了。

　　几秒钟后，他回头一看时，人们果然屈身俯向鞍桥，前伸了下颚，在他后面跃进。他们的眼睛里，都显着他见于巴克拉诺夫那里一样的紧张的热烈的表情。

这是莱奋生所能存留的最后的有着联络的印象。因为同时就有一种什么眩眼而怒吼的东西，伸到他上面，打击他，旋转他，蹂躏他。他早不意识到自己，只觉得自己还是活着，而奔向沸腾的橙红色的深渊上去了……

……美谛克并不回顾，也不听到追随，然而他知道还有人在追踪他。当手枪三响接连而起，于是发出一齐射击声来的时候，他以为是打他的，就跑得更快了。山峡突然展开，成了一个狭小的树林茂密的溪谷。美谛克忽而向左，忽而向右，直到他再到了斜坡。这时起了第二次一齐射击，于是一次又一次，没有停时——全森林都咆哮，苏醒了……

"唉唉，我的上帝，我的上帝……阿——呀……我的上帝……"每一次震耳的一齐射击声起，美谛克便发着抖轻轻地说。他的伤破的脸上，也显出悲哀的苦相，恰如孩子们想要挤出眼泪时候的模样一般。然而，他的眼睛却干燥得讨厌而且羞人。因为他提起了最后的气力，跑着跑着，跑得很久了。

射击声低下去了，好像换了一个方向。这之后，就全然听不见了。

美谛克回顾了几次——看不见一个追踪的人。没有一物来扰这主宰周围的、远远地遍是响声的寂静。他气息奄奄地倒在最近的最适宜的丛莽下。他的心跳得很厉害。他用两手枕在颊下，将身子曲成线团一样，紧张地凝视着前面，静卧了几秒钟。离他十步之处，在一株几乎弯到地面，浴着日光的、细小的、脱尽叶子的白桦树上，站着一匹条纹的栗鼠，用了天真的带黄的小眼睛在看他。

美谛克忽然坐起，抱了头，大声呻唤起来。栗鼠吓得唧唧地叫着，逃进草里去了。美谛克的眼睛简直好像发疯一样。他用那失了感觉的手指抓住头发，发着哀诉似的呻吟，在地上辗转。"我做了什么事了……阿——阿……我做了什么事了？"他用肘弯和肚子打着滚，反复说。每一瞬息，他更加分明地，难熬地，哀伤地，悟出自己的逃走、三响的枪声和接着的一齐射击的真的意义来了。"我做了什么事了，我怎能做出这样的事来？我，一个这样好，这样高尚，愿意大家都好的脚色，阿——阿……我怎能做出这样的事来的呢？"

他的行为愈见得可鄙而且可憎，他就愈觉得未有这种行为以前的自己，愈是良善、洁白而且高尚。他的苦恼，也不很为了因为他的这种行为，致使相信他的几十个人送了命，倒是为了这行为的洗不掉的讨厌的斑点和他在自己里面所发见的一切良善和洁白相矛盾了。

他机械底地拔出手枪来，怀着惊疑和恐怖，凝视了好一晌。但他也就觉得，自己是决不会自杀，决不能自杀的了，因为他在全世界上最爱的还是自己——他的白晰的、肮脏的、纤弱的手，他的唉声叹气的声音，他的苦恼和他的行为，连其中的最可厌恶的事。他早已用了偷儿似的悄悄的顾忌，装作只被擦枪油的气味熏得发了昏，自己全无所知的样子，赶紧将手枪塞在衣袋里了。

他现在已不呻吟，也不啼哭了。用两手掩了脸，静静地伏卧着。自从他离开市镇以来，最近的几个月之间所经历的一切，又排成疲乏的、悲凉的一串，在他眼前走过去：他现在已以为愧的他那幼稚的梦想，第一回战斗和负伤的苦痛——木罗式加、病院、银发的老毕加、死了的弗洛罗夫、有着她那大的疲劳的眼睛的华理亚，还有在这之前一切全都失色了的泥沼的可怕的徒涉。

"我禁不起了。"美谛克用了忽然的率直和真诚想，而且对于自己起了大大的同情。"我禁不起了，这样低的、非人的、可怕的生活，我是不能再过下去的。"他为了要将自己显得更加可怜，并且将本身的裸露和卑劣躲在自己的同情之念的光中，便又想。

他还是总在审判自己的行为，而且在懊悔，但一想到现在已经完全自由，能够走到更无这可怕的生活之处，更没有人知道他的行为之处去了的时候，却又即刻禁不住了在心中蠢动的个人底的希望和欢欣。"我到市镇去就是，一到那边，我就干干净净了。"他一面想，一面竭力在这决定上加上伤心的万不得已的调子去。而且，费了许多力，他这才按住了生怕这决定也许不能实现的恐怖、羞愧和高兴的感情。

……太阳已经倾到细小的、弯曲的白桦的那边去了，树在这时都成了阴影。美谛克掏出手枪来，将它远远地抛在丛莽里。于是，寻到一个水泉，洗过脸，就坐在这旁边。但他还总在踌躇，不敢走出大路去。"如果那里还有白军呢？……"他苦恼地想。他听到极细小的流水在草莽里轻轻地潺湲……

"但这岂不是都一样么？"美谛克忽然用了他此时从一切良善和同情的思想的堆积中寻了出来的率直和真诚想。

他深深地叹息，扣好短衫的扣子，慢慢地走向通到土陀·瓦吉的街道之所在的方向去了。

莱奋生不知道他的半无意识的状态继续了有多么久。他觉得好像很长久，但其实是至多不过一分钟。然而，当他定了心神的时候，他大为惊讶的是，自己还像先前一样坐在鞍桥上，只是那长刀已经不在他手里了。在他眼前，有他的长鬃毛的黑马的头和那鲜血淋漓的耳朵。

他这时才听到枪声，并且知道了这是在向他们射击——枪弹就在头顶上呼呼地纷飞。但他又立刻省悟到这射击是来自背后，最

可怕的顷刻也已经留在后面了。这刹那间，又有两个骑马的追及了
他。他认识是华理亚和刚卡连珂。工兵的颊上满是血。莱奋生记
起了部队，回过头去看——并没有什么部队在那里，满路都躺着人
和马的尸骸。有几个骑士以苦勃拉克为头，在跟着莱奋生疾走，远
一点还有几个小团体，迅速地消散了。一个人骑着跛脚的马落在后
面，挥着手在叫喊。黄色帽带的人们围上去，用枪柄来打他，他摇
着跌落马下了。莱奋生皱着眉，转过了脸去。

　　这时他和华理亚和刚卡连珂都到了道路的转角。射击静了一
点，枪弹已不在他们的耳边纷飞。莱奋生机械地勒马徐行。生存的
袭击队员们也一个一个地赶到。刚卡连珂一数，加上了他自己和莱
奋生，是十九人。

　　他们一声不响，用了藏着恐怖，然而已经高兴的眼睛，看着丧
家之狗一般，孤寂地，不停地，跑在他们前面的那狭窄的、黄色的、
沉默的太空，在斜坡上飞驰。

　　马渐渐缓成快步，于是晒焦的树桩、丛莽、路标、远处的树林
上面的明朗的天都一一可以分辨了。此后马又用了常步前进。

　　莱奋生骑着，垂头沉思，略略走在前头。他时时无法可想地四
顾，好像要问什么事，而不能想起的一般——他用了长的没有着落
的眼光，奇特地、懊恼地向大家凝视。忽然间，他勒住马，转过脸
来了，这才用了他那大的、深的、蓝褐色的眼，深沉地遍看了部下
的人们。十八人同时站住了，就像一个人。立刻很寂静。

　　“巴克拉诺夫在那里？”莱奋生问道。

　　十八人一言不发，失神似的看着他。

　　“巴克拉诺夫给他们结果了……”刚卡连珂终于说，严肃地看
着他那指节峻嶒的、巨大的拉着缰绳的手。

　　在鞍上屈着身子，和他并骑的华理亚便忽然伏在她的马颈上高

声地、歇斯迭里地哭了起来。她的长的散掉了的辫发几乎拖到地面上，而且在颤动。马就疲乏地将一只耳朵一抖，合上了那挂下的嘴唇。企什向华理亚这边一瞥，也呜咽起来，转过了脸去。

莱奋生的眼，还停在大家上面几秒钟。于是，他不知怎地，全身顿然失了气力，萎缩下去了。大家也忽然觉得他很衰弱、很年老。然而，他已经并不以自己的弱点为羞耻，或是遮掩起来了。他垂了头，眽着长的湿润的睫毛坐着，而且眼泪滚到了他的须髯……大家都转眼去看别处——来制住自己的哭。

莱奋生拨转他的马头，缓缓地前进了。部队跟在他后面。

"不要哭了，哭什么……"刚卡连珂扶着华理亚的肩头使她起

袭击队员们

来，一面抱歉似的说。

莱奋生也终于镇静了，他总是时时失神似的四顾，而且每一想到巴克拉诺夫已经死掉——便又哭了起来。

他们这样地走出森林去了——这十九人。

非常突然地森林在他们面前一变而为广漠：高远的蔚蓝的天，太阳照着的已经收割的一望无际的平野。在别一面，即柳树森然，使弥漫的河流耀作碧色之处有一片打麦场，丰肥的麦积和草堆的金色圆顶正在晃耀。那地方，在过他们一流的——愉快的、热闹的、勤苦的生活。斑斓的小甲虫似的爬着人们，飞着麦束，有节奏而枯燥地响着机械，从闪烁的糠皮和尘埃的云烟里，发着兴奋的声响和女娃的珠玑一般纤细的欢笑的声音。河的那边是蓝闪闪的连山，上支苍穹，又将它那支脉伸到黄色绻毛的林子里。在峻峭的山峰上，向谷间飞下一片被海水所染的，带些蔷薇颜色的白云的透明的泡沫，沸沸扬扬，斑斑点点，恰如新挤的牛乳一般。

莱奋生用了沉默的、还是湿润的眼看着这高远的天空，这约给面包与平和的大地，这在打麦场上的远远的人们。他应该很快地使他们都变成和自己一气，正如跟在他后面的十八人一样。于是，他不哭了——他必须活着，而且来尽自己的义务。

一九二五—二六年

后记

要用三百页上下的书来描写一百五十个真正的大众，本来几乎是不可能的。以《水浒》的那么繁重，也不能将一百零八条好汉写尽。本书作者的简炼[1]的方法是从中选出代表来。

三个小队长：农民的代表是苦勃拉克，矿工的代表是图畨夫，牧人的代表是美迭里札。

苦勃拉克的缺点自然是最多，他所主张的是本地的利益。捉了牧师之后，十字架的银链子会在他的腰带上，临行喝得烂醉，对队员自谦为"猪一般的东西"。农民出身的斥候也往往不敢接近敌地，只坐在丛莽里吸烟卷，以待可以回去的时候的到来。矿工木罗式加给以批评道——

> 我和他们合不来，那些农人们，和他们合不来。……小气，阴气，没有胆——毫无例外……都这样！自己是什么也没有。简直像扫过的一样！……（第二部之第五章）

图畨夫们可是大不相同了，规律既严，逃兵极少，因为他们不像农民，生根在土地上。虽然曾经散宿各处，召集时到得最晚，但后来却"只有图畨夫的小队，是完全集合在一气"了。重伤者弗洛罗夫临死时，知道本身的生命和人类相通，托孤于友，毅然服毒，他也是矿工之一。只有十分鄙薄农民的木罗式加，缺点却正属不

1　现代汉语常用"简练"。——编者注

少，偷瓜酗酒，既如流氓，而苦闷懊恼的时候，则又颇近于美谛克了，然而并不自觉。工兵刚卡连珂说——

> 从我们的无论谁，人如果掘下去，在各人里，都会发现农民的，在各人里。总之，属于这边的什么，至多也不过没有穿草鞋……（二之五）

就将他所鄙薄的别人的坏处，指给他就是自己的坏处，以人为鉴，明白非常，是使人能够反省的妙法，至少在农工相轻的时候，是极有意义的。然而，木罗式加后来去作斥候，终于与美谛克不同，殉了他的职守了。

关于牧人美迭里札写得并不多。有他的果断、马术，以及临死的英雄底的行为。牧人出身的队员也没有写。另有一个宽袍大袖的细脖子的牧童，是令人想起美迭里札的幼年时代和这牧童的成人以后的。

解剖得最深刻的，恐怕要算对于外来的智识分子——首先自然是高中学生美谛克了。他反对毒死病人，而并无更好的计谋，反对劫粮，而仍吃劫来的猪肉（因为肚子饿）。他以为别人都办得不对，但自己也无办法，也觉得自己不行，而别人却更不行。于是，这不行的他也就成为高尚，成为孤独了。那论法是这样的——

> ……我相信，我是一个不够格的，不中用的队员……我实在是什么也不会做，什么也不知道的……我在这里，和谁也合不来，谁也不帮助我，但这是我的错处么？我用了直心肠对人，但我所遇见的却是粗暴，对于我的玩笑、揶揄……现在我

已经不相信人了，我知道，如果我再强些，人们就会听我、怕我的，因为在这里，谁也只向着这件事，谁也只想着这件事，就是装满自己的大肚子……我常常竟至于这样地感到，假使他们万一在明天为高尔察克所带领，他们便会和现在一样地服侍他，和现在一样地法外的凶残地对人，然而我不能这样，简直不能这样……（二之五）

这其实就是美谛克入队和逃走之际，都曾说过的"无论在那里做事，全都一样"论，这时却以为大恶，归之别人了。此外解剖，深切者尚多，从开始以至终篇，随时可见。然而，美谛克却有时也自觉着这缺点的，当他和巴克拉诺夫同去侦察日本军，在路上扳谈了一些话之后——

美谛克用了突然的热心，开始来说明巴克拉诺夫的不进高中学校，并不算坏事情，倒是好。他在无意中，想使巴克拉诺夫相信自己虽然无教育，却是怎样一个善良、能干的人。但巴克拉诺夫却不能在自己的无教育之中，看见这样的价值，美谛克的更加复杂的判断，也就全然不能为他所领会了。他们之间，于是并不发生心心相印的交谈。两人策了马，在长久的沉默中开快步前进。（二之二）

但还有一个专门学校学生企什，他的自己不行，别人更不行的论法，是和美谛克一样的——

自然，我是生病、负伤的人，我是不耐烦做那样麻烦的工作的，然而无论如何，我总该不会比小子还要坏——这无须夸

口来说……（二之一）

然而，比美谛克更善于避免劳作，更善于追逐女人，也更苛于衡量人物了——

> 唔，然而他（莱奋生）也是没有什么了不得的学问的人呵，单是狡猾罢了。就在想将我们当作踏脚来挣自己的地位。自然，您总以为他是很有勇气，很有才能的队长罢。哼，岂有此理！——都是我们自己幻想的！……（同上）

这两人一相比较，便觉得美谛克还有纯厚[2]的地方。弗里契《代序》中谓作者连写美谛克，也令人感到有些爱护之处者，大约就为此。

莱奋生对于美谛克一流人物的感想，是这样的——

> 只在我们这里，在我们的地面上，几万万人从太古以来，活在宽缓的、怠惰的太阳下，住在污秽和穷困中，用着洪水以前的木犁耕田，信着恶意而昏愚的上帝，只在这样的地面上，这穷愚的部分中，才也能生长这种懒惰的、没志气的人物，这不结子的空花……（二之五）

但莱奋生本人，也正是一个知识分子——袭击队中的最有教养的人。本书里面只说起他先前是一个瘦弱的犹太小孩，曾经帮了他那终生梦想发财的父亲卖旧货，幼年时候，因为照相，要他凝视照相镜，人们曾诓骗他说将有小鸟从中飞出，然而终于没有，使他感到很

2　现代汉语常用"淳厚"。——编者注

大的失望的悲哀。就是到省悟了这一类的欺人之谈,也支付了许多经验的代价。但大抵已经不能回忆,因为个人的私事,已为被称为"先驱者莱奋生的莱奋生"的历年积下的层累所掩蔽,不很分明了。只有他之所以成为"先驱者"的由来,却可以确切地指出——

在克服这些一切的缺陷的困穷中,就有着他自己的生活的根本底意义,倘若他那里没有强大的,别的什么希望也不能比拟的,那对于新的、美的、强的、善的人类的渴望,莱奋生便是一个别的人了。但当几万万人被逼得只好过着这样原始的、可怜的、无意义的、穷困的生活之间,又怎能谈得到新的、美的人类呢?(同上)

这就使莱奋生必然底地和穷困的大众联结,而成为他们的先驱。人们也以为他除了来做队长之外,更无适宜的位置了。但莱奋生深信着——

驱使着这些人们者,决非单是自己保存的感情,乃是另外的不下于此的重要的本能。借了这个,他们才将所忍耐着的一切,连死都售给最后的目的……然而,这本能之生活于人们中,是藏在他们的细小、平常的要求和顾虑下面的,这因为各人是要吃要睡,而各人是孱弱的缘故。看起来,这些人们就好像担任些平常的、细小的杂务,感觉自己的弱小,而将自己的最大的顾虑,则委之较强的人们似的。(二之三)

莱奋生以"较强"者和这些大众前行,他就于审慎周详之外,还必须自专谋画[3]、藏匿感情、获得信仰,甚至于当危急之际,还要

---

3 现代汉语常用"谋划"。——编者注

施行权力了。为什么呢，因为其时是——

> 大家都在怀着尊敬和恐怖对他看，却没有同情。在这瞬
> 间，他觉得自己是居部队之上的敌对底的力，但他已经觉悟，
> 竟要向那边去——他确信他的力是正当的。（同上）

然而，莱奋生不但有时动摇，有时失措，部队也终于受日本军
和高尔察克军的围击，一百五十人只剩了十九人，可以说是全部毁
灭了。突围之际，他还是因为受了巴克拉诺夫的暗示。这和现在世
间通行的主角无不超绝，事业无不圆满的小说一比较，实在是一部
令人扫兴的书。平和的改革家之在静待神人一般的先驱，君子一般
的大众者，其实就为了惩于世间有这样的事实。美谛克初到农民队
的夏勒图巴部下去的时候，也曾感到这一种幻灭的——

> 周围的人们，和从他奔放的想象所造成的，是全不相同的
> 人物……（一之二）

但作者即刻给以说明道——

> 因此他们就并非书本上的人物，却是真的活的人。（同上）

然而，虽然同是人们，同无神力，却又非美谛克之所谓"都一
样"的。例如美谛克，也常有希望，常想振作，而息息转变，忽而非
常雄大，忽而非常颓唐，终至于无可奈何，只好躺在草地上看林中
的暗夜，去赏鉴自己的孤独了。莱奋生却不这样，他恐怕偶然也有
这样的心情，但立刻又加以克服，作者于莱奋生自己和美谛克相比

较之际,曾漏出他极有意义的消息来——

> 但是,我有时也曾是这样或者相像么?不,我是一个坚实的青年,比他坚实得多。我不但希望了许多事,也做到了许多事——这是全部的不同。(二之五)

以上是译完复看之后,留存下来的印象。遗漏的可说之点,自然还很不少的。因为文艺上和实践上的宝玉,其中随在皆是,不但泰茄的景色,夜袭的情形,非身历者不能描写,即开枪和调马之术,书中但以烘托美谛克的受窘者,也都是得于实际的经验,决非幻想的文人所能著笔[4]的。更举其较大者,则有以寥寥数语,评论日本军的战术云——

> 他们从这田庄进向那田庄,一步一步都安排稳妥,侧面布置着绵密的警备,伴着长久的停止,慢慢地进行。在他们的动作的铁一般固执之中,虽然慢,却可以感到有自信的、有计算的,然而同时是盲目底的力量。(二之二)

而和他们对抗的莱奋生的战术,则在他训练部队时叙述出来——

> 他总是不多说话的,但他恰如敲那又钝又强的钉,以作永久之用的人一般,就只执拗地敲着一个处所。(一之九)

于是,他在部队毁灭之后,一出森林便看见打麦场上的远人,要使他们很快地和他变成一气了。

作者法捷耶夫(Alexandr Alexandrovitch Fadeev)的事迹,除自

4　现代汉语常用"着笔"。——编者注

传中所有的之外，我一无所知。仅由英文译文《毁灭》的小序中，知道他现在是无产者作家联盟的裁决团体的一员。

又，他的罗曼小说《乌兑格之最后》已经完成，日本将有译本。

这一本书，原名"Razgrom"，义云"破灭"，或"溃散"，藏原惟人译成日文，题为《坏灭》，我在春初译载《萌芽》上面，改称《溃灭》的，所据就是这一本；后来得到 R. D. Charques 的英文译本和 Verlag für Literatur und Politik 出版的德文译本，又参校了一遍，并将因为《萌芽》停版，放下未译的第三部补完。后二种都已改名《十九人》，但其内容，则德、日两译几乎相同，而英译本却多独异之处，三占从二，所以就很少采用了。

前面的三篇文章，自传原是《文学的俄罗斯》所载，亦还君从一九二八年印本译出；藏原惟人的一篇，原名《法捷耶夫的小说〈毁灭〉》，登在一九二八年三月的《前卫》上，洛扬君译成华文的。这都从《萌芽》转录。弗里契（V. Fritche）的序文，则三种译本上都没有，朱、杜二君特为从《罗曼杂志》所载的原文译来。但音译字在这里都已改为一律，引用的文章也照我所译的本文换过了。特此声明，并表谢意。

卷头的作者肖像是拉迪诺夫（I. Radinov）画的，已有佳作的定评。威绥斯拉夫崔夫（N. N. Vuysheslavtsev）的插画六幅，取自《罗曼杂志》中，和中国的"绣像"颇相近，不算什么精采 [5]，但究竟总可以裨助一点阅者的兴趣，所以也就印进去了。在这里还要感谢靖华君远道见寄这些图画的盛意。

　　　　　　　　　　上海，一九三一年一月十七日。译者

5　现代汉语常用"精彩"。——编者注

山民牧唱

[西]P. 巴罗哈

序文

——拟"讲故事"体

喂，姑娘，正有一点乱谈想给您讲讲哩。

"什么，乱谈？"怕您就会皱起眉头来的罢，因为您是最讨厌胡说白道的。

可是，也还是乱谈。是有些意思的一点乱谈，不过我倒觉得什么真实的东西在里面的。唉唉，不要这么的皱起眉头来呀。用了我那里的土话来说，我虽然是一个"顽皮"，但这可不是我不好。我又有了年纪了，然而也不是我的错；就是外面铁板正经，里面有着那么一点儿的傻气和疯气，也还是不能怪我的。

"那么一点儿？"

对了，那么一点儿。可是我想，这就尽够了。把我弄成这样的人，是造化。这一点儿的疯气，就扰乱了我的心，常常使我的重心歪到底积外面去。

"又闹起这么麻烦的说法来了呀。"

麻烦么？那是当然的。因为由您看来，以为既不应该，也不正当的伤，怎样的在内面出着血，您简直不知道。这么一想，可就使我为难了。

"阿呀，那可不得了。我相信就是了。"

您要信得坚。从您看起来，我是一个傻子，不必量的东西却要去量，不必称的东西也要去称的人，那是明明白白……

"而且不必多说的话也要多说的。"

从您看起来，我一定是一个过重式的人罢。然而呀，我可一向自负是尖穹门式的人物的哩。

"你在说什么呀？简直一点不懂了。"

那么，您就是说，不要听我的话么？

"那倒不是的。为什么？"

您如果肯听一会我的话，那就讲一个短短的寓言罢。我的村子的近地，有一座早就有了的大树林，在那林子里，有好些烧炭的人们在做工，您就这么想。

阿阿，姑娘，这一开口，您就觉得已经就是乱谈了罢。不过，那是不用管它的。

那些烧炭的人们里，做着大家的头目的，是叫作马丁·巴科黎的汉子。这巴科黎有一个女儿，是四近最漂亮的人物。她名叫喀拉希阿莎，但我们跋司珂人是都叫她"喀拉希，喀拉希"的。恐怕您就要问头发是黑的呢，还是金黄的了罢。但是，我几乎不知道。我看见她的时候，就给那漂亮镇压住，竟知不清头呀脸呀是什么样子了。如果说这也是乱谈，那是我也承认的。老实说，因为生得太漂亮了，头呀脸呀是什么样子的呢，就看也看不见。别的不必说，就是您……

"阿阿，胡说白道！"

马丁·巴科黎是在想给女儿找丈夫。他是一个看过许多先前的故事的风流人，所以就想，在女儿的命名日里，邀些自以为可以中选的青年们，请一回客，从中挑一个女婿罢。您要说，这种挑选，爷娘用不着来管的罢？那是，也不错的。不过这是传统，我们的祖宗传下来的传统，那是了不得的文雅的传统呵……

巴科黎的筵席上，到了七个候选人，是玄妙的数目。因为别的许多人，都被拒绝了。第一个是退伍炮兵伊革那勖·巴斯丹，第二个是阿尔契克塞的牧羊人密开尔·喀拉斯，第三是芬台拉比亚的水手特敏戈·马丁,第四是莱塞加的矿工安多尼·伊巴拉吉来,第五是培拉的遏罗太辟台部落的孚安·台烈且亚(俗称孚安曲),第六是奥塞的樵夫珊卡戈·莎巴来太(俗称伊秋亚),第七是渥耶司伦部落的青年沛吕·阿司珂那,就是这几个。这七个幻想气味的人物,如果向您来求爱,怕会变成实在的七百个人的罢。

"阿阿,胡说白道!"

不,正确到像宇宙引力说一样的。吃了一通之后,烧炭的马丁·巴科黎就另行开口了,"那么,诸位,请你们讲讲各样的本领罢。"他说着,向候选者们环顾了一转。

天字第一号说话的是士兵巴斯丹。他讲了在亚菲利加的冒险,用毛瑟枪的枪刺刺杀过的摩罗人的数目,救了濒死的性命的女人们,半夜里在摩洛哥平原上所遇着的危险。喀拉希一点也不感动。

"大概,是不喜欢军人罢?"我想,您是要这么问的。

"不呀,我什么也没有问呢。"

但是,她也并非不喜欢军人。其实,喀拉希是有着秘密的,有着藏在心里的很深的秘密的。

第二个说话的是看羊的密开尔·喀拉斯。喀拉斯讲了在群山中往来的生活,给山羊和初生的小羊的照管,夜里看了星辰而知道的事情。喀拉希还是不感动。

"大概,是不喜欢到外面去罢?"我看您是要这么想的。

"不呀,我并没有这么想呢。"

喀拉希有秘密,有着藏在心里的很深的秘密的。

第三个说话的是水手特敏戈·马丁了。他讲了狂风怒涛声中的洋面的冒险,航海的危险,船被潜水艇击破时候的可怕的感情。喀拉希不动心。并不是她不喜欢水手,决不是的。这只因为她有着秘密,有着藏在心里的很深的秘密的缘故呵。

第四个说话的是莱塞加的矿工安多尼·伊巴拉吉来。他说明了在地下的矿洞的黑暗里做工，以及掘出那藏在大地的肚子里面的矿石来，从漆黑的地狱里，运到太阳照着的地上的努力。喀拉希不动心。因为她是有着秘密的，有着藏在心里的很深的秘密的。

第五个，遏罗太辟台部落的猎人孚安曲说话了。他叙述了因为找野猪，就不怕深冬的寒冷，踏雪前去打猎的冒险，还讲了关于自己发明的各样的猎法，以及和那么凶猛的动物的斗争。然而喀拉希还是不感动。

"喀拉希是不喜欢打猎的么？"

并不是的。还是为了她有秘密，有着藏在心里的很深的缘故呵。

第六个，是奥塞的樵夫伊秋亚说话了。他就讲给了树林里的冷静的生活、密林中的深入、自己的小屋子的幽静和平安……

"可是喀拉希还是不感动罢？"

当然啰，不感动。这就还是为了她有秘密，有着藏在心里的很深的秘密的缘故呵。

第七个，是渥耶司伦部落的青年沛吕·阿司珂那非说不可了。然而阿司珂那却不知道说什么才好，讲什么才好。单是胡里胡涂的不知所措，一面凝视着喀拉希。

"那么，她呢？"

她微笑着凝视着阿司珂那，伸出手去，允许了订婚的握手了。

"为什么沉默着的呢？"

为什么，就只是不开口罢了。因为所谓喀拉希的秘密，很深的秘密，其实就是爱着阿司珂那呀。

喂，姑娘，这是我们跋司珂族。正经、沉默、不高兴说谎的种族。最爱少说的人，善感的人的种族呵。

"但是，你不是很会说废话么？"

那是，姑娘，因为在这小小的寓言里，我是代表着多话而碰钉子的军人、牧羊人、水手、矿工、猎人、樵夫等辈的呀。

"那么，也代表着傲慢、装阔、惹厌的罢。"

并且也代表着空想和梦的哩。懂了罢，姑娘？

放浪者伊利沙辟台

放浪者伊利沙辟台在那荒园里作工的时候，看见从教堂回家的玛因德尼走过，是往往自言自语的——

"那娃儿，在想些什么呢？那么样，就高高兴兴活着么？"

在他，玛因德尼的生活，就这么觉得希奇[1]！像他那样，始终撞来撞去，走遍了全世界的人，这村子的镇定和幽静，自然以为是无出其右的，但未曾跨出过那狭窄的土地的她，竟不想去看戏、逛庙、看热闹的么？不觉得要过一回更出色的，更紧张的，两样的生活的么？因为放浪者伊利沙辟台对于这问题，不能给与一个回答，所以哲学家似的在沉思，一面仍然用锄子掘着泥土。

"意志坚强的娃儿呀，"于是又想，"那娃儿的魂灵太平稳、太澄净，所以教人担心的呀。总之，不过是不知道她怎样心思的担心，要知道她是怎样心思的担心，那虽然明明白白。"

放浪者伊利沙辟台自己保证了和那担心并无很深的关系，便满足了，仍在自家的荒园里工作着。

放浪者伊利沙辟台是奇妙的样式的人。海岸地方的跋司珂人的性质和缺点，他无所不备。大胆、尖酸，是懒惰者，是冷笑家。疏忽和健忘，是成着他的性质的基础的。什么事都不以为意，什么事都忽然忘怀。

在亚美利加[2]大陆上混来混去，这市上做新闻记者，那市上做商人，这里卖着家畜，那里却又是贩葡萄酒，这之间，将带着的有限

1　现代汉语常用"稀奇"。——编者注
2　现译"美洲"。——编者注

的本钱几乎完全用光了。也往往快要发财，但因为不热心的缘故，总失掉了机会。他总被事件所拉扯，决不反抗，就是这样的人。他将自己的生活，比之被水漂去的树枝，谁也不来检起它，终于是没在大海里。

他的懒散和怠惰，不是手，倒是头。他的魂灵，往往脱离了他。只要凝视川流或仰眺云影和星光，便于不知不觉中，忘却了自己的生活上最要紧的计画[3]。即使并没有忘却这些事的时候，也为了不知什么别的事，将那计画抛开。那是为着什么缘故呢，他也常是不知道的。

最近时，在南美乌拉圭国的一个大牧场里。因为在伊利沙辟台，有不讨人厌之处，年纪固然已经到了三十八，风采却也并不坏，所以牧场的主人便开了口，要他娶他的女儿。那女儿，是正在和一个穆拉托（白人和黑人的混血儿——译者）讲恋爱的很不中看的女人。但是，在伊利沙辟台，牧场的蛮气生活是觉得不坏的，于是答应了。到得快要结婚之际，忽然，思慕起出身的故乡的村庄，群山的干草气息，跛司珂地方的烟霭的景色来。直说出本心来是做不到的，一天早上，刚在黎明，向着未婚妻的父母说要到蒙提辟台阿买婚礼的赠品去，便跨上马，又换坐了火车。一到首府蒙提辟台阿，就坐了往来大西洋的大船，于是向着自己多承照顾的亚美利加之地，十分惜别之后，回到西班牙来了。

到了故乡吉普斯珂亚的小小的村庄。和在那里开药材店的哥哥伊革那希阿拥抱了。也去访问乳母，约定了不再跑开去。于是就住在他自己的家中。他在亚美利加不但没有赚钱，连带去的钱也不见了的这新闻，传布村中的时候，便什么人也都记得起来，他在没有出门之前，原已是一个谁都知道的愚蠢轻浮的胡涂汉。

3　现代汉语常用"计划"。——编者注

这样的事，他全不在意。到果树园去，就挥锄。在余暇时，出力造了一只独木舟，在河里游来游去，撩得村人生气。

放浪者伊利沙辟台相信，哥哥伊革那希阿和他的妻，还有孩子们，是看不起他的，所以去看他们的时候，真是非常之少。然而不久，他知道兄嫂是在尊敬他，他不去访问，他们在责难。伊利沙辟台便比先前常到哥哥的家里去了。

药剂师的家是完全孤立的，在村子的尽头。对路这一面，有围以墙壁的院子。浓绿色的月桂树，将枝条伸出在墙头之上，略略保护着房屋的正面，使不被北风之所吹。院子的隔壁，便是药材店。

这房子里没有晒台，只有几个窗。这些窗的开法，是毫不匀整的。这是，无非因为有后来塞了起来的缘故。

诸君由摩托车或马车，经过北方诸州的时候，可曾见过那无缘无故，令人起一种羡慕之情的独立人家没有？

觉得那里面，该是度着安乐的生活的罢，就推察出快活的，平和的生活来。挂着帷幔的诸窗，是令人想到陈列着胡桃树衣橱的广阔的房屋，摆着大的木床的很像修道院的内部；令人想到一入夜，则刻在滴答作响，高大的旧式时钟上的时间，缓缓地过去的，平安而幽静的生活的。

药剂师的家，即属于这一类。院子里是风信子、灯台草、蔷薇丛，还有高大的绣球花，有到下层的晒台那么高。沿在院子的泥墙上的干净的白蔷薇的花蔓，挂得像瀑布一般。因为这蔷薇是极其飘动，极其易谢的，在跋司珂语，就叫它"曲尔爱斯"。（狂蔷薇之意——译者）

当放浪者伊利沙辟台很坦然的到他哥哥家去的时候，药剂师和他的妻便带了孩子们做引导，给看干净的、明亮的、芬芳馥郁的家。后来，他们又到果树园去。在这里，放浪者伊利沙辟台这才见了玛因德尼。她戴着草帽，正在将蚕豆摘来兜在衣裾里。伊利沙辟台和她，淡淡地应酬了一下。

"到河去呢，"药剂师的妻对她妹子说，"你对使女们去说一声，教她们拿绰故拉德来。"

玛因德尼向家里去了。别的人们便通过了成行的梨树的扇骨似的撑开了枝子所做成的隧道，降到河边的树林之间的空地里。这里有一张粗桌子和一条石凳。太阳从密叶间射进来，照着河底。看见河底上的圆石子，银一般发光，以及鱼儿在徐徐游泳。天气很平稳。太空是蓝而明，朗然无际。

未暗之前，药剂师家里的使女两个，将绰故拉德和蛋糕装在盘子上，送来了。孩子们便猛兽似的扑向蛋糕去。放浪者伊利沙辟台先讲些自己的旅行谈，还有几样的冒险故事。使大家都出神地倾听。独有她，独有玛因德尼，对于这样的故事，却不见有怎样热狂模样。

"派勃罗叔叔，明天还来么？"孩子们对他说。

"唔唔，来的呀。"

放浪者伊利沙辟台回家去了，而且想着玛因德尼做了梦。虽在梦里，看见的也还是现实照样的她——身子小小的，模样苗条的，眼珠黑而发闪的她，被乱抱乱吻的外甥们纠缠着。

药剂师的最大的儿子，是中学的二年生，伊利沙辟台便教他法国话。玛因德尼也加入了来受教。

伊利沙辟台觉得很关心于这幽静的，沉著[4]的嫂嫂的妹子起来了。她的灵魂，仅仅是不知欲望，也不知企羡的幼儿的灵魂么，还是只要无关于叫她住在一屋顶底下的人们的事，便一切不管的女人呢，他不能懂。放浪者常常屹然的凝视她。

4　现代汉语常用"沉着"。——编者注

"这娃儿在想什么呵？"他自己问，有些时候胆子大了起来，对她说道——

"玛因德尼姑娘，你没有结婚的意思么？"

"呵，这我！结婚那些事！"

"结了婚也不坏呀。"

"我结了婚，谁来照管孩子们呢？况且我已经是老太婆了。"

"廿三岁上下就是老太婆？那么，已经上了三十八岁的这我，简直早是一只脚踏在棺材里的昏聩老头子了呀。"

对于这话，玛因德尼什么也没有说，单是微笑着。

那一夜，伊利沙辟台觉到非常关心于玛因德尼的事，吃了惊。

"究竟，是那一类的女人呢，她？"他自己说，"骄傲的地方是一点没有，浪漫的地方也没有。但是……"

河岸的靠近狭的峡间路之处，涌出着一道泉水，积成了非常之深的池。里面的水，是不动的，所以恰如嵌着玻璃一样。"玛因德尼的魂灵，恐怕就是那样的罢。但是……"伊利沙辟台对自己说。他虽然想用这样的事，来做一个收束，然而关心总没有消除，岂但如此呢，还越发增加了。

夏天到了。药剂师的家的院子里，夫妇和孩子、玛因德尼，还有放浪者伊利沙辟台，每天总是聚集起来的。伊利沙辟台的谨守时间，向来没有那时的准。那样的幸福他未曾有过，但同时也未曾有过那样的不幸。

已到黄昏，空中满了星星，明星的青白色光在天空闪烁的时候，谈天也渐渐入神，随便、蛙鸣的合唱更令人兴致勃勃。玛因德尼也很不拘谨了，话说得较多。

一到夜里九点钟，听到那马夫坐位[5]的篷子上点着大灯，经过村

5　现代汉语常用"座位"。——编者注

中的杂坐马车的铃声，大家便走散。伊利沙辟台心里描着明天白天的计画，向他的归路。那计画，是无论什么时候，一定团团转转绕着玛因德尼的周围的。

有时候，是颓丧地自问——

"跑遍了全世界，回到小村里来，渴想着一个乡下姑娘，不是呆气么？对那么俨然的，那么冷冷的娃儿，什么也不说的呆子，究竟那里还有呵！"

夏天已经过去，祭祝的时节近来了。药剂师和那家族决计照每年一样，要到亚耳那撒巴尔去。

"你也同去的罢？"药剂师问他的弟弟。

"我不去。"

"为什么不去的？"

"不高兴去。"

"那么，也好罢。不过我先通知你，你可是只剩下一个人了呀。因为连使女们也要统统带去的呵。"

"你也去么？"伊利沙辟台对玛因德尼说。

"唔唔，自然去的。我就顶喜欢看赛会。"

"不要当真。玛因德尼去，可并不是为了这缘故呵。"药剂师插嘴说，"是去会亚耳那撒巴尔的医生的呀。那去年很有了意思的年青的先生。"

"这又有什么稀奇呢？"玛因德尼微笑着说。

放浪者伊利沙辟台发青，变红了，然而什么也不说。

要去赴会的前一夜，药剂师又问他的弟弟——

"那么，你同去呢，不去呢？"

"那么，去罢。"放浪者低声说。

第二天，他们一早起身，走出村庄，到了国道。从此弯弯曲曲顺着小路，横断了满是丰草和紫的实荩答里斯的牧场，走进了山里。

朝气有些温热，山野为露水所濡。太空作近于水色的蔚蓝，撒着白色的云片。这云又渐次散成细而且薄的条纹。早上十点钟，他们到了亚耳那撒巴尔。这地方是山上的村子，有教堂，广场上有球场，有两三条并立着石造房屋的大路。

他们走进药剂师的妻的所有的独立屋子去，到了那厨房。在那里，就开始了放下投树枝入火和摇着孩子的摇篮的手走了出来的老婆婆的大排场的欢迎和款待。她从坐着的低低的炉边站起，和大家招呼，对于玛因德尼、她的姊姊[6]、孩子们是接吻。那是一位精瘦的老婆婆，头上包着黑布。她有着长长的鹰嘴鼻，没有牙齿的嘴，打皱的脸，白的头。

"您是，那个，到过什么亚美利加的那一位么？"老婆婆和伊利沙辟台几乎碰住了鼻子，问。

"是的，我就是去过那边的。"

已经到了十点钟了。因为这时候，大弥撒就要开头的，所以在屋子里，只留下了一个那老婆婆。大家便都往教堂去。

午餐之前，药剂师教玛因德尼和孩子们相帮，从这屋子的窗间，乱七八糟的放了些花爆。这以后，都赴食堂去了。

食桌周遭计有二十多人，其中就有这村的医生，坐在玛因德尼的左近。而且对她和她的姊姊，竭尽了万分的妩媚和殷勤。

这一刻，放浪者伊利沙辟台感到大大的悲哀了，心里想，还是弃了这村子，回到亚美利加去罢。直到吃完，玛因德尼不歇地向伊利沙辟台看。

"是在和我开玩笑呀。"他想，"知道我在想她，所以和别的男人说笑给我看看的。墨西哥湾怕再要和我做一回朋友罢。"

6　现代汉语常用"姐姐"。——编者注

用膳完毕的时候，已经过了四点钟。跳舞早在开头了。医生不离玛因德尼的身边，接连地在讨她的好。于是，她就总是凝视着伊利沙辟台。

到黄昏，赛会正酣之际，就开始了奥莱斯克舞。青年们手挽着手，打鼓的走在前头，在广场里翔步。有两个青年离开队伍，互相耳语，似乎略有些踌躇，但即除下无边帽来拿在手里，向玛因德尼请她去做魁首，做跳舞的女王。她竭力用跋司珂语回绝他们。看看姊夫，他在微笑。看看姊姊，她也在微笑，于是看看伊利沙辟台。这是在万分的吃苦。

"快去罢，不要客气。"阿姊对她说。

跳舞以一切的仪式和礼节开首。这是可以看作原始时代、神人时代的遗风的。奥莱斯克一完，药剂师因为要舞芳宕戈，拉出他的妻去了。于是，年青的医生拉出玛因德尼去了。

暗了，广场的篝火都点了起来，而人们也想到了归路。

回家吃过绰故拉德之后，药剂师的家族和伊利沙辟台便向着家路上了归途。

远远地，在群山中发出应声，听到赛会回去的人们的略似野马嘶鸣的声唤。

在密树里，火萤好像带蓝色的星星一般在发光。蛙儿在寂静的夜的沉默中，阁洛洛、阁洛洛地叫着。

时时，下坡的时候，由药剂师所出的主意，大家手挽着手走了，一同唱着——

Aita San Antoniyo Urquiyolacua. Ascoren biyotzeco sauto devotua.
走下斜坡去。

伊利沙辟台对玛因德尼是生气的，虽然很想离开她，但偶然竟使她跟着他走了。

　　挽手的时候，她将手交给他。那是纤小的、柔软的、温暖的手。忽然，走在前头的药剂师想起来了，即刻站住，向后面一挤。这时候，大家就也互撞了一回。伊利沙辟台便屡次用了两腕，将玛因德尼扶住。她有些焦躁，叱责了姊夫，就又向庄重的伊利沙辟台注视。

　　"你为什么这样闷闷的？"玛因德尼用了尖酸的声音向他问。那漆黑的眼，在夜的昏暗里发光。

　　"我么？不知道。这是男人的坏脾气，看见别人高兴，便无缘无故伤心。"

　　"但是，你并不坏呀。"玛因德尼说着，那漆黑的眼凝视着他几乎要钉进去，伊利沙辟台于是非常狼狈了。至于心里想，恐怕连星星也觉得自己的狼狈。

　　"对呀，我不是坏人。"伊利沙辟台喃喃地说，"但是，我，像大家所说，是呆子，是废料呵。"

　　"那样的事也放在心里么？连不知道你的人们说出来的那些话？"

　　"自然。我就怕这些话是真的呀。在还非再去亚美利加一趟不可的人，那是并不平常的心事呵。"

　　"阿阿，还去？说还要去么？"玛因德尼用了沉著的调子低声说。

　　"就是呀。"

　　"但是，什么缘故呢？"

　　"唉唉，这是不能告诉你的。"

　　"如果我猜出了？"

　　"如果猜出了，那就可叹。因为你便要当我呆子看的。我年纪大了……"

　　"唉唉，那算什么呢。"

　　"我穷呀。"

　　"那是不要紧的。"

"唉唉，玛因德尼！真的么？不会推掉我的么？"

"不，岂但不会……"

"那么……肯像我的想你一样，你也想我么？"放浪者伊利沙辟台用了跋司珂语低低地说。

"是的，便是死了也……"玛因德尼这样地说着，将头紧靠在伊利沙辟台的胸前。于是伊利沙辟台在她的栗色的头发上接了吻。

"玛因德尼！这里来呀！"姊姊在叫了，她便从他离开。但因为要看他，又回顾了一回。而且又屡次屡次的回顾。

大家走着寂静的路，向村子那边进行。

在周围，充满着神秘的夜在颤抖，在空中，星星在映眼。

放浪者伊利沙辟台抱着为说不出的心情所充塞的心，觉得被幸福闭住了呼吸，一面大张两眼，凝视着一颗很远很远的星。而且用了轻轻的声音，对那星讲说了一些什么事。

山民牧唱

烧炭人

喀拉斯醒过来，就走出了小屋子。顺着紧靠崖边的弯弯曲曲的小路，跑下树林中间的空地去。他要在那里作炭窑的准备。

夜色退去了。苍白的明亮，渐渐的出现在东方的空中。太阳的最初的光线，突然从云间射了出来，像泛在微暗的海中的金丝一样。

山谷上面，仿佛盖着翻风的尸布似的，弥漫着很深的浓雾。

喀拉斯就开手来作工。首先，是拣起那散在地上的锯得正可合用的粗树段，圆圆的堆起来，中间留下一个空洞。其次，便将较细的堆在那上面，再上面又放上更细的枝条去。于是一面打着口哨，吹出总是不唱完的曲子的头几句来，一面作工，毫不觉得那充满林中的寂寥和沉默。这之间，太阳已经上升，雾气也消下去了。

在正对面，一个小小的部落，就像沉在哀愁里面似的，悄然的出现在它所属的田地的中央。那前面，是早已发黄了的小麦田，小海一般的起伏着。山顶上面是有刺的金雀枝在山石之间发着芽，恰如登山的家畜。再望过去，就看见群山的折叠，恰如凝固了的海里的波涛，有几个简直好像是波头的泡沫，就这样的变了青石了。但别的许多山，却又像海底的波浪一般，圆圆的，又蓝，又暗。

喀拉斯不停的做着工，唱着曲子。这是他的生活。堆好树段，立刻盖上郎机草和泥，于是点火。这是他的生活。他不知道别样的生活。

做烧炭人已经多年了。自己虽然没有知道得确切，他已经二十岁了。

　　站在山顶上的铁十字架的影子，一落到他在做工的地方，喀拉斯就放下工作，走到一所小屋去。那处所，是头领的老婆在给烧炭人们吃饭的。

　　这一天，喀拉斯也像往常一样，顺着小路，走下那小屋所在的洼地里去了。那是有一个门和两个小窗的粗陋的石造的小屋。

　　"早安，"他一进门，就说。

　　"阿，喀拉斯么，"里面有人答应了。

　　他坐在一张桌子旁，等着。一个女人到他面前放下一张盘，将刚刚离火的锅子里的东西，舀在盘里面。烧炭人一声不响的就吃起来了。还将玉蜀黍面包的小片，时时抛给那在他脚边擦着鼻子的狗吃。

　　小屋的主妇看了他一眼，于是对他说道：

　　"喀拉斯，你知道大家昨天在村子里谈讲的话么？"

　　"唔？"

　　"你的表妹，许给了你的毕扇多，住在市上的那姑娘，听说是就要出嫁了哩。"

　　喀拉斯漠不关心模样，抬起了眼睛，但就又自吃他的东西了。

　　"可是我还听到了还要坏的事情哩。"一个烧炭人插嘴说。

　　"什么呀？"

　　"听说是安敦的儿子和你，都该去当兵了哩。"

　　喀拉斯不答话。那扫兴的脸却很黯淡了。他离开桌子，在洋铁的提桶里，满装了一桶烧红的火炭，回到自己做工的地方。将红炭抛进窑顶的洞里去。待到看见了慢慢地出来的烟的螺旋线，便去坐在峭壁紧边的地面上。就是许给自己的女人去嫁了人，他并不觉得悲哀，也不觉得气愤。毫不觉得的。这样的事情，他就是随随便便。使他焦躁，使他的心里充满了阴郁的、愤怒的，是那些住在平地上的人们，偏要从山里拉了他出去的这种思想。他并不知道平地的人们，然而憎恶他们了。他自问道：

"为什么硬要拖我出去呢？他们并不保护我，为什么倒要我出去保护他们呢？"

于是就气闷，恼怒起来，将峭壁紧边的大石踢到下面去。他凝视着那石头落在空中，有时跳起，有时滚落，靠根压断了小树，终于落在绝壁的底里，不见了。

火焰一冲破那用泥和草做成的炭窑的硬壳，喀拉斯就用泥塞住了给火冲开的口子。

就是这模样，经过着始终一样的单调的时间。夜近来了。太阳慢慢的落向通红的云间，晚风开始使树梢摇动。

小屋子里，响亮着赶羊回来的牧人们的带着冷嘲的叫嚣，听去也像是拉长的狂笑。树叶和风的谈天开始了。细细的流水在山石间奔波，仿佛是无人的寺里的风琴似的，紧逼了山的沉默。

白天全去了，从山谷里，升起一团影子来。乌黑的浓烟从炭窑里逃走了。还时时夹着火花的团块。

喀拉斯凝视着展开在他的前面的深渊。而且阴郁地，一声不响地，对着于他有着权力的未知的敌，伸出了拳头；为要表示那憎恶，就一块一块的向着平野，踢下峭壁紧边的很大的石块去。

秋的海边

这是马理亚·路易莎在每年秋初，出外的游玩。当她丈夫和朋友的谁一同去玩毕亚列支，或是孚安·兑·路斯的时候，她就坐在历经吉普斯科亚海岸各村的搭客马车里，在一个村庄里下了车。

那旅行，在她，是向着恋爱的圣庙的巡礼。在那地方，是由过去的恳切的记忆，使她的心轻快起来，从虚伪的生活的焦热，暂时得到休息的。

在那地方，在滨海诸村的一个村中的墓地，看去好像被寂寥，花朵和沉默所围绕的山庄似的，种着丝杉和月桂的墓地里，就永远地躺着恳切的男人……

这天傍晚，马理亚·路易莎一到村，就照例的住在她乳母家里了。

给旅行弄疲倦了，赶早就躺下，但被一种乱梦所侵袭，直到黎明之前，这才入了睡。

和一种惊吓一同醒过来了。睁眼一看，卧房里还连漏进来的一条光线也没有。天一定还是没有亮。再躺下去试试看，太多的回忆和想象，都乱七八糟的浮上心头来，她要静定这兴奋，便跳下床，略略整了衣，在暗中摸过去，终于摸着了窗门，推开了。

这真是像个秋天的亮星夜。纱似的、光亮的雾气，笼罩着周围。听不到一个声音，感觉不着一些活气，来破这微明的幽静的，什么也没有。只从远处，传来了缓缓的、平静的、安稳的大海的低声……

村子、海、群山——所有一切，都给已在早风中发起抖来的灰色的烟霭抹杀了。

马理亚·路易莎一面沉思，一面凝视着遮住眼睛，不给看见远方的不透明的浓雾，就觉到了一种平安。在暗中放大了的瞳孔，逐渐的看出一点东西来，有些是轮廓也不分明的一个影，有些是海边的沙地的白茫茫。烟霭的团块一动弹，那些无形的各种黑影便忽而显出来，忽而隐了去。

风是陆风，潮湿、温噢，满含着尖利的臭气和由植物发散出来的蒸热。因为时时有海气味扑鼻而至，就知道其中还夹着海风。

曙光从烟雾的灰色薄绢里射了出来了。于是，模胡的、没有轮廓的东西，也就分明的决定了模样。还有村庄，吉普斯科亚海岸的许多黑色房屋的那村庄，也从它所站着的冈子上面显出形相来了。村中的人家，是都攒在教堂的旧塔的四近的，站着，傍眺了海——总是掀起着大波，喧嚣着，总是气恼的唠叨着，喷着白沫的那北方的暗绿的海。

海岸的风景逐渐的展了开来。在左手，可见层层叠叠的山石，那上面有一条路；右手，是依稀的显着海岸线。那线呈着缓缓的弯曲，一端就成为发着黑光的巨石，完结了。这巨石，当潮水一退，就屹然露出水面上，恰如在白沫的云中游泳的海怪似的。

村庄已经醒了转来。风运来了教堂的钟，且又运了去。来通知黎明的祷告的幽静而舒徐的那声音，在带着懊恼的微明的空中发抖。

人家的窗和门，都开开来了。农人们在从牛棚里将牛牵到道路上。在村庄的沉默里，听得到的就只有一面昂着头，敞开鼻孔，舒服地呼吸着早晨的新鲜的空气，一面吼叫着的公牛的声音。

面前看着这样肃静的，切实的生活；澎湃的海和钟声，又使她在近旁感到开口说话的宗教，马理亚·路易莎的心里，就浸透了一种淡淡的哀愁。直到太阳的光线射进屋子里面时，她这才觉得气力。自己向镜中去一照，在两眼里，看见了做梦似的，含着悲哀的，柔和的表情。

她准备到外面去了。穿上带黑的紫色衣服，戴了没有装饰的帽子，脸上盖了饰着时式结子的面纱。于是就走到满是积着黄色水的水洼的道路上。

时时遇见些肩着木棍，走在牛的前面的牛奴。牛是开着缓步，拉着轧轧发响的货物。

马理亚·路易莎对于人们的招呼，一一回答着往前走。

终于走近了村庄。横走过不见人影子的大空地，通过一个潮湿到霉黑了的石叠的小小的穹门，踏到砾石纵横的狭窄的坡路上。这里有几只露出了龙骨的半烂的船，免掉了长年的苦工，休息着。那穹门是绕着村庄的古城墙的留遗，在要石上还可见简陋的雕像，像下有开花的野草，滋生在石块和石块的间隙中。

从狭路的尽处，便望见了海边。太阳扒开了云，雾气由海面上升，消失在天空中，风景也跟着出色起来的，是岔涌的欢喜。

空气越加纯净，露出苍穹的细片来了。雾气一收，在山腰上，就看见种着牧草的碧绿的田地中央的一家房屋，或是山毛榉和槲树的小林。群山的顶上，也现出了有棱角的石头，和几株枝叶扶疏的细长的灌木。

海边是热的。马理亚·路易莎放开步，一径走到沙滩的边上，在那里的一块石头上，颓然坐下了。气恼似的，辉煌着的海，顽固地在拒绝太阳的爱抚。海想用朝霭来做成阴天，然而没有效。光充满着四边，太阳的光线，已经在带绿的波浪的怪气而起起伏伏的皮肤上面熠熠地发闪了。

忽然间，觉得太阳好像得了加倍的势力。海只是推广开去，终于和水平线成了一直线，连结了起来。

从此就看见了海波涌来的模样。有暗的，圆的，看不透那里面的波，也有满是泡沫的波。其中又有仿佛自炫坦白似的，使日光照着混浊的内部的波。那边的海岬上，则怒涛打着岩石，迸散而成雨。一到岸边，就如生病初愈的女人一般，忧郁地、平稳地涌过来，在沙滩上镶上一条白色的沿边，到退去时，则在沙上留下些带黑的海草，和在日光中发闪的淡黑色的海蜇。

早晨就像夏天的早晨。但从海的颜色里，风的叹息里，以及孤独的漠然的微语里，马理亚·路易莎都觉着了秋声。海将那伟大中的漠然的情绪，含在波浪里送与她了。

合着海的律动和节奏，她的思想的律动，就和记忆一起，招致了恋爱的回忆来。

两个人就只有两个，也不谈，也不想，也不整理思路，只有久久的茫然的躺在海边的沙上，那时的幻影，恰如波浪似的，一步一步的漂来，将她的精神和生息在波浪、烟雾、大海里的那精神熔合[1]起来了。

就在这地方，她和他认识了。那已经是十年以前的事，唉唉，已经是过了十年了！最初是对于他的病体的同情。而在听他说话，和他说话的时候，她却连灵魂的最深处也发了抖。原是冷人的她，觉得恋慕的难以抑制了。不以石女为意的她，觉得羡慕有个孩子了。

常常是只有两个人，眺望着通红的太阳沉在水平线的那边，海被深红的反照所鼓动的那恼人的八月的薄暮。一觉到这反映在自己们的心里，两人的神经就都为了炎炎的欲情而抽搐了。

过去了的十年！唉唉，那十年！她所最悲哀的，大概就是这一事罢。她在未来之中，看着老后生活的灰色的太空——惨淡。

自此以后，十年也过去了！那时候，她是廿八岁！

新的春和夏，总该是年年会得转来的，——她成了绝望的心情，想，——对着从无涯的那边，涌来了波涛，而咆哮着的大海，在那么样通红的薄暮里，在那么样的星夜里，新的心的新恋爱和新幻想，总该会抽起芽来的……而这我，却怕要像一闪即灭的水泡那样，一去不返的罢。

马理亚·路易莎凝眺着寂寞的、悲凉的海边。于是，大洋的茫然的情绪就从叹息于苍白的秋天之下的海里来到她的心中，将一看见身体衰颓时便会觉得的忧郁越加扩充开去了。

---

1 现代汉语常用"融合"。——编者注

一个管坟人的故事

一出村子，就看见路的左手，有一家很旧的平房。在那潮湿到发黑了的墙壁上，威风凛凛的显出几个黑字，写着"勃拉希陀葡萄酒店"的店号。

这写字的艺术家，单是每一个字都用了时行的笔法还不满足，还要画一点什么画。于是在店门的门楣上，就画了一匹大公鸡，脚踏着给流矢射通了的心脏，拍着翅子。这是神秘透顶的形象，我们至今还不明白那意思。

店门里面的前厅上，两边也都堆起酒桶来，弄得狭到只在中间剩下一条窄窄的走路。再进去就是店面，也不仅仅是酒场，还卖咖啡，卖烟，卖纸，别的还有好几样。后门口呢，葡萄架下放着几张桌子，一到礼拜天的午后，酒神崇拜家们便聚到这里来，喝酒，玩九柱戏。信仰美神的人物也常到的，为的是要用除烦解热的黑莓，消掉他的情火。

酒店的主妇富斯多，倘不是拿一个又懒惰，又浪费的捣乱的破落户做男人，怕是早已发了财了。

那男人，不但和她在发卖的上等次等的各种酒，都有极好的交情，而且还有种马的多产能力的。

"喂，亚拉耶·勃拉希陀，"他的朋友说，"真糟！你这里，又是这个了！你究竟是在怎么弄的呀……"

"怎么弄的，又有什么法子呢，"他回答说，"娘儿们这东西，就像猪猡一样的。譬如她……只要用鼻子嗅一下，那就，什么了……只要我脱下短裤，挂在眠床的铁栏干上，就会大起来。就会田地好，种子好，时候好……"

"酒鬼！猪猡！"女人听到了他的话，便叫起来，"少说废话，出去做点事罢！"

"出去做点事？放屁，第二句话，就是做点事。娘儿们说的话，真古怪！"

正月里的有一天，烂醉着走的勃拉希陀掉在河里了。朋友们拉了他上来，没有给淹死，但回家之后，因为不舒服，就只好躺下。两面的肺都生了肺炎了。他躺着，唱着他所知道的一点五八调。但是，有一天的早晨，打小鼓的来到酒店里的时候，他终于叫了起来：

"觉明，对不起，肯给我拿笛子和小鼓来么？"

"好的，来了。"

觉明拿了笛子和小鼓来。因为他和勃拉希陀是很要好的。

"打什么呢？"打小鼓的问。

"打奥莱斯克调，"勃拉希陀说。然而正在乱打之间，他忽然回过头来：道，"喂，觉明，立刻跳到收场，到收场。我也要收场了。"

勃拉希陀转脸对了墙壁；于是，死掉了。

第二天，管坟人巴提给他那朋友掘了一个三尺深的，很像样的，很容易掘好的坑。怀孕的酒店主妇管理着七个小孩子，在发烦。酒店是靠着死掉的男人的朋友的照管，仍旧做卖买[2]。

这些朋友们里面，最熟的是巴提赛拉，就是大家叫他"地狱的巴提"的汉子。这巴提，假使他没有那么胖，是一定见得是一个长条子的。他从后面看，是方的，从前面看，是圆的，从旁边看，却是简直像一个妖精的三角形。仔仔细细的刮光了的那脸，是红色和紫色之间的颜色。小小的快活的眼，围着厚皮厚肉的眼眶。鼻子呢，可是不能不说，并非希腊式。但是，假如没有那么胖，那么阔，那么红，那是一定见得很漂亮的罢。他的嘴里是没有牙齿的。但是，

2　现代汉语常用"买卖"。——编者注

他那因为阳气的微笑而半开的嘴唇，刚刚合式的盘一般的大帽子，却连他的敌人，也不能不承认是有着难言之妙的物事。

坏话专门家和永久的酷评家们，都说巴提的青年时代是万分放荡的。猜他在敷设北部铁路的那时候，两手拿着粗笨的石弩，在里阿哈那里做路劫的也有，然而说他一定是越狱犯，以及说他做过海盗船上的水手的却也有。推测而又推测的结果，竟也有以为巴提的自愿去做管坟人，是为了要从孩子的死尸里提炼黄油之故的了。然而，我们为保全"事实"的名誉起见，应该在这里声明，就是：这样的推测，全都没有证据。

巴提到亚美利加去混了多年之后，回来一看，只见他的地产，就是祖遗的山腰上的地面的一部分，已经变了坟地了。村子里，是都说巴提已经死了的。村会看见巴提咬定着自己的所有权，就想收买这地面，但是巴提不答应他们提出的条件，只说，倘若条件是给他做管坟人，并且许他在坟地的泥墙的一角上，造一所拿着无边帽和烟斗去住的小屋，那就不妨让出祖遗的地面来。

这提议被接受了。巴提就造起小屋子，住在那里，去管坟去了。死人们对于巴提的给他们照顾自己们的坟墓，恐怕也不会伤心的罢。因为他是用芳香的草木，美丽的花朵，装饰了坟地的。

善良的巴提虽然这样的尽心，但村人们却总当他是要落地狱的脚色。这只因为两件事：其一，是礼拜日往往忘记了去听弥撒；又其一，是听村里的牧师赞美上帝的时候，他使着眼色，说道："遏萨古那·拉古那。"[3]

村人们将这"遏萨古那·拉古那"的话当作恶意，心里想：巴提这东西，诚实的地方固然是有的，但却会用了针对的话来损人。这话，是说牧师在附近的一个村庄中，养下三个孩子了。

3　这是跋司珂语，"喂，好正经"的意思。——原译者人们对于巴提所抱的恐怖，是非常之大的，甚至于母亲们为要恐吓孩子的缘故，就说："小宝宝，哭下去，地狱的巴提要来带你去了哩。"

村里的老爷们是看不起巴提的。以学者自许的药店主，自以为在将他嘲弄。

巴提和一个年青医生很要好。医生去施行尸体解剖的时候，管坟人就做帮手。倘有什么好事之徒，走近解剖台去，显出恐怖和嫌恶的表情，巴提便向医生使一个眼色，恰像是在对他说："这家伙没有懂得奥妙，吃了惊了……哼……哼……"

人们对他的评论，巴提几乎全不放在他心上，只要在富斯多的酒店里奉行着天语，他就满足了。恭听这天语的人们，是村中惟一的自由主义者的清道夫；不去给人代理的时候，就做麻鞋的助理判事；拿着夜膳和酒壶一把，走进酒店去的，先前的学校教员堂·拉蒙；照例的打小鼓人；义仓的职员；还有另外的几个。巴提的话，将他们吸住了。

他讲完魂灵，说道"这样的东西，谁也不会出惊的，遏来克（电气）呀"的时候，听着的人就大家互看脸色，仿佛在考查别人可曾懂得这书句的深远的意思似的。

巴提知道着种种的书句。连名人也未必全知道呢，他却连连的吐出吓退希波克拉底[4]的警句来。他的哲学，是尽于下面的几句的，曰："人，就是像草的东西。生了下来，就不过是生了下来。有开红花的草，也有黄的。所以，人也有好人，有坏人。然而，成为酒鬼的人，那是生成要成酒鬼的。"

他往往用水湿一湿嘴唇。于是，仿佛被那水的强烈吃了一吓似的，立刻一口喝干了白兰地。这是因为这管坟人使人在小杯里倒

4　希腊哲学家。——重译者

水、大杯里倒酒的,是纯然的恶作剧。

随机应变的对付,巴提是一方之雄。有一天,以美男子自居的有钱的矿师,讲着自己的本领:

"我的孩子,在渥拉萨巴尔村一个,斯毕亚乌来村一个,喀斯台尔村一个……"

"如果你的太太生下来的孩子也是你的种子,那你的本领就更大的。"巴提像哲学家似的说。

当巴提用烟斗的烟烘热着红鼻子,——一面讲着在美洲的他的冒险谈的时候,他的话,是伴着绝叫和哄笑的合唱的。

在美洲的巴提的冒险谈,真也很有味。他做过赌客、商人、牲口贩子、兵,以及别的种种。当兵的时候,势至于活活的烤死了多少个印第安人。但巴提的真的惹人之处,却是讲那对于黑人,桑博[5],穆拉托[6],黄种人的女人的恋爱的冒险。他的恋爱,是无须夸大,可以说涉及半音阶全部的女性的。

酒店主妇是很任性的,所以生了第八个孩子之后的第二天,便离了床,行若无事的劳动着。但到夜,却发起热来,只得又躺在床上。后来看定了那是产褥热,随后就被送到坟地里去了。这主妇,是很会拖欠的。为了这,酒店只好盘给人,八个孩子便站在街头了。

"那孩子,总得想点什么办法。"村长说。他要人们听不出他的跋司珂口音,几乎是用安达细亚语来说的。

"那些孩子们,总得给想一点什么办法才好。"牧师翻起眼睛,看着天,用了柔顺的声音,低语着。

"对呵,对呵,那些孩子们,总得给想一点什么办法的。"药店

5　黑人与印第安人的混血儿。——原译者
6　白人与黑人的混血儿。——原译者

主人决然的说。

"都是小的……做好事。"村公署的书记加添道。

日子迅速的过去了。已经有了好几个礼拜。最大的女儿到邮差家里去做事,安顿了。吸奶的孩子是钉蹄铁人家的老婆勉勉强强的收养着。

其余的六个——觉明、襄提、马蒂涅角、荷仙、马理、喀斯波尔,却是赤了脚在路上跑,讨着饭。

有一天早上,管坟人赶了一辆马拉的小车,到村里来了,将六个孩子都放在那上面,自己抱回了吸奶的孩子,统统拉到坟地上的自己家里去了。中途还在药店里给吸奶的孩子买了一个哺乳瓶。

"假好人。"村长说。

"昏蛋!"药店主人低声自语道。

牧师不忍看见这样的悲惨,翻上眼睛向着天。

"不久就会抛掉的罢。"书记说。

巴提没有抛掉了他们。并且把他们养得很出色。吃口多起来,连自己心爱的白兰地也戒掉了。然而,可叹的是竟弄得神圣的坟地上到处是蔬菜。村子里现在已经造好了市场,巴提就托那住在坟地近旁的朋友,把自己种出来的卷心菜和朝鲜蓟送到市场去。

巴提的朋友在发卖的卷心菜是出在坟地上的,但在市场里,却以为味道厚、入口软,很得着称赞。自己毫不介意的吃着祖父和祖母的烂了的血肉,买菜的人们是梦里也想不到的。

马理乔

新闻是一传十,十传百。叫作爱忒拉的小屋子的主妇马理乔,产后半个月,就生了希奇古怪的毛病了。忽而发着出奇的大声,哈哈的笑，忽而又非常伤心似的啼哭，声嘶的叫喊起来了。

人们大抵说，这是有恶鬼进了她的身体里面的。但也有人说，却因为曾有一个古怪的男人，路过马理乔的住家旁边，看见了她，就使用了毒眼的缘故。

近地的人们的好奇心都到了极度，一聚集，一遇到，就总是谈论着这故事。有说最好是通知牧师去的，也有以为不如去请那不是乞丐，也不是巫婆的吉迫希姥姥的。这吉迫希姥姥因为善能解除人和动物被谁钉看了的毒眼，所以有名得很。

有一天，近地的两个姑娘去看病人，受了极强的印象，两个都一样的哭哭笑笑起来了。因为这缘由，首先的办法是通知村里的牧师去。牧师就被除了那屋子，其次是做驱邪的法事，教恶鬼退出它所附的女人的肉体。然而，那法术却什么效验也不见有。于是乎这回就叫了那吉迫希女人来了。

这吉迫希女人一得通知，立刻就到，走进家里去。她开手来准备。先用袋布缝好一个枕，装满了麸皮。其次是用枯枝五六枝，拗断了，做了两个火把。

夜半子时，她走进病人躺着的屋子里，漫不管病人的骂和哭，把她捆住在床上了。

立刻把两个火把点了火，口中念念有词，教马理乔的头枕在麸枕上。咒语一停，便把盐块硬教病人吃下去。但是，忽而又低低的念起"东方三贤王"的尊号来……

到第二天，马理乔的病爽然若失了。

过了一礼拜。一向憎恶马理乔的她婆婆，却又对她吹进了可怕的忧愁。那婆婆显着莫名其妙的微笑，说，马理乔的全愈[7]，是因为将那鬼怪移到她儿子，长子身上去了，那孩子的无精打采，就为了

7　现代汉语常用"痊愈"。——编者注

这缘故。而且，这是真的。

先前非常可爱的那孩子，近几天忽而成了青白的，很青白的脸，不再有活泼的笑了。有一夜，孩子被母亲抱着躺在她膝上，就闭着眼睛，冷了下去。一匹漆黑的飞虻，在孩子身边团团的飞着……

母亲不住的摇他，然而并不醒，她于是裹上外套，跨出门，顺着狭路走向那乞食姥姥家去了。

天已经在发亮。淡白的一块云，溶在天空的带青的碧色里面了。

温暾的、无力的太阳，开始照射了开淡黄花的有刺的金雀枝，和满是枯掉的微红的郎机草的群峰。

马理乔停在山顶上，歇一回。冷风吹得她栗栗的发抖……

姥姥的家在一处洼地里。这原是旧屋子，曾经遭了火，那吉迫希女人慢慢地修缮好了的。马理乔不叫门，一径走进里面去。由炉子的火光，可见不过五六尺宽的内部。屋子的上侧，在填高的泥地上，有一张床。两侧的墙壁，是用横木代着柜子，上面放着检来的无数的废物。没柄的水壶，破了的铁釜，无底的沙锅[8]，都依照大小，分列在那里。

炉子旁边，乞食姥正和一个很老的、弯腰曲背的、白头发的蹒跚汉子在谈天。

"你么？"她一看见马理乔，便沙声的问道，"到这里来干什么的？"

"要你看一看这孩子。"

"已经死了。"吉迫希凝视了孩子之后，说。

"不，睡着的。要怎么办，才会醒过来呢？"

"说是死了，就是死了的了。但是，要是什么，我给煎起七草汤来罢。"

"莫，吉迫希，"那时候，老人开口了，"你做的那事，是什么用

8　现代汉语常用"砂锅"。——编者注

也没有的。唉唉，大嫂，如果要你的儿子醒过来，"他向着马理乔，用那在白眉毛下发光的灰色眼睛看定她，接着说，"方法可只有一个。那就是到近来家里毫无什么不幸的人家去，求他们给你住一宿。去罢，去找这样的人家去罢。"

马理乔抱着孩子，出去了。不多久，便走遍了四近的人家。这一家是父亲刚刚断气；那一家是儿子害着肺病，从兵营里成了废人回来，只有两个月寿命了。这地方，是适值死了母亲，剩下五个没人照管的孩子；那地方，是病人正要送到首都的养老院去了，因为兄弟们虽然生活得很舒适，但说肯收留的是没有的。

马理乔从山村到郊外，从郊外到市镇。信步走去，遍问了各色的市镇。无论到那里，都充满着哀伤，无论到那里，都弥漫着悲叹。无论那一郊，那一市，都成着大病院，满是发着疯狂般的声音呻吟着的病人们。

没法子来施用老人所教的法子。无论到那里，都有不幸在。无论到那里，都有疾病在。无论到那里去一看，都有死亡在。

是的。没有法子想。抱着悲苦的心活下去，是必要的。只好带着哀伤和悲痛，作为生存的伴侣。

马理乔哭了，哭得很长久，于是怀着扰乱的绝望回到她丈夫身边过活去了。

往诊之夜

那一夜的记忆为什么会在脑子里印得这么深，连自己也不明白。从邻村的医生送来了通知，教我去做一种手术的帮手。这通知，我是在有一天的傍晚，凄清的昏暗的秋天的傍晚接到的。

低垂的云慢慢地散开之后，就成了不停的小雨，在落尽了叶子的树木的枝梢上，掉下水晶一般的眼泪来。

污黑的墙壁的人家笼在烟雾里，看去好像是扩大了。一阵烈风吹开那下着的雨的时候，就如拉开了戏台上的帐幕一样，显出了比户的人家。从各家的烟通里徐徐逃出的炊烟，都消失在笼罩一切的灰色的空气里。

前来接我的山里人走在前头，我们两个人都开始上了山路。我所骑坐的很老的马，总是踢踢绊绊的。道路时时分成岔路，变了很小很小的小路，有时并且没有了路，走到那点缀着实芟答里斯的紫色挂钟的枯黄的平野上。当横走过一座山下的大渡似的连续的丘陵的时候，小路也起伏起来。那丘陵，在地球比现在还要年青，只是从星云里分了出来的流体时，恐怕是实的波浪的罢。

天色暗下来了。我们仍旧向前走。我的引路人在灯笼里点起了火来。

时时，有割着饲牛的草的山里人在唱歌，这跋司珂的一个歌，就打破了周围的严重的沉默。路已经到了部落的属地边。村子临近了。远远地望见它在一座冈子上。闪烁在许多人家的昏黄中的二三灯影，是村子的活着的记号。我们进了村，还是向前走。那人家还在前面的小路的拐角上。藏在多年的槲树、肥大的橡树、有着妖怪似的臂膊和银色的皮肤的山毛榉树这些树木里。斜视着道路，仿佛惭愧它自己的破烂，躲了起来似的。

我走进了那人家的厨房。一个老女人将男孩子放在摇篮里，在摇他。

"别的先生在楼上。"她对我说。

我由扶梯走向楼上去了。从门对谷仓的一间屋子中，透出声嘶的、绝望的呻吟和按时的"iay, ené!"的叫喊。这声音虽然有时强，有时弱，但总是连续不断的。

我去一敲，同事的医生就来开了门。屋子的天井上，挂着编了起来的玉蜀黍。用石灰刷白的墙壁上，看见两幅著色[9]石版的图画，一幅是基督像，还有一幅是圣母。一个男人坐在箱子上，不出声的哭着。卧床上面，是已经无力呻吟的、青白色脸的女人，紧靠着她的母亲……风从窗缝里绝无顾忌的吹进来。而在夜的静寂中，还响亮的传来了牛吼。

我的同事告诉我产妇的情形。我们就离开屋角，用了严重的，真挚的态度，说出彼此的无智来，一面也想着但愿能够救得这产妇的性命。

我们准备了。教女人躺在床上……那母亲怕敢看，逃走了……

我用热水温了钳子，去递给同事的医生。他将器械的一面，顺当的插进去了；但还有一面，却好容易才能够插进去。于是收紧了器械。这就发出了"iay，ay，ay！……"的声音，苦痛的叫唤，狂乱的骂詈，咬吱作响的咬牙……后来，那医生满头流汗，发着抖，使了一种神经性努力。略停了一下。接着就听到了又尖又响的撕裂东西一般的叫声。

殉难完毕了。那女人成了母亲了。于是忘掉了自己的苦痛，伤心的问我道：

"死掉了罢？"

"没有，没有。"我对她说。

我用两手接来的那一块肉，活着，呼吸着。不久，婴儿便用尖利的声音哭叫了起来。

"iay，ené！"那母亲用了先前表示自己的苦痛的一样的句子，包括了自己的一切幸福，轻轻地说……

守候了许多时光之后，我们两个医生就都离开了那人家。雨

9　现代汉语常用"着色"。——编者注

已经停止了。夜气是潮湿、微温。从黑色的细长的云间，露出月亮来，用青白的光线，照在附近的山上。大黑云一片一片的经过天空中。风扑着树林，呼啸着，好像从远处听着大海似的。

同事的医生和我，谈了一些村里的生活。彼此又谈了一些仿佛光的焦点一般，显在我们心里的马德里的事情，以及我们的悲哀和欢喜。

到了路的转角的时候，我们要分路了。

"再见！"他对我说。

"再见！"我对他说。于是，两个人像老朋友似的，诚恳的握一握手，别散了。

善根

山上满是堆高的黑沉沉的矿渣。到处看见倒掉的矿洞的进口，也有白掘了的矿洞。含铅的水使植物统统枯槁了。榭树和橡树曾经生得很是茂盛的森林故迹上，只剩了一片碛确的荒场。这是萧条而使人伤心的情景。

矿渣之间，连一株郎机草或是瘦长的有刺的金雀枝也不见生长。树木全无，只有妖怪一般伸着臂膊，冷淡的屹立着的大索子的木桩，排在地面上。

山顶上有一片手掌似的平坦的大地面，这里就设立着"矿山办事处"。那是一所古旧的坚牢的石造房屋，有着窥探的小洞和铁格子的窗门，这就很有些像监狱。

"矿山办事处"正对面，可以望见泥砖造成的矿工们的小屋。是不干净，不像样的平房，窗洞做得很小，好像建造的时候，连空气也加以节省了的一般。"矿山办事处"里面，住着"拉·普来比勋矿务公司"的经理。他是一个从头到脚，全是事业家模样的人，关于他先前的履历，却是谁也不知道。年纪已经大了，却染了胡子和头发，俨乎其然的，彻骨是流氓式的家伙。他的很大的虚荣心，是在自以为是一个了不得的情郎。因为要博得这样的名声，并且维持下去，便拉了一个从马德里近边弄来的婊子，同住在一起。而且由安达细亚人式的空想，他还当她原是大家闺秀，因为实在爱他不过，终于撇下亲兄弟，跟了他来的。

虚荣极大的这男人，虽然天生的胡涂，却又石头一般的顽固。使那些手下的矿工们拼命做工的方法，他是知道的。

从还没有因为中了铅毒，萎缩下去的他们的筋肉，榨取那掘出矿石，打碎矿石的气力来的方法，他是知道的。

每当早上六点钟和晚上六点的两回换班的时候，他是一定去监督的，看可有谁不去做工的没有。为号的喇叭一响，铅色脸的瘦削的矿工们就走上矿洞来。那里面，在发抖的也有。个个是驼着背，垂着头。他们几个人一团，走过旧的坡面，跑到山顶的平地上，进了各自的小屋，吃东西、歇息去了。停了一会，就有别一群矿工们，由别的小屋子里出来，于是钻进矿山的底里去。

少年们在做将矿石装在笼里，顶着搬运的劳动。女人们是从早到晚，从远远的山上运了柴薪来。

肮脏的、衣服破烂的、半裸体的孩子们，在家家的门口吵闹着玩耍。孚利亚——由一个男人的胡涂，竟至于升为太太了的都会的婊子——却和这悲惨的氛围气漠不相关，穿着菲薄的轻飘飘的衣服，带了侍女，不开心似的在"矿山办事处"前面闲逛，一面用轻蔑的态度对付着矿工们的招呼，像女王之于臣下一样。

对于矿工们，她头也不回。也不想认识他们的脸。以前，是给男人们尽量的作践了的。现在却翻过来，轮到她来作践男人们了。

"就是婊子，心也有好的。但是她，却是天下第一个坏货。"连给她自己使用着的侍女也这么说。别人看来也一样，是坏心思的娘儿，是没人气的妖怪。

这年春天，紧邻的村子上发生了天然痘，是一个凿孔工人带来的，忽而传染开去了。在孩子们中间更厉害，几乎个个传染到。人家的门口玩着的，衣服破烂的肮脏的孩子队，早已那里都看不见了。

这事件，也进了孚利亚的耳朵。因为矿工们的代表来访问了她，将一封信托她寄给其时没有在家的经理。他们想知道，为了充作对付传染病的费用，能否预支半个月工钱。

她松脆[10]的拒绝了：

"这样的托辞，还瞒得过这我么！不要脸的流氓们！要喝酒，就总在想要钱。看孩子们却像小狗一样。"

一天里，两个孩子死掉了。到第二天，并没有人去邀请，然而邻村的医生跑来了。孚利亚从窗子里看见他的来到。医生骑着黑白夹杂的马，是一个短小的、脸色淡黑、生着络腮胡子、举动非常活泼的人。他将马系在"矿山办事处"的一根铁格子上，便赶紧去看病。孚利亚被好奇心所驱使，就下了楼，打开窗门，偷偷的站在格子后。过了半点钟，她听到了医生的强有力的坚决的声音，和停了好久，这才回答医生的小头目的声音。

"真太不管了，"医生说，"这样下去，孩子们就只有死，像臭虫一样。可怜，把他们待得这样坏。一张床上睡着两三个，是看也看不过去的惨状呵！"

小头目低声的说明了经理的不在，以及把信寄给公司了，却没有回信来……

"那么，在这里，可以商议一下的人竟一个也没有么？"医生回问说，"这办事处里，没有经理的太太呀，或是姨太太之类住在里面么？"

10　现代汉语常用"干脆"。——编者注

"不，有是有的。"小头目说，"但是，是一个坏女人，一点也商量不来的。"

孚利亚不愿意听下去了。气得满脸通红，像发了疯一样，回到自己的屋子里。想好了赶出小头目的种种的计策。恼得在家具上面出气。于是伤心的哭起来了。想到那不认识的医生对于自己所抱的成见，总是放心不下，就眼泪汪汪的哭了一整天。

第二天早晨，孚利亚就换上不大惹眼的装束，去访问矿工们的住家。看见了她，觉得很是骇然的女人们，便请她走进光线空气，全都不够的狭窄的屋里去。悲惨和催人作呕的含着恶臭的闷气，充满在所有空气中，尤其刺鼻的是从天花病人的身上发散出来的尖利的、焦面包一般的气味。

在污秽的卧榻上，看见生病的孩子们和恢复期的孩子们，还有健康的孩子们，都乱躺在一起。和衣睡在地板上的父亲们，是大开着口，打着野兽一般的眠鼾。

有一家里，有一个红头发的很可爱的女孩子，满脸痘痂，一看见孚利亚，便伸出细瘦的臂膊来了。孚利亚抱起她来，放在膝上摇着，不管会传染，在她那到处脓疱[11]的通红的额上吻了一下。这，是从她心里觉醒过来了的神秘的接吻，就如使罪人化为圣徒的那个接吻似的。

访问完毕之后，她发见了充满着对于万物万人的哀矜之情的自己的心了。她想将孩子们搬到"矿山办事处"里去，并且加以看护。

终于照样实行了。许多礼拜，她看护他们，弄干净他们的身体。为了行善这一种无尽的渴仰，为了对于受苦的人之子的深大的母性爱，她牺牲了自己，连夜里也不睡了。

丈夫回来的时候，两人之间就发生了可怕的争论。那男人达了

---

11 现代汉语常用"脓包"。——编者注

愤怒的绝顶，教立刻将那些小鬼从这里赶走。孚利亚安静地，然而坚决地反对了。他举起手来。但在她那黑眼睛里，看出了一种奇怪的东西，使他不知不觉的收回了自己的手。他什么也不说。对于这事，他不再开口了。于是，孩子们就到全愈为止，依然都住在"矿山办事处。"

孚利亚后来还是常去访问矿工们。竭力要除去所见的悲惨。逼着他减低那公卖的又坏又贵的物品，增加矿工的工钱。

"但是，喂，"他说，"这么办，公司怕要说话的哩。"

"但是，这不是好事么？"她回答道。

他屈服了。虽然明知道自己的地位渐渐有了危险，但对于她那热情的话屈服了。

人们知道他年老，他也毫不介意了，不再去染头发和胡子，而白发却在他脸上给了一种沉静与平和。

不多久，矿工们也放肆起来。经理已经失掉了足以压住他们的强横的能力。公司对于他的管理法，很不满意的传闻，也听到了。然而，被同胞爱的奔流所卷，竟至完全失去了做实务底人物的本能的他，却虽然觉得自己的没落已在目前，也还是照常的做下去。

有一晚，是黄昏时分，忽然从公司的总经理来了一个通告，是对于经理的胡闹的、宽大的办法的。其中说，他的职务的后任已经派定，教他立刻辞职，将办事处交出去。

他和孚利亚都并不吃惊。两人和黑夜一同走出了"矿山办事处"。他们大概是相信天命，携着手下了山，站在街头了。

堕落女子和老冒险家，觉醒了同胞爱的这两人，现在是向着昏暗的、寂静的、凄清的平野，在雕着星星的黑的天空下走着，去寻未知的运命去了。

小客栈

坐了火车，旅行北方诸州的时候，诸君曾在黑沉沉的小村的尽头，见过站在冷街角上的灰黑色的粗陋的屋子的罢？

诸君也曾觉得，那屋子前面，停着搭客马车，大门开着，点着灯，门里的宽阔的一间，像是杂货店，或者酒店的样子罢？

诸君以为这屋子是村里的小客栈，正不是没有道理的。而且对于住在这荒僻之处的可怜的人们，从诸君的心底里，恐怕会生出一种同情来的罢？

小客栈的人们走到街上，望着火车，悲哀地目送它跑过，摇着手巾，表示了亲爱了罢？

走着的和留着的来比一比，好像是飞快的走过去的有福气。但是，恐怕倒是留着的算有福气的。

慌急慌忙的，一下子闹到都会的混杂里面去的人，是不知道我们跋司珂诸州的小客栈的。不知道地上的最恳切，最有情的小客栈的。

用自己的脚，走过了世界的诸君；讨饭的、赶集的、叫卖的、变把戏的诸君；除自己的脚所踏的地面之外，没有祖国的诸君；除自己肩膀所背着走路的东西之外，没有财产的下流的诸君；除美丽的自然和大野之外，一无所爱的放浪行子诸君！怎么样？我说的不是真话么？坦白的说来罢，我们这里的小客栈，不是这世界上的最可亲，最质朴的地方，世界中的最好的地方么？在荒凉到不成样子的旷野上，在不祥的恶梦似的风景中，确也有萧条，阴郁的小客栈的。但是，大部分却很快活，和气的在微笑。那窗户，就像十分慈爱地凝视着诸君的一般。

坐着乌黑的火车，连自己经过什么地方也不大看的，跑过野坂的不幸的人们，急于卷进大都会的旋风里面去的不幸的人们，是受不着人生最畅快的，千金难买的印象的。这，便是在马车里摇着，走过长路之后，到了小客栈时候的印象，唉唉，这就是的！

千金难买！只有这，才是和那一瞬间相称的惟一的话。诸君在搭客马车里，坐了好几个钟头了。雨在下着。灰色的情景，罩着冬天的精光的地面。搭客马车在落尽了叶子的列树之间，沿着满是干枯的带刺金雀枝和丛莽的山腰上的，给涨水弄浑了的溪水的岸上往前走，前面却总是隐在烟霭中的许多黄色水洼的道路。

诸君因为冷，有些渴睡，朦胧起来了。想睡一下，做了各种心里想到的姿势，然而终于睡不着。挂在马颈子上的铃的单调的声音，不断的在耳边作响。冷、饿、渴睡，这些意识竟无法使它消除。

这道路，仿佛是无论怎么走，也总是走不完似的。隔着车窗的昏暗的玻璃所看见的群山、人家、急流、站在十字街口的凄凉的小屋子，都已剩在后面的了，但仿佛又慕着马车，跟了上来似的。

走进了一个村子里。马车的轮子，在街路的凸凹的铺石上，磔磔格格的跳起来。"总算到了罢？"自言自语着，从窗口望出去。但是马夫不下来。将一包信件抛给一个男人，一只箱子交给一个女人之后，又拿鞭子一挥，马车就仍在铺石路的砾石之间震动起来，慢慢的转出那满是水洼的街路上去了。

万分厌倦了之后，渴睡渐渐的牵合了眼睛，大家真觉得这道路是走不完的了的时候，马车却停下来了。还看见马夫从座台跳在道路上。

到了。坐客都困倦不堪，连提皮包的力气也几乎没有了，弯着腰，从马车上走下。

走进小客栈里去。

"请到这边来……请……这边……东西立刻就送到诸位的屋子

里面去。"

从客人那里接去了外套和行李。还问客人可要到厨房里去烘火。

诸君就走进厨房里。于是开初,是烟迷了眼睛。

"炉子不大灵,况且,风也真大。"就这么说。

但是,谁管这些呢?

于是,看出了诸君是讲跋司珂话的那姥姥,就极和气地在火旁边给诸君安排起坐位来。诸君的夜膳也在准备了,当诸君正在烘脚的时候,那头上包着布的鹰嘴鼻的姥姥,就将自己年青时,还是五十年以前,在村里的牧师府上做侍女时候的一些无头无绪的故事讲给大家听。想起各样的事情来,就露出孩子一般的没有牙齿的齿龈,微微一笑。

这之际,客栈的主妇正在忙碌的做事。主人是和三个人,在和椅子一样高低的桌上玩纸牌。四个人都显着严肃的,认真的脸相,只将沾满手汗的磨破了的纸牌一回一回的玩下去。隔开一定的工夫,就是接着的"哪,押了"和"好,来罢",彼此两班的红和白的豆子,便增加了数目。

火旁边,是几乎在这小客栈里吃白食的懒惰汉,诗人而兼教堂的歌手,也是村里的趣人和打鳟鱼的猎户在谈天。那人自己声明过,是打鳟鱼的猎户,却不是渔人。为什么呢,就因为捉鳟鱼是用火枪的。两个人许多工夫,专心的讲着关于鲑鱼、水獭、野猪、刺猬的习性的冗长而神秘的谈话。

"诸位是在这里用呢,还是请到食堂里去呢?"客栈的主妇将诸君当作阔人,至少,是店铺的推销员那样,问。

"这里就好,这里就好。"

于是,铺着白布的小桌子摆起来了。接着就搬出晚膳来,供奔走的是叫作玛吉里那或是伊涅契的脸色红润的、有点漂亮的姑娘。

大吃一通熟食。面包呢，自然没有福耳蒲尔·散求尔曼公爵那么斯文的，就向果酱里面蘸，还将匙子直接伸进沙锅去。这几样花样，恐怕在高贵的大旅馆里是看不见的罢。

诸君吃得一点不剩了。酒也多喝了一点。当玛吉里那来倒大慈大悲的白兰地酒时，便对她开几句玩笑，说是漂亮得很呀，或是什么。于是，她看着诸君的闪闪的眼睛和红鼻子，发出愉快的、响亮的声音，笑了起来。

晚膳完后，就上楼去睡觉。那是一间狭小的卧房，几乎给一张铺着四五副被褥的大木榻独霸了。爬上那塔一般高的木榻，钻进发着草气息的垫被间，听着屋顶滴沥的雨声，呼呼作吼的风声，就不知怎地，自然心气和平起来，总是深觉得有个慈善的天父在上，只为了要将绵软的眠床，放在各处的小客栈里，将富于滋养的晚膳，给与可怜的旅人，常在苦心焦思，就令人竟至于眼睛里要淌出泪水来了。

手风琴颂

有一个礼拜天的傍晚，诸君在亢泰勃利亚海的什么地方的冷静的小港口，没有见过黑色双桅船的舱面，或是旧式海船上，有三四个戴着无边帽的人们，一动不动的倾听着一个练习水手用了旧的手风琴拉出来的曲子么？

黄昏时分，在海里面，对着一望无涯的水平线，总是反反复复的那感伤的旋律，虽然不知道为什么，然而是引起一种严肃的悲哀的。

旧的乐器有时失了声音，好像哮喘病人的喘息。有时是一个船夫低声的和唱起来。有时候，则是刚要涌上跳板，却又发一声响，退回去了的波浪，将琴声、人声，全都消掉了。然而，那声音仍复起来，用平凡的旋律和人人知道的歌，打破了平稳的寂寞的休息日的沉默。

当村庄上的老爷们漫步了回来的时候；乡下的青年们比赛完打球，广场上的跳舞愈加热闹，小酒店和苹果酒排间里坐满了客人的时候，潮湿得发黑了的人家的檐下，疲倦似的电灯发起光来，裹着毯子的老女人们做着念珠祈祷，或是九日朝山的时候，在黑色双桅船或者装着水门汀的旧式海船上，手风琴就将悲凉的、平凡到谁都知道的、悠扬的旋律陆续地抛在黄昏的沉默的空气中。

唉唉，那民众式的，从不很风流的乐器的肺里漏出来的疲乏的声音，仿佛要死似的声音所含有的无穷的悲哀呵！

这声音，是说明着恰如人生一样地单调的东西；既不华丽，也不高贵，也非古风的东西；并不奇特，也不伟大，只如为了生存的每日的劳苦一样，不足道的平凡的东西的。

唉唉，平凡之极的事物的玄妙的诗味呵！

开初，令人无聊、厌倦、觉得鄙俚的那声音，一点点的露出它所含蓄的秘密来了，渐渐的明白、透彻了。由那声音，可以察出那粗鲁的水手，不幸的渔夫们的生活的悲惨；在海和陆上，与风帆战，与机器战的人们的苦痛；以及凡有身穿破旧难看的蓝色工衣的一切人们的困惫来。

唉唉，不知骄盈的手风琴呵！可爱的手风琴呵！你们不像自以为好的六弦琴那样，歌唱诗底的大谎话。你们不像风笛和壶笛那样，做出牧儿的故事来。你们不像喧嚣的喇叭和勇猛的战鼓那样，将烟灌满了人们的头里。你们是你们这时代的东西。谦逊，诚恳，稳妥也像民众，不，恐怕像民众而至于到了滑稽程度了。然而，你们对于人生，却恐怕是说明着那实相——对着无涯际的地平线的，平凡、单调、粗笨的旋律——的罢……

促狭鬼莱哥羌台奇

在别达沙河流域一带，无论是矿师，是打野鸽子的猎户，是捉海鱼的渔夫能够像巴萨斯·亦·伊仑的厄乞科巴公司经手人莱哥羌台奇那样熟识人们的，恐怕是一个也没有了。

客栈的老板、店铺的主人、给私贩巡风的马枪手、测量师、矿山的打洞工人，都认识莱哥羌台奇的。谁都和他打招呼，亲昵的"莱哥，莱哥"的叫他。看见他坐在搭客马车里经过的时候，谁都要和他讲句什么话。

莱哥羌台奇是一个高身材，显着正经脸相的人，长鼻子，眼睛里总带着一点和气，头上戴的是一顶很小的无边帽，颈子上系着红领带。

他如果系起黑的领带来，就会被人错认作穿了俗人衣服的牧师。当作牧师，是损伤他的自尊心的。那缘由，就因为莱哥自以为是一个还在罗拔士比之上的共和主义者。

自从莱哥羌台奇在培拉镇上驰名以来，已经好几年了。当他初在这地方出现的时候，可很给大家传颂了一通。

到的那天，一落客栈，立刻想到的，是从自己屋里的窗口抛出黑线去，和客栈大门上的敲门槌子连起来。一到半夜，他就拉着麻线，使敲门槌子"咚，咚，咚"，高声的在门上敲打了三下。

老板是有了年纪的卡斯契利亚县[1]人，原是马枪手，起来看时一个人也不见，只好自己唠叨着，又去睡去了。

过了一刻钟。算着这时候的莱哥羌台奇，便又"咚，咚，咚"的

1　现译"卡斯蒂利亚（地区）"。——编者注

给了三下子。

大门又开开了。马枪手出身的老板看见这回又没有人，便生起气来，跳到街上，向着东南西北，对于他所猜想的恶作剧者们和他们的母亲，给了一顿极毒的恶骂。

莱哥羌台奇这时就屑屑的笑着。

到第三回，马枪手的老家伙也觉得这是一种什么圈套，不再去开门了。莱哥羌台奇也将麻线抛到路上去，不再开玩笑。

第二天的晚上，莱哥要很早的就睡觉，因为不到天亮，就得趁汽车动身的。

刚要睡觉的时候，他却看见了放在角落里的一大堆喀梭林的空箱。他一面想念着这空箱，睡下了。三点钟起来，理好了皮包。这时忽然记得了空箱，便去搬过来，都叠在买卖上的冤家对头，红头发，鼻子低到若有若无的，经手包揽定货[2]的汉子的房外面。接着是取了冷水壶，从买卖对头睡着的房门下，灌进去许多水。这一完，就"失火了呀！失火了呀！"的叫起来。自己是提着皮包，跳出街上，坐在汽车里面了。

那红头发的经手人一听到这叫声，吓得连忙坐起，跳下眠床来。赤脚踏着稀湿的地板，满心相信这就是救火的水。点起灯来。去推开门。那空箱就砰砰蓬蓬的倒下来了。

那人吓得几乎要死。待到明白了这都是莱哥羌台奇的恶作剧时，他说：

"可恶，这不是好对经手人来开的玩笑呀。"

这塌鼻子的可怜人，竟以为经手人是不会有人来开玩笑的高尚而神圣的人物的。

既然有着这样的来历，莱哥羌台奇在培拉镇上博得很大的名

2　现代汉语常用"订货"。——编者注

声，正也是当然的事。

我是在一个礼拜日，在邮票批发处里和他认识的。这地方聚集着许多乡下人。莱哥在等着邮件。忽然间，他显着照例的正正经经的脸相，用跛司珂语对老人们开谈了：

"你们也到什么牧师那里去做弥撒的，真是傻瓜。"

"为什么？"一个乡下人回问说，"他们不是也不比别处的牧师坏吗？"

"是滑头呀，那里是牧师！他们都是洗了手的马枪手呵。"

于是，又接着说道：

"政府竟会把这样的资格给马枪手们的，真不知道是什么理由。"

发过这政治上的叫喊之后，莱哥便走出邮票批发所，到街上向上面走去了。

过了两三个月，莱哥羌台奇又和五六个伊仑人到镇上来看赛会了。开初是很老实，稳重的，但到晚快边，就又掩饰不住，露出了本性。他撑着伞子，走出俱乐部的露台来，还说了些前言不搭后语，叫人莫名其妙的讲演。

在亚贝斯谛义轩夜饭的时候，他不知怎么一来，竟说出有些人们，只要将酒杯放在嘴边，耳朵便会听不见的说头来。

这实验乱七八糟的闹了一通。到夜里四点钟，莱哥和他的一伙都醉得烂熟，唱着《马赛曲》回到伊仑去了。

战争开了头的有一天，我们发见了名人莱哥羌台奇在本泰斯·兑·扬希吃夜饭。他等候着汽车。他有着一大群民众，都是在近地的水力发电局做事的包工头和小工头。

莱哥的举动很得意。战争给了他许多空想上的很好的动机。马上谈起来的，是法国人和德国人的发明。

他正在对了民众，说明着目下在达尔普制造的，敌人站着就死的刁班火药的成分，说明着在蒲科制造的奇特的器械的种类。

但他说，这些东西，比起德国人正在发明出来的东西来，可简直算不得什么。例如能在空中走动的大炮，令人气绝的火药，有毒的箭之类……现今正在动工的，是云里面的战壕。

"云里面的战壕？"一个小工头说，"不会有这么一回事的。"

"不会有吗？"莱哥芜台奇用了看他不起的调子，说，"好罢，那么，去问问望·克陆克去，立刻知道。云里面连一点什么战壕也做不起，怎么成！和在地面上做战壕是一样的，不，也许还要做得好些呢。"

"这那里站脚呢，我可是总归想不通。"

"唔，你是想不通的。望·克陆克可是在一直从前，早就知道了。一个土耳其人……不，也许是亚述利亚人罢？那里人倒不知道……但就是他教了望·克陆克的。"

这里叫他"卡泰派斯"的小工头，插嘴说，德国人是为了饥饿，恐怕总不免要降服的了。然而莱哥芜台奇不当它话听，说道不的，差得远呢。德国人已经在用木头做出肉来，从麦秆做出面包来了，为了非做不可的时候，就做面包起见，正在征集着戴旧的草帽。

人们听了这样的奇闻，都有些幻想起来了。永不能停在谈天的一点上的莱哥芜台奇，这时却突然大叫道：

"吓人的还是这回法国人弄来打仗的那些动物呀。"

"我们可是一点也不知道，怎样的动物呢？"

"什么都有。哈马也有好几匹。"

"是河马罢？"我说。

"不，不。是哈马，谁都这么叫，连管理它的谟希玛尔檀也这么叫的。另外还有些会唱歌的人鱼，很大的吸血蝙蝠。"

"但是，吸血蝙蝠不是小的吗？"一个到过美洲的人突然说。

"小的？那里，那里，怎么会小呢。你去看一看来罢。连长到五密达的家伙也有呢。"

"展开翅子来，怕就像一只飞艇罢。""卡泰派斯"大声地说道。

"我可是从没有见过他们展开翅子来，"莱哥回答他说。接着又添上话去道："翅子是用浸了石炭酸[3]的棉纱包了起来的。"

"为什么呢？"

"听说是因为一受这里的湿气，薄皮上就要生一种冻疮的。"

"还是在给血吸，养着它们么？"我笑着问。

"先前，在它出产的地方，是这么办的，"莱哥回答说。"为了给它们血吸，每一匹就给它两三打小孩子。但是，现在呢，却只用些用赤铅染红的汁水和一点点重炭酸苏打骗骗它们了。"

"这真是，意想不到的汤水呵！"一个生于里阿哈的汉子喃喃的说。

"但是，那吸血蝙蝠究竟从什么地方来的呢？"我问。

"从加耳加搭来的。谟希玛尔檀和那满脸白胡子，戴着银丝边眼镜的印度人一同带了它们来的。"

"另外可还有什么动物吗？"

"有。还有生着亚铅鳞甲的海蛇。"

"这又是什么用的呢？"

"在海里送信呀。"莱哥回答说，"这海蛇在海里有用，和传信鸽子在空中的有用是一样的。如果有了钱，我也想到谟希玛尔檀那里去买一条。这东西就像狗一般的驯良……阿呀，汽车来了。诸位，再见再见。一定去看看吸血蝙蝠和海蛇呀，只要找谟希玛尔檀就是。"

一面说着，莱哥羔台奇显着照例的老实正经的脸相，走掉了。

3　现代汉语常用"碳酸"。——编者注

两三个月之后，我在伊仑看见了莱哥。他邀我到他家里去吃饭。我答应了。这是因为我有着一种好奇心，要知道这永是骗人的人，对于他家眷究竟取着怎样的态度。

莱哥羌台奇给我介绍了他的母亲、女人和孩子们。于是，我们围着食桌坐下了。桌布铺上了。一个使女，说是生于那巴拉县的拉司·信珂·皮略斯的，端来了一大碗汤，放在桌子上并且一面看着主人的脸，一面用跛司珂语悄悄的说道：

"老爷，总有点不好意思……"

"有什么不好意思，快点说罢。"

使女揭开了盛汤的碗的盖子，于是说道：

"今天是共和历十一月十七日。自由、平等、友爱，共和国万岁！"

莱哥羌台奇装了一个这样就是了的手势。他的女人却用食巾掩着嘴哈哈大笑了起来。

"唉唉，傻也得有个样子的！莱哥，你真是太会疯疯颠颠[4]了！"她大声说。

"这些女人，不懂得正经事。"莱哥羌台奇也大声说，"我是要把使女的教育弄完全呀。我是在教她共和历呀。但是，你看，连自己家里人也一点都不感谢。"

而这促狭鬼莱哥羌台奇，是连在说着这话的时候，也还是显着照例的正经老实的脸相的。

4　现代汉语常用"疯疯癫癫"。——编者注

会友

迭土尔辟台·孚安（他自己这么称呼的）是战争开头的前两年的样子，在培拉·台·别达沙出现的。他在曾去当兵的法兰西的军队里，做过山地居民编成的一个大队里的喇叭长。退伍之后，就住在亚司凯因，做打石匠。迭土尔辟台在培拉颇有些面子，赛会的时节常常带着乌路尼亚和亚司凯因的四五个朋友经过伊巴尔廷的冈子跑到这里来。这时候，他总是将喇叭放在嘴上，吹着军歌。于是大家看齐了脚步往前走。

迭土尔辟台是为了偶然的机缘，到培拉来取他的亲戚，住在拉仑山腰的一个乡下人的两三陀罗[1]遗产的。这一来，就这样的住在这镇上了。迭土尔辟台在亚贝斯谛义轩的葡萄酒和波尔多轩的葡萄酒里看出了一种特别的颜色，而且即使并不是因此使他为了别达沙河的河流抛掉了尼培廉河的河流，至少，也使他决计为了这镇上的葡萄酒抛了别的镇上的葡萄酒的。

迭土尔辟台拿着作为遗产、领了下来的蚊子眼泪似的一点钱，索性喝掉，还是在这里做些什么事好呢？踌躇了一下，终于决定要做一点事，前打石匠便开起他之所谓"肉店"来了。

迭土尔辟台在阿尔萨提外区的税关对面，租好一所很小的店铺，于是就在那里的柜台上苦干着自己的神秘的生意，用一个小机器切肉呀，磨肉呀，一面拌着血，一面唱着曼什尔·尼多乌先的一出歌。这是他当兵的时候，一个中尉教给他唱的歌，由

1　一陀罗约合中国银二元。——译者

Le couvent, séjour charmant

这句子开头，用

Larirrette, Larirrette, Larirre…e…e…tte.

这叠句和那曼声结尾。

迭土尔辟台有着上低音的极好的喉音，唱些 Charmangaria, Uso Churia, el Montagnard 和别的法属跋司珂的歌给邻近的人们听，使大家开心。

叫他"肉店家"比真名字还要通行的迭土尔辟台，不多久，就成了出色人物了。他提着盒子，上各处跑，用那非常好听的跋司珂话，挨家兜售着自己做出来的货色。

为了他的好声音，还是因为别的缘故呢，总而言之，在姑娘们中，这"肉店家"是受欢迎得很。完全属意于他的姑娘之一，是税关的马枪手的头目的女儿拉·康迪多。那是一个黑眼珠、颜色微黑、活泼而且有些漂亮的娃儿，然而脾气也很大。

拉·康迪多的父亲是古拉那达人，母亲是生于里阿哈的。这女儿被人叫作"七动"。拉·康迪多不懂跋司珂话，却有着加司谛利亚女人所特有的那非常清楚，非常锋利的声音。她还像她的母亲，有常常说些连自己也莫名其妙的下流事情和胡涂事情的习癖。因为这缘故，她一在襄提列尔加叫作开尔萨提河的小河里洗东西，年青的马枪手们就常常跑过去，和她开玩笑，招她乱七八糟的痛骂起来，自以为有趣。

迭土尔辟台·孚安和拉·康迪多开始交口了，也就结了婚。也还是照旧唱着拿手的歌和那迭句：

Larirrette, Larirrette, Larirre…e…e…tte.

开着"肉店"。

战争开头的时候,迭土尔辟台对拉·康迪多说,自己恐怕是得去打仗的。但她的回话,却道,倘敢转这样的念头,就要像他的处置做香肠的背肉一样,砍掉他,剁得粉碎。

"连不懂事情的孩子和还没有生下来的肚子里的孩子也不管,要抛掉了这我,独自去了吗?你是流氓吗?为什么要去打仗的?你这佛郎机鬼子!到这样的地方去酗酒的罢。流氓!佛郎机鬼子的废料!废料的汉子!"

迭土尔辟台也说些 Patrie 呀,drapeau 呀之类来试了一试。但拉·康迪多却说,在跋司珂,管什么 drapeau,只要在这里上紧做着香肠就好了。

迭土尔辟台停下了。也不再想去打仗。

"她们娘儿们,不懂得伟大的事业。"他说。

家里的管束虽然严,"肉店家"却还是常常偷走,跑到亚贝斯谛义轩去。他在那里,显着满足得发闪的猫似的眼睛,红胡子被酒精浸得稀湿,唱着法属跋司珂的歌,但给发见了。

一回家,拉·康迪多就有一场大闹,他是知道得清清楚楚的。然而,在这些处所,他是大彻大悟的人物。老婆的唠叨,用不着当真,简直就像听着雨声一样。一到明天,就又在柜台上切肉丁,拌上血,准备来做猪肉腊肠和小香肠,一面唱着歌儿了。

Larirrette, Larirrette, Larirre…e…e…tte.

两年之前,"肉店家"曾经做了一件轰动一时的事情。

五月间，莱哥羌台奇正在培拉，有一回，在亚贝斯谛义轩发了大议论。那结论是说，最要紧的是加重培拉和伊仑之间的向来的友谊，要达这目的，培拉的人们就应该编成一队去赴伊仑的圣玛尔夏勒会去。

主张被采用了。那时候，莱哥羌台奇又说，他还有一个计划，是联合了远近驰名的别达沙河沿岸一带的村镇，结成一个秘密团体，叫作"别达沙河却贝伦提会"，来作"酒神礼赞会"的准备，但这且待慢慢的发表。

他又说，"却贝伦提会"的会友是应该戴着旧式的无边帽，一见就可以和别人有分别的。

莱哥羌台奇的种种主张，惹起了很大的狂热。亚贝斯谛义轩的重要人物襄穹，修杜尔，理发匠革捏修，诃修·密开尔，加波戈黎，普拉斯卡，马丁·诃修，还有迭土尔辟台，这八个人共同议决，决不放弃这计划。

他们将使命委托了加波戈黎，是去借一辆到伊仑去的坐得十五人到二十人的大车子。

加波戈黎和马车栈的头子去商量，结果是马匿修说妥了。

马匿修是一个奇特的马车夫，他的马车，只要一看就认得。因为恰如见于高压线的电线柱上那样，车台两面，都叫人画着两条腿骨和一个骷髅，那下面还自己写着两行字——

　　　　不可妄近，
　　　　小心丧命！

马匿修在车台里藏着那么强烈的蓄电池，会教人一碰就送命么？并不是的。莫不是养着响尾蛇么？也不是的。其实，是这样的。有一回，马匿修被人偷去了放在车台里的钱，他于是发怒，就写了那样的广告句子。不过用死来吓吓想偷的人的。

马匿修和大家约定，赛会前一天的夜里，他赶了大车子到培拉来，第二天早晨，远征者们便坐着向伊仑出发。"肉店家"是留下那卖去几尺猪肉腊肠和小香肠的钱来，并不动用。

远征的事，未来的"却贝伦提会"会友都守着绝对的秘密，对谁也不说。

迭土尔辟台和理发匠和襄宫，用黄杨树叶装饰了马车。理发匠是有学问的人，所以在一大张贴纸上，挥大笔写了起来——

培拉的学人哲士们

前赴比略·台·伊仑。

呜呼，"别达沙河却贝伦提会"的会友们对于别达沙泰拉郡的这首邑的致敬之道，除此以外，还能有更有意义，更形仰慕的么？

这班学人哲士，一早就各自从家里走出，带些食品和一皮袋葡萄酒，坐上了马车。

培莱戈屈带着手风琴，给人们在路上高兴，迭土尔辟台用喇叭吹了好几回有点像空心架子的军歌。

太阳开始进到别达沙河的溪谷，照着毕利亚多的人家。马车就穿过了这中间的街道。

到得伊仑，便上亚列契比大街的一家酒店里去吃东西。菜蔬很出色。然而很爱烧乳猪，几乎奉为教义的理发匠和说了这是不好吃的一个会友之间，也生了种种意见的扞格。

吃光了七八盘之后，有人提议，说要参拜圣玛尔夏勒庙去了。

"为什么呢?"莱哥羌台奇愤然的说,"我们不是在这里举行市民的典礼么?(是的,是的。)还是诸君乃是头上插着记号,称为什么教导法师的受了退职马枪手之流的教育的人们呢?(不是,不是。)那么,诸君。诸君就该振作起市民的勇气来,留在这地方。"

一个莱哥羌台奇的朋友,鞋店的推销员,请允许他暂时离开他的坐席[2],这是因为他偶然得了灵感,要做几行款待他朋友培拉的学人哲士们的诗了。莱哥羌台奇以座长的资格,立刻给了许可。于是推销员就做了可以采入诗选那样的值得赞叹的诗。那是用这样的句子开头的——

> 听哟,列位,莫将
> 献给别达沙河的
> 却贝伦提各方面的这诗,
> 当作颂词哟!

临末,是用下面似的流畅而含教训的调子来作收束——

> 由这亲睦的飨宴,
> 我要更加博得名声。
> 要成为可以竞争的敌手,
> 和那华盛顿的市民们。

培拉和伊仑和亚美利加合众国的首府之间,存着什么敌对呢,那可不明白。然而这诗的思想,却使大家发了非常的热狂。那热狂,就表现在可以吸干陀末克园珂匿克河的杯数上。

---

2 现代汉语常用"座席"。——编者注

"喂，培莱戈屈！拉你的手风琴呀。肉店家，来，你唱罢，唱罢！"大家都叫喊说。

培莱戈屈和迭土尔辟台，一个拉，一个唱。但不多久，就生出音乐的混沌来。席上的有一面的人们，拼命的在唱着献给鲟鳇鱼和培兑鱼的精神底的诗句了——

Chicharrua ta berdela.

坐在席面的别一边的人们，是在唱着《安特来·玛大伦》。于是一个站起来了，叫道，不行，不行。然而究竟是什么不行呢，却谁也不明白。

要唱《蒙大尼儿》的提议，使大家平静下来，产生了一同的合唱。但是，用那轻快的音律，唱完了《蒙大尼儿》，满是烟气的酒店的空气中，就又恢复了音乐底无政府。天一晚，"却贝伦提会"会友就各自衔着烟卷，跑到圣孚安广场去。在这地方，看见肉店家和希蒲尔村的胖姑娘跳着番探戈舞。这胖姑娘是意外地显出不像生手的模样来。培莱戈屈却合着斗牛的《入场曲》的调子，好像绥比利亚人似的，和一个卖蜡烛的姑娘紧紧的搂着在跳舞。莱哥羌台奇是戴了红纸的帽子，跳来跳去，仿佛发了疯。

晚膳之后，培拉的学人哲士们又到新广场去，一到半夜十二点，就合着鼓声"开小步"从这里走出来。大家都紧抓着胖姑娘和略有一些鱼腥气的渔家姑娘们走，还有大概是谁都出于故意的挨挤和这跋司珂地方的术语叫作 Ziuis 的呵痒。莱哥羌台奇有着特出的叫声。

"唏！唏！噢呵！"因为叫得太滑稽、尖利了，姑娘们就被呵了痒似的笑得要命。

"唏！……唏！……噢呵！……"莱哥羌台奇反复的叫着。

"开小步"一完，大家散开，都回到波罗大学（俗名小酒店）去。莱哥羌台奇只好走得歪歪斜斜的回家。这并非为了喝醉，决不是的。关于这一点，他就是和世界上医学院的硕学们来辩论也不怕。有一回，一盘带点焦气的蛋糕曾经使他醉倒了。焦气，是一定害他身体的，但这回却只因为落在咖啡杯里的烟灰，使他当不住。

已经三点钟了，马车夫马匿修等候着动身。小酒店的两个壮丁和两三个守夜人，像搬货包或是什么似的，将培拉的学人哲士们抱到马车上。恰在这时候，小酒店的主人像疯子一般发着怒，奔来了，嚷着说是给人偷去了一箱啤酒，而这箱子就在马车里。的确不错，啤酒箱也真在马车里。这是两个学人或哲士搬了上来，预备一路喝着回去的。

"谁呀，干出这样事来的？"马匿修在车台上叫道，"干了这事的东西，把这马车的名誉完全毁掉了。我不能再到这里来了！"

"这样的破马车，你还是抛到别达沙河里去罢。"路上的人说。

"什么，抛到别达沙河里去？再说一遍试试看，打死你。"

两个学人哲士，就是拿了啤酒的出色的木器匠，骂小酒店主人为野蛮，伊仑是不懂道理的处所。因为自己原是想付酒钱的，但如果要不给酒喝却谋命，那么，请便就是了。

这问题一解决，马匿修赶了马就跑。那气势，简直好像是想找一个障碍物去碰一下。眼格很小的闲汉们，以为马车夫是要去撞倒圣孚安·亚黎庙的圆柱，否则碰跳一把椅子的。但是，并不走那向着贝渥比亚的路，却飞跑的下了坡去了。等到大家静了下来的时候，马车已经在雉子岛前面走过。路上是电灯尚明，河面上是罩着朦胧的烟雾。马匿修的马车所过之处，就听到打鼾声，培莱戈屈的手风琴声，要不然，便是肉店家的喇叭声。

第二天，迭土尔辟台起来的时候，他的太太就给他一个怕人的大闹。

迭土尔辟台仍照先前一样，低声下气，说是被朋友硬拉了去的。但是，仅仅这一点，却还不够使拉·康迪多相信。她一只手按着屁股，一只手抱着孩子，用了正像加司谛利亚女人的，清楚的声音，向他吼个不住。

"流氓！在这里的钱，放到那里去了？流氓汉子呀！这佛郎机鬼子的废料！这废料的汉子！"

他仿佛没有了耳朵似的，一面磨着做猪肉腊肠和小香肠的肉，拌上血去，一面唱着歌——

Le couvent séjour charmant.

停了一会，她转为攻击了。隔一下，叫一通，正确到像经线仪一样。

"喂，说出来，你这流氓！问你这里的钱，放到那里去了！流氓汉子呀！这佛郎机鬼子的废料！这废料的汉子！"

肉店家仿佛没有了耳朵似的，一面磨着做猪肉腊肠和小香肠的肉，拌上血去，一面发出长长的曼声，唱着歌——

Larirrette, Larirrette, Larirre…e…tte.

少年别

人物

拉蒙（三十岁）

德里妮（二十五岁）

堂倌（五十岁）

看《厄拉特报》的老绅士

穿外套的绅士

发议论的青年们

堂倌 （对着看报的绅士）昨天晚上，大家都散得很晚了。后来是
　　　堂·弗里渥来了，对啦，等到散完，这么那么的恐怕已经有
　　　两点钟了。

看报的绅士 两点钟了？

堂倌 对啦，这么那么的已经是两点钟了。

　　　（美术青年们里）

美术青年甲 只有埃尔·格列柯、委拉斯凯兹、弗朗西斯科·戈
　　　雅[1]……他们才可以称作画伯。

美术青年乙 还有阿隆索·桑切斯·科埃略和胡安·潘托亚·德
　　　拉克鲁兹[2]……

1　El Greco（1614 年死）、Velazquez（1599—1660）、Francisco Goya（1746—1828），三个
都是西班牙的大画家。——译者

2　Alonso Sanchez Coello（1515？—1596），西班牙肖像画的先驱者；Juan Pantoja de la
Cruz（1551—1609）是他的学生。——译者

美术青年丙　叫我说起来，是提香·韦切利奥[3]一出，别的画匠就都完了……

拉蒙　（坐在和看报的绅士相近的桌子旁，喝一杯咖啡。是一个留着颚髯的瘦子，戴梭孚德帽，用手帕包着头。）一定不来的！又吃一回脱空。倒是她自己来约我。（望着大门）不，不是的，不是她。要是终于不来的话，可真叫人心酸呢。（门开了）不，又不是的，不是她。恐怕是一定不来的罢。

外套的绅士　（走进这咖啡馆来，到了拉蒙坐着的处所。）这真是难得，不是长久没到这里来了么？

拉蒙　是的，长久不来了。您怎样呢？

外套的绅士　我是到楼上来打一下子牌的。打了就早点回家去。您后来怎么样？

拉蒙　全没有什么怎么样，活着罢了。

外套的绅士　在等人么？

拉蒙　唔唔，等一个朋友。

外套的绅士　哦，原来，那么，还是不要搅扰你罢。再见再见。

拉蒙　再见。（独白）还是不像会来的。（看表）十点一刻。　（门又开了）哦哦。来了。

　　　（德里妮打扮得非常漂亮的走进来。穿着罩袍，戴着头巾。看《厄拉特报》的绅士目不转睛的对她看。）

德里妮　阿呀，等久了罢！

拉蒙　唔唔，德里妮！先坐下罢。总算到底光降了。

德里妮　可是，不能来得更早了。（坐下）当兵的兄弟来会我……

拉蒙　什么，兄弟来了？这金字招牌的油头光棍，现在怎么样？

德里妮　油头光棍？那倒是你呵……无家无舍的侯爷。

3　Tiziano Vecellio（1477—1576），意大利的画家，英国人写作 Titian。——译者

拉蒙　来逼钱的罢，不会错的。

堂倌　晚安。

德里妮　安多尼，给我咖啡罢。(向着拉蒙)不会错又怎么样? 来要
　　　　几个钱，有什么要紧呢? 简直好像是到你家去偷了似的。

拉蒙　到不到我这里来，都一样的，就是有钱，我一文也不给。

德里妮　因为小气!

拉蒙　因为你的兄弟脾气坏。给这样的家伙，也会拿出钱来的你，
　　　　这才是很大的傻瓜哩。

德里妮　多管闲事。这使你为难么?

拉蒙　和我倒不相干的……钱是你的。你又做着体面的生意在赚着。

德里妮　阿呀，好毒! 你的嘴是毒的。这样一种笑法……好罢，不
　　　　要紧。还要笑么? 真讨厌。

拉蒙　(还笑)因为你的脸相有趣呀。

德里妮　我可并不有趣，也没有什么好笑。(愤然)问你还要笑不是!

拉蒙　会像先前一样，大家要好的时候一样的吵嘴，倒也发笑的。

德里妮　真的是。

堂倌　(提着咖啡壶走来)咖啡?

德里妮　是的。唔唔，够了。加一点牛奶。好。(拿方糖藏在衣袋
　　　　里)拿这方糖给小外甥，给拉·伊奈斯的孩子去……那可
　　　　真教人爱呢。(喝咖啡)拉·贝忒拉不要你了罢? 对不对?

拉蒙　没有法子。她现在拉着一个摩登少年了……第一著是活下
　　　　去呀。

德里妮　但是，你真的想她么?

拉蒙　好像是想了的，好像真的是迷了的，两三天里……一礼拜
　　　　里……至多七八天里是。

德里妮　呵，说是你……真的想了什么拉·贝忒拉，好不滑稽。

拉蒙　滑稽？为什么？另外也不见得有什么希奇呀。

德里妮　有的很呢。总而言之，无论是她，是她的男人，是你，叫作"羞"的东西，是一点也没有的。

拉蒙　谢谢你！

德里妮　真的是的。那一家子里，真也会尽凑集起些不要脸的东西来……

拉蒙　只要再加一个你，那就没有缺点了。

德里妮　谁高兴！我是，虽然……

拉蒙　虽然，怎么样呢？

德里妮　我么，虽然……干着这样的事情，即使碰着那婆子一样的不幸，但如果结了婚，瞒着丈夫的眼睛的事可是不做的，无论你似的光棍来说也好，比你出色的男人来逼也好。

拉蒙　那么，为什么不结婚的？

德里妮　为什么不么？就是告诉了你，也没用。

拉蒙　那是没用的。但你却唠唠叨叨……只要看拉·伊奈斯姊姊结了婚，就知道你也不见得做不到……

德里妮　那也是的。可是拉·伊奈斯姊姊结婚的时候，父亲还在工厂里做事，家里有钱呀。他不久生了病，可就不行……连水也不大有得喝了。拉·密拉革罗斯和我虽然去做了模特儿，可是因为你们这些画家是再不要脸也没有的……

拉蒙　约婚的人竟一个也没有么？

德里妮　这些话还是不谈罢……她虽然是生我的母亲，可是一想起对我的没有血也没有泪的手段来，我有时真觉得要扭断她的脖子。

（看《厄拉特报》的绅士吃了一惊，转过脸来。）

拉蒙　我问问，倒并没有什么坏心思，你也还是看破点罢，像我似的……想着这样的事，脸孔会像恶鬼的呢。

德里妮 像也不要紧。干着这样的事，活着倒还是死掉的好。（用手按着前额。）

拉蒙 不要想来想去了……喂，看破点罢。去散步一下，怎么样？很好的夜呢。

德里妮 不，不成。拉·密拉革罗斯就要来接我了。

拉蒙 那么，没有法子。

德里妮 不再讲我的事吧。哦哦，你在找寻的事情，怎么样呢。

拉蒙 有什么怎么样呢。

德里妮 那么，这里住不下去了？

拉蒙 唔，差不多。没有法子。只好回家种地去。

德里妮 真可怜，你原是能够成为大画家的人。

拉蒙 （浮出伤心的微笑来）胡说白道！懂也不懂得。

德里妮 懂得的呀。和你同住的时候，谁都这么说呢。拉蒙是艺术家，拉蒙是会大成的。

拉蒙 但现在却是这模样，全都是些不成气候的东西。

德里妮 哦，那一张画怎么了？……我装着微笑，将手放在胸前的。

拉蒙 烧掉了……那画，是我能画的最大的杰作……能够比得上这画的，另外是一幅也没有画出来……。这原是要工夫……要安静的……。但你知道，没有工夫，没有安静，也没有钱。也有人说，就随它没有画完，这么的卖掉吧。我对他说，不成！谁卖，放屁！烧掉它！……就点了火。如果是撕掉，那可是到底受不住的。从此以后，就连拿笔的意思也没有了。

（凝视着地板）

德里妮 看罢，这回是你在想来想去了。

拉蒙 不错，真的，我忘却了看破了。唉唉，讨厌的人生！（从背心的袋子里拿出两三张卷烟草的肮脏的纸来，摊开一张，又从遍身的袋子里掏出烟末来，总算凑成了够卷一枝的分量。）

德里妮　唉唉，你为什么这样讨人的厌？

拉蒙　讨人厌？什么事？

德里妮　连烟末都吸完了，却还以为借一个赉尔[4]，买盒烟，是失了体面的事。

拉蒙　并不是的，烟还有着呢。

德里妮　撒谎！

拉蒙　我不过看得可惜罢了。

德里妮　装硬好汉也没有用！你是会可惜东西的人么？可怜的人。该遭殃的！

拉蒙　我虽然没有烟，却有钱。

德里妮　即使有，恐怕付过咖啡帐也就精光了。

拉蒙　不不，还有的。

德里妮　有什么呢！喂，来一下，安多尼！拿雪茄来。要好的。

　　　　（抛一个大拉[5]在桌子上。）

拉蒙　不要胡闹，德里妮，这钱，收着吧。

德里妮　不行的，不是么？你有钱的时候，不也请过我么？

拉蒙　不过……

德里妮　随我就是。

堂倌　（拿着一盒雪茄）怎么了？已经讲了和了么？

拉蒙　你瞧就是……可是，怎么了？近来没有弹奏的了么？

堂倌　（望着里面）有的，就要开手了。这烟是不坏的，堂·拉蒙。

拉蒙　那一枝？

<hr />

4　西班牙币。——译者
5　也是西班牙币。——译者

堂倌　就是我拿出来的这一枝。

拉蒙　多谢，安多尼！这雪茄是德里妮买给我的。你拿咖啡钱去……

德里妮　不成，都让我来付。

拉蒙　这末后一次，让我来请罢。穷固然是穷的，但让我暂时不觉得这样罢。

德里妮　那么，你付就是了。

　　（堂倌擦着火柴，给拉蒙点火。咖啡馆的大钢琴和提琴开始奏起"喀伐里亚·路思谛卡那"的交响乐来。拉蒙和德里妮默默的听。只剩着美术青年们的议论声和以这为烦的别的座客的"嘘嘘"声。）

拉蒙　一听这音乐，我就清清楚楚的记起那时的事，难受得很了！你还记得那画室么？

德里妮　是的，很冷的屋子。

拉蒙　是北极呀，但是无论怎么冷，却悠然自得得很。

德里妮　那倒是的。

拉蒙　还记得我们俩的打赌罢，我抱起你，说要走到梯子的顶头，你却道走不到。

德里妮　哦哦，记得的。

拉蒙　可是我赢了！但常到这家里来的新闻记者却以为是谁的模仿。我们肯模仿的么！我们的生活，不都是蛮野的独创么！

德里妮　你倒真的的。什么时候总有点疯疯颠颠……对啦，那是独创罢。

拉蒙　就是你，也这样的。你还记得初到那里来住的晚上么？你说我的眼睛就像老雕似的发闪……

德里妮　唔唔，那也真是的。

拉蒙　其实，是因为爱你呀。

德里妮 那可难说。

拉蒙 真的，但你却好像没有觉得。

德里妮 也还记得白天跑到芒克罗亚去么？

拉蒙 唉，是的，是的，……不知道为什么去的？现在的白天，可没有那样的事了。快到拉·弗罗理达的时候，有一个大水洼，记得么？你怕弄脏了磁漆的鞋子，不敢就走过去，我抱起了你，看见的破落户汉子们就嚷起来了。但我还是抱着你走，你也笑笑的看着我……

德里妮 那是因为觉得你叫人喜欢呀。

拉蒙 也许有一点罢。不过和我的意思还差得远呢……还有，也记得那诗人生了病，躺到我们家里来的时候么？

德里妮 记得的。

拉蒙 来的那时的样子，现在也还在眼面前。外面下着大雪，我们俩围着炉子，正和邻近的太太们谈些闲天。可怜，他真抖到利害！牙齿格格的响着，那时他说的话，我也还记得的。"到过咖啡馆去了，谁也不在。如果不碍事，给在这里停一下罢。"你还邀他吃饭。又因为他说久没有睡过眠床了，你就请他在我们的床上睡。你自己呢，就睡在躺椅上。我坐着，吸着烟，一直到天明，看见你的睡相，心里想，这是好心的女人，很好的女人。因为是这样的，所以后来虽然有时吵了架……

德里妮 不过是有时么？

拉蒙 倒也不是常常的，所以虽然吵了架，我心里却想，她那里，那是有着这样的各种缺点的。但是，心却是很好的女人……

德里妮 （伸出手来，要求握手）就是你，在我也是一个好人。

拉蒙 （将她的手夹在自己的两手的中间）不，不，我倒并不是。

德里妮 你知道那可怜的人，那诗人，后来怎么样了么？

拉蒙 死在慈善病院里了。

德里妮 诗真的做得好么，那人？

拉蒙 不知道怎么样……我是没有看过他的东西的。但我想，被称
为天才的人物，却像不成器的人们的最后一样，死在慈善病
院里，谁也不管，那可是不正当的。

德里妮 生在凯泰路尼亚的，留着长头发的那雕刻家，怎么样了呢？

拉蒙 确是改了行业了。变了铸型师了。现在呢，吃倒不愁。就是
降低了品格，提高了生活。

德里妮 还有，那人呢？那个唱着歌，装出有趣的姿势，瘦瘦的，
大胡子的法国人，怎么样了呢？

拉蒙 那个在路上大声背诵着保罗·惠尔伦的诗的那人么？那恐
怕是死掉了的。是在巴黎给街头汽车轧死的。

德里妮 还有那无政府主义者呢？

拉蒙 那家伙，当了警察了。

德里妮 还有那人，哪，留着八字胡子的那人呢？

拉蒙 唔唔，不错！那才是一个怪人呢！他和一个朋友吵嘴，我
也还记得的。那时他们俩都穷得要命，穿着破烂的衣服，
可是为了如果穿上燕尾服，去赴时髦的夜会，谁最像样的
问题，终于彼此恶骂起来了。八字胡子后来得了好地位，
但那时的裤子这才惊人呢。那裤子是我不知道洋服店里叫
作什么名称的，总之是不过刚刚可以伸进脚去的，并不相
连的两条裤腿子。又用绳将这裤腿子挂在皮带上，外面还
得穿上破外套，来遮掩这复杂的情形。并且将一枝手杖当
作宝贝，但那尖端的铁已经落掉，而且磨得很短了，要达到
地面，就必得弯了腰，并且竭力的伸长了臂膊。这种模样，

是决不能说是时髦人物的趣味的，但有一回，我和他在凯斯台理耶那大路上走的时候，他却指着坐在阔马车里跑过的女人们，说道，"这些女流之辈，以不可解的轻蔑的眼睛在看着我们"哩。

德里妮 不可解的轻蔑！唉唉，出色得很！

拉蒙 真可怜，这家伙实在是自命不凡的。

德里妮 那人也死了？

拉蒙 唔，死了。在这里聚会过的一些人，几乎都死掉了。成功的一个也没有。替代我们的是富于幻想的另外的青年，也像我们先前一样，梦着，讲着恋爱、艺术、无政府。什么都像先前一样，只有我们却完全改变了。

德里妮 不不，什么都像先前一样，是不能说的。你可曾走过我们的老家前面看了没有呢？

拉蒙 怎么会不走过！那房子是拆掉了。我知道得清清楚楚。近几时还去望了一下旧址，只有一个吓人的大洞。不下于我心里的洞的大洞。不是夸张，我可实在是哭了的。

德里妮 走过那地方，我也常常是哭了的。

拉蒙 凡是和自己的回忆有关系的，人们总希望它永久。但是，这人生，却并没有那么重要的意义的。

（有人在外面敲，接着就在窗玻璃外露出一个人的脸。）

德里妮 阿呀，拉·密拉革罗斯和那人同来接我了。

拉蒙 什么，你，要走么？

德里妮 唔唔，是的。

拉蒙 你和我就这样的走散，真是万料不到的。但你还可以住在这地方，住在这马德里，到底比我好。我的事情，大约也就立刻忘记的罢。

德里妮　你忘记我倒还要快哩。你的前面有生活。回家去就要结婚的罢……太太……孩子……都可以有的。反过来……像我似的女人，前面有什么呀？不是进慈善病院……就是从洞桥上投河……

　　　　（站了起来。）

拉蒙　（按住她的手）不行，德里妮，不行。我不能这样的放你走。你是我的。即使社会和阔人们说我们是姘头，是什么也不要紧，即使轻蔑我们也不要紧……我也像你一样，是一个小百姓……父亲是农夫……田地里的可怜的劳动者……由我看来，你是我的妻子，所以我不能就这样的放你走，我不放的！

德里妮　但是，有什么办法呢？你这可怜的人。钱是没有的。和我结婚么？这是我这面就要拒绝的。我虽然并不是守了应守的事情的女人，但良心和羞耻……却并不下于别的女人们！是有的呢……况且无论你，无论谁，要我再拿出失掉了的东西来，都可做不到。（又有人敲玻璃窗。德里妮要求着握手）那么，你……

拉蒙　那么，从此就连你的消息也听不到了？

德里妮　就是听到，不是也没有用么？

拉蒙　你对我，是冷酷的。

德里妮　我对自己可是还要冷酷哩。

　　　　（默默的望着地面。进来一个穿外套、戴宽大帽子的破落户，走近桌子去。）

破落户　（举手触着帽子的前缘）晚安！

拉蒙　晚安！

破落户　（向德里妮）你同去么，怎么了呀？那边是已经等着了的。

德里妮　这就是。那么，再见！（向拉蒙伸出手去）

拉蒙　再见！

　　　　（德里妮和破落户一同走近门口。在那里有些踌躇[6]似的，
　　　回顾了一下。看见垂头丧气的拉蒙，轻轻的叹一口气，于是出
　　　来了。拉蒙站了起来，决计要跟她走。）

看报的绅士　（拉住拉蒙的外套）但是，您想要怎么样呀？就是那
　　　　　　女人罢，如果她不想走，可以不走的。

拉蒙　唉唉，真的，您的话一点也不错。（仍复坐下。堂倌走过来收
　　　拾了用过的杯盘，用桌布擦着大理石桌子。）

堂倌　不要伤心了罢，堂·拉蒙。一个女人跑掉了，别的会来的。

拉蒙　现在走掉的却不是女人哩，安多尼。……是青春呀，青
　　　春……这是不再回来的。

堂倌　那也是的。不过也没有法子。人生就是这样的东西呀。想
　　　通些就是了……因为是什么也都要过去的，而且实在也快得
　　　很。真的呢。

看报的绅士　（点着头）那是真的。

堂倌　阿呀，怎么样？回去么？

拉蒙　是的，我要去乱七八糟的走一通……乱七八糟的。（站了起
　　　来，除下帽子，对那看《厄拉特报》的绅士招呼。）再见。

看报的绅士　（温和地）呀，再见！

　　　　（拉蒙经过店堂，走出街上。）

美术青年之一　唉唉，埃尔·格列柯！……他才是真画家……

别的美术青年　叫我说起来，是谁也赶不上提香·韦切利奥的技巧的。

6　现代汉语常用"踌躇"。——编者注

跋司珂族的人们

流浪者

昏夜已经袭来，他们便停在夹在劈开的峭壁之间的孔道的底下了。两面的山头，仿佛就要在那高处接吻似的紧迫着，只露出满是星星的天空的一线来。

在那很高的两面峭壁之下，道路就追随着任意蜿蜒的川流。那川流，也就在近地被水道口的堤防阻塞，积成一个水量很多的深潭。

当暗夜中，两岸都被乔木所遮的黑的光滑的川面，好像扩张在地底里的大的洞穴的口，也像无底的大壑的口。在那黑的漆黑的中央，映着列植岸上的高的黑柳和从群山之间射来的空明。

宛然嵌在狭窄的山隙间一般，就在常常滚下石块来的筑成崖壁的近旁，有一间小屋子，那一家族便停在那里了。

这是为在北方的道路上，无处投宿的旅人而设的小屋之一。停在那里的，大概是希泰诺、补锅匠、乞丐、挑夫或是并无工作信步游行的人们。

家族是从 [1] 一个女人、一个男人和一个男孩子组成的。女人跨下了骑来的雄马，走进小屋去，要给抱着的婴儿哺乳了，便坐在石凳上。

男孩子和那父亲卸下了马上的行李，将马系到树上去；拾了几把烧火的树木搬进小屋里，便在中间的空地上生起火来了。

夜是寒冷的。夹在劈成的两山之间的那孔道上，猛烈地吼着

1　现代汉语常用"由"。——编者注

挟²些雨夹雪的风。

女人正给婴儿哺乳的时候，男人便恳切地从她的肩头取下了濡湿的围巾，用火去烘干了，并且削尖了两枝棒钉在地面上，还是挂上在那一条围巾去，借此遮遮风。

火着得很旺盛。火焰使小屋里明亮起来。灰白的墙壁上，有些也是流浪的人们所遗留的、用桴炭所写的、很拙的画和字。

男人小而瘦，颐下和鼻下都没有留胡子。他的全生命仿佛就集中在那小小的、乌黑的活泼的两眼里似的。

女的呢，假使没有很是疲劳的样子，也许还可以见得是美人。她以非常满意的模样看着丈夫，看着一半江湖卖解、一半大道行商的那男子。对于那男子，她是连他究竟是怎样的人也不明白，但是爱着的。

男孩子有和父亲一模一样的脸相，也一样地活泼。他们俩很快地用暗号的话交谈，历览着墙上的文字，笑了。

三个人吃了青鱼和面包。以后，男人便从包裹里拉出破外套来，给他穿上了。父子是躺在地面上。不多久，两个都睡着了。婴孩啼哭起来。母亲将他抱起，摇着，用鼻声呜他睡去。

几分钟之后，这应急的窠里，已经全都睡着了。对于流宕的自由的他们的生涯，平安地，几乎幸福地。

外面是寒风吹动、呻呼，一碰在石壁上，便呼呼地怒吼。

川水以悲声鸣着不平。引向水车的沟渠中，奔流着澎湃的水，奏着神奇的盛大的交响乐……

第二天的早晨，骑了马、抱着婴儿的女人和那丈夫和男孩子又开始前行了。这流浪的一家愈走就愈远，终于在道路的转角之处消失了他们的踪影了。

2　现代汉语常用"夹"。——编者注

黑马理

在古旧的小屋子门口,抱着小弟弟的只一个人。黑马理,你是整天总在想些什么事,凝眺着远山和青天的罢。

大家都叫你黑马理,但这是因为你是生在东方魔土君王节日的,此外也并无什么缘故呀。你虽然被叫作黑马理,皮肤却像刚洗的小羊一般白,头发是照着夏日的麦穗似的黄金色的。

当我骑马经过你家门前的时候,你一见我便躲起来了。一见这在你出世的那寒冷的早晨,第一个抱起了你的我,一见这有了年纪的医生呵。

我多么记得那时的事呵!你不知道,我们是在厨房里靠了火等候着的。你的祖母,两眼含泪,烘着你的衣服,凝视着火光,深思着的。你的叔父们,不错,亚理司敦的叔父们,谈着天气的事、收获的事。我去看你的母亲,还到卧房好几回呢。到那从天花板上挂着带须的玉蜀黍的狭小的卧房里。你的母亲痛得呻吟,好人物的诃舍拉蒙,就是你的父亲,正在看护的时候,我还站在窗口,看着戴雪的树林和飞渡天空的鸨鸟队之类哩。

使我们等候了许久之后,你总算扬着厉害的啼声生下来了。人当出世的时候,究竟为什么哭的呢?因为那人所从出的"无"的世界比从新跨进的这世界还要好么?

就如说过那样,你大哭着生下来了。东方的魔法的王们一听到,便来在要给你戴的头巾里放下一盾银钱去。这大约便是从你家付给我,作为看资的一盾罢……

现在你,我一经过,我骑下老马一经过,就躲起来。唉唉!我这面,也从树木之间偷看着你的。为的是什么呢,你可懂得不?……

一说, 你就会笑起来罢……我, 这老医生, 即使叫作你的祖父也可以, 真的, 倘一说, 你一定要笑的。

你就好看到这样! 人们说, 你的脸是晒得黑黑的呀, 你的胸脯还不够饱满呀。也许这样的罢, 那是。但还因为你的眼睛有着无风的秋日的黎明一般的静, 你的嘴唇有着开在通黄的麦地之间的罂粟花一般的颜色呵。

况且你是又良善又有爱情的。这几天是市集的星期三, 可记得呢? 你的父母都上市去了, 你不是抱着小弟弟在自己的田里游逛么?

小鬼发脾气了。你想哄好他, 给看着牛呀, 给看那吃着草, 高兴地喘息着, 笨重地跑来跑去, 而且始终用长尾巴拂着脚的戈略和培耳札呀。

你对顽皮的小鬼头说了罢: "阿, 看戈略罢……看那笨牛……哪, 不是长着角么……好, 宝宝, 问他看, 你为什么闭眼睛的? 那么大, 那么傻的眼睛……阿呀, 不要摇尾巴呀! "

于是, 戈略走到你的身边, 用了反刍动物所特有的悲悯的眼色看着你, 伸出头来, 要你抚摩那生着旋毛的脑窝。

你又走向别的一头牛, 指着他说了: "那个, 那是培耳札……哼……多么黑呀……多么坏的牛呵……宝宝和姊姊都不喜欢这头牛, 喜欢戈略, 哪。"

小鬼也就跟你学着说: "喜欢戈略, 哪。"但即刻又记起了自己是在发脾气, 哭起来了。

那时候, 我也不知道为什么哭起来了。一到我那样的年纪, 那是真的, 胸膛里是怀着赤子之心的呵。

你想小弟弟不吵闹, 还走着给他看捣乱的小狗, 跟定了雄鸡的大架子, 在地上开快步的鸡, 蹒跚乱走的胡涂的猪, 不是么?

小鬼一安静, 你便沉思起来了。你的眼睛虽然向着紫的远山,但是并没有看山哩。你也望着优游青天的白云、落在林中的堆积的枯叶和只剩了骨骼的树木的枝梢，但是什么也没有看呵。

你的眼，是看着一点什么东西的。然而，这是看着心里面的什么，看着挺生爱的芽、开放梦的花的神奇之国的什么呵。

今天经过的时候，我看见你比平时更加沉思了。你坐在树身上，惘惘然忘了一切似的，然而有些不知什么苦处，嚼着薄荷的叶呵。

唉唉，黑马理，试来说给我听罢，你是想着什么而凝眺着远山和青天的？

移家

两个人从早上起就往新居，等候行李马车的来到。直到晚上五点钟前后，这才到了楼下的门口，停止了。

搬运夫们很有劲，将穷家私随处磕撞着搬上来。因为那混乱，在寒俭的这家庭里算最值钱的客厅用的长椅子和卧房的门上的玻璃都弄破了。

马车夫说是小小的车子上行李装不完，所以说定是两盾的，这时要三盾。搬运夫们酒钱要得不够，就说了一些不好听的恶话。

时候已经晚了，只靠一盏将灭的灯，夫妇开手将家具放在各各的处所。孩子趁势玩着，从纸马的肚子里拉出麻屑来，但也便生厌，用渴睡似的声音叫着母亲，跟在她的后面牵住了衣裾。母亲于是取出火酒灯，将中午剩下的杂碎检一些到勺锅里温起来给孩子吃。后来就领到床上去了，即刻呼呼地，孩子也就睡着了。

她又出来了，来收拾已经开手的东西。

他就说："歇一歇可好呢？一看见你做得不歇，我就觉得很难平静。坐在这里罢，谈几句天罢。"

她坐下，用那染了灰尘的一只手按住了流汗的满是散出的头发的前额。

他是相信着不久便可以复职的。即使万一不能，也有店家说过，如果一百丕绥泰也可以，就来做帐房[3]。到那时为止的生计，大约未必有什么为难罢。这回的家，因为是第六层楼，所以太高些。然而，惟其高，倒一定爽朗的罢。他这样地说着，向各处四顾。这一看，他又觉得显示着寂寞精光的、阴森的、那冷冷的壁，满是尘埃的家具，散乱着绳子的地板，对于他的话，都浮出阴沉的笑来。

她是决计了的，凡男人所说的事，她都点头。

休息了片刻，她又站起来了，并且说："我可是没有预备晚膳的工夫了呵。"

"不要紧的。"他说，"我一点也不想吃。今天就减了这个，睡觉。"

"不，我去买一点什么来罢。"

"那么，我也一同去。"

"孩子呢？"

"就回来的。不要紧，不会醒的。"

她到厨房里洗手去了，然而水道里没有水。

"阿呀呀，水也还得去汲呢。"

她将围巾搭在肩上，拿上一个坛。他也将一个瓶藏在外衣下，于是悄悄地走出外面了。四月的夜，给他们起了寒冷的、讨厌的心情。

经过王国剧场时，看见蜷卧地上的人类的团块。

亚列那尔街上，是在板路上，发着沉重的、雄壮的音响，走过了许多辆马车。

他们在伊莎贝尔二世的广场上的喷泉里汲了水。待到又经过那成了团块，睡着的人们前面的时候，因为对于伤心的印象而感到

3　现代汉语常用"账房"。——编者注

的一种满足，又停了一些时。

一到家，都默默地走上楼梯去，于是便上了床。

他以为因为疲劳着，即刻可以睡去的，但是睡不着，注意力变得太敏了，便是夜中的极微的声音也都听得到。一听到远远地沉重的雄壮的马车声，眼里便看见睡在路旁的人们的模样，心里是人类的一部分的无依的被弃的情形。暗淡的思想使他苦恼，一种大恐怖塞满他的心中了。他以为不该惊醒她，竭力抑制着身体的发抖。她呢，因为休息了白天的劳碌，见得是睡的⁴极熟了。然而，并不然……她用极弱的声音呻吟着……

"什么地方不舒服么？"他问。

"孩子……"她吞住话，啜泣了。

"什么！孩子？"他直坐起来。

"不，先前的孩子……见比德呵，……你知道么？……到明天，正是他死后的二周年了……"

"唉唉！我们怎么只有这样伤心的事情的呢！"

祷告

他们是十三个，是为危险所染就、惯于和海相战斗、不管性命的十三个。他们之外，还载着一个女子，是船长的妻。

十三个都是海边人，备着跛司珂种族的特色——大的头、尖的侧脸，凝视了吞人的怪物一般的海，因而死掉了的眼珠等，便是。

坎泰勃里亚⁵的海是熟识他们的。他们也熟识波和风的。

又长又细、漆得乌黑的大船，名叫"亚兰札"。跛司珂语，意义

4　现代汉语常用"得"。——编者注
5　现译"坎塔布里亚"。——编者注

就是"刺"。短樯一枝,扬着小小的风帆,竖在船头上……

傍晚,简直是秋天。风若有若无,波是圆而稳,很平静。帆几乎不孕风,船在蓝海上带着银的船迹缓缓地移动。

他们是出穆耳德里珂而来的,要趁圣喀德琳节,和别的船一同去打网,现在正驶过兑巴的前面。

天上满是铅色棉絮一般的云。云和云的破绽间,露着微微带白的蓝色。太阳从云缝中成了闪闪的光线,迸射出来,烧得通红的云边颤抖着映在海波上。

十三个男人都显着茫然的认真的相貌,几乎不开口。女人是颇有些年纪了,用了粗的编针和蓝的毛丝团编着袜。船长是庄重的、寂静的脸相,将帽子直拉到耳朵边,右手捏定代舵的楫子,茫然凝视着海面。毛片不干净的一匹长毛狗在船尾巴坐在靠近船长的椅子上,但它也如人们一般无关心的看着海。

太阳渐渐下去了……上面是从火焰似的红、铜似的红,到灰色的各种的调子,铅的云、大的鲸形的云等。下面是只有带着红、淡红、紫这些彩色的海的蔚蓝的皮肤,间以波的旋律底的蜿蜒……

船到伊夏尔的前面了。山气浓重的陆风拂拂地,在海岸上,已看见向着这面的崖壁、山岩。

突然,在这黄昏的临终之际,伊夏尔的教堂的时钟,打出时辰来了。于是"三位祷告"的钟,便如徐缓而有威严的、庄重的声音一般洋溢在海面上。船长一脱帽,别的人们都学着他。船长的妻从手中放下了编织。大家就一面看着弯弯曲曲的、平稳的海波,用了重实的、沉郁的声调一同做祷告。

天候一晚,风已经大了起来。布帆一受空气的排煽鼓得圆圆,大船便在墨色的海上剩下银的船迹,向暗中直闯进去……

他们是十三个,是为危险所染就、惯于和海相战斗、不管性命的十三个。

附录

面包店时代

　　巴罗哈同伊巴涅斯一样，也是西班牙现代的伟大的作家，但他的不为中国人所知，我相信，大半是由于他的著作没有被美国商人"化美金一百万元"制成影片到上海开演。自然，我们不知道他是并无坏处的，但知道一点也好，就如听到过宇宙间有一种哈黎彗星[1]一般，总算一种知识。倘以为于饥饱寒温大有关系，那是求之太深了。

　　译整篇的论文，介绍他到中国的，始于《朝花》。其中有这样的几句话："……他和他的兄弟联络在马德里，很奇怪，他们开了一爿面包店，这个他们很成功地做了六年。"他的开面包店，似乎很有些人诧异，他在《一个革命者的人生及社会观》里至于特设了一章来说明。现在就据冈田忠一的日译本，译在这里，以资谈助；也可以作小说看，因为他有许多短篇小说写法也是这样的。

　　我常常得到质问："你究竟为什么要开面包店的呢？"这事说起来话长了，但我现在来回答这问题罢。

　　我的母亲有一个伯母，是她父亲的姊妹，名叫芳那·那希。

　　那女人，年青时候是很美的，和叫作堂·亚提亚斯·拉凯赛的从美洲回来的富翁结了婚。

　　堂·亚提亚斯自己以为是老鹰，而其实呢，却不过是后园的公

1　现译"哈雷彗星"。——编者注

鸡。他一在马德里住下，就做各样的事业，然而真真古怪的事，是这样那样，都一样地失败了。一八七○年之际，有一个叫作玛尔提的，从瓦连细亚[2]来的医生，是曾经到过维也纳的汉子，讲解些维也纳所做的面包和使那面包膨胀的酵母，并且夸张着说，倘若出手去做这生意，利益就如何如何。

堂·亚提亚斯大以为然，便依玛尔提的劝告，在兑斯凯什教堂的左近买了一所旧房子。这房子所在的大街的号数，是只有两个字——二号——的，便很以此自喜。那大街，名叫密绥里珂尔兑亚街，我想，现在还这样。

玛尔提便在兑斯凯什教堂旁边的旧房子里，设起炉灶来。而生意，却是意想之外的获利。本来好玩的玛尔提，在买卖确立之后的三四年，就死掉了。堂·亚提亚斯从此又一样一样地去出手，于是完全破产，一切所有物都入了质，到最后，只剩了开着面包店才够糊口的东西。

他在死掉之前，将这也弄得乱七八糟了。于是，伯母寄信给母亲，叫我的哥哥理嘉图到马德里去。

哥哥住在马德里一些时，但无法可想，跑掉了。后来我就到马德里去，和我的哥哥一同努力，想改良买卖，使他兴旺起来。时不利兮，没有使他兴旺的方法。"面粉倘少，什么都成"这格言是未必尽合于事实的，但我们是得不到面粉。

面包店刚要好起来了的时候，那时是我们的地主的罗马诺内斯伯爵来了一个通知，说是房子非拆掉不可了。

从此，又遭了困难。我们只好搬到别处，另做买卖去，但这是要钱的，然而没有钱。因为要过这苦境，我们就开手买空卖空了，而买空卖空很顺利，尽了慈母的责任。直到我们的再起，都靠这来

2　现译"巴伦西亚"。——编者注

支持。我们在别处一开张，立刻遭了损失，我们就中止了。

因为这样，所以我将证券交易所看作慈善底制度，而和这相反，觉得教堂是阴气之处，从那地方的忏悔室的背后会跳出身穿玄色法衣的教士来，在黑暗中扼住人的喉咙，捏紧颈子，也并非无理的。

案：此篇在一九二九年四月二十五日《朝花》周刊第十七期所载。因从此可以了解作者生活的一部分，所以虽非《山民牧唱》原书所有，也附在这里了。

编者识

坏孩子和别的奇闻

[俄]契诃夫

前记

　　司基塔列慈（Skitalez）的《契诃夫记念》里，记着他的谈话——

　　"必须要多写！你起始唱的夜莺歌，如果写了一本书就停止住，岂非成了乌鸦叫！就依我自己说，如果我写了头几篇短篇小说就搁笔，人家决不把我当做[1]作家！契红德！一本小笑话集！人家以为我的才学全在这里面。严肃的作家必说我是另一路人，因为我只会笑。如今的时代怎么可以笑呢？"（耿济之译，《译文》二卷五期）

　　这是一九〇四年一月间的事，到七月初，他死了。他在临死这一年，自说的不满于自己的作品，指为"小笑话"的时代，是一八八〇年，他二十岁的时候起，直至一八八七年的七年间。在这之间，他不但用"契红德"（Antosha Chekhonte）的笔名，还用种种另外的笔名，在各种刊物上，发表了四百多篇的短篇小说、小品、速写、杂文、法院通信之类。一八八六年，才在彼得堡的大报《新时代》上投稿；有些批评家和传记家以为，这时候契诃夫才开始认真的创作，作品渐有特色，增多人生的要素，观察也愈加深邃起来。这和契诃夫自述的话是相合的。

　　这里的八个短篇，出于德文译本，却正是全属于"契红德"时代之作，大约译者的本意，是并不在严肃的绍介契诃夫的作品，却在辅助玛修丁（V. N. Massiutin）的木刻插画的。玛修丁原是木刻的名家，十月革命后，还在本国为勃洛克（A. Block）刻《十二个》的插画，后来大约终于跑到德国去了，这一本书是他在外国的谋生之

1　现代汉语常用"当作"。——编者注

术。我的翻译也以绍介木刻的意思为多，并不著重²于小说。

这些短篇，虽作者自以为"小笑话"，但和中国普通之所谓"趣闻"却又截然两样的。它不是简单的只招人笑。一读自然往往会笑，不过笑后总还剩下些什么，就是问题。生瘤的化装、蹩脚的跳舞，那模样不免使人笑，而笑时也知道：这可笑是因为他有病，这病能医不能医。这八篇里面，我以为没有一篇是可以一笑就了的。但作者自己却将这些指为"小笑话"。我想，这也许是因为他谦虚，或者后来更加深广，更加严肃了。

一九三五年九月十四日，译者。

2　现代汉语常用"着重"。——编者注

坏孩子

伊凡·伊凡诺维支·拉普庚是一个风采可观的青年，安娜·绥米诺夫娜·山勃列支凯耶是一个尖鼻子的少女，走下峻急的河岸来，坐在长椅上面了。长椅摆在水边，在茂密的新柳丛子里。这是一个好地方。如果坐在那里罢，就躲开了全世界，看见的只有鱼儿和在水面上飞跑的水蜘蛛了。这青年们是用钓竿、网兜、蚯蚓罐子，以及别的捕鱼家伙武装起来了的。他们一坐下，立刻来钓鱼。

"我很高兴，我们到底只有两个人了，"拉普庚开口说，望着四近，"我有许多话要和您讲呢，安娜·绥米诺夫娜……很多……当我第一次看见您的时候……鱼在吃您的了……我才明白自己是为什么活着的，我才明白应当供献我诚实的勤劳生活的神像是在那里了……好一条大鱼……在吃哩……我一看见您，这才识得了爱，我爱得您要命！且不要拉起来……等它再吃一点……请您告诉我，我的宝贝，我对您起誓：我希望能是彼此之爱——不的，不是彼此之爱，我不配，我想也不敢想，——倒是……您拉呀！"

安娜·绥米诺夫娜把那拿着钓竿的手，赶紧一扬，叫起来了。空中闪着一条银绿色的小鱼。

"我的天，一条鲈鱼！阿呀，阿呀……快点！脱出了！"

鲈鱼脱出了钓钩，在草上向着它故乡的元素那里一跳……扑通——已经在水里了！

追去捉鱼的拉普庚却替代了鱼，错捉了安娜·绥米诺夫娜的手，又错放在他的嘴唇上……她想缩回那手去，然而已经来不及了：他们的嘴唇又不知怎么一来接了一个吻。这全是自然而然的。接吻

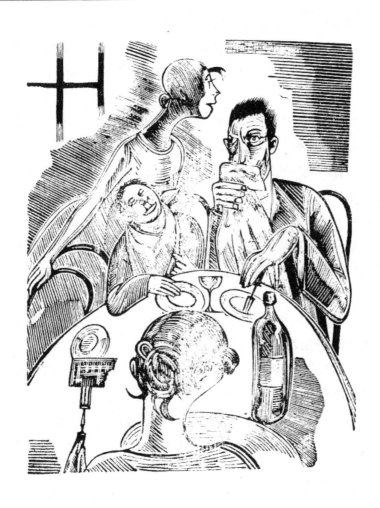

又接连的来了第二个，于是立誓、盟心……幸福的一瞬息！在这人间世，绝对的幸福是没有的。幸福大抵在本身里就有毒，或者给外来的什么来毒一下。这一回也如此。当这两个青年人正在接吻的时候，突然起了笑声。他们向水里一望，僵了：河里站着一个水齐着腰的赤条条的孩子。这是中学生珂略，安娜·绥米诺夫娜的弟弟。他站在水里面望着他们俩，阴险的微笑着。

"嗳哈……你们亲嘴。"他说,"好!我告诉妈妈去。"

"我希望您要做正人君子……"拉普庚红着脸,吃吃的说,"偷看是下流的,告发可是卑劣、讨厌、胡闹的……我看您是高尚的正人君子……"

"您给我一个卢布,我就不说了!"那正人君子回答道,"要是不,我去说出来。"

拉普庚从袋子里掏出一个卢布来,给了珂略。他把卢布捏在稀湿的拳头里,吹一声口哨,浮开去了。但年青的他们俩,从此也不再接吻了。

后来拉普庚又从街上给珂略带了一副颜料和一个皮球来,他的姊姊也献出了她所有的丸药的空盒,而且还得送他雕着狗头的硬袖的扣子。这是很讨坏孩子喜欢的,因为想讹得更多,他就开始监视了。只要拉普庚和安娜·绥米诺夫娜到什么地方去,他总是到处跟踪着他们。他没有一刻放他们只有他们俩。

"流氓,"拉普庚咬着牙齿说,"这么小,已是一个大流氓!他将来还会怎样呢?!"

整一个七月,珂略不给这可怜的情人们得到一点安静。他用告发来恐吓、监视,并且索诈东西;他永是不满意,终于说出要表的话来了。于是,只好约给他一个表。

有一回,正在用午餐,刚刚是吃蛋片的时候,他忽然笑了起来,用一只眼睛使着眼色,问拉普庚道:"我说罢?怎么样?"

拉普庚满脸通红,错作蛋片,咬了饭巾了。安娜·绥米诺夫娜跳起来,跑进隔壁的屋子去。

年青的他们俩停在这样的境遇上,一直到八月底,就是拉普庚终于向安娜·绥米诺夫娜求婚了的日子。这是怎样的一个幸福的日子呵!他向新娘子的父母说明了一切,得到许可之后,拉普庚就立刻跑到园里去寻珂略。他一寻到他，就高兴得流下眼泪来，一面拉住了这坏孩子的耳朵。也在找寻珂略的安娜·绥米诺夫娜，恰恰也跑到了，便拉住了他的那一只耳朵。大家必须看着的，是两个爱人的脸上显出怎样的狂喜来，当珂略哭着讨饶的时候：

"我的乖乖，我的好人，我再也不敢了！阿唷，阿唷，饶我！"

两个人后来说，他们俩秘密的相爱了这么久，能像在扯住这坏孩子的耳朵的一瞬息中，所感到的那样的幸福、那样的透不过气来的大欢喜，是从来没有的。

一八八三年

难解的性格

头等车的一个房间里。

绷着紫红色天鹅绒的长椅上,靠着一位漂亮的年青的太太。

值钱的缀有须头的扇子,在她痉挛地捏紧了的手里格格的响;眼镜时时从她那美丽的鼻子上滑下来;胸前的别针忽高忽低,好像一只小船的在波浪里。她很兴奋……她对面坐着一位省长的特委官,是年青的新作家,在省署时报上发表他描写上流社会的短篇小说的……他显着专门家似的脸相,目不转睛的在看她。他在观察,他在研究,他在揣测这出轨的、难解的性格,他已经几乎有了把握……她的精神、她的一切心理,他完全明白了。

"阿,我懂得您的!"那特委官在她手镯近旁的手上接着吻,说,"您那敏感的、灵敏的精神在寻一条走出迷宫的去路呀……一定是的!这是一场厉害的吓人的斗争,但是……您不要怕!您要胜利的!那一定!"

"请您写出我来罢,渥勒兑玛尔!"那位太太悲哀的微笑着说道,"我的生活是很充实、很有变化、很多色采的……但那要点,是在我的不幸!我是一个陀思妥耶夫斯基式的殉难者……请您给世界看看我的心,渥勒兑玛尔,请您给他们看看这可怜的心!您是心理学家。我们坐在这房间里谈不到一点钟,可是您已经完全懂得我了!"

"您讲罢。我恳求您,请您讲出来罢!"

"您听罢。我是生在一家贫穷的仕宦之家的。我的父亲是一个好人,也聪明,但是……时代和环境的精神……vous comprenez(您明白的),我并不想责备我那可怜的父亲。他喝酒,打牌……收贿

赂……还有母亲……我有什么可说呢！那辛苦，那为了一片面包的
挣扎，那自卑自贱的想头……唉唉，您不要逼我从新记它出来了。
我只好亲自来开拓我自己的路……那吓人的学校教育、无聊小说的
灌输、年青的过失、羞怯的初恋……还有和环境的战斗呢？是可怕
的呀！还有疑惑呢？还有逐渐成长起来的对于人生和自己的不信
的苦痛呢？……唉唉！……您是作家，懂得我们女人的。您都知
道……我的不幸，是天生了的呀……我等候着幸福，这是怎样的幸
福呢？我急于要成为一个人！是的！要成为一个人，我觉得我的幸
福就在这里面！"

"您可真的了不得！"作家在手镯近旁吻着她的手，低声说，
"我并不是在吻您，您这出奇的人物，我是在吻人类的苦恼！您记
得拉斯柯尔尼科夫[1]么？他是这样地接吻的。"

"阿，渥勒兑玛尔！我极要荣誉，……要名声，要光彩，恰如那
些——我何必谦虚呢？——那些有着不很平常的性格的人们一样。
我要不平常……简直不是女性的。于是……于是……在我的路上，
我遇到了一个有钱的老将军……您知道罢，渥勒兑玛尔！这其实是
自己牺牲，自己否定呀，您要知道！我再没有别的法子了。我接济
了我的亲属，我也旅行，也做慈善事业……但是，这将军的拥抱，
在我觉得怎样的难堪和卑污呵，虽然别一面，他在战争上曾经显过
很大的勇敢，也只好任他去。有时候……那是可怕的时候呀！然
而安慰我的是这一种思想，这老头子不是今天，就是明天便会死掉
的，那么，我就可以照我的愿望过活了，将自己给了相爱的人，并
且得到幸福……我可是有着这么的一个人的，渥勒兑玛尔！上帝知
道，我有着这么一个的！"

那位太太使劲的挥扇，她脸上显出一种要哭的表情。

1　Raskolnikov，陀思妥耶夫斯基作小说《罪与罚》里的男主角。——译者

　　"现在是这老头子死掉了……他留给我一点财产，我像鸟儿一样的自由。现在我可以幸福了……不是么，渥勒兑玛尔？幸福在敲我的窗门了。我只要放它进来就是，然而……不成的！渥勒兑玛尔，您听哪，我对您起誓！现在我可以把自己给那爱人，做他的朋友、他的帮手、他的理想的承受者，得到幸福……安静下来了……然而，这世界上的一切却多么大概是讨厌而且庸俗的呵！什么都这样的卑劣，渥勒兑玛尔！我不幸呵，不幸呵，不幸呵！我的路上，现出障碍来了！我又觉得我的幸福远去了，唉，远得很！唉唉，这苦楚，如果您一知道，怎样的苦楚呵！"

"但这是什么呢？怎样的一种障碍呢？我恳求您，告诉我罢！那是什么呀？"

"别一个有钱的老人……"

破扇子遮掩了漂亮的脸。作家把他那深思的头支在手上，叹一口气，显出专门家和心理学家的脸相，思索了起来。车头叫着汽笛，喷着蒸气[2]，窗幔在落照里映得通红。

一八八三年作

---

2 现代汉语常用"蒸汽"。——编者注

假病人

将军夫人玛尔法·彼得罗夫娜·贝绚基娜，或者如农人们的叫法，所谓贝绚金家的，十年以来，行着类似疗法[1]的医道，五月里的一个星期二，她在自己的屋子里诊察着病人。她面前的桌子上，摆着一个类似疗法的药箱，一本类似疗法的便览，还有一个类似疗法药的算盘。挂在壁上的是嵌在金边镜框里的一封信，那是一位彼得堡的同类疗法家，据玛尔法·彼得罗夫娜说，很有名，而且简直是伟大的人物的手笔；还有一幅神甫亚理斯泰尔夫的像，那是将军夫人的恩人，否定了有害的对症疗法，教给她认识了真理的。客厅里等候着病人们，大半是农人。他们除两三个人之外，都赤着脚，这是因为将军夫人吩咐过，他们该在外面脱掉那恶臭的长靴。

玛尔法·彼得罗夫娜已经看过十个病人了，于是就叫十一号："格夫里拉·克鲁慈提！"

门开了，走进来的却不是格夫里拉·克鲁慈提，倒是将军夫人的邻居，败落了的地主萨木弗利辛，一个小身材的老头子，昏眼睛，红边帽[2]。他在屋角上放下手杖，就走到将军夫人的身边，一声不响地跪下去了。

"您怎么了呀！您怎么了呀，库士玛·库士密支！"将军夫人满脸通红，发了抖，"罪过的！"

"只要我活着，我是不站起来的！"萨木弗利辛在她手上吻了一

1　Homoopathie，日本又译《同类疗法》，是用相类似的毒，来治这病的医法，意义大致和中国的"以毒攻毒"相同。现行的对于许多细菌病的血清注射，其实也还是这疗法，不过这名称却久不使用了。——译者

2　帝俄时代贵族所戴的帽子。——译者

下，说，"请全国民看看我在对您下跪，您这保佑我的菩萨，您这人类的大恩人！不打紧的！这慈仁的精灵，给我性命，指我正路，还将我多疑的坏聪明照破了，岂但下跪，我连火里面还肯跳进去呢，您这我们的神奇的国手，鳏寡孤独的母亲！我全好了呀！我复活了呀，活神仙！"

"我……我很高兴！……"将军夫人快活到脸红，吞吞吐吐的说，"那是很愉快的，听到了这样的事情……请您坐下罢！上星期二，你却是病得很重的！"

"是呀，重得很！只要一想到，我就怕！"萨木弗利辛一面说，一面坐，"我全身都是风湿痛。我苦了整八年，一点安静也没有……不论是白天，是夜里，我的恩人哪！我看过许多医生，请喀山的大学教授们对诊，行过土浴，喝过矿泉，我什么方法都试过了！我的家私就为此化³得精光，太太。这些医生们只会把我弄糟，他们把我的病赶进内部去了！他们很能够赶进去，但再赶出来呢——他们却不能，他们的学问还没有到这地步……他们单喜欢要钱，这班强盗；至于人类的利益，他们是不大留心的。他开一张鬼画符，我就得喝下去。一句话，那是谋命的呀。如果没有您，我的菩萨，我早已躺在坟里了！上礼拜二我从您这里回家，看了您给我的那丸药，就自己想：'这有什么用呢？这好容易才能看见的沙粒，医得好我的沉重的老病吗？'我这么想，不大相信，而且笑笑的；但我刚吃下一小粒，我所有的病可是一下子统统没有了。我的老婆看定着我，疑心了自己的眼睛：'这是你吗，珂略⁴？'——'不错，我呀。'于是，我们俩都跪在圣像面前，给我们的恩人祷告：主呵，请把我们希望于她的全都给她罢！"

3　现代汉语常用"花"。——编者注
4　Kolia 就是库士玛（Kusima）的爱称。——译者

萨木弗利辛用袖子擦一擦眼，从椅子上站起，好像又要下跪了，但将军夫人制住他，使他仍复坐下去。

"您不要谢我，"她说，兴奋得红红的，向亚理斯泰尔夫像看了一眼，"不，不要谢我！这时候我不过是一副从顺的机械……这真是奇迹！拖了八年的风湿痛，只要一粒瘰疬丸[5]就断根了！"

"您真好，给了我三粒。一粒是中午吃的，立刻见效！别一粒在傍晚，第三粒是第二天，从此就无影无踪了！无论那里，一点痛也没有！我可是已经以为要死了的，写信到墨斯科去，叫我的儿子回来！上帝竟将这样的智慧传授了您，您这活菩萨！现在我好像上了天堂……上礼拜二到您这里来，我还瞥着脚的，现在我可是能够兔子似的跳了……我还会活一百来年哩。不过，还有一件事情困住我——我的精穷。我是健康了，但如果没有东西好过活，我的健康又有什么用处呢。穷的逼我，比病还厉害……拿这样的事来做例子罢……现在是种燕麦的时候了，但叫我怎么种它呢。如果我没有种子的话？我得去买罢，却要钱……我怎么会有钱呢？"

"我可以送您燕麦的，库士玛·库士密支……您坐着罢！您给了我这么大的高兴，您给了我这样的满足，应该我来谢您的，不是您谢我！"

"您是我们的喜神！敬爱的上帝竟常常把这样的好人放在世界上！您高兴就是了，太太，高兴您行的好事！我们罪人却没有什么好给自己高兴……我们是微末的、小气的、无用的人……蚂蚁……我们不过是自称为地主，在物质的意义上，却和农民一样，甚至于还要坏……我们确是住在石造房子里，但那仅是一座 Fata Morgana[6]呀，因为屋顶破了，一下雨就漏……我又没有买屋顶板的钱。"

5　原名 Skrophuroso，是一种用草药搗成的小丸子。——译者

6　介在意大利的 Sicily 和 Calabria 之间的 Messina 的海峡中所见的海市蜃楼；相传是仙人名 Morgana 者所为，故名。——译者

"我可以送给您板的，库士玛·库士密支。"

萨木弗利辛又讨到一匹 [7] 母牛，一封介绍信，是为了他想送进专门学校去的女儿的，而且被将军夫人的大度所感动，感激之至，呜咽起来，嘴巴牵歪了，还到袋子里去摸他的手帕……将军夫人看

7 现代汉语常用"头"。——编者注

见，手帕刚一拉出，同时也好像有一个红纸片，没有声响的落在地板上面了。

"我一生一世不忘记的……"他絮叨着说，"我还要告诉我的孩子们，以及我的孙子们……一代一代……孩子们，就是她呀，救活了我的，她，那个……"

将军夫人送走了病人之后，就用她眼泪汪汪的眼睛，看了一会神甫亚理斯泰尔夫的像，于是又用亲密的、敬畏的眼光射在药箱、备览、算盘和靠椅上，被她救活的人就刚刚坐在这里的，后来却终于看见了病人落掉的纸片。将军夫人拾起纸片来，在里面发见了三粒药草的丸子，和她在上礼拜二给与萨木弗利辛的丸药是一模一样的。

"就是那个……"她惊疑着说，"这也是那张纸……他连包也没有打开呀！那么，他吃了什么呢？奇怪……他未必在骗我罢。"

将军夫人的心里，在她那十年行医之间，开始生出疑惑来了……她叫进其次的病人来，当在听他们诉说苦恼时，也觉得了先前没有留心、听过就算了的事。一切病人，没有一个不是首先恭维她的如神的疗法的，佩服她医道的学问，骂詈那些对症疗法的医生，待到她兴奋到脸红了，于是就来叙述他们的困苦。这一个要一点地，别一个想讨些柴，第三个要她许可在她的林子里打猎。她仰望着启示给她真理的神甫亚理斯泰尔夫的善良的、宽阔的脸，但一种新的真理却开始来咬她的心了。那是一种不舒服的、沉闷的真理。

人是狡猾的。

一八八五年作

簿记课副手日记抄

一八六三年五月十一日。我们的六十岁的簿记课长格罗忒金一咳嗽就喝和酒的牛奶，因此生了酒精中毒脑症[1]了。医生们以他们特有的自信断定他明天就得死。我终于要做簿记课长了。这位置是早已允许了我的。

书记克莱锡且夫要吃官司，因为他殴打了一个称他为官僚的请愿者。看起来，怕是要定罪的。

服药草的煎剂，医胃加答儿[2]。

一八六五年八月三日。簿记课长格罗忒金的胸部又生病了。他咳嗽，喝和酒的牛奶。他一死，他的地位就是我的了。我希望着，但我的希望又很微，因为酒精中毒脑症好像是未必一定会死的！

克莱锡且夫从一个亚美尼亚人的手里抢过一张支票来，撕掉了。他也许因此要吃官司。

昨天一个老婆子（古立夫娜）对我说，我生的不是胃加答儿，是潜伏痔。这是很可能的！

一八六七年六月三十日。看报告，说是阿剌伯[3]流行着霍乱病。大约也要到俄国来的罢，那么，就要放许多天假。老格罗忒金死掉，我做簿记课长，也未可料的。人也真韧！据我看来，活得这么久，简直是该死！

喝什么来治治我的胃加答儿呢？或者用莪求[4]子？

1　现译"酒精中毒性脑病"。——编者注

2　现译"卡他性胃炎"。——编者注

3　现译"阿拉伯"。——编者注

4　此日本名，德名 Zitwer，中国名未详。——译者一八七〇年一月二日。在格罗忒金的院子里，一只狗彻夜的叫。我的使女贝拉该耶说，这是很准的兆头，于是我和她一直谈到两点钟，如果我做了簿记课长，就得弄一件浣熊皮子和一件睡衣。我大约也得结婚。自然不必处女，这和我的年纪是不相称的，还是寡妇罢。

昨天，克莱锡且夫被逐出俱乐部了，因为他讲了一个不成样子的笑话，还嘲笑了商业会馆的会员波纽霍夫的爱国主义。人们说，后一事，他是要吃官司的。

为了我的胃加答儿，想看波忒庚医师去。人说，他医治他的病人很灵……

一八七八年六月四日。报载威忒梁加流行着黑死病。人们死得像苍蝇一样。格罗忒金因此喝起胡椒酒来了。但对于这样的一个老头子，胡椒酒恐怕也未必有效。只要黑死病一到，我准要做簿记课长的。

一八八三年六月四日。格罗忒金要死了。我去看他，并且流着眼泪请他宽恕，因为我等不及他的死。他也眼泪汪汪的宽恕了我，还教我要医胃加答儿，该喝橡子茶。

但克莱锡且夫几乎又要吃官司——因为他把一座租来的钢琴押给犹太人了。虽然如此，他却已经有着斯坦尼斯拉夫勋章，官衔也到了八等。在这世界上的一切，真是希奇得很！

生姜二沙[5]、高良姜一沙半、浓烧酒一沙、麒麟竭五沙，拌匀，装入烧酒瓶里，每晨空心服一小杯，可治胃加答儿。

一八八三年六月七日。格罗忒金昨天下了葬。这老头子的死，我竟得不到一点好处！每夜梦见他穿了白衫子，动着手指头。伤心，该死的我的伤心：是簿记课长竟不是我，却是察里科夫。得到

5　Solotnik 是俄国的重量名，一沙约合中国一钱一分余。——译者

这位置的竟不是我，却是一个小伙子，有那做着将军夫人的姑母帮忙的。我所有的希望都完结了！

一八八六年六月十日。察里科夫家里，他的老婆跑掉了。这可怜人简直没有一点元气了。为了悲伤，会寻短见也说不定的。倘使这样，那么，我就是簿记课长。人们已在这么说。总而言之，希望还没有空，人也还可以活下去，我也许还要用浣熊皮。至于结婚，我也不反对。如果得了良缘，我为什么不结婚呢？不过是应该和谁去商量商量罢了，因为这是人生大事。

克莱锡且夫昨天错穿了三等官理尔曼的橡皮套鞋。又是一个问题！

管门人巴伊希劝我，医胃加答儿应该用升汞。我想试试看。

一八八六年作

那是她

"您给我们讲点什么罢！"年青的小姐们说。

大佐捻着他的白须子，扫一扫喉咙，开口了——

"这是在一八四三年，我们这团兵扎在欠斯多霍夫的附近。我先得告诉您，我的小姐们，这一年的冬天非常冷，没有一天没有哨兵冻掉了鼻子，或是大雪风吹着雪埋掉了道路的。严寒从十月底开头，一直拖到四月。那时候，您得明白，我可并不像现在，仿佛一个用旧了的烟斗的，却是一个年青的小伙子，像乳和血拌了起来的一样，一句话，是一个美男子。我孔雀似的打扮着，随手化钱，捻着胡子，这世界上就没有一个学习士官会这样。我往往只要一只眼睛一眴，把马刺一响，把胡子一捻，那么，就是了不得的美人儿，也立刻变了百依百顺的小羊了。我贪女人，好像蜘蛛的贪苍蝇，我的小姐们，假如你们现在想数一数那时缠住我的波兰女子和犹太女子的数目，我通知你，数学上的数目恐怕是用不够的……我还得告诉你们，我是一个副官，跳玛楚尔加[1]的好手，娶的是绝世的美人。上帝呵，愿给她的灵魂平安！我是怎样一个莽撞而且胡闹的人呢——你们是猜也猜不到的。在乡下，只要有什么关于恋爱的捣乱，有谁拔了犹太人的长头发或是批了波兰贵族的巴掌，大家就都明白，这是微惠尔妥夫少佐干的事。

"因为是副官，我得常常在全省里跑来跑去，有时去买干草或芜菁，有时是将我们的废马卖给犹太人或地主，我的小姐们，但最多的倒是冒充办公，去赴波兰的千金小姐的密约，或者是和有钱的

地主去打牌……在圣诞节前一天的夜里，我还很记得，好像就在目前一样，为了公事，叫我从欠斯多霍夫到先威里加村去……天气可真冷得厉害，连马也咳嗽起来，我和我的马车夫不到半个钟头就成了两条冰柱了……大冷天倒还不怎么打紧，但请你们想一想，半路上可又起了大风雪了。雪片团团的打着旋子，好像晨祷之前的魔鬼一样，风发着吼，似乎是有谁抢去了它的老婆，道路看不见了……

不到十分钟，我们大家——我、马车夫和马——就给雪重重的包裹了起来。

"'大人，我们迷了路了！'马车夫说。

"'昏蛋！你在看什么的，你这废料！那么，一直走罢，也许会撞着一户人家的！'

"我们尽走，尽走，尽是绕着圈子，到半夜里，马停在一个庄园的门口了，我还记得，这是属于一个有钱的波兰人，幡耶特罗夫斯基伯爵的。波兰人还是犹太人，在我就如饭后的浓茶，都可以，但我也应该说句真话，波兰的贵族很爱客人，像年青的波兰女子那样热情的女人，另外可也并没有……

"我们被请进去了……幡耶特罗夫斯基伯爵这时住在巴黎，招待我们的是他的经理，波兰人加希密尔·哈普进斯基。我还记得，不到一个钟头，我已经坐在那经理的屋子里，消受他的老婆献殷勤，喝酒打牌了。我赢了十五个金卢布，喝足了酒之后，就请他们给我安息。因为边屋里没有地方了，他们就引我到正屋的一间房子里面去。

"'您怕鬼么？'那经理领我走到通着满是寒冷和昏暗的大厅的一间小房子里，一面问。

"'这里是有鬼的？'我听着自己的言语和脚步的回声，反问道。

"'我不知道，'波兰人笑了起来，'不过我觉得，这样的地方，对于妖魔鬼怪是很合适的。'

"我真醉了，喝得像四万个皮匠一样，但这句话，老实说，却使我发抖。妈的，见一个鬼，我宁可遇见一百个乞尔开斯人！不过也没有法，我就换了衣服，躺下了……我的蜡烛的弱弱的光照在墙壁上，那墙壁上可是挂着一些东西，你们大约也想象得到的罢，是一张比一张更加吓人的祖像、古代的兵器、打猎的角笛，还有相类的古怪的东西……静到像坟墓一样，只在间壁的大厅里有鼠子唧唧的叫着和干燥的木器发着毕毕剥剥的声音。房子外面呢，可仿佛是地狱……风念着超度亡魂经，树木被吹弯了，吼叫着，啼哭着；一个鬼东西，大约是外层窗门罢，发出悲声，敲着窗框子。你们想想看，还要加上我的头正醉得在打旋子，全世界也和我的头一同在打旋子呢……我如果闭上眼，就觉得我的眠床在空屋子里跑，和鬼怪跳着轮舞一样。我想减少这样的恐怖，首先就吹熄了蜡烛，因为空荡荡的屋子，亮比暗是更加觉得可怕的……"

听着大佐讲话的三位小姐们，靠近他去了，凝视着他的脸。

"唔，"大佐讲下去道，"我竭力的想睡着，可是睡魔从我这里逃走了。忽然觉得像有偷儿爬进窗口来，忽然听到像有谁在喊喊喳喳的说话，忽然又好像有人碰了我的肩头——一句话，我觉到一切幻象，这是只要神经曾经异常紧张过的人们全都经验过来的。现在你们也想想看，在这幻象和声音的混沌中，我却分明的听得，像有曳着拖鞋的声音似的。我尖起耳朵来，——你们想是什么呀？——我听到，有人走近了门口，咳嗽一下，想开门……

"'谁呀？'我坐起来，一面问。

"'是我……用不着怕的！'回答的是女人的声音。

"我走到门口去……只几分钟，我就觉得鸭绒一般绵软的两条女人的臂膊，搁在我的肩上了。

"'我爱你……我看你是比性命还贵重的。'很悦耳的一种女人的声音说。

"火热的呼吸触着我的面庞……我忘记了风雪、鬼怪，以及世界上的一切，用我的一只手去搂住了那纤腰……那是怎样的纤腰呵！这样的纤腰，是造化用了特别的布置，十年里头只能造出一个来的……纤细、磋磨出来似的，热烈而轻柔，好像一个婴儿的呼吸！我真不能自制了，就用我的臂膊紧紧的抱住她……我们的嘴唇就合成一个紧密的、长久的接吻……我凭着全世界的女性对你们起誓，这接吻，我是到死也不会忘记的。"

大佐住了口，喝过半杯水，用了有些含胡的声音说下去道——

"第二天的早晨，我从窗口望出去，却看见风雪越加厉害了……完全不能走。我只好整天的坐在经理那里喝酒打牌。一到夜，我就又睡在那空荡荡的屋子里，到半夜，就又搂着那熟识的纤腰……真的呢，我的小姐们，如果没有这爱，我那时也许真会无聊得送命，或者喝到醉死了的哩。"

大佐叹一口气，站起身来，默默的在屋子里面走。

"那么……后来呢？"一位小姐屏息的等候着，一面问。

"全没有什么，第二天，我们就走路了。"

"但是……那女人是谁呢？"小姐们忸怩的问道。

"这是一猜就知道的，那是谁！"

"不，猜不到呀！"

"那就是我自己的老婆！"

三位小姐都像给蛇咬了似的，跳了起来。

"这究竟是……怎么的呀？"她们问。

"阿呀，天哪，这有什么难懂呢？"大佐耸一耸肩头，烦厌似的回问道，"我自己想，是已经讲得很清楚的了！我是带了自己的女人往先威里加村去的……她在间壁的空房子里过夜……这不是很明白的么！"

"哼哼……"小姐们失望的垂下了臂膊，唠叨道，"这故事，开头是很好的，收场可是只有天晓得……您的太太……请您不要见气，这故事简直是无聊的……也一点不漂亮。"

"奇怪！你们要这不是我自己的女人，却是一个别的谁么！唉唉，我的小姐们，你们现在就在这么想，一结了婚，不知道会得怎么说呢？”

年青的小姐们狼狈，沉默了。她们都显出不满意的态度，皱着眉头大声的打起呵欠来……晚餐桌上她们也不吃东西，只用面包搓着丸子，也不开口。

“哼，这简直是……毫无意思！”一个忍不住了，说，“如果这故事是这样的收场，您何必讲给我们来听呢？这一点也不好……这简直是出于意外的！”

“开头讲得那么有趣，却一下子收了梢……”别一个接着道，“这不过是侮弄人，再没有什么别的了。”

“哪，哪，哪，……我是开开玩笑的……”大佐说，“请你们不要生气，我的小姐们，我是讲讲笑话的。那其实并不是我自己的女人，却是那经理的……”

“是吗！”

小姐们一下子都开心了，眼睛也发了光……她们挨近大佐去，不断的给他添酒，提出质问来。无聊消失了，晚餐也消失了，因为小姐们忽然胃口很好的大嚼起来了。

一八八六年作

波斯勋章

位在乌拉尔山脉的这一面的一个市里，传播着一种风闻，说是这几天有波斯的贵人拉哈·海兰住在扶桑旅馆里了。这风闻并没有引起市民的什么印象，不过是：一个波斯人来了，甚么事呀？只有市长斯台班·伊凡诺维支·古斤一个，一从衙门里的秘书听到那东方人的到来，就想来想去，并且探问道：

"他要上那儿去呢？"

"我想，大约是巴黎或者伦敦罢。"

"哼！……那么，一个阔佬？"

"鬼知道。"

市长从衙门回家，用过中膳之后，他又想来想去了，而且这回是一直想到晚。这高贵的波斯人的入境，很打动了他的野心。他相信，这拉哈·海兰是运命送到他这里来的，实现他渴求梦想的希望，正到了极好的时机了。古斤已经有两个徽章，一个斯坦尼斯拉夫三等勋章[1]，一个红十字徽章和一个"水险救济会"的会员章；此外，他还自己做了一个表链的挂件，是用六弦琴和金色枪枝交叉起来的，从他制服的扣子洞里拖了出来，远远的望去，就见得不平常，很像光荣的记号。如果谁有了勋章和徽章，越有，就越想多，那是一定的——市长久已想得一个波斯的"太阳和狮子"勋章的了，他想得发恼、发疯。他知道得很明白，要弄这勋章到手，用不着战争，用不着向养老院捐款，也用不着去做议员，只要有一个好机会就够。现在是这机会好像来到了。

---

1 这种勋章，只有三等，所以仅仅是起码的东西。——译者

第二天正午，他挂上了所有的徽章、勋章，以及表链之类，到扶桑旅馆去。他的运气也真好，当他跨进波斯贵人的房间里面的时候，贵人恰只一个人，而且正闲着。拉哈·海兰是一个高大的亚洲人，翠鸟似的长鼻子，凸出的大眼睛，头戴一顶土耳其帽，坐在地板上在翻他的旅行箱。

"请您宽恕我的打搅，"古斤带着微笑，开始说，"有绍介自己的光荣：世袭有名誉的市民，各种勋章的爵士，斯台班·伊凡诺维支·古斤，本市市长。认您个人为所谓亲善的邻邦的代表者，我觉得这是我的义务。"

那波斯人转过脸来，说了几句什么很坏的法国话，那声音就像木头敲着木头一样。

"波斯的国界，"古斤仍说他准备好了的欢迎词，"和我们的广大的祖国的国界，是接触的极其密切的，就因为这彼此的交感，使我要称您为我们的同胞。"

高贵的波斯人站起来了，又说了一点什么敲木头似的话。古斤是什么外国话也没有学过的，只好摇摇头，表示他听不懂。

我该怎么和他说呢？他自己想，叫一个翻译员来，那就好了，但这是麻烦的事情，别人面前不好说——翻译员会到全市里去嚷嚷的。

古斤于是把日报上见过的所有外国字，都搬了出来。

"我是市长……"他吃吃的说，"这就是 Lord-Maire（市长）……Municipalé（市的）……Wui（怎样）？Komprené（懂么）？"

他想用言语和手势来表明他社会的地位，但不知道要怎么办才好。挂在墙上的题着"威尼斯市"的一幅画，却来救了他了。他用指头点点那市街，又点点自己的头，以为这么一来，就表出了"我是市长"这一句。波斯人一点也不懂，但也微笑着说道：

"Bon（好）, monsieur……bon……"

过了半点钟，市长就轻轻的敲着波斯人的膝髁和眉头，说道：

"Komprené? Wui? 做 Lard-Maire 和 Municipalé…… 我 请 您 去 Promenade（散步）一下……Komprené? Promenade……"

古斤又向着威尼斯的风景，并且用两个手指装出走路的脚的模样来。拉哈·海兰是在注视他那些徽章的，大约分明悟到他是本市的最重要人物了，并且懂得"Promenade"的意思，便很有些客气。两个人就都穿上外套，走出了房间。到得下面的通到扶桑饭馆的门口的时候，古斤自己想：请这波斯人吃一餐倒也很不坏。他站住脚，指着食桌说道：

"照俄国的习惯，这是不妨事的……我想：Purée（肉饼），entrecôte（炸排骨）……Champagne（香槟酒）之类……Komprené？"

高贵的客人懂得了，不多久，两人就坐在饭馆的最上等房间里，喝着香槟，吃起来。

"我们为波斯的兴隆来喝一杯！"古斤说，"我们俄国人是爱波斯人的。我们的信仰不同，然而共通的利害，彼此的共鸣……进步……亚洲的市场……所谓平和的前进……"

高贵的波斯人吃得很利害。他用叉刺着熏鱼，点点头，说：

"好！Bien（好）！"

"这中您的意？"古斤高兴的问道，"Bien吗？那好极了！"于是转向侍者，说道："路加，给你的大人送两尾熏鱼到房间去，要顶好的！"

市长和波斯的贵人于是驱车到动物园去游览。市民们看见他们的斯台班·伊凡诺维支怎样地香槟酒喝得通红，快活地，而且很满足地带着波斯人看市里的大街、看市场，还指点名胜给他看；他又领他上了望火台。

市民们又看见他怎样地在一个雕着狮子的石门前面站住，向波斯人先指指狮子，再指指天上的太阳，又轻轻的拍几下自己的前胸，于是又指狮子，又指太阳，这时波斯人便点头答应了，微笑着露出他雪白的牙齿。这晚上，他们俩坐在伦敦旅馆里，听一个闺秀的弹琴；但夜里怎么样呢，可是不知道。

第二天早上，市长就上衙门来；属员们似乎已经有些晓得了：

秘书走近他去，带着嘲弄的微笑，对他说道：

"波斯人是有这样的风俗的：如果有一个高贵的客人到您这里来，您就应该亲自动手，为他宰一只阉过的羊。"

过了一会，有人给他一封信，是从邮政局寄来的。古斤拆开封套，看见里面是一张漫画。画着拉哈·海兰，市长却跪在他面前，高高的伸着两只手，说道：

> 为了尊重俄罗斯和波斯的，
>
> 彼此亲善的表记，
>
> 大使呀，我甘心愿意
>
> 宰掉自己当作阉羊，
>
> 但您原谅罢——我只是一匹驴子！

市长在心里觉得不舒服，然而也并不久。一到正午，他就又在高贵的波斯人那里了，又请他上饭馆，点给他看市里的名胜，又领他到狮子门前，又指指狮子，指指太阳，并且指指自己的胸口，他们在扶桑旅馆吃夜饭，吃完之后，就嘴里衔着雪茄，显着通红的发亮的脸，又上望火台。大约是市长想请客人看一出希奇的把戏罢，便从上面向着在下面走来走去的值班人，大声叫喊道：

"打呀，警钟！"

然而，警钟并没有效，因为这时候，全部的救火队员都正在洗着蒸汽浴。

他们在伦敦旅馆吃夜饭，波斯人也就动身了。告别之际，斯台班·伊凡诺维支照俄国风俗，和他接吻三回，还淌了几滴眼泪。列车一动，他叫道：

"请您替我们问波斯好。请您告诉他们，我们是爱波斯的！"

一年另四个月过去了。正值零下三十五度的严寒时节,刮着透骨的风。斯台班·伊凡诺维支却敞开了皮外套的前胸,在大街上走,并且很懊恼,是为了没有人和他遇见,看见他那太阳和狮子的勋章。他敞开着外套,一直走到晚,完全冻坏了;夜里却只是翻来复去[2],总是睡不着。

他气闷,肚里好像火烧,他的心跳个不住——现在是在想得塞尔比亚的泰可服勋章了。他想得很急切,很苦恼。

一八八七年作

---

2 现代汉语常用"翻来覆去"。——编者注

暴躁人

我是一个一本正经的人，我的精神有着哲学的倾向。说到职业，我是财政学家，研究着理财法，正在写一篇关于《蓄犬[1]税之过去与未来》的题目的论文。所有什么少女呀，诗歌呀，月儿呀，以及别的无聊东西，那当然是和我并无关系的。

早上十点钟，我的妈妈给我一杯咖啡。我一喝完，就到露台上面去，为的是立刻做我的论文。我拿过一张白纸来，把笔浸在墨水瓶里，先写题目：《蓄犬税之过去与未来》。我想了一想，写道："史的概观。据见于希罗多德与色诺芬[2]之二三之暗示，则蓄犬税之起源……"

但在这瞬息间，忽然听到了很可虑的脚步声。我从我的露台上望下去，就看见一个长脸盘、长腰身的少女。她的名字，我想，是那罩加或是瓦连加；但这与我不相干。她在寻东西，装作没有见我的样子，自己哼着：

"你可还想起那满是热情的一曲……"

我复看着自己的文章想做下去了，但那少女却显出好像忽然看见了我的样子，用悲哀的声音说道：

"晨安[3]，尼古拉·安特来维支！您看，这多么倒运！昨天我在这里散步，把手镯上的挂件遗失了。"

我再看一回我的论文，改正了错误的笔画，想做下去了，然而那少女不放松。

1　现代汉语常用"养犬"。——编者注

2　Herodotus（公元前484—前408年），希腊史家，世称"历史之父"；Xenophon（公元前435—354年），希腊史家、哲学家，也是将军。——译者

3　现代汉语常用"早安"。——编者注

"尼古拉·安特来维支，"她说，"谢谢您，请您送我回家去。凯来林家有一只大狗，我一个人不敢走过去呀。"

没有法子。我放下笔，走了下去。那覃加或是瓦连加便绾住了我的臂膊，我们就向她的别墅走去了。

我一碰上和一位太太或是一位小姐挽着臂膊，一同走路的义务，不知道为什么缘故，我总觉得好像是一个钩子，挂上了一件沉重的皮衣；然而那覃加或是瓦连加呢，我们私下说说罢，却有着情热[4]的天性（她的祖父是亚美尼亚人），她有一种本领，是把她全身的重量都挂在我的臂膊上，而且紧贴着我的半身，像水蛭一样。我们这样的走着……当我们走过凯来林家的别墅旁边时，我看见一条大狗，这使我记起蓄犬税来了。我出神的挂念着我那开了手的工作，叹一口气。

"您为什么叹气？"那覃加或是瓦连加问我道，于是她自己也叹一口气。

我在这里应该夹叙几句。那覃加或是瓦连加（现在我记得了，她叫玛先加）不知从那里想出来的，以为我在爱她，为了人类爱的义务，就总是万分同情的注视我，而且要用说话来医治我心里的伤。

"您听呀，"她站住了，说，"我知道您为什么叹气的。您在恋爱，是罢！但我凭了我们的友情，要告诉您，您所爱的姑娘，是很尊敬您的！不过，她不能用了相同的感情，来报答您的爱，但是如果她的心是早属于别人的了，这那里能说是她的错处呢？"

玛先加鼻子发红、胀大了，眼睛里满含了眼泪；她好像是在等我的回答，但幸而我们已经到了目的地……檐下坐着玛先加的妈妈，是一个好太太，但满抱着成见；她一看见她女儿的亢奋的脸，就注视我许多工夫，并且叹一口气，仿佛是在说："唉唉，这年青人

4　现代汉语常用"热情"。——编者注

总是遮掩不住的！"除她之外，檐下还坐着许多年青的五颜六色的姑娘，她们之间还有我的避暑的邻居，在最近的战争时左颚颥和右臀部都负了伤的退伍军官在里面。这不幸者也如我一样，要把一夏天的时光献给文学的工作。他在写《军官回忆记》。他也如我一样，是每天早晨，来做他那贵重的工作的，但他刚写了一句"余生于××××年"，他的露台下面便有一个什么瓦连加或是玛先加出现，把这可怜人查封了。

　　所有的人，凡是坐在檐下的，都拿着铗子，在清理什么无聊的、要煮果酱的浆果。我打过招呼，要走了，但那些五颜六色的年青姑娘们却嚷着拿走了我的帽子和手杖，要求我停下来。我只好坐下。她们就递给我一盘浆果和一枝发针。我也动手来清理。

　　五颜六色的年青姑娘们在议论男人们。这一个温和，那一个漂亮，然而不得人意，第三个讨厌，第四个也不坏，如果他的鼻子不像指头套，云云，云云。

　　"至于您呢，Monsieur[5] 尼古拉，"玛先加的妈妈转过脸来，对我说，"是不算漂亮的，然而得人意……您的脸上有一点……况且，"她叹息，"男人最要紧的并不是美，倒是精神。"

　　年青的姑娘们却叹息着，顺下眼睛去。她们也赞成了，男人最要紧的并不是美，倒是精神。我向镜子一瞥，看看我有怎样的得人意。我看见一个蓬蓬松松的头，蓬蓬松松的颚须和唇须、眉毛，面庞上的毛，眼睛下面的毛，是一个树林，从中突出着我那强固的鼻子，像一座塔。漂亮，人也只好这么说了！

　　"所以您是用精神方面，赛过了别样的，尼古拉。"玛先加的妈妈叹息着说，好像她在使自己藏在心里的思想更加有力量。

5　法国话，如中国现在之称"先生"；那时俄国的上流社会，说法国话是算时髦的。——译者

玛先加在和我一同苦恼着，但对面坐着一个爱她的人的意识，似乎立刻给了她很大的欢乐了。年青的姑娘们谈完了男人，就论起恋爱来。这议论继续了许多工夫之后，一个姑娘站起身走掉了，留下的就又赶紧来批评她。大家都以为她胡涂、难对付、很讨厌，而且她的一块肩胛骨，位置又是不正的。

谢谢上帝，现在可是我的妈妈差了使女来叫我吃饭了。现在我可以离开这不舒服的聚会，回去再做我的论文了。我站起来，鞠一个躬。玛先加的妈妈、玛先加自己，以及所有五颜六色的年青姑娘们便把我包围，并且说我并无回家的权利，因为我昨天曾经对她们有过金诺，答应和她们一同吃中饭，吃了之后就到树林里去找菌子的。我鞠一个躬，又坐下去……我的心里沸腾着憎恶，并且觉得我已经很难忍耐，立刻就要爆发起来了，然而我的礼貌和生怕捣乱的忧虑，又牵制我去顺从妇女们。我于是顺从着。

我们就了食桌。那颧部受了伤的军官，下巴给伤牵扯了，吃饭的模样就像嘴里衔着马嚼子。我用面包搓丸子，记挂着蓄犬税，而且想到自己的暴躁的性子，竭力不开口。玛先加万分同情的看着我。搬上来的是冷的酸模汤、青豆牛舌、烧鸡子和糖煮水果。我不想吃，但为了礼貌也吃着。饭后我独自站在檐下吸烟的时候，玛先加的妈妈跑来了，握了我的手，气喘吁吁的说道：

"但是，你不要绝望，尼古拉，……她是这样的一个容易感触的性子呀……这样的一个性子！"

我们到树林里去找菌子……玛先加挂在我的臂膊上，而且紧紧的吸住了我一边的身体。我真苦得要命了，但是忍耐着。

我们走到了树林。

"您听呀，Monsieur 尼古拉，"玛先加叹息着开口了，"您为什么这样伤心的？您为什么不说话的？"

真是一个奇特的姑娘：我和她有什么可谈呢？我们有什么投契之处呢？

"请您讲一点什么罢……"她要求说。

我竭力要想出一点她立刻就懂、极平常的事情来。想了一会之后，我说道：

"砍完森林，是给俄国很大的损害的……"

"尼古拉！"玛先加叹着，她的鼻子红起来了。"尼古拉，我看您是在回避明说的……您想用沉默来惩罚我……您的感情得不到回音，您就孤另另的连苦痛也不说……这是可怕的呀，尼古拉！"她大声的说，突然抓住了我的手，我还看见她的鼻子又在发胀了，"如果您所爱的姑娘，对您提出永久的友谊来，您怎么说呢？"

我哼了一点不得要领的话，因为我实在不知道，我有什么和她可说的……请您知道：第一是我在这世界上什么姑娘也不爱；第二，我要这永久的友谊有什么用呢？第三是我是很暴躁的。玛先加或是瓦连加用两手掩着脸，像对自己似的，低低的说道：

"他不说……他明明是在要求我做牺牲……但如果我还是永久的爱着别一个，那可是不能爱他的呀！况且……让我想一想罢……好，我来想一想罢……我聚集了我的灵魂的所有的力，也许用了我的幸福的代价，将这人从他的苦恼里超度出来罢！"

我不懂。这对于我，是一种卡巴拉[6]。我们再走开去，采集着菌子。我们沉默得很久。玛先加的脸上显出内心的战斗来。我听到狗叫：这使我记得了我的论文，我于是大声叹息了。我在树干之间看见了负伤的军官。这极顶可怜的人很苦楚地左右都蹩着脚：左有他负伤的臀部，右边是挂着一个五颜六色的年青的姑娘。他的脸上表现着对于命运的屈服。

---

6 Kabbala，希伯来的神秘哲学。——译者

从树林回到别墅里，就喝茶。后来我们还玩克罗开戏[7]，听五颜六色的年青姑娘们中之一唱曲子："不呀，你不爱我，不呀，不呀！"唱到"不呀"这一句，她把嘴巴歪到耳朵边。

"Charmant！"[8] 其余的姑娘们呻吟道，"Charmant！"

黄昏了，丛树后面出现了讨厌的月亮，空气很平静，新割的干草发出不舒服的气味来。我拿起自己的帽子，要走了。

"我和您说句话，"玛先加大有深意似的、悄悄地说，"您不要走。"

我觉得有点不妙。但为了礼貌，我留着。玛先加拉了我的臂膊，领我沿着列树路走。现在是她全身都现出战斗来了。她颜色苍白、呼吸艰难，简直有扭下我的右臂来的形势。她究竟是怎么的？

"您听罢……"她低声说，"不行，我不能……不行……"

她还要说些话，然而决不下。但我从她的脸上看出，她可是决定了。她以发光的眼睛和发胀的鼻子，突然抓住了我的手，很快的说道：

"尼古拉，我是你的！我不能爱你，但我约给你忠实！"

她于是贴在我的胸膛上，又忽然跳开去了。

"有人来了……"她低声说，"再见……明早十一点，我在花园的亭子里……再见！"

她消失了。我莫名其妙，心跳着回家。《蓄犬税之过去与未来》在等候我，然而我已经不能工作了。我狂暴了，也可以说，我简直可怕了。岂有此理，将我当作乳臭小儿看待，我是忍不住的！我是暴躁的，和我开玩笑是危险的！使女走进来，叫我晚餐的时候，我大喝道："滚出去！"我的暴躁的性子是不会给人大好处的。

第二天的早晨。这真是一个避暑天气，气温在零度下，透骨的

7　Krocket 是一种室外游戏。——译者
8　法国语，赞词。——译者

寒风、雨、烂泥和樟脑丸气味，我的妈妈从提包里取出她那冬天外套来了，是一个恶鬼的早晨，就是一八八七年八月七日，有名的日蚀[9]出现的时候。我还应该说明，当日蚀时，我们无论谁，即使并非天文学家，也能够弄出大益处来的。谁都能做的是：一，测定太阳和月亮的直径；二，描画日冠；三，测定温度；四，观察日蚀时的动物和植物；五，写下本身的感觉来，等等。这都是很重要的事，使我也决计推开了《蓄犬税之过去与未来》来观察日蚀了。我们大家都起得很早。所有目前的工作，我是这样分配的：我测量太阳和月亮的直径，负伤军官画日冠，玛先加和五颜六色的年青姑娘们就担任了其余的一切。现在是大家聚起来等候着了。

"日蚀是怎么起来的呢？"玛先加问我说。

我回答道："如果月亮走过黄道的平面上，到了连结太阳和月亮的中心点的线上的时候，那么，日蚀就成立了。"

"什么是黄道呢？"

我把这对她说明。玛先加注意的听着，于是发问道：

"用一块磨毛了的玻璃，可以看见那连结着太阳和月亮的中心点的线么？"

我回答她，这是想象上的线。

"如果这单是想象，"玛先加惊奇了，"那么，月亮怎么能找到它的位置呢？"

我不给她回答。我觉得这天真烂熳[10]的质问，真使我心惊胆战了。

"这都是胡说，"玛先加的妈妈说，"后来怎样，人是不能够知道的。您也没有上过天，您怎么想知道太阳和月亮出了什么事呢？空想罢了！"

9　现代汉语常用"日食"。——编者注
10　现代汉语常用"烂漫"。——编者注

然而，一块黑斑跑到太阳上面来了。到处的混乱，母牛、绵羊和马就翘起了尾巴，怕得大叫着，在平野上奔跑。狗嗥起来。臭虫以为夜已经开头了，就从它的隙缝里爬出，来咬还在睡觉的人。恰恰运着王瓜回去的助祭就跳下车子，躲到桥下，他的马却把车子拉进了别人的院子里，王瓜都给猪吃去了。一个税务官员是不在家里却在避暑女客那里过夜的，只穿一件小衫，从房子里跳出，奔进群众里面去，还放声大叫道："逃命呀！你们！"

许多避暑的女人们，年青的和漂亮的，给喧闹惊醒，就靴也不穿，闯到街上来。还有许多别的事，我简直怕敢重述了。

"唉唉，多么可怕！"五颜六色的年青姑娘们呼号道。"唉唉，多么可怕！"

"Mesdames[11]，观测罢！"我叫她们，"时间是要紧的呀！"

我自己连忙测量直径……我记得起日冠来，就用眼睛去寻那负伤的军官。他站着，什么也不做。

"您怎么了？"我大声说，"日冠呢？"

他耸一耸肩膀，用无可奈何的眼光示给我他的臂膊。原来这极顶可怜人的两条臂膊上都挂着一个年青姑娘；因为怕极了，紧贴着他，不放他做事。我拿一枝铅笔[12]，记下每秒的时间来。这是重要的。我又记下观测点的地理上的形势。这也是重要的。现在我要决定直径了，但玛先加却捏住了我的手，说道：

"您不要忘记呀，今天十一点！"

我抽出我的手来，想利用每一秒时继续我的观测，然而玛先加发着抖缒在我的臂膊上了，还紧挨着我半边的身子。铅笔、玻璃、图——全都滚到草里去了。岂有此理！我是暴躁的，我一恼怒，自

11　法国语，在这里大约只好译作"小姐们"了。——译者
12　现代汉语常用"一支铅笔"。——编者注

已也保不定会怎样，这姑娘可真的终于要明白了。

我还想接着做下去，但日蚀却已经完结了。

"您看着我呀！"她娇柔地低声说。

阿，这已经是愚弄的极顶了！人应该知道，和男子的忍耐来开这样的玩笑，是只会得到坏结果的。如果出了什么可怕的事情，可不要来责难我！我不许谁来愚弄我，真真岂有此理，如果我恼怒起来，谁也不要来劝我，谁也不要走近我罢！我是什么都干得出来的！

年青的姑娘们中的一个，大概是从我的脸上，看出我要恼怒来了，分明是为了宽慰我的目的，便说道：

"尼古拉·安特来维支，我办妥了你的嘱托了。我观察了哺乳动物。我看见日蚀之前，一匹灰色狗在追猫，后来摇了许多工夫尾巴。"

就这样子，从日蚀是一无所得。我回了家。天在下雨，我不到露台上去做事。但负伤军官却敢于跑出他的露台去，并且还写"余生于××××年"；后来我从窗子里一望，是一个年青姑娘把他拖往别墅里去了。我不能写文章，因为我还在恼怒，而且心跳。我没有到园亭去。这是有失礼貌的，但天在下雨，我也真的不能去。正午，我收到玛先加的一封信：信里是谴责、请求，要我到园亭去，而且写起"你"来了。一点钟我收到第二封信，两点钟第三封……我只得去。但临走之前，我应该想一想，我和她说些什么呢。我要做得像一个正人君子。第一，我要对她说，她以为我在爱她，是毫无根据的。这样的话，原不是对闺秀说的。对一个闺秀说"我不爱您"，就恰如对一个作家说"您不懂得写东西"。我还不如对玛先加讲讲我的结婚观罢。我穿好冬天外套，拿了雨伞，走向亭园去。我知道自己的暴躁的性子，就怕话说得太多。我要努力自制才好。

我等在园亭里。玛先加脸色青白，哭肿着眼睛。她一看见我，就欢喜得叫起来了，抱住我的颈子，说道：

"到底！你在和我的忍耐力开玩笑罢。听罢，我整夜没有睡着……总是想。我觉得，我和你，如果我和你更加熟识起来……那是会爱的……"

我坐下，开始对她来讲我的结婚观了。为了不要太散漫，而且讲得简洁，我就用一点史的概观开头。我说过了印度人和埃及人的结婚，于是讲到近代；也说明了叔本华[13]的思想之一二。玛先加是

13　Arthur Schopenhauer（1788—1860），德国的厌世的哲学者，也极憎恶女人。——译者

很留心的听着的，但忽然和各种逻辑不对劲，知道必须打断我了。

"尼古拉，和我接吻呀！"她对我说。

我很狼狈，也不知道应该和她怎么说。她却总是反复着她的要求。没有法子，我站起来，把我的嘴唇碰在她的长脸上，这感觉和我还是孩子时候在追悼式逼我去吻死掉的祖母的感觉是一样的。然而，玛先加还不满于这接吻，倒是跳了起来，拼命的拥抱了我。在这瞬息中，园亭门口就出现了玛先加的妈妈。她显着吃惊的脸，对谁说了一声"嘘！"，就像运送时候的靡菲斯特[14]似的消失了。

我失措地、恨恨地回家去。家里却遇见了玛先加的妈妈，她含了泪，拥抱着我的妈妈。我的妈妈正在流着眼泪说：

"我自己也正希望着呢！"

于是——您们以为怎样？……玛先加的妈妈就走到我这里来，拥抱了我，说道：

"上帝祝福你们！要好好地爱她……不要忘记，她是给你做了牺牲的……"

现在是我就要结婚了。当我写着这些的时候，傧相就站在我面前，催我要赶快。这些人真也不明白我的性子，我是暴躁的，连自己也保不定！岂有此理，后来怎样，你们看着就是！把一个暴躁的人拖到结婚礼坛去，据我看来，是就像把手伸进猛虎的柙里去一样的。我们看着罢，我们看着罢，后来怎么样！

……

这样子，我是结了婚了。大家都庆贺我，玛先加就总是缠住我，并且说道：

"你要明白，你现在是我的了！说呀，你爱我！说呀！"

14 Mephistopheles，就是《浮士德》里的天魔，他把浮士德送到狱中的爱人面前，就消失了。这里大约只取了送入牢狱的意思。——译者于是，她的鼻子就胀大了起来。

我从傧相那里知道了那负伤的军官用非常惬当的方法从赤绳里逃出了。他把一张医生的诊断书给一个五颜六色的年青姑娘看，上面写着他因为颞颥部的伤精神有些异常，在法律上是不许结婚的。真想得到！我也能够拿出这样的东西来的。我的一个叔伯是酒徒，还有一个叔伯是出奇的胡涂（有一回，他当作自己的帽子，错戴了女人的头巾），一个姑母是风琴疯子，一遇见男人们便对他们伸出舌头来。再加以我的非常暴躁的性子——就是极为可疑的症候。但这好想头为什么来得这样迟呢？唉唉，为什么呢？

一八八七年作

阴谋

一，选举协会代表。

二，讨论十月二日事件。

三，正会员 M. N. 望·勃隆医师的提议。

四，协会目前的事业。

十月二日事件的张本人医师夏列斯妥夫，正在准备着赴会；他站在镜子前面已经好久了，竭力要给自己的脸上现出疲倦的模样来。如果他显着兴奋的、紧张的、红红的或是苍白的脸相去赴会罢，他的敌人是要当作他对于他们的阴谋，给与了重大的意义的，然而假使他的脸是冷淡、不动声色，像要睡觉，恰如一个站在众愚之上倦于生活的人呢，那么那些敌人一看见就会肃然起敬，而且心里想道：

> 他硬抬着不屈的头，
> 高于胜利者拿破仑的纪念碑！

他要像一个对于自己的敌人和他们的恶声并不介意的人一样，比大家更迟的到会。他要没有声响的走进会场去，用懒洋洋的手势摸一下头发，对谁也不看，坐在桌子的末一头。他要采取那苦于无聊的旁听者的态度，悄悄的打一个呵欠，从桌上拉过一张日报，看起来……大家是说话、争论、激昂，彼此叫着守秩序，然而他却一声也不响，在看报。但终于时常提出他的名字来，火烧似的问题到了白化了，他才向同僚们抬起他那懒懒的疲倦的眼睛，很不愿意似的开口道：

"大家硬要我说话……我完全没有准备，诸君，所以我的话如果有些不周到，那是要请大家原谅的。我要 ab ovo（从最初）开头……在前一次的会议上，几位可敬的同事已经发表，说我在会同诊断的时候，很有些不合他们尊意的态度，要求我来说明。我是以为说明是多事，对于我的非难也是不对的，就请将我从协会除名，退席了。但现在，对于我又提出新的一串责备来了，不幸得很，看来我也只好来说明一下子。那是这样的。"

于是，他就随随便便的玩着铅笔或表链，说了起来，会同诊断的时候，他发出大声，以及不管别人在旁，打断同事的说话，是真的；有一回会同诊断时，他在医师们和病人的亲属面前，问那病人道："那一个胡涂虫给您开了鸦片的呀？"这也是真的。几乎没有一回会同诊断不闹一点事……然而，什么缘故呢？这简单得很。就是每一回会诊，同事们的智识程度之低不得不使他夏列斯妥夫惊异。本市有医师三十二人，但其中的大部分，却比一年级的大学生知道得还要少。例子是不必旁征博引的。Nomina sunt（举出姓名来），自然，odiosa（要避免），但在这会场里都是同行，省得以为妄谈，他却也可以说出名姓来的。大家都知道，例如可敬的同事望·勃隆先生，他用探针把官太太绥略息基娜的食道戳通了……

这时候，同事望·勃隆就要发跳，在头上拍着两手大叫起来：

"同事先生，这是您戳通的呀，不是我！是您！我来证明！"

夏列斯妥夫却置之不理，继续的说道：

"这也是大家知道的，可敬的同事希拉把女优绥米拉米提娜的游走肾误诊为脓疡，行了试行刺穿[1]，立刻成为 exitus letalis（死症）

---

[1] 现代汉语常用"穿刺"。——编者注

了。还有可敬的同事培斯忒伦珂，原是应该拔掉左足大趾的爪甲[2]的，他却拔掉了右足的好好的爪甲。还有不能不报告的一件事，是可敬的同事台尔哈良支先生非常热心的开通了士兵伊万诺夫的欧斯答几氏管[3]，至于弄破了病人的两面的鼓膜。趁这机会我还要报告一下，也是这位同事，因为给一个病人拔牙，使她的下颚骨脱了臼，一直到她答应愿出五个卢布医费了，这才替她安上去。可敬的同事古理金和药剂师格伦美尔的侄女结了婚，和他是通着气脉的。这也谁都知道，我们本会的秘书，少年的同事斯可罗派理台勒尼，和我们可敬的会长古斯泰夫·古斯泰服维支·普莱息台勒先生的太太有关系……从智识程度之低的问题，我竟攻击到道德上去了。这更其好。伦理，是我们的伤口。诸君，为了免得以为妄谈，我要对你们举出我们的可敬的同事普苏耳珂夫来，他在大佐夫人德来锡金斯凯耶命名日庆祝的席上，竟在说，和我们的可敬的会长夫人有关系的并非斯可罗派理台勒尼，倒是我！敢于这么说的普苏耳珂夫先生，前年我却亲见他和我们的可敬的同事思诺比支的太太在一起！此外，思诺比支医师……都说凡有闺秀们请他去医治就不十分妥当的医生是谁呀？——思诺比支！为了带来的嫁资，和商人的女儿结婚的是谁呀？——思诺比支！然而，我们的可敬的会长怎么样呢？他暗暗的用着类似疗法，还做奸细，拿普鲁士的钱。一个普鲁士的奸细——这已经确是 ultima ratio（惟一的结论）了！"

凡有医师们倘要显出自己的聪明和是干练的雄辩家来，就总是用这两句腊丁[4]话："nomina sunt odiosa" 和 "ultima ratio"。夏列斯妥夫却不只腊丁话，也用法国和德国的，爱说什么就说什么！他要暴露大家的罪过，撕掉一切阴谋家的假面；会长摇铃摇得乏力了，

2　现代汉语常用"指甲"。——编者注
3　现代汉语常用"欧氏管"，即咽鼓管。——编者注
4　现代汉语常用"拉丁"。——编者注

可敬的同事们从坐位上跳起来，摇着手……摩西教派的同事们是聚作一团，在嚷叫。

然而，夏列斯妥夫却对谁也不看，仍然说：

"但我们的协会又怎么样呢，如果还是现在的组织和现在的秩序，那不消说，是就要完结的。所有的事，都靠着阴谋。阴谋，阴谋，第三个阴谋！成了这魔鬼的大阴谋的一个牺牲的我，这样的说明一下，我以为是我的义务。"

他就说下去，他的一派就喝采，胜利的拍手。在不可以言语形容的喧嚣和轰动里，开始选举会长了。望·勃隆公开拼命的给普莱息台勒出力，然而公众和明白的医师们却加以阻挠，并且叫喊道：

"打倒普莱息台勒！我们要夏列斯妥夫！夏列斯妥夫！"

夏列斯妥夫承认了当选，但有一个条件，是普莱息台勒和望·勃隆为了十月二日的事件，得向他谢罪。又起了震聋耳朵的喧嚣，摩西教派的可敬的同事们又聚作一堆，在嚷叫……普莱息台勒和望·勃隆愤慨了，终于辞去了做这协会的会员。那更好！

夏列斯妥夫是会长了。首先第一著，是打扫这秽墟。思诺比支应该出去！台尔哈良支应该出去！摩西教派的可敬的同事们应该出去！和他自己的一派，要弄到一到正月，就再不剩一点阴谋。他先使刷新了协会里的外来病人诊治所的墙壁，还挂起一块"严禁吸烟"的牌示来；于是，把男女的救护医员都赶走，药品是不要格伦美尔的了，去取赫拉士舍别支基的，医师们还提议倘不经过他的鉴定，就不得施行手术，等等。但最关紧要的，是他名片上印着这样的头衔——N医师协会会长。

夏列斯妥夫站在家里的镜子前面，在做这样的梦。时钟打了七下，他也记起他应该赴会了。他从好梦里醒转，赶紧要使他的脸显出疲倦的表情来，但那脸却不愿意依从他，只成了一种酸酸的、钝钝的表情，像受冻的小狗儿一样；他想脸再分明些，然而又见得长了起来，模胡下去，似乎已经不像狗，却仿佛一只鹅了。他顺下眼皮，细一细眼睛，鼓一鼓面颊，皱一皱前额，不过都没有救：现出来的全不是他所希望的样子。大约这脸的天然的特色就是这一种，奈何它不得的。前额是低的，两只小眼睛好像狡猾的女商人，轮来轮去，下巴向前凸出，又蠢又呆，那面庞和头发呢，就和一分钟前给人从弹子房推了出来[5]的"可敬的同事"一模一样。

夏列斯妥夫看了自己的脸，气忿了，觉得这脸对他也在弄阴谋。他走到前厅，准备出去，又觉得连那些皮外套、橡皮套靴和帽子也对他在弄着阴谋似的。

"车夫，诊治所去！"他叫道。

他肯给二十个戈贝克，但阴谋团的车夫们却要二十五个戈贝克……他坐在车上走了，然而冷风来吹他的脸，湿雪来眯他的眼，可怜的马在拉不动似的慢慢的一拐一拐的走。一切都同盟了，在弄着阴谋……阴谋，阴谋，第三个阴谋！

一八八七年作

---

5 疑为"从弹子房里推了出来"。——编者注

译者后记

契诃夫的这一群小说是去年冬天为了《译文》开手翻译的，次序并不照原译本的先后。是年十二月，在第一卷第四期上，登载了三篇，是《假病人》《簿记课副手日记抄》和《那是她》，题了一个总名，谓之《奇闻三则》，还附上几句后记道——

以常理而论，一个作家被别国译出了全集或选集，那么在那一国里，他的作品的注意者、阅览者和研究者该多起来，这作者也更为大家所知道，所了解的。但在中国却不然，一到翻译集子之后，集子还没有出齐，也总不会出齐，而作者可早被压杀了。易卜生、莫泊桑、辛克莱，无不如此，契诃夫也如此。

不过，姓名大约还没有被忘却。他在本国，也还没有被忘却的，一九二九年做过他死后二十五周年的纪念，现在又在出他的选集。但在这里我不想多说什么了。

《奇闻三则》是从 Alexander Eliasberg 的德译本 "Der Persische Orden und andere Grotesken"（Welt-Verlag, Berlin, 1922）里选出来的。这书共八篇，都是他前期的手笔，虽没有后来诸作品的阴沉，却也并无什么代表那时的名作，看过美国人做的《文学概论》之类的学者或批评家或大学生，我想是一定不准它称为"短篇小说"的。我在这里也小心一点，根据了"Gro-teske"这一个字，将它翻作了《奇闻》。

第一篇绍介的是一穷一富、一厚道一狡猾的贵族；第二篇是已经爬到极顶和日夜在想爬上去的雇员；第三篇是圆滑的行伍出身的老绅士和爱听艳闻的小姐。字数虽少，脚色却都活画出来了。但作者虽是医师，他给簿记课副手代写的日记是当不得正经的，假如有谁看了这一篇，真用升汞去治胃加答儿，那我包管他当天就送命。这种通告，固然很近于"杞忧"，但我却也见过有人将旧小说里狐鬼所说的药方抄进了正经的医书里面去——人有时是颇有些希奇古怪的。

这回的翻译的主意，与其说为了文章，倒不如说是因为插画；德译本的出版，好像也是为了插画的。这位插画家玛修丁（V. N. Massiutin）是将木刻最早给中国读者赏鉴的人；《未名丛刊》中《十二个》的插图，就是他的作品，离现在大约已有十多年了。

今年二月，在第六期上又登了两篇，《暴躁人》和《坏孩子》。那后记是——

契诃夫的这一类的小说，我已经介绍过三篇。这种轻松的小品，恐怕中国是早有译本的，但我却为了别一个目的：原本的插画大概当然是作品的装饰，而我的翻译则不过当作插画的说明。

就作品而论，《暴躁人》是一八八七年作；据批评家说，这时已是作者的经历更加丰富、觉察更加广博，但思想也日见阴郁、倾于悲观的时候了。诚然，《暴躁人》除写这暴躁人的其实并不敢暴躁外，也分明的表现了那时的闺秀们之鄙陋，结婚之不易和无聊；然而，一八八三年作的大家当作滑稽小品看的《坏孩子》，悲观气息却还要沉重，因为看那结末的叙述，已经是在说"报复之乐，胜于恋爱"了。

接着我又寄去了三篇:《波斯勋章》《难解的性格》和《阴谋》,算是全部完毕。但待到在《译文》第二卷第二期上发表出来时,《波斯勋章》不见了,后记上也删去了关于这一篇作品的话,并改"三篇"为"二篇"——

本刻插画本契诃夫的短篇小说共八篇,这里再译二篇。

《阴谋》也许写的是夏列斯妥夫的性格和当时医界的腐败的情形,但其中也显示着利用人种的不同于"同行嫉妒"。例如,看起姓氏来,夏列斯妥夫是斯拉夫种人,所以他排斥"摩西教派的可敬的同事们"——犹太人,也排斥医师普莱息台勒(Gustav Prechtel)和望·勃隆(Von Bronn),以及药剂师格伦美尔(Grummer),这三个都是德国人姓氏,大约也是犹太人或者日耳曼种人。这种关系,在作者本国的读者是一目了然的,到中国来就须加些注释,有点缠夹[1]了。但参照起中村白叶氏日文译本的《契诃夫全集》,这里却缺少了两处关于犹太人的并不是好话:一是缺了"摩西教派的同事们聚作一团,在嚷叫"之后的一行:"'哗拉哗拉,哗拉哗拉,哗拉哗拉……'";二是"摩西教派的可敬的同事又聚作一团"下面的一句"在嚷叫",乃是"开始那照例的——'哗拉哗拉,哗拉哗拉'了"。但不知道原文原有两种的呢,还是德文译者所删改?我想,日文译本是决不至于无端增加一点的。

平心而论,这八篇大半不能说是契诃夫的较好的作品,恐怕并非玛修丁为小说而作木刻,倒是翻译者Alexander Eliasberg为木刻而译小说的罢。但那木刻,却又并不十分依从小说的叙述。例如,《难解的性格》中的女人,照小说,是扇上该有须

1　现代汉语常用"民族"。——编者注

头，鼻梁上应该架着眼镜，手上也该有手镯的，而插画里都没有。大致一看，动手就做，不必和本书一一相符，这是西洋的插画家很普通的脾气。虽说"神似"比"形似"更高一著[2]，但我总以为并非插画的正轨，中国的画家是用不着学他的——倘能"形神俱似"，不是比单单的"形似"又更高一著么？

但"这八篇"的"八"字没有改，而三次的登载，小说却只有七篇，不过大家是不会觉察的，除了编辑者和翻译者。谁知道今年的刊物上，新添的一行"中宣会图书杂志审委会审查证……字第……号"，就是"防民之口"的标记呢？但我们似的译作者的译作，却就在这机关里被删除、被禁止、被没收了，而且不许声明，像衔了麻核桃的赴法场一样。这《波斯勋章》，也就是所谓"中宣……审委会"暗杀帐上的一笔。

《波斯勋章》不过描写帝俄时代的官僚的无聊的一幕，在那时的作者的本国尚且可以发表，为什么在现在的中国倒被禁止了？——我们无从推测，只好也算作一则"奇闻"。但自从有了书报检查以来，直至六月间的因为"新生事件"而烟消火灭为止，它在出版界上却真有"所过残破"之感，较有斤两的译作能保存它的完肤的是很少的。

自然，在地土[3]、经济、村落、堤防无不残破的现在，文艺当然也不能独保其完整，何况是出于我的译作。上有御用诗官的施威，下有帮闲文人的助虐，那遭殃更当然在意料之中了。然而，一面有残毁者，一面也有保全、补救、推进者，世界这才不至于荒废。我是愿意属于后一类，也分明属于后一类的。现在仍取八篇，编为一

2　现代汉语常用"更高一筹"。——编者注
3　现代汉语常用"国土"。——编者注

本，使这小集复归于完全；事虽琐细，却不但在今年的文坛上为他们留一种亚细亚式的"奇闻"，也作了我们的一个小小的记念。

一九三五年九月十五之夜记